Christa von Bernuth
Tief in der Erde

Buch

1981, ein Dorf in Oberbayern. Die zehnjährige Annika Schön ist mit dem Fahrrad auf dem Heimweg, doch sie kommt nie an. Tage des qualvollen Wartens verstreichen, bis die Polizei einen erschütternden Fund macht – eine Kiste, vergraben im Wald, darin die Leiche des Mädchens, das dort erstickt ist. Eine mögliche Spur in das nahe gelegene Internat wird nur halbherzig verfolgt. Jahre später verurteilt man einen Verdächtigen, doch der bestreitet bis heute seine Schuld. Basierend auf dieser wahren Geschichte und ihren eigenen Recherchen hat Christa von Bernuth, ehemalige Schülerin des Internats, einen Roman geschrieben, der den alten Fall neu aufrollt – auf der Suche nach der Wahrheit, was damals geschah.

Christa von Bernuth ist Schriftstellerin und Journalistin. Ihre Romane »Die Stimmen«, »Untreu«, »Damals warst du still« und »Innere Sicherheit« wurden mit Mariele Millowitsch und Hannah Herzsprung in den jeweiligen Hauptrollen verfilmt und in mehrere Sprachen übersetzt. Mit »Tief in der Erde« hat sie erstmals einen Kriminalroman veröffentlicht, der von einer wahren Begebenheit inspiriert wurde. Weitere Romane von Christa von Bernuth sind bei Goldmann in Planung. Die Autorin lebt mit ihrem Mann in München.

Christa von Bernuth

Tief in der Erde

**Kriminalroman
nach einer wahren Begebenheit**

GOLDMANN

Sollte diese Publikation Links auf Webseiten Dritter enthalten, so übernehmen wir für deren Inhalte keine Haftung, da wir uns diese nicht zu eigen machen, sondern lediglich auf deren Stand zum Zeitpunkt der Erstveröffentlichung verweisen.

Penguin Random House Verlagsgruppe FSC® N001967

1. Auflage
Taschenbuchausgabe Juni 2022
Copyright © 2021 by Wilhelm Goldmann Verlag, München,
in der Penguin Random House Verlagsgruppe GmbH,
Neumarkter Str. 28, 81673 München
Dieses Werk wurde vermittelt durch die Literarische Agentur
Thomas Schlück GmbH, 30827 Garbsen.
Gestaltung des Umschlags: © UNO Werbeagentur, München
Umschlagmotiv: © Maria Petkova / Trevillion Images
Redaktion: Regina Carstensen
BH · Herstellung: ik
Satz: Uhl + Massopust, Aalen
Druck und Bindung: GGP Media GmbH, Pößneck
Printed in Germany
ISBN: 978-3-442-49267-4

www.goldmann-verlag.de

Die Autorin hat im vorliegenden Roman tatsächliche Ereignisse aufgegriffen, die sich in einer bestimmten Gegend zu einer bestimmten Zeit abspielten. Zahlreiche tatsächliche Abläufe und handelnde Personen sind verändert, ergänzt und in ihren Verschränkungen sämtlich romanhaft gestaltet.

Dieses Buch ist also ein Werk der Fantasie, in dem Fakten und Fiktion, Geschehenes wie Erfundenes, eine untrennbare künstlerisch verfremdete Einheit bilden.

Nicht nur die Autorin zweifelt nach intensiver Befassung mit dem historischen Prozessstoff daran, dass der richtige Täter verurteilt wurde. Gleichwohl sind alle Schlussfolgerungen, wer die wahren Täter sein könnten, notwendigerweise spekulativ und alle Ausführungen dazu im vorliegenden Roman ebenfalls rein fiktiv.

Rück mit dem Stuhl heran
Bis an den Rand des Abgrunds.
Dann erzähl ich dir meine Geschichte.
Scott Fitzgerald

TEIL EINS

28. Mai 2010
Julia Neubacher, Journalistin

Ich weiß nicht, wo ich bin.

Es ist dunkel und heiß. Ich sitze auf einem Brett, meine rechte Schulter schmerzt. Es riecht würzig nach Holz und gleichzeitig scharf nach etwas Chemischem, vielleicht frischer Farbe oder Lack. Vor meinem inneren Auge sehe ich die sieben Scharniere, mit denen die Kiste – mein Sarg – verschlossen wurde.

Ich weiß also genau, wo ich bin.

Ich höre nichts außer meinem eigenen panischen Keuchen, einem kläglichen, heiseren Stöhnen, das nicht zu mir zu gehören scheint. Ich versuche mich zu bewegen und stoße mit dem Kopf, mit dem Rücken und mit der linken Schulter an etwas Hartes, aber doch nicht so hart wie Beton.

Holz.

Mein Brustkorb füllt sich mit Angst. Sie wächst aus mir heraus wie eine Schlingpflanze. Sie legt sich um meinen Hals und drückt mir die Luft ab. Um mich herum wird es enger und enger. Ich atme mühsam ein und aus, mein Atem ist grün und violett. Ich bin ein Kind. Ich laufe davon, hinter mir ein brennendes Haus, dessen Flammen mich verfolgen wie lange heiße Zungen. Ich strenge mich an wie verrückt, doch ich komme nicht voran. Meine Beine sind schwer und schwach, es ist, als bewege ich mich durch Sirup.

Ich will zurückspringen in die Wirklichkeit mit ihrem nüchternen Tageslicht, ihren klaren Kanten und Begrenzungen, wo sich Geister auflösen und verschwinden. Doch stattdessen falle ich in eine andere verwirrende Wahnwelt und dann wieder in eine andere und so fort. Ich versuche, mich zu bewegen, mich zu fühlen – mein Ich zu fühlen –, aber es gibt mich gar nicht, mein Körper gehört nicht mir, ich spüre ihn nicht, und in dieser kompromisslosen Schwärze um mich herum vergesse ich sogar, wo oben und unten ist.

Die Angst, loszulassen, sich selbst loszulassen.

So muss es sein, wenn man stirbt.

Und genau das werde ich tun, nicht nur weil dieser Zustand unerträglich ist.

Sondern auch weil die Belüftungsanlage der Kiste nicht funktionieren wird, der nötige Luftaustausch wird nicht stattfinden, weshalb mich das sich langsam anreichernde Kohlendioxid vergiften wird.

Und dann wache ich auf und bin doch nicht tot.

Ich heiße Julia Neubacher und bin am Leben. Ich bin Journalistin, siebenundvierzig Jahre alt, nach zehn Jahren Beziehung frisch getrennt. Ich muss mir das klarmachen, damit der Traum verschwindet und die Angst aufhört, das Gefühl, nicht mehr ich zu sein, sondern Annika Schön, die vielleicht einen Mann, einen Beruf und Kinder hätte, wenn sie nicht vor fast dreißig Jahren in einer Kiste erstickt wäre. Ich bin nicht Annika Schön, ich werde nur über den Fall berichten. Sonst nichts. Im Gegensatz zu Annika durfte ich erwachsen werden, Liebe, Erfolg, Angst, Frust, Glück, Kummer und Ärger erfahren, die Welt sehen in all ihrer Schönheit, Durchtriebenheit, Großartigkeit und Schrecklichkeit.

Ich schaue auf den Wecker. Es ist halb sieben. Es wird Zeit. Ich muss mich fertig machen. Die Verhandlung – der Freistaat gegen Karl Leitmeir – beginnt um zehn.

Einen Moment lang vergesse ich, dass Jonas nicht neben mir liegt, nie mehr neben mir liegen wird, dass ich allein bin und bleibe. Dann kommt der vertraute Schmerz, der mich jeden Morgen wie ein Stein in den Magen trifft und dort den Druck langsam verstärkt, bis mir endgültig übel wird. Aber immerhin ist der Schmerz keine Kopfgeburt, keine Chimäre verrücktspielender Synapsen. Jonas hat mich verlassen, er wird nicht zurückkommen, das ist Fakt. Er hat aufgehört, mich zu lieben, einfach so.

Vorsichtig versuche ich den Kater von meinem Bauch zu schieben, wo er sich wie jeden Morgen niedergelassen hat. Der Kater heißt Magnum, wie Tom Selleck, weil er einen erstaunlich buschigen Schnurrbart hat. Magnum sieht mich prüfend an, als wollte er mir tief in die Seele schauen. Obwohl er Hunger hat, mag er es nicht, wenn man aufsteht, bevor er sich dazu entschlossen hat. Dann wird er richtig sauer, kratzt und beißt.

Ich streichle ihn. Er schnurrt und sabbert dabei ein bisschen wie alle Katzen, die nicht mehr die Jüngsten sind, aber es stört mich nicht. Ich bin froh, dass er da ist.

Entführung mit Todesfolge, so lautet die Anklage. Das Opfer heißt Annika Schön, der Täter, so glaubt zumindest die Staatsanwaltschaft, heißt Karl Leitmeir. Die Tat fand vor fast dreißig Jahren statt. Ein Cold Case.

Es hätte auch jemand anders machen können, niemand in der Redaktion hätte mir das übel genommen. Aber ich wollte es unbedingt, es sollte mein Fall werden.

Mein Fall. Ich werde dranbleiben, schon weil ich mich mit etwas beschäftigen will, das viel schlimmer ist als der Verlust meiner großen Liebe, viel katastrophaler als meine Einsamkeit. Aber das ist nicht der einzige Grund. Es gibt etwas, das mich mit diesem Fall verbindet. Darüber will ich nicht nachdenken, auch wenn ich weiß, dass ich das irgendwann muss.

Aber nicht jetzt.

Ich schiebe Magnum endgültig vom Bett, was er erwartungsgemäß mit einem zornigen Fauchen quittiert. Ich schlappe in die Küche und mache ihm sein Futter zurecht, eine Dose mit Nassfutter, obwohl er Trockenfutter lieber mag. Aber Trockenfutter macht dick, hat die Tierärztin gesagt, und Magnum ist zumindest auf dem Weg dahin. Er frisst betont widerwillig, immer mit einem Blick zu mir nach oben, ob da nicht doch noch was Besseres kommt.

Ich frühstücke ein halbes Marmeladenbrötchen, das wie süßliche Pappe schmeckt, und trinke den Kaffee schwarz und ohne Zucker. Simplen Filterkaffee, weil ich es nicht über mich bringe, die Espressomaschine zu benützen, was immer Jonas' Aufgabe war. Es wäre besser gewesen, er hätte sie mitgenommen. Aber ich habe sie bezahlt, sie gehört mir.

Ich quetsche mich in irgendeine Jeans, krame irgendein Shirt aus dem Schrank und ziehe einen leidlich schicken Blazer darüber. Jonas ist weg, und ich bin mir selbst egal.

Hastig krame ich meine Unterlagen zusammen und laufe durch windiges Regenwetter zur Tram. Der Fall beansprucht mich vollkommen, Jonas wird zur Randfigur, und so soll es die nächsten Monate bleiben.

Alle Recherchen, die bisher möglich waren, habe ich gemacht, habe mit jedem gesprochen, der mir nicht die Tür vor der Nase zugeschlagen hat, habe Akten gewälzt, die ich gar nicht einsehen durfte, und sämtliche Artikel aus dem Jahr von Annikas Tod so gut ausgewertet, wie ich nur konnte. Allmählich habe ich mir ein Bild des Verdächtigen gemacht.

War er es?

Hat Karl Leitmeir Annika am 15. September 1981 entführt und sie dann sterben lassen?

Und wenn ja, warum so und nicht anders?

15. September 1981
Traubenhain, 6:05 Uhr
Die Täter

Die Kiste ruht im Waldboden, stabil, aber unsichtbar. Die Täter haben Mitte August Grassamen einer schnell wachsenden Sorte über die Stelle gesät, und tatsächlich spitzen schon viele zartgrüne Halme aus der dunklen, moosigen Erde. Niemandem ist dieser Ort aufgefallen, zumindest waren in den letzten Tagen keine Fußspuren sichtbar. Spaziergänger, selbst Pilzsammler kommen hier in der Regel nicht her, der Weg ist zu beschwerlich. Nach der Tat werden sie erneut Gras säen und noch weitere Vorkehrungen treffen, damit die Kiste so unauffindbar wie möglich bleibt.

Das ist der Plan.

Die Nacht war kurz, die Täter haben fast gar nicht geschlafen, bloß ein wenig gedöst. Nicht nur weil sie aufgeregt sind, sondern auch weil sie – jeder für sich – alle Arbeitsschritte noch einmal penibel durchgegangen sind. Alle notwendigen Requisiten, einschließlich der Waffe, der Tarnkleidung und dem Betäubungsmittel, liegen im Versteck bereit. Abends haben sie den Wetterbericht geschaut, der für heute gut aussieht, aber nicht für die nächsten Tage. Schon in der Nacht ist Regen angesagt, der sich von Norden aus bis zu den Alpen ausbreiten wird und über eine Woche anhalten soll. Und aus einer Regenwoche können leicht zwei werden, und dann... Aber das ist nicht der einzige Grund.

Sie wissen, dass es heute passieren muss, am ersten Schultag nach den großen Ferien. Das ist nicht ganz ideal. Am ersten Schultag ist alles immer etwas chaotisch, feste Termine können sich nach hinten oder vorn verschieben, doch abzuwarten ist auch keine echte Option. Wenn sie jetzt nicht handeln, tun sie es vielleicht überhaupt nicht mehr.

Sie sind auf alles vorbereitet. Sie können noch nicht recht glauben, was sie in den letzten Wochen und Monaten geschafft haben. Sie können, finden sie, wirklich stolz auf sich sein. Wenn *die Sache* funktioniert – und das wird sie! –, werden sie bald nicht nur reich, sondern auch berühmt sein. Presse und Fernsehen werden darüber berichten, es wird zahlreiche Artikel und mindestens eine *Aktenzeichen XY ... ungelöst*-Sendung geben, vielleicht zeigen sogar internationale Medien Interesse! Sie lachen übermütig bei der Vorstellung, es klingt ein wenig atemlos, denn ein bisschen unheimlich ist ihnen *die Sache* schon. Das alles, dieser ganze Rattenschwanz an möglichen Konsequenzen, birgt natürlich Gefahren, es ist also besser, gar nicht so lange darüber nachzudenken, denn zu viel Denken macht nervös. Es fallen einem dann hundert Dinge ein, die nicht passen, viel zu viele Eventualitäten, die man nicht bedacht hatte, nicht bedenken konnte.

Ein Abenteuer erwartet sie mit allen Chancen und Risiken. Ein großes Spiel mit maximalem Einsatz. Danach, das ist ihnen klar, wird das Leben nie wieder so sein wie vorher. Sie werden andere Menschen sein. Stärker, selbstbewusster. Sie werden Kämpfer sein.

Die Täter sagen sich selbst, dass diese letzte Aktion nach all den Vorbereitungen nur noch das Tüpfelchen auf dem i ist, die Krönung ihrer Bemühungen. Wie Hochleistungssportler haben sie dennoch Angst, auf den allerletzten Metern zu versagen. Der Spurt am Ende eines Rennens: Darauf kommt es an. Das wissen sie und verdrängen es gleich wieder, denn diese Erkenntnis schwächt den Elan.

Nicht denken.

Handeln. Schritt für Schritt, wie sie es geübt haben.

In zwölf Stunden ist es so weit. Dann beginnt *die Sache*. Der erste Dominostein wird umgestoßen, die Kettenreaktion in Gang gesetzt. Es gibt keinen Weg zurück, der Geist ist dann aus der Flasche, und das heißt, dass sie ab diesem Zeitpunkt nicht mehr alle Entwicklungen in der Hand haben werden. Bis zur Stunde X muss ihr Tag deshalb so normal wie möglich verlaufen, denn das zumindest können sie beeinflussen. Menschen müssen sie sehen, mit ihnen sprechen, mit ihnen lachen, sich später an ihre Anwesenheit erinnern. Menschen, die keinen wie auch immer gearteten Verdacht schöpfen dürfen, sonst war alles umsonst.

Sie stehen auf, duschen wie jeden Morgen, spritzen sich kaltes Wasser ins Gesicht, damit sie frisch und munter wirken. Nicht übermüdet und aufgeregt.

Sei unauffällig. Das wird heute und in den nächsten Tagen ihr Mantra sein.

Salbrunn, 6:45 Uhr
Gabi Schön, Annikas Mutter

Der See ist an diesem Morgen so blau wie der Himmel. Im Radio laufen die Nachrichten von Bayern 3, in denen sonniges Wetter mit ein paar harmlosen Wolken angekündigt wird. Spätsommerlich warm, sagt der Moderator und klingt so vergnügt, als hätte er selbst gleich frei. Aus dem Küchenfenster kann Gabi zwischen den Bäumen hindurch einen kleinen Ausschnitt der glitzernden, von leichten Böen geriffelten Wasserfläche sehen. Sie zündet den Gasherd an und stellt den gusseisernen Kessel auf die Kochplatte, betrachtet die blauen Flämmchen, die an dem massiven Boden lecken, langt schließlich in das Schränkchen über der Spüle und holt den Porzellanfilter und die Kaffeedose heraus.

Gabi liebt den erdig-aromatischen Duft gemahlenen Kaffees, das bittere Gebräu selbst findet sie dagegen nur mit viel Milch und Zucker genießbar. Sie seufzt, ohne es zu merken und ohne zu wissen, dass sie das jeden Morgen tut. Immer beim Kaffeekochen.

Gabi hält sich selbst für eine zufriedene Frau, aber manchmal hat sie das Gefühl, dass das Schicksal ihr etwas Wesentliches vorenthält, das nämlich, was sie brauchen würde, um auch eine glückliche Frau zu werden. Und wenn sie in so einer Stimmung ist, vergisst sie ihre normale Fröhlichkeit und wird streitsüchtig, und dann hat ihr Mann Stephan nichts zu lachen, und ihre Kinder beschweren sich über ihre Ungerechtigkeit.

Dabei ist ihr Leben genau so, wie sie es sich immer gewünscht und vorgestellt hat. Stephan verdient gut. Sie sind nicht reich, aber sie haben ein hübsches Haus und vier durchaus wohlgeratene Kinder. Annika ist mit ihren zehn Jahren die Jüngste, es folgen der zwölfjährige Jo, der achtzehnjährige Martin und die zwanzigjährige Franzi. Wie die Orgelpfeifen, sagt Stephan manchmal, und er klingt so stolz, als ob er die Kinder selbst auf die Welt gebracht hätte. Gabi erklärt ihm dann gern, wie es sich wirklich verhält – *ihr* war in den ersten drei Monaten schlecht, *sie* hatte den dicken Bauch und die Schmerzen bei den Geburten. Woraufhin Stephan oft dreist erwidert, ob sie nicht ganz schnell noch ein fünftes Kind machen wollen, und Gaby lacht und antwortet: »Spinnst du, vier reichen ja wohl!«

Und das findet sie wirklich. Andererseits ist sie letztes

Jahr vierzig geworden, weshalb sich die Frage nach einer weiteren Schwangerschaft bald komplett erübrigt haben würde, und das ist ihr dann ebenso wenig recht. Den Geburtstag hat sie jedenfalls als Einschnitt empfunden. Sie ist zwar noch nicht alt, aber auch nicht mehr jung. Und immer wieder beschleicht sie das Gefühl, etwas versäumt zu haben, selbst wenn sie nicht weiß, was das genau sein soll.

In solchen Phasen liest sie sich weg von hier. Zum Beispiel nach England, wo die Wiesen so sattgrün sind und die Dörfer mit ihren blumenumrankten Cottages ganz alt und romantisch und die Bewohner auf witzige Weise schrullig. Manchmal sehnt sie sich auch nach Italien. Sie kennt zwar keine italienischen Bücher, aber einige Filme mit Sophia Loren und Adriano Celentano, und ihre Freundin Sybille hat ihr kürzlich erzählt, dass es dort immer warm ist, nicht nur an einzelnen Tagen wie an der Nordsee, wo sie die letzten zwei Ferienwochen verbracht haben. Italien ist mit dem Auto viel näher, trotzdem waren sie noch nie dort. Das Land stellt sie sich licht und leicht vor. Man kann dort bis in den späten Abend bunte Sommerkleider tragen, und die Menschen sind temperamentvoll und charmant.

Der nächste Urlaub, hat sie sich vorgenommen, soll dorthin gehen. Nicht mehr an die Nordsee wie dieses Jahr. Dort sind die Menschen zwar nett, aber wortkarg. Der Dialekt klingt streng, und an den Humor muss man sich gewöhnen. Außerdem war das Meer so kalt, dass die Kinder schon nach fünf Minuten Baden blaue Lippen und Gänsehaut bekamen und Jo sich in der Folge einen Schnupfen einfing. Dann gab es zwei Tage lang eine regelrechte Qualleninvasion – riesige glibberig-eklige Dinger waren das –, und zwei weitere Tage regnete es fast ununterbrochen. Dafür hat Annika den Aufenthalt genossen, und das ist das Wichtigste, denn Annika ist das Sorgenkind in der Familie, seitdem der Heilpraktiker erzählt hat, dass sie in seiner Praxis in Tränen ausgebrochen ist.

Sie hat geweint?
Ja.
Warum denn?
Haben Sie häufiger Streit mit Ihrer ältesten Tochter?
Mit der Franzi?
Ja, wenn das Ihre ältere Tochter ist. Streiten Sie oft mit ihr?
Das kommt schon mal vor, aber die Franzi lebt gerade gar nicht bei uns, sie ist ja schon zwanzig.
Dann hat das wohl bei Annika einen bleibenden Eindruck hinterlassen. Wie auch immer – Annika leidet, wenn Sie sich streiten, Frau Schön. Nur dass Sie das wissen.
Aber...
In Ihrer Familie ist sonst alles in Ordnung, oder?
Ja! Warum weint sie? Ich versteh's nicht!
Nun...
Was hat sie denn?
Es gibt wohl noch einen weiteren Grund... Annika findet offenbar keine Freundinnen in der Schule.
Keine Freundinnen? Das kann nicht sein!
Wussten Sie das nicht?
Sie sagt ja nie was! Warum sagt sie denn nichts!

Darauf wusste der Heilpraktiker keine Antwort. Er drückte sich vielmehr etwas gewunden aus, und Gabi bekam im Nachhinein das Gefühl, dass er ihr irgendetwas verschwiegen hatte. Zumindest hatte er einen Ortswechsel vorgeschlagen, weswegen sie an die Nordsee gefahren sind.

Im Radio läuft »Popcorn«, ein bestimmt zehn Jahre altes Stück, das Gabi von früher kennt und sehr mag. Sie wiegt sich in den Hüften und summt mit. Hinter ihr hört sie den Boden im Flur knarzen. Stephan wird gleich hinter sie treten und ihr einen Kuss auf den Nacken geben. Worauf sie sich freut. Sie ist nämlich immer noch ein bisschen verliebt in ihren Mann, obwohl sie letztes Jahr ihren zwanzigsten Hochzeitstag gefeiert haben.

Aber das sagt sie ihm nicht, er soll sich nur nichts einbilden.

»Morgen, Schatz«, sagt Stephan und küsst sie tatsächlich in den Nacken. Er riecht frisch rasiert und nach dem teuren Aftershave, das Gabi ihm zu seinem zweiundvierzigsten Geburtstag geschenkt hat. Sie lächelt versonnen, aber dann fällt ihr etwas ein, und ihr Körper versteift sich, weil sie die Abfuhr schon ahnt.

»Ich fänd's gut, wenn du die Annika heute zur Schule fährst«, sagt sie betont beiläufig und schenkt ihm Kaffee ein. »Es ist ihr erster Schultag in Thalgau«, fügt sie hinzu. Die Sonne wirft schüchterne Strahlen auf den alten, verkratzten Holzesstisch, den ihr Mann immer wieder hingebungsvoll abschleift und so lange einölt, bis er goldbraun schimmert.

»Geht nicht«, sagt Stephan und bestreicht seine beiden Semmelhälften mit Butter. Langsam und sorgfältig, wie es seine Art ist, was Gabi manchmal nervös macht.

»Wieso nicht?«

»Weil's nicht geht. Das hättest du mir gestern sagen müssen, dann wär ich früher aufgestanden. Jetzt muss ich gleich los.« Stephan ist Lehrer an der Realschule in Hag, einem Nachbarort.

»Du bist doch früh dran«, wendet Gabi ein.

»Ich muss noch was vorbereiten. In der ersten Stunde ist die Begrüßungsveranstaltung, und dann...«

»Es ist Annis erster Schultag im Gymnasium«, sagt Gabi noch einmal.

»Schon, aber sie kann doch den Bus nehmen.«

»Dennoch...«

»Die anderen Kinder fahren auch Bus, oder? Sie braucht keine Extrawurst.«

»Bitte«, sagt Gabi. Wobei es kein Problem sein sollte. Annikas Brüder Jo und Martin können sie mitnehmen, die auch in Thalgau aufs Gymnasium gehen. Außerdem ist sie durchaus in der Lage, allein in einen Schulbus zu steigen.

Später soll Gabi denken, dass sie sich schon um diese Zeit so merkwürdige Sorgen gemacht hat.

»Was ist denn los?«, fragt Stephan erstaunt.

»Nichts«, antwortet Gabi. Er hat ja recht. In Stephans Mundwinkel glänzt ein Rest Butter, und Gabi will ihn schon darauf aufmerksam machen, aber da rumpelt irgendwas im ersten Stock. Sie hört Martin schimpfen, dass es kein heißes Wasser mehr gibt, weil Jo wieder zu lange geduscht hat.

»Ruhe!«, ruft Stephan nach oben. Dann steht er auf, wischt sich mit der Stoffserviette den Mund ab, legt sie ordentlich neben den Teller, küsst nochmals seine Frau und geht in die Garage. Eine Minute später hört sie ihn wegfahren. Sie fühlt sich plötzlich allein und ganz leer, ohne dass es dafür den geringsten Grund gibt.

Salbrunn, 7:05 Uhr
Annika Schön

Während ihr Bruder Jo aus der Dusche steigt, putzt sich Annika im dampfigen Bad die Zähne. Der Spiegel über dem Waschbecken ist beschlagen, aber er hängt sowieso zu hoch. Selbst auf Zehenspitzen kann sie nur die obere Hälfte ihres Gesichts sehen. Die hellblauen Augen mit den blonden Wimpern, die schmale Stirn und die halbe Nase. Aber das ist egal, denn meistens schaut sie sowieso nicht hinein. Man kann Annika einiges vorwerfen – dass sie ein Träumerchen und oft unpünktlich ist, dass sie bockig sein kann, dass sie nicht richtig zuhört und meistens zu wenig Klavier übt –, aber eitel ist sie nun wirklich nicht.

Sie spuckt den Zahnpastaschaum aus und spült hinterher, mit den Gedanken, wie so oft, ganz woanders, und zwar diesmal an der Nordsee. Sie erinnert sich an den Wind, der nach Salz schmeckte und ein bisschen nach Fisch roch und die Luft so frisch machte, dass sie britzelte, an das Meer, so wild und schön, wie es ein See nie sein kann.

Der Höhepunkt war ein Regentag, an dem sie einen Bauernhof besuchten, der aussah wie im Märchen. Die roten Backsteinwände waren mit lauter gelben Rosen bewachsen, und das Dach war mit einer unglaublich dicken Lage Stroh gedeckt, Schilfrohr, das man Reet nannte und fast bis auf den Boden ging. Man hätte heraufklettern können, was man allerdings nicht durfte. Jedenfalls hatte auf dem Hof vor Kurzem eine Kuh gekalbt, und Annika hat das Kälbchen, das noch wacklig auf seinen staksigen Beinen stand, streicheln dürfen. Das Kälbchen hat mit seiner rauen Zunge ihre Hand geleckt.

Das hat sie zu Hause noch nie gemacht – einen Stall besucht, obwohl es mehrere Bauernhöfe rund um Salbrunn gibt. Aber da geht man nicht einfach so rein und streichelt irgendein Tier, keiner tut das. In der Volksschule hat sie in den ganzen vier Jahren nicht eine Freundin gefunden, die auf einem der Höfe wohnte und sie einmal mitgenommen hätte. Stattdessen haben die anderen Kinder sie gepiesackt, und da Annika sehr schnell beleidigt ist, ist sie das willkommene Opfer gewesen. Ganz furchtbar wurde es, als sich ihre Mutter bei den Lehrern für sie einsetzen wollte und *Disziplinierungsmaßnahmen* verlangte, da wurde Annika unterstellt, dass sie gepetzt hätte.

Ihre Mutter hatte es nur gut gemeint, das ist Annika klar, aber gut gemeint ist das Gegenteil von gut gemacht. Das ist einer der Sprüche von Martin, und der stimmt hundertprozentig.

Martin ist schon achtzehn und wird von Annika sehr bewundert, weil er so gut aussieht und so ruhig und gelassen ist. Wenn sie in seiner Nähe ist, strengt sie sich an, um von ihm bemerkt zu werden. Ganz anders ist ihr Verhältnis zu ihrem anderen Bruder. Bei Jo fühlt sie sich einfach wohl. Obwohl sie ein Mädchen und anderthalb Jahre jünger ist, verbringen sie viel Zeit miteinander. Jo versteht sie, ohne dass sie viel erklären muss. Er redet wenig, aber manchmal spürt sie, wie es in ihm brodelt, und dann versteht sie ihn. Bei ihm hat sie das Gefühl, ganz sie selbst sein zu können, mit all ihren Fehlern, und trotzdem gemocht zu werden.

»Anni!«

Das ist ihre Mutter. Martin ist mürrisch, denn Jo hat wie üblich zu lange geduscht. Das warme Wasser ist aufgebraucht und Martin der Leidtragende, weil er heute als Letzter duschen wollte.

»Ja-aa!«

»Kommst du frühstücken?«

»Gleich!«

Annika geht in ihrem blauen Bademäntelchen ins Schlafzimmer, das sie mit Jo teilt, und schaut in den Kleiderschrank.

»Anni, Herrgott, wo bleibst du denn!«

»Ja«, ruft Annika nach unten. Die Zeit hat einen Hüpfer gemacht, und sie hat es gar nicht richtig mitgekriegt. Immerhin hat sie sich mittlerweile fertig angezogen, aber vielleicht ging das zu langsam, sie hat nicht gleich ihre Lieblingshose gefunden – die grüne Cordhose –, und eine andere wollte sie auf keinen Fall anziehen. Ja, sie ist ein bisschen spät dran, aber nur ein bisschen, glaubt sie. Doch im Esszimmer stellt sie fest, dass Jo schon dabei ist aufzubrechen. Ihre Mutter wirkt gereizt über ihre Unpünktlichkeit, aber da ist noch etwas anderes in ihren Augen, in ihrer Stimme, ihren hektischen Gesten, mit denen sie Jo anweist, doch zu warten, und Annika antreibt, schneller zu frühstücken.

Ihre Mutter ruft nach Martin, aber Martin antwortet nicht.

»Hast du den Martin gesehen?«

»Nur vorhin im Bad.«

»Ist er schon weg? Wieso hat er nicht gefrühstückt?«

»Weiß ich doch nicht!«

Ihre Mutter seufzt. Es ist sehr warm in der Küche, die Sonne scheint jetzt direkt hinein, und ihre Mutter hat winzige Schweißperlen auf der Oberlippe. Jo hat keine Geduld mehr und verlässt das Haus ohne Annika.

Das macht sie traurig. Warum will er nicht mit ihr zusammen fahren?

»Lauf ihm hinterher«, sagt ihre Mutter.

»Ja-aa.«

»Los, Anni! Dann holst du Jo noch ein.«

Ein paar Minuten später radelt Annika durch die Unterführung ins Dorfzentrum. Tatsächlich sieht sie Jo vor sich, aber er ist zu schnell. Obwohl sie nach ihm ruft, ignoriert er sie. Manchmal tut er das, wenn er mit gleichaltrigen Freunden Fußball spielt. Dann ist es beinahe so, als wäre ihm seine jüngere Schwester peinlich.

Annika fällt zurück, wird langsamer. Die Reifen summen über den Asphalt, die runde Betondecke wirft die Geräusche zurück wie ein Echo in den Bergen. Sie fühlt sich plötzlich sehr klein. Über ihr dröhnt und rauscht der Verkehr auf der B 12. Annika beeilt sich und erreicht den Busparkplatz hinter der Kirche am Feuerwehrhaus. Sie sperrt ihr Rad ab und stellt dann fest, dass da nicht ein Bus, sondern drei stehen, was sie irritiert. Sie hält Ausschau nach ihren Brüdern, speziell nach Jo, aber offensichtlich haben sie einen früheren Bus genommen und sind schon weg. Überall laufen kreischende und sich balgende Kinder herum, die sie zum Teil aus der Volksschule kennt, aber nicht ansprechen mag.

Sie lässt den Kopf hängen. Sie ist noch nie mit dem Schulbus nach Thalgau gefahren und kennt sich nicht aus. Sie traut sich nicht, die Busfahrer zu fragen, welcher der richtige ist. Vorne an den Windschutzscheiben steht nichts und an den Seiten auch nicht. Sie umkreist die Busse mehrmals – kein Schild mit dem Zielort, nirgends. Schließlich startet der erste Bus und hinterlässt eine stinkende Dieselwolke.

Annika fährt wieder nach Hause, obwohl sie weiß, was sie dort erwartet. Ihre Mutter wird schimpfen, weil sie sich benimmt wie ein Kleinkind, und wird ihr Nesthäkchenallüren vorwerfen, einen Ausdruck, den sie in letzter Zeit häufiger benutzt und mit dem Annika überhaupt nichts anfangen kann. Sie weiß nicht mal genau, was ein Nesthäkchen sein soll. Sie radelt langsam den Grünanger entlang, die Sonne wirft flackernde goldene Flecken durch die dicht belaubten Eichen auf die gekieste Straße. Das sieht schön aus, ist aber heute kein Trost. Die neue Schultasche erscheint ihr doppelt so schwer wie die alte, sie zieht ihren Rücken nach hinten, und der rechte Riemen kneift an ihrer Schulter. Keuchend fährt sie die Stichstraße hoch zum Haus, die Steigung ist ziemlich steil.

Glücklicherweise kommt alles ganz anders als gedacht. Ihre Mutter ist anfangs zwar etwas verärgert, aber beruhigt sich recht schnell, denn Martin frühstückt ganz gemütlich im Esszimmer, weil er auf seinen Schulfreund Benedikt wartet. Der nämlich will ihn mit seinem Auto abholen. Und Annika kann mitfahren. Es ist alles in Ordnung. Sie wird rechtzeitig in ihrer neuen Klasse sein.

»Meine Anni«, sagt ihre Mutter, streichelt ihr über die neuerdings kurzen Haare und wirkt dabei – Annika kann sich nicht recht erklären, warum – fast erleichtert. Daran wird sich Gabi Schön übrigens später erinnern. An diese Erleichterung, die sich auf nichts gründete. Die sogar fatal war, weil die echte Gefahr ganz woanders lauerte. Sie wird sich die bittersten Vorwürfe machen, was niemand nachvollziehen kann, der nicht selbst Kinder hat und weiß, dass eine Mutter immer die Schuld bei sich sucht. Egal, was passiert.

Annika selbst wird nie älter als zehn Jahre werden. An ihrem letzten Morgen ahnt sie nichts davon, und doch verdüstert sich ihre Stimmung auf der Autofahrt nach Thalgau. Während sie auf der Rückbank in Benedikts altem weinrotem Renault sitzt und sich die beiden Achtzehnjährigen vor ihr über Dinge unterhalten, die sie nicht interessieren und bei denen sie nicht mitreden kann, fühlt sie sich überflüssig und allein.

Sie denkt an das Kälbchen und seine raue Zunge. Sie macht die Augen zu und nickt ein.

Aufkirchen, 12:45 Uhr
Franzi Schön, Annikas Schwester

Kurz vor der Mittagspause sitzt Annikas Schwester Franzi, die eine Töpferlehre in Aufkirchen absolviert, breitbeinig vor einem grauen Tonklumpen, aus dem eine mittelhohe konische Vase werden soll. Sie liebt diese Arbeit, das Hantieren mit dem schweren, feucht-klebrigen Material, das sirrende Geräusch der Töpferscheibe, das Gefühl, wenn es klappt und der Ton genau das macht, was man will und was er soll. Sie formt aus dem Klumpen eine Kugel, platziert sie sorgfältig in der Mitte der Scheibe, betätigt den Fußhebel, der die Scheibe zum Drehen bringt, und drückt ihre beiden Daumen in die Kugel.

Die Kugel beginnt zu eiern und rutscht nach außen. Franzi seufzt und hält die Scheibe an, der Meister dreht sich um und gibt ihr schweigend zu verstehen, dass sie von vorn anfangen muss. Das Material also noch mal kneten, damit es warm und weich wird, es wässern, damit es geschmeidig bleibt und nicht vorzeitig aushärtet. Und dann einen neuen Versuch starten. Ja, das wird sie tun. Meinetwegen noch hundertmal. So lange, bis da eine Vase draus geworden ist. Drehen ist eine Kunst. Franzi will sie beherrschen, und vor allem will sie diesmal dranbleiben, nicht gleich wieder aufgeben und was Neues ausprobieren, so wie in den vergangenen Jahren.

Plötzlich denkt sie an Annika und erinnert sich, dass sie heute ihren ersten Schultag auf dem Gymnasium hat. Ob sie gut zurechtkommt? Mehr Freundinnen findet als in der Volksschule? Wenn man ehrlich ist, stellt sich Franzi solche mitfühlenden Fragen normalerweise nicht. Sie liebt ihre Schwester, wie man halt seine jüngste Schwester liebt, aber manchmal vergisst sie sie fast, weil Annika so ein stilles Mädchen ist, während Franzi schon immer erheblich mehr Wind um sich gemacht hat.

Eine Woche vor Annikas Verschwinden, während der Rest der Familie noch an der Nordsee Ferien gemacht hat, ist Franzi in der Dämmerung von Hag nach Salbrunn durch den Traubenhain geradelt, ein Waldstück, das so heißt, ohne dass ein Mensch weiß, warum. Trauben gibt es hier jedenfalls nicht.

Franzi war zu Besuch bei einer Freundin, die in Hag wohnt. Der holprige Pfad zwischen beiden Orten ist die Fortsetzung des Grünangers, wo Franzi, die normalerweise in Aufkirchen lebt, während der Abwesenheit ihrer Eltern auf das Haus aufpasst. Er führt am See entlang durch den Wald und ist an beiden Enden jeweils mit einer Schranke für den Autoverkehr gesperrt. Franzi und die anderen sind hier schon Tausende Male durchgeradelt, Kinder wie Erwachsene. Sie kennen jede Windung, jeden Stein, jede Wurzel und jeden Baumstumpf: Sie würden sich blind zurechtfinden. Es ist die kürzeste Verbindung zwischen dem Grünanger in Salbrunn und der Seestraße in Hag. Autofahrer müssen durch die Unterführung ins Zentrum Salbrunns fahren, dann rauf auf die Bundesstraße, bei Keltenberg wieder runter, und anschließend sind es noch drei Kilometer auf der Landstraße bis Hag.

Mit dem Rad geht es zehnmal schneller.

Franzi ist kein furchtsamer Mensch, zum Leidwesen ihrer Eltern. Sie ist viel zu gutgläubig und vertrauensselig, dazu noch abenteuerlustig, eine Kombination, die sie schon häufiger in Schwierigkeiten gebracht hat. Franzi hatte Freunde, die ihre Eltern gar nicht schätzten und die sie enttäuscht haben, weil hinter dem ganzen Getue nichts gesteckt hat. Franzi war lange auf der Suche nach etwas, das sie erfüllt. Sie traf auf Punks mit stachlig-bunten Frisuren, schwarzen Klamotten und zerrissenen schwarzen Netzstrumpfhosen unterm Ledermini, auf Späthippies mit schwarz-weißen Palästinensertüchern, die auf Demos gingen und sich vormachten, dass Drogen ihr Bewusstsein erweiterten. Das alles war nicht zufriedenstellend. Sie ist schließlich ein paar Monate durch Indien gereist, hat in Poona haltgemacht und – was ihre Eltern glücklicherweise nicht ahnen – an sexuell ausschweifenden Sannyasin-Orgien teilgenommen, bis ihr das Ganze zu wild wurde und zu psycho. Auch hier fand sie nicht das, wonach sie sich sehnte: einen Sinn im Leben. Etwas, das über das pure Dasein hinausging. Sie war dann ein halbes Jahr in London gewesen, um ihre künstlerischen Ambitionen auszuleben, hat dort aber im Wesentlichen planlos in den Tag hinein gefaulenzt.

Diese Zeiten sind schon ein paar Monate vorbei, seit sie mithilfe eines Freundes Gott gefunden hat und sich endlich angekommen, angenommen fühlt. Gott ist Liebe. Man muss ein paar Regeln befolgen, um sich seine Liebe zu verdienen. Tut man das, füllt einen die Liebe wie ein Gefäß und macht alles rund und schön. Franzi hat sich verändert. Sie ist ruhiger geworden, gelassener, weniger schnell gereizt.

Was geblieben ist: ihre Furchtlosigkeit.
Bis jetzt.

Mitten im Traubenhain, ein paar Hundert Meter vor dem Grünanger entfernt, sträuben sich ihr plötzlich die Nackenhaare. Ihr ist, als hätte sich da jemand im Unterholz versteckt, als würde sie jemand beobachten. Sie traut sich aber nicht, genau hinzuschauen. Ein paar Sekunden lang ist sie so erschrocken, dass ihre Beine den Dienst versagen. Das Rad schlingert, Franzis Körper kribbelt, gleichzeitig fühlt sie sich wie gelähmt. Schließlich atmet sie tief durch, tritt wieder wie besessen in die Pedale, verliert fast das Gleichgewicht wegen einer dieser tückisch knotigen Wurzeln, die aus dem Erdreich ragen, fängt sich in letzter Sekunde und findet sich schließlich unter einer Straßenlaterne. In diesem Moment geht sie mit einem Knacken an und umfängt sie mit einem tröstlichen Lichtschein.

Franzi weiß nicht, was das eben gewesen ist, ob sie sich da was eingebildet hat, sie weiß nur, dass es vorbei ist.

Sie steigt ab und schiebt ihr Rad nach Hause. Ihre Knie zittern noch ein bisschen, aber sie glaubt zu spüren, dass alles wieder in Ordnung ist.

Später ruft sie ihre Freundin an und erzählt ihr davon. Sie sitzt auf dem harten Boden im Flur, weil das dunkelgrüne Familientelefon nur eine kurze Schnur hat. Mittlerweile ist es halb neun und fast dunkel. Die Freundin kennt den Weg genauso gut wie sie. Nie ist hier irgendwas passiert. Nie hat es Grund gegeben, sich Sorgen zu machen. Man sollte also nicht ohne Not damit anfangen, Furcht und Misstrauen unter den Menschen zu säen. Das sagt ihr die Freundin mit einer gewissen Strenge in der Stimme, die typisch für sie ist, und Franzi merkt, dass es vielleicht wirklich besser ist, nicht mehr darüber nachzugrübeln. Wer zu viel grübelt, erklärt die Freundin, kann Dämonen wecken. Die Freundin gehört zu dem Gebets- und Meditationskreis, dem sich Franzi angeschlossen hat.

»Aber wenn Gott mich warnen will?«, gibt Franzi zu bedenken.

»Vielleicht war es ja gar nicht Gott«, erwidert die Freundin.

»Du meinst...«

»Satan kennt viele Tricks, um uns vom richtigen Weg abzubringen.«

»Jetzt hör aber auf!«

»Das ist so!«

Franzi widerspricht nicht weiter, und der Rest des Gesprächs dreht sich um die Frage, ob Rolf, der zum Gebetskreis gehört, eine feste Freundin hat oder nicht. Die beiden kommen zu keinem Ergebnis, aber als Franzi eine Stunde später auflegt, ist sie vollends beruhigt und geht ins Bett.

In den nächsten Tagen wiederholen sich ihre rätselhaften Ängste nicht, auch nicht, als sie wieder durch den Wald radelt. Als ihre Familie nach Hause kommt, hat sie das Ereignis fast vergessen.

Sie erinnert sich auch jetzt, an Annikas letztem Lebenstag, nicht daran. Sie denkt einfach nur intensiver über ihre kleine Schwester nach, die so liebenswert ist und auch geliebt wird, aber trotzdem immer ein bisschen unglücklich wirkt.

Salbrunn, 14:05 Uhr
Hannes Berg, Martin Schöns bester Freund

Nach der Schule lümmeln Martin Schön und Hannes Berg mit ausgestreckten Beinen dicht nebeneinander in der letzten Reihe des Schulbusses. So nah, dass sich ihre Schultern berühren. Es fühlt sich gut an, und Hannes ist sehr glücklich, wie fast jedes Mal, wenn er mit seinem besten Freund zusammen ist. Zu dieser Zeit ist ihm noch nicht vollkommen bewusst, dass es von seiner Seite aus viel mehr als Freundschaft ist. Eine Anziehung, die weit darüber hinausgeht. Er hat Fantasien, die ihm selbst ein bisschen komisch vorkommen. Zum Beispiel träumt er manchmal davon, sich von Martins langen Haaren ein Kissen zu machen, um ihm auch nachts nah sein zu können.

Natürlich erzählt er Martin nichts davon.

Martin wirkt zurückhaltend. Nur Hannes spürt seine untergründige emotionale Wildheit, und in solchen Momenten möchte er ihn umarmen und küssen, tut aber nichts dergleichen. Hannes schämt sich nicht seiner Gefühle, er denkt auch nicht groß darüber nach. Aber ihm ist klar, dass Martin nicht so empfindet wie er. Meistens jedenfalls. Hin und wieder gibt es ein Fünkchen Hoffnung, und dann ist Hannes euphorisch, als würde ihn eine kleine heiße Sonne von innen wärmen und nach außen strahlen.

So ein Tag ist heute. Sie sind einander sehr verbunden. Am späteren Nachmittag laufen sie über eine Wiese voller Apfelbäume neben dem Haus, in dem Hannes' ehemalige Freundin Saskia mit ihren Eltern wohnt. Hannes mag Saskia immer noch sehr gern. Als er mit ihr Schluss gemacht hat, hat er ihr geschworen, dass sie nichts Falsches getan hat. Aber mit ihr war es nicht so wie mit Martin. Niemand kommt an Martin heran.

Saskia will heute Apfelstrudel backen. Sie hat ihm und Martin einen großen Korb gegeben, und so ernten sie gemeinsam die rotbackigen Sommeräpfel, und dann ist der Korb irgendwann voll mit den süß-säuerlich duftenden Früchten. Viel zu viele für einen Apfelstrudel, aber das ist den Jungs egal. Die Schatten werden bereits länger, als sie den Korb an beiden Henkeln fassen und ihn gemeinsam über die Wiese schleppen. Sie schwingen ihn hin und her, lachen dabei, lachen sich an.

Noch Jahrzehnte später wird sich Hannes an diesen vollkommenen Nachmittag erinnern, der der letzte dieser Art sein soll. Martin und er sind ausgelassen, verspielt wie junge Hunde. Sie lassen den Korb schließlich fallen. Er kippt erwartungsgemäß um, und die Äpfel kullern heraus. Die Jungen legen sich daneben ins hohe Gras. Schauen in den Himmel, der so tiefblau und glasklar ist, wie er eigentlich nur im Herbst sein kann. Hannes traut sich nicht, Martin anzusehen. Er würde dann so einen sentimentalen Blick bekommen, und das würde Martin irritieren. Die schöne Stimmung wäre dann kaputt. Stattdessen reißt er einen Grashalm aus und kaut daran, genießt die Wärme, den sanften Wind und die pure Gegenwart seines Freundes, ohne etwas zu erwarten. Er will nichts verlangen, was Martin ihm nicht geben kann, er weiß, dass schon eine vage Andeutung alles zerstören könnte, was zwischen ihnen ist.

Beide schweigen. Martin redet ohnehin nicht viel, und Hannes hat sich darauf eingestellt. Er dreht sich eine Zigarette und reicht den reichlich bröseligen Tabak zu Martin rüber. Sie rauchen, und Hannes konzentriert sich auf die Geräusche der Natur. Seine Sinneswahrnehmungen sind sehr ausgeprägt; seine Mutter witzelt manchmal, er könne das Knabbern der Holzwürmer in Deckenbalken hören. Das zumindest verbindet ihn mit Martin, und so ist es nicht erstaunlich, dass beide Musiker sind. Allerdings sind ihre Begabungen unterschiedlich ausgeprägt. Martin ist gut im Improvisieren auf dem Klavier und dem Schlagzeug. Hannes bewundert diese Leichtigkeit, die ihm gänzlich abgeht. Er selbst spielt ausschließlich nach Noten. Er übt regelmäßig an der Orgel in der Pfarrkirche und leitet aushilfsweise den Kirchenchor.

Vor sieben Jahren ist er nach dem frühen Tod seines Vaters mit seiner Mutter von Frankfurt nach Salbrunn gezogen. Die Großstadt hat er keine Sekunde lang vermisst. Es gibt einige Orte am See, die sich langsam zu Touristenmagneten entwickeln, mit Strandlokalen und Seepromenade und reichlich städtischem Publikum. Besonders am Wochenende wird es richtig voll. Nur nicht in Salbrunn. Salbrunn bleibt eine abgeschiedene ländliche Idylle. Das liegt auch an seiner besonderen Lage. Seegrundstücke gibt es nur am lang gezogenen Grünanger auf der anderen Seite der B 12, und sie sind alle in Privatbesitz. Cafés haben hier keinen Platz.

So ist Salbrunn ein Dorf geblieben, wie es früher sehr viele gegeben hat, in dem die Hühner auf der Straße laufen und die Hähne jeden Morgen einen Höllenlärm veranstalten. Im Sommer rumpeln die Mähmaschinen durch die engen Gassen, oft riecht es ziemlich streng nach Gülle, die die Bauern auf die Felder ausbringen.

Jeder kennt jeden, jeder grüßt jeden. Auch wenn Salbrunn nicht von den üblichen Gemeindequerelen verschont bleibt: Die Grundstimmung ist versöhnlich und vertraut. Jeden Sonntag ist Gottesdienst, und danach trifft man sich im Gasthof Tauber auf ein Bier. Jedes Jahr gibt es einen Maibaum und davor den Tanz in den Mai, bei dem das ganze Dorf, wirklich jeder Einzelne, mitmacht. Die Alten und die Jungen, ein vergnügtes Durcheinander, das zwar manchmal nach reichlich Alkohol in eine Schlägerei ausartet, aber meistens friedlich endet, weil Markus Kreil in der Regel rechtzeitig eingreift. Markus Kreil ist der Besitzer des Tauber-Gasthofs und gleichzeitig der Trainer der Fußball-Jugendmannschaft. Hannes ist unsportlich, aber trotzdem bei jedem Spiel dabei, um anzufeuern.

Und danach wird im Tauber gefeiert. Aber richtig. Bisweilen kommen bayerische Musikgruppen und spielen auf, und dann ist der Laden richtig voll, und die Stimmung steigt bis zum Siedepunkt. Alle singen mit, und zum Schluss bebt der Gastraum.

So soll es sein.

So ist Salbrunn, bevor sich alles ändert.

16:00 Uhr
Die Täter

Noch drei Stunden. Es gibt nicht mehr viel zu tun, außer eben sich so zu benehmen, als wäre alles ganz normal, und dabei von möglichst vielen Leuten gesehen zu werden. Der Schacht mitten im Wald wurde schon Ende August ausgehoben, die rechteckige Kiste ruht aufrecht darin. Das Hereinwuchten war übrigens eine Scheißarbeit, denn die Kiste misst immerhin gut ein Meter fünfzig, da gräbt man schon tagelang mit Schaufel und Pickel im Schweiße seines Angesichts um das zähe Wurzelwerk herum.

Die Kiste ist eine aus Sicht der Täter perfekte Konstruktion. Die Enden der mit Metallsieben verschlossenen beiden Belüftungsrohre schauen ein paar Millimeter heraus. Die mit Bitumen und Silberbronze lackierte Abdeckung schimmert im Dämmerlicht des Waldes und musste deshalb mit einer dünnen Schicht Erde bedeckt werden, auf der man später neue Grassamen säen wird.

Die Täter (das finden sie selbst) haben sich im Übrigen angestrengt, es ihrem Opfer so bequem wie möglich zu machen. In der Kiste befindet sich ein Brett als Sitzgelegenheit. Die Mitte des Bretts ist mit einem quadratischen Loch versehen, und direkt darunter steht ein Eimer mit Wasser, falls das Opfer mal muss. Sehr praktisch, gut durchdacht, aber auch mit gewissen Mühen verbunden, da den Tätern keine Stichsäge zur Verfügung stand. Sie mussten die Aussparung also mit vielen nebeneinanderliegenden Bohrlöchern bewerkstelligen. Ein ziemlich umständliches Unterfangen, genauso wie das Installieren einer extra zu diesem Zweck erstandenen Autobatterie, die für Beleuchtung sorgen wird, damit sich das Opfer nicht mehr als notwendig fürchtet und eventuell herumlärmt. Denn geknebelt werden soll es nicht. Es darf überhaupt keine Gewalt angewendet werden, das ist die Idee.

Es gibt andere Mittel.

Bahlsenkekse sollen den Hunger stillen, mehrere Mineralwasserflaschen den Durst. Comics, unter anderem von *Clever & Smart*, liegen rechts auf dem Brett, damit sich das Opfer nicht etwa langweilt. Denn der Aufenthalt kann ja durchaus ein paar Tage dauern. Man weiß schließlich nicht, wie kooperativ die Familie sein wird. Ob sich allerdings ein Kind über die knallig-anarchischen Bildergeschichten wirklich amüsieren wird, darüber machen sich die Täter keine Gedanken. *Clever & Smart* sind Teil des großen Spiels, sie enthalten eine geheime Botschaft: Sie, die Täter, sind clever und smart.

Das Versteck ist perfekt getarnt. Zehn knapp mannshohe Fichten haben die Täter gefällt und rund um die Kiste etwa einen halben Meter tief in den weichen Waldboden gesteckt, um eine Schonung zu simulieren. Sie haben auch sonst an fast alles gedacht, haben zum Beispiel einen plastikummantelten Klingeldraht um mehrere Bäume in der Nähe des geplanten Tatorts gelegt, der Meter von der vergrabenen Kiste entfernt ist. Er soll dazu dienen, den jeweiligen Komplizen im Fall des Falles zu warnen.

Im Lauf der letzten Wochen haben sie außerdem drei Beobachtungsposten in der Nähe des Tatorts eingerichtet. Sie haben die Äste von zwei Bäumen gekappt, sodass jeweils eine Person den Tatort im Blick hat, aber von außen nicht gesehen werden kann. Sie haben einen Klingeldraht um diese zwei Bäume geschlungen. Das alles hat viel Zeit erfordert. Die Vorbereitungen waren anstrengender als gedacht. Die Planung war jedenfalls erheblich leichter als die Ausführung.

Nun soll es sich bitte auch lohnen.

Zwei Millionen werden sie verlangen, für jeden von ihnen beiden eine. Für den Rest ihres Lebens haben sie dann ausgesorgt, werden unabhängig sein. So stellen sie sich das vor. Und dennoch ist das Geld nicht das Wichtigste. Jedenfalls nicht für den einen Täter. Die Tat selbst steht für etwas.

Freiheit!

Die Täter sind aufgeregt. Diese Entführung wird eine Premiere sein. Sie wurde bis ins Detail geplant. Es darf nichts schiefgehen, denn der Tag X muss unbedingt heute sein. Gestern war noch keine Schule, und morgen könnte das Wetter bereits umschlagen.

Und dann würde es nicht klappen.

Hag, 16:00 Uhr
Annika Schön

Während Hannes und Martin im Gras liegen und rauchen, während die Täter letzte Vorbereitungen treffen, ist Annika bei ihrer Cousine Marie, die in Hag an der Seestraße wohnt. Gegen halb sechs steigen die Mädchen auf ihre Räder und fahren zum TSV Hag, wo sie jede Woche am Kinderturnen teilnehmen. Annika ist erst seit Anfang Juli dabei, aber es macht ihr großen Spaß. Sie ist sportlich und gelenkig genug für die verlangten Übungen. Sie wird, da sie noch Anfängerin ist und ihre Sache so prima macht, viel gelobt. Das bedeutet ihr eine Menge. Sie spürt, dass sie auf einem guten Weg ist.

Der erste Schultag war ebenfalls besser als gedacht. Die Lehrer scheinen nett zu sein, und sie ließen alles ruhig angehen. Eine Lehrerin hat zum Ausdruck gebracht, dass der Übertritt ins Gymnasium ein wichtiger Schritt für Kinder sei und sie alles tun würden, um ihnen die Scheu vor den neuen Anforderungen zu nehmen. »Ihr braucht keine Angst zu haben«, hat sie versprochen.

Sehr viel mehr hat Annika von der Rede nicht verstanden und auch vieles rasch wieder vergessen. Aber dieser eine Satz ist sehr wichtig für sie, bei der Hast und Druck eine Art Trotz auslösen. Sie hat in der Volksschule immer sehr gute Noten gehabt, sie ist gründlich, aber sie braucht Zeit, bis sie den Stoff versteht. Wenn sie ihn versteht, dann aber wirklich und für immer.

Es sind noch weitere erfreuliche Dinge passiert. Sie hat ein Mädchen aus dem Turnverein getroffen, das in Hag wohnt. Das war eine tolle Überraschung. Das Mädchen namens

Sabine hat sich gleich neben Annika gesetzt und munter drauflosgeplaudert, und dann haben sie ausgemacht, dass sie auch in Zukunft nebeneinandersitzen werden. Und nach der Schule hat Sabines Mutter Annika nach Hause gefahren, also extra für Annika einen Umweg gemacht. Später wird Annika Sabine im Turnverein treffen. Das heißt: Sie hat jetzt eine Freundin.

Es gibt also nichts mehr, vor dem sie sich fürchten müsste. Am frühen Nachmittag hat sie zu Hause sorgfältig ihren Namen auf die Schulhefte geschrieben und sämtliche Bücher für den nächsten Morgen ordentlich hergerichtet. Sie hat sogar Klavier geübt, ein einfaches Allegro von Mozart. Allerdings nach Ansicht ihres Vaters nicht lange genug, und es hat sich zugegebenermaßen auch nicht wirklich perfekt angehört. Oft wollen ihre Finger nicht so wie sie, und dann gibt es keinen harmonischen Klangteppich, sondern krampfiges Geklimper ohne inneren Zusammenhang. Es hat ein wenig Streit deswegen gegeben, doch schließlich hat ihr Martin beim Üben geholfen. Er tat das auf seine sachliche, freundliche Art, verlor nicht die Geduld, als sie sich weiterhin ein bisschen ungeschickt anstellte. Schließlich hat sich ihr Vater wieder beruhigt und ist zurück in sein Arbeitszimmer gegangen. Sicher nicht, um Hausaufgaben zu korrigieren, es ist ja erst der erste Schultag. Aber etwas anderes, wovon sie nichts weiß.

Oft denkt sie über ihren Vater nach, was genau er tut, wenn er die Tür hinter sich zumacht und ihn niemand beobachtet. Vielleicht verwandelt er sich in einen Vogel und fliegt durch das offene Fenster. Oder er geht durch Wände wie ein Geist. Einmal hat sie einen Film gesehen, in dem ein Mann durch Wände gehen konnte, und obwohl man ihr erklärt hat, dass es sich dabei um ein Märchen handelt, hat sie sich in diese Vorstellung verliebt. Sie würde gern durch Wände gehen, und noch lieber hätte sie die Fähigkeit, unsichtbar zu sein, wann immer es ihr gefällt. Jo ist der Einzige, dem sie davon erzählen kann. Er hört ihr immer ernsthaft zu und lacht sie niemals aus.

Sie macht den Klavierdeckel zu. Das Allegro klappte noch nicht hundertprozentig, aber Martin hat sich zufrieden mit ihren Fortschritten gezeigt. Außerdem hat er selbst noch was vor. Die nächste Klavierstunde ist erst in zwei Tagen, es bleibt ihr genug Zeit zum Üben.

Zwanzig Minuten später radelt sie durch den Traubenhain zu Marie. Sehr langsam, weil das Sonnenlicht so verführerisch durch die dicht belaubten Bäume fällt, als ob die warmen Strahlen sie streicheln wollen. Sie versucht, freihändig zu fahren, aber der Weg ist zu holprig. Links glitzert der See, blendet sie mit winzigen Blitzen, sodass sie fast nichts sieht, wenn es schattig wird. Manchmal ist der Wald kahl und der See grau und stumpf. Wenn es stürmt und regnet, ist es im Traubenhain wiederum so laut, dass sich das Rauschen der Blätter und das Tosen und Schäumen der Wellen zu einer wilden, beunruhigenden Geräuschkulisse vereinen. Und an dem einen oder anderen Wintermorgen ist es an Land ganz weiß und still. Nur von der Eisfläche kommt ein tiefes, gespenstisches Knacken und Krachen, als ob ein Riese ein hartes Bonbon zerbeißt.

Aber heute ist es so hell und heiter, als gäbe es nichts Böses auf der Welt.

Um 18:45 Uhr ist das Kinderturnen vorbei, und Marie, Sabine und Annika radeln nach Hause. Sabine biegt an ihrer Straße ab, winkt den beiden und ruft Annika zu: »Bis morgen in der Schule!« Annika und Marie fahren zunächst zu

Marie. Deren Mutter, Juliane Maurer, wartet bereits mit dem Abendessen. Juliane ist die Schwester von Annikas Mutter Gabi. Sie weiß nicht, dass Gabi ihrer Tochter schon beim Mittagessen eingeschärft hat, nach dem Sport gleich nach Hause zu fahren, weil es sonst zu dunkel wird. Annika hat diese Anweisung aber vergessen oder will sich nicht daran erinnern. Sie setzt sich also mit Marie und deren Eltern zum Essen.

Um 19:20 Uhr ruft Annikas Vater bei Juliane und Robert Maurer an. Robert Maurer hebt ab, und Annika ahnt schon, dass es gleich Ärger geben wird, denn die sonore Stimme ihres Vaters wird übertönt von der höheren ihrer Mutter im Hintergrund. Die schallt ziemlich laut durch den Hörer, den Robert Maurer deshalb ein Stück vom Kopf weghält. Der versucht zu beruhigen, wie immer, wenn ihre Mutter sich aufregt, und verspricht schließlich hoch und heilig, dass er Annika nach Hause schicken wird.

Ihre Mutter und Robert Maurer verstehen sich nicht so gut. Woran das liegt, weiß Annika nicht, aber sie hat ein paar Gespräche mit angehört, aus denen hervorging, dass sie findet, ihre Schwester Juliane hätte einen besseren Mann verdient. Einer, der nicht so viele Flausen im Kopf hat. Annika weiß nicht genau, was Flausen sind, aber es muss was Nettes sein, denn sie mag Robert sehr gern. In seiner Gegenwart wird immer viel gelacht. Selbst ihre Mutter kann sich oft nicht beherrschen, wenn Robert Leute nachmacht, zum Beispiel seinen brummigen Nachbarn Herrn Klaus, der immer sein Kinn gegen den Hals drückt, wenn er sich ärgert, und dann aussieht wie eine fette Kröte.

»Sie soll jetzt losfahren«, quäkt es blechern aus dem Hörer. Robert grinst die Kinder an, und Marie und Annika kichern.

»Ich sag's ihr, Stephan«, spricht er ins Telefon, nun wieder ernst.

»Sofort!« Das ist wieder ihre Mutter.

»Natürlich. Sie zieht sich schon an. Sie ist gleich bei euch.«

Es dauert aber doch noch ein paar Minuten, bis sie tatsächlich losradelt. Annika will nicht weg, trödelt herum, stochert in ihrem Teller, und schließlich muss Juliane sie freundlich ermahnen, dass es höchste Zeit sei. Es ist ein wenig kühl geworden, und so leiht ihr Marie ihre beigefarbene Wolljacke. Zusammen gehen sie nach draußen. Die Seestraße ist jetzt leer, der See glatt. Er schimmert in geheimnisvollen Farben, von Hellrot bis Moosgrün.

Marie winkt Annika hinterher. Die Seestraße ist die Verlängerung des Waldwegs nach Salbrunn. Also kann Marie Annika noch eine ganze Weile sehen. Es ist nicht mehr richtig hell, doch noch längst nicht finster. Es ist die blaue Stunde, in der blasse Farben strahlender wirken, während dunkle Töne fast verschwinden, als würde sich die kommende Nacht bereits ihrer bemächtigen.

Noch Jahrzehnte später wird sich Marie an Annikas Rücken erinnern, an ihre eigene Jacke, die um Annikas schmalen Körper flattert.

Dann wird Annika vom Wald verschluckt.

Salbrunn, 19:25 Uhr
Stephan Schön, Annikas Vater

Wenn Gabi sich aufregt, sieht sie jünger aus. Manchmal so wie vor über zwanzig Jahren, als sie sich auf einer Party bei ihrem Schwager Robert kennengelernt haben. Gabi stand in der Küche und hatte diese langen, glänzenden Haare mit dem akkuraten Pony. Die sind ihm als Erstes aufgefallen, so dicht und seidig, als könnten sie gar nicht echt sein (was sie aber waren, sie trug kein Haarteil wie so viele andere junge Frauen).

Als Zweites sah er ihr hübsches, erhitztes Gesicht. In dem Moment, als er sich zu ihr durcharbeiten wollte, ganz automatisch und wie magnetisch angezogen, gab sie einem Mann einen Stoß gegen die Brust und rief: »Schleich dich!« Das Stimmengewirr verebbte für ein paar Sekunden, und der Mann wich folgsam zurück – eine Witzfigur mit mühsam frisierter Elvis-Tolle. Stephan fand sofort, dass ihm recht geschah. Unter dem Gelächter der anderen fiel der Mann beinahe rücklings über einen Stuhl und drängte sich schließlich an Stephan vorbei.

Das gefiel ihm. Die Art, wie Gabi ihn in die Schranken gewiesen hatte. Und auch der enge schwarze Rollkragenpulli, der ihren Busen und ihre schmale Taille betonte. Natürlich die blonden Haare und die dunklen Augen, aber vor allem der schiefe Zahn auf der linken Seite, der ihrem schüchternen Lächeln etwas Verwegenes gab.

Konnte man sich in einen schiefen Zahn verlieben?

Ja, auf jeden Fall.

Es war der herausblitzende Zahn, der den Ausschlag gab, auch wenn ihm, als sie später ins Gespräch kamen, noch viel mehr gefiel. Zum Beispiel, dass sie ganz feste Vorstellungen von ihrer Zukunft hatte. Sie wollte ihre Ausbildung zur Hauswirtschaftsmeisterin beenden, dann eine Zeit lang arbeiten, sich aber auch nach einem Mann umsehen, mit dem sie eine Familie gründen konnte.

»Erst dann«, sagte sie und nahm einen Schluck Wein.

»Was dann?«, fragte Stephan.

»Eins nach dem anderen«, sagte sie geheimnisvoll.

Sie tanzten Rock 'n' Roll, weil Gabi das wollte. Stephan tanzte nicht besonders gut, er hatte es nie richtig gelernt, aber mit Gabi klappte es seltsamerweise. Ihre Bewegungen waren zielgerichtet, aber zugleich frei. Es war leicht, sich ihr anzupassen und trotzdem das Gefühl zu haben, sie zu führen. Dieser gemeinsame Rhythmus hat sie, so sieht das Stephan, hierhergebracht, scheinbar zufällig, ganz mühelos, als wäre jeder Schritt in ihr gemeinsames Leben vorbestimmt.

Sogar die schlechten Zeiten, als die Kinder klein und anstrengend und sie sich ihrer Liebe nicht mehr sicher waren.

»Stephan«, sagt Gabi streng. Nein, nicht streng. Alarmiert. Sie steht vor ihm in seinem Büro, die Hände in die Seiten gestützt, mit ihrem ganz jungen, verletzlichen Gesicht. Noch vor ein paar Minuten waren sie mit Jo in der Heimsauna gewesen, und Stephan hatte sich danach an den Schreibtisch gesetzt, um etwas für den nächsten Schultag vorzubereiten. Bis eben hat er sich angenehm entspannt und durchwärmt gefühlt.

»Ja?«, sagt er abwesend, das Biologiebuch aufgeschlagen vor sich.

»Die Anni ist immer noch nicht da.«

»Wie?«

»Sie ist nicht da!«

Erst ist er sauer auf Annika. Es ist kurz vor acht, sie müsste längst zurück sein. Warum tut dieses Kind nie, was man ihm sagt?

»Stephan!«

Dann breitet sich etwas in ihm aus, das ihm Angst macht. Eine Art Schwindel, eine Schwäche, so elementar, dass er glaubt, nicht mehr aufrecht sitzen zu können. In seinen Ohren beginnt es zu summen, ihm bricht der Schweiß aus. Den Schwindel kennt er schon, den hat er öfter, aber er darf ihm jetzt nicht nachgeben.

»Verdammt«, sagt er.

Für den Heimweg von der Seestraße bis in den Grünanger braucht man auch als Kind höchstens eine Viertelstunde.

Allerhöchstens.

Zehn Minuten sind realistisch. Der Weg durch den Wald ist nur drei Kilometer lang, und die Annika kennt sich aus. Man braucht wirklich nicht viel länger als zehn Minuten, es sei denn…

Vielleicht hat sie getrödelt, das tut sie gern.

Vielleicht ist sie hingefallen, hat sich das Knie aufgeschlagen.

Vielleicht ist ein Reifen geplatzt, und sie muss das Rad schieben.

Stephan will aufstehen, das Summen verstärkt sich, und dazu kommt ein Gefühl totaler Hilflosigkeit, obwohl doch alles ganz harmlos sein kann. Aber das ist es nicht, er weiß das in dieser Sekunde – und beginnt doch in der nächsten schon wieder zu hoffen.

Sie ist gestürzt. Womöglich hat sie sich etwas gebrochen. Sie liegt da und wartet auf Hilfe. Er sieht ihr kleines Gesicht, verzerrt vom Weinen, weil niemand kommt.

Herr, lass es so sein. Bitte, lass es so sein. Stephan faltet die Hände und legt seine Stirn darauf. Er fühlt sich dem Herrn einen Moment lang ganz nah, es ist fast so, als würde Er ihn berühren und besänftigen.

»Wann?«

Es reißt ihn raus, das Schrille in Gabis Stimme.

Am liebsten würde er sie bitten, leiser zu sein, aber er weiß, was dann passieren würde. Also beendet er sein Gebet in aller Stille, während Gabi bereits im Flur mit Robert telefoniert. Die Gnade des Herrn ist jetzt bestimmt kein Thema für Gabi. Sie tut, was man als gute Katholikin tun muss, aber Stephan spürt, dass ihre Herangehensweise nicht mit seiner zu vergleichen ist. Gabis Glaube ist viel pragmatischer als seiner und viel weniger fest verwurzelt. Sie geht regelmäßig zur Beichte und spricht mit klarer und selbstverständlicher Überzeugung ihre Ave-Marias, aber sie erwartet konkrete Gegenleistungen. Das ist keine Haltung, die Er zu schätzen weiß. Man betet nicht, um etwas zu bekommen, so funktioniert wahrer Glaube nicht. Aber Gabi sieht das anders, das weiß Stephan, ohne dass sie jemals darüber gesprochen hätten.

Stephan sieht ihr Profil, während sie redet und gestikuliert, aber gleichzeitig sieht er Gabi auch nicht. Ihre schmale Silhouette wirkt so undeutlich wie ein Schattenriss.

»Wann ist sie losgefahren?«, hört er. »Und sei bitte ehrlich.«

…

»Das ist eine halbe Stunde her! Eine halbe Stunde! Bist du sicher?«

…

»Bitte, Robert, ich bin nicht böse. Wenn sie herumgetritschelt hat, ist das nicht schlimm. Ich will nur wissen…«

…
»Ja, ich verstehe. Ist schon gut.«
…
Vorhin hat Stephan Jo gefragt, ob er in die Sauna will oder seiner Schwester Annika entgegenradelt. Eigentlich wäre ihm Letzteres lieber gewesen, Jo wollte aber in die Sauna.

Warum hat er ihn überhaupt gefragt? Warum hat er ihm nicht einfach aufgetragen, Annika entgegenzufahren? Er ist der Vater, er trägt die Verantwortung. Ihr ist er nicht gerecht geworden.

Verzeih mir, oh Herr. Bestrafe nicht Anni für meine Versäumnisse, für meine Schuld.

»Danke, Robert«, sagt Gabi im Flur. Sie klingt matt und verzweifelt. Er kann sie jetzt besser sehen, als wäre ein Schleier von seinen Augen weggezogen. Sie lässt den Hörer sinken, hält ihn in der Hand, anstatt ihn auf die Gabel zu legen. Als wüsste sie plötzlich nicht mehr, wie das geht, einen Hörer aufzulegen.

»Was?«, fragt Stephan, schon mitten im Nachdenken, wo er seinen Autoschlüssel hat. Er hat für ihn keinen festen Platz, manchmal befindet er sich neben dem Telefon, manchmal in der Küche, dann wieder in seiner Hosentasche. Er ist da etwas schlampig.

Er findet den Schlüssel auf dem Esstisch.

Später wird er sich seltsamerweise einbilden, dass nicht Gabi, sondern er dieses Gespräch mit Robert geführt hat. Er wird sogar glauben, sich wortwörtlich an den Dialog zu erinnern. Aber so ist es nicht. Gabi hat mit Robert geredet, sie und ihr Schwager werden das in den Vernehmungen bestätigen.

Sicher ist, dass Stephan in die Garage läuft, sein Auto

startet und losfährt. Auf der anderen Seite, von der Hager Seestraße aus, kommt ihm Robert auf dem Fahrrad entgegen. Das alles ist auf Gabis Veranlassung hin passiert.

Noch auf dem Sterbebett wird sich Stephan daran erinnern, wie die Scheinwerfer, als wollten sie ihm behilflich sein, die Gegend des Traubenhains abtasten. Steine unter Grasbüscheln und vernarbte Baumstämme sichtbar machen, aber kein rotes Kinderrad der Marke Staiger. Kein Mensch, kein Kind. Es ist niemand unterwegs.

Weil er beide Seitenfenster geöffnet hat, wird er sich an das knirschende Geräusch entsinnen, als er von der Stichstraße rechts in den gekiesten Grünanger biegt. Wirre Gedanken gehen ihm durch den Kopf, vernebeln seine Sinne. Sie wohnen am Ende einer der Stichstraßen, die vom Grünanger abgehen. Sie haben von der Küche aus gerade mal ein Fitzelchen Seeblick. Sie sind nicht arm, aber auch alles andere als reich. Wer sie kennt, weiß das. Stephan muss sich also keine Sorgen machen, denn solche Dinge – welche Dinge eigentlich? – geschehen nur Leuten, die zeigen müssen, was sie haben. Nicht bescheidenen Menschen wie ihnen mit ihrem verwinkelten, in den Abhang hineingebauten Haus, das charmant, aber alles andere als prächtig ist. Dessen Mobiliar alt und liebevoll ausgesucht, aber keineswegs teuer ist. Sie sind eine Familie, die ihr Geschirr immer noch mit der Hand spült und nichts kauft, was sie nicht unbedingt braucht.

Annika, denkt er plötzlich, warum haben wir sie Annika getauft? Annika, fällt ihm ein, ist die Freundin von Pippi Langstrumpf. Gabi und er haben den Film im Kino gesehen, ein paar Wochen vor der Geburt, und Gabi war damals ganz verliebt in die Figuren und überhaupt in diese schwedische Idylle, wo alle so nett zueinander sind. Annika ist vorsichtiger als Pippi, lebensechter und vernünftiger, nicht so verrückt. Normaler und freundlicher und auch hübscher. So wie eine Tochter sein sollte. Pippi war eine lustige Fantasie mit ihrer drahtverstärkten Zopfperücke, Annika ein bodenständiges Mädchen, wie man es kannte und mochte. Deshalb haben sie sich für diesen Namen entschieden, ein bisschen ungewöhnlicher als die Namen ihrer anderen Kinder sollte er sein, aber auf keinen Fall angeberisch oder extravagant. Das hätte nicht zu ihnen gepasst.

Stephan tastet nach der zerdrückten Marlboro-Schachtel in seiner Hosentasche. Er zündet sich eine Zigarette an. Er raucht nicht viel, vielleicht vier oder fünf Zigaretten am Tag, er teilt sie sich gut ein. Eine nach dem Frühstück, eine in der großen Pause, eine nach dem Mittagessen, eine zum Kaffee, eine nach dem Abendessen.

Aber jetzt braucht er eine außer der Reihe. Er zieht gierig an ihr, bläst den Rauch in einem Schwall nach draußen, während die kühle Abendluft ins Auto dringt, ihn frösteln lässt. Er fährt im Schritttempo zum Waldweg, der Fortsetzung des Grünangers, schaut rechts und links, ruft Annikas Namen. Aber er sieht und hört nichts außer dem Brummen des Motors.

Er hält an und öffnet mit dem Vierkantschlüssel, den er extra dafür mitgenommen hat, die Metallschranke, die abgesperrt ist, damit nicht unbefugte Autofahrer den Weg durch den Traubenhain nehmen. Es ist fast windstill und noch nicht ganz dunkel, man sieht ein Stück Himmel über den Bäumen. Er ruft und ruft, es hallt in den Wald hinein. Blätter rauschen leise, aber niemand antwortet. Er kurbelt nun alle Fensterscheiben nach unten, auch die neben den Rücksitzen, damit ihm ja nichts entgeht. Er bereut, dass er nur ein Hemd und eine Cordhose anhat, denn jetzt ist es richtig kalt. Feuchtigkeit zieht vom schemenhaft schimmernden See hoch, den man mehr ahnt als sieht.

Er fährt weiter und hält an, als er ein Fahrradlicht schwankend auf ihn zukommen sieht. Ein paar Sekunden lang dauert die Erleichterung, dann stellt er jedoch fest, dass es sich um seinen Schwager handelt. Er steigt aus, zündet sich die nächste Zigarette an, setzt sich auf die leicht angewärmte Kühlerhaube.

»Stephan, bist du das?«, ruft sein Schwager, geblendet von den Scheinwerfern.

»Ja«, antwortet er. Alles in ihm ist erloschen. Wenn Robert Annika gesehen hätte, wüsste er das spätestens jetzt. Robert hätte es ihm zugerufen, längst. Aber er stellt schweigend sein Fahrrad im Lichtkegel ab und geht mit zusammengekniffenen Augen auf Stephan zu. Er zieht seine Jacke aus und gibt sie ihm, eine an und für sich rührende Geste, aber Stephan deprimiert sie nur noch mehr. Er ist jetzt ein Mann, mit dem man Mitleid haben muss.

»Hast du überall geschaut?«, fragt er. Natürlich kennt er die Antwort.

Robert setzt sich neben ihn, sieht ihn nicht an.

»Ja«, sagt er.

»Und?«

»Sie könnte bei einer Freundin sein. Hast du daran schon gedacht?«

»Gabi ruft grad alle an.«

»Die Anni läuft doch nicht weg!«

»Nein. Das würde sie nie tun.« Das ist ja das Schlimme, auch wenn Robert es nett gemeint hat. Annika läuft nicht weg. Diese Erklärung entfällt.

»Wir finden sie!«, sagt Robert. »Ganz sicher.«

»Hilfst du mir suchen?«

»Was denkst du denn?«

»Danke.«

»Eh klar.«

Stephan würde seinen Schwager gern umarmen, aber unter Männern tut man das nicht. Er ist ein bisschen getröstet, allein durch die Anwesenheit von Robert, der eine besondere Fähigkeit hat: Wenn er da ist, scheint alles nicht so schlimm zu sein.

Gut, dass Stephan noch nicht weiß, wie schlimm es wirklich wird. Es bleibt eine Gnadenfrist, in der Hoffnung erlaubt ist.

28. Mai 2010
Julia Neubacher, Journalistin

»Tonnemonat Mai«, würde Jonas jetzt sagen. Während ich aus dem Bus aussteige, habe ich seine Stimme – dunkel, ein bisschen rau, mit einem Lächeln darin – so deutlich im Ohr, als stünde er neben mir. Ich hole tief Luft und besinne mich auf den Rat der Therapeutin, nicht gegen den Kummer anzukämpfen.

Behandeln Sie Ihren Kummer wie eine Freundin, die Sie besucht und danach wieder geht.

Solche Freundinnen brauche ich nicht!

Dann eben wie eine Kollegin, mit der Sie zusammenarbeiten müssen, sonst werden Sie gefeuert. Seien Sie höflich. Vielleicht können Sie etwas von ihr lernen.

Was denn lernen? Ich weiß, wie Einsamkeit ist. Dass man sich fühlt, als hätte man keinen Platz auf der Welt. Dass man nicht schlafen kann. Danke für diese scheißfantastischen Erkenntnisse!

Ist Ihnen aufgefallen, dass Sie sehr viel fluchen?

Soll ich Kerzen anzünden und Mantras chanten?

Bei solchen Ausbrüchen lächelt meine Therapeutin nicht, regt sich nicht auf und tröstet mich auch nicht. Sie verhält sich immer gleich, als hätte sie ihre Persönlichkeit vor der Praxistür abgelegt. Neutral und gelassen. Das ist manchmal hilfreich, wie eine stabile Mauer, gegen die man sich lehnen kann, wenn man sich haltlos und schwammig fühlt, so als ob man sich im nächsten Moment auflösen würde. Aber auch frustrierend – dann, wenn man sich danach sehnt, einfach in den Arm genommen zu werden, obwohl man sich benimmt wie ein trotziges Kleinkind. Aber es hilft nichts, ich muss mit Frau Dr. Stein zurechtkommen. Schon weil ich niemand anderen gefunden habe, der Kassenpatienten nimmt.

Tonnemonat Mai. Tatsächlich regnet es wie aus Kübeln, und für

Ende Mai ist es eindeutig zu kalt. Trotzdem haben sich vor dem Oberlandesgericht, einem finsteren Gründerzeitgebäude, an die hundert Schaulustige versammelt. TV-Reporter stehen vor der Kamera und sprechen in Mikros mit bunten Senderlogos. Die Schlange vor dem Eingang wird von Sekunde zu Sekunde länger.

Der Prozess gegen Karl Leitmeir findet im Saal 211 statt, dem größten Raum im Gericht. Ich bin mir sicher, dass er trotzdem längst voll ist. Wie konnte ich so trödeln? Ich hätte mich viel früher anstellen müssen, schon um fünf oder sechs, wie es die anderen Journalisten sicher getan haben. Jetzt bleibt mir nur, mich unter tropfenden Schirmen hindurchzudrängeln. Meinen eigenen Schirm habe ich im Bus liegen gelassen. Typisch, würde Jonas sagen, nie bist du bei der Sache, immer in Gedanken woanders.

Mit nassen Haaren erreiche ich den Eingang. Während einer aus der Schlange schimpft, dass ich mich gefälligst hinten anstellen soll, zeige ich den uniformierten Sicherheitsbeamten meinen Presseausweis, meinen Personalausweis und die Genehmigung, als Medienvertreterin am Prozess teilzunehmen. »Sie sind aber spät dran«, sagt einer der beiden, und ich nicke schuldbewusst. Ich kann nur hoffen, dass noch ein Platz frei ist, dass einer der Kollegen für mich besetzt hat. Ich beginne zu schwitzen. Es wäre schrecklich peinlich, wenn ich diesen ersten Prozesstag verpasse.

Ich werde zur Sicherheitsschleuse durchgewinkt, die Glastür schließt sich hinter mir, das Getöse der Menge bleibt draußen. Ich leere meine Tasche in die graue Plastikwanne auf dem Laufband, stelle mich in den Körperscanner und lasse mich von einer übergewichtigen Beamtin mit knallschwarzem Lidstrich abtasten. Ich kenne sie nicht, aber ich war ja auch schon lange nicht mehr hier.

»In Ordnung«, sagt sie.

»Danke«, antworte ich so höflich, wie ich kann, denn dies wird nicht mein letzter Tag in dem Gebäude sein. Es ist gerade hier immer gut, sich Freunde zu machen.

Ich laufe durch den Gang zur Treppe, die Sohlen meiner Turnschuhe quietschen auf dem Linoleum, ein vertrautes Geräusch. Saal 211 befindet sich im zweiten Stock.

Es ist nicht meine erste Gerichtsverhandlung, sondern ungefähr meine hundertste. Jahrelang habe ich als Polizeireporterin gearbeitet, bevor mir die Trostlosigkeit der Fälle auf den Magen geschlagen ist. Man erlebt in diesem Job die Welt von ganz weit unten. Man schaut sozusagen auf den Dreck unter den Sohlen der Gesellschaft. Alte Frauen mit gleichgültigen Angehörigen, deren Leichen seit Monaten in vermüllten Wohnungen liegen. Männer, die ihre Familie mit in den Tod nehmen, damit sie nicht allein in die Hölle kommen. Prostituierte, die den durchsichtigen Versprechungen fieser Zuhälter glauben. Ehefrauenprügler, Ehrenmörder, frustrierte Polizisten mit Sympathien für Systemsprenger, zynische Kollegen, die ihre Frauen mit idealistischen Praktikantinnen betrügen.

Man wird nicht direkt zum Menschenfeind, aber das Vertrauen leidet. Die Geduld ebenfalls, insbesondere bei Leuten, die erst so tun, als würden sie einen bewundern – »Du bist so mutig, ich könnte das nie« –, und einem dann irgendwann vorwerfen, nur noch das Schlechte zu sehen. Tatsächlich sieht man die schauerliche Scheinheiligkeit des vermeintlich Guten, und das hat sich in meinem Fall als ausgesprochen ungesund erwiesen. Kurz bevor ich in jedem engagierten Lehrer den heimlichen Päderasten vermutete und bei jeder besorgten Mutter das Münchhausen-Stellvertreter-Syndrom diagnostizierte, bin ich zum Stilressort gewechselt. Was damals meine Rettung war. Ich durfte in Begleitung reizender Menschen an Luxusreisen und High-End-Yoga-Retreats teilnehmen und mir schicke Accessoires und edel duftende Beautyprodukte schenken lassen, die ich mir von meinem Gehalt nie hätte leisten können. Ich machte Starinterviews, ging auf Filmpremieren und Modeschauen und schrieb Artikel von exquisiter Verlogenheit.

Ich habe diese Zeit genossen, so viel ist klar.

Aber ich habe immer gewusst, dass es nur eine Phase sein würde. Eine schillernde Seifenblase, die irgendwann platzt. Und genauso ist es passiert.

Jetzt kriege ich all das jedenfalls nicht hin – mich hübsch machen, nett plaudern, fröhlich sein ohne Grund. In mir ist ein harter Kern, der nicht schmelzen will. Ich kreise manisch um mich selbst und meine Befindlichkeiten, blind für alles, was um mich herum geschieht. Aus dieser Nummer komme ich gerade nicht heraus, weshalb mein Privatleben zum Katastrophengebiet geworden ist. Beruflich läuft es besser, vielleicht weil einem Kollegen nicht so nahekommen wie Freunde und Familie.

Nicht darüber nachdenken! Konzentrier dich!

Ich nähere mich Saal 211.

Ich bin neugierig auf Leitmeir. Natürlich kenne ich Bilder, auf denen er mit Polizisten zu sehen ist. Im Vergleich zu den Beamten wirkt Leitmeir groß und massiv. Er hat einen dichten, ergrauten Vollbart über dicken Backen – er sieht exakt so unsympathisch aus, wie man sich einen Kindesentführer vorstellt.

Aber Fotos können lügen.

Der Prozess wird auf jeden Fall lange dauern, denn Karl Leitmeir, das ist bereits klar, wird sich nicht schuldig bekennen. Es wird auch keinen Deal zwischen ihm und der Staatsanwaltschaft geben, weil er das Gericht von seiner reinen Weste überzeugen will.

Zehn Meter vor dem Saal 211 höre ich das Klicken zahlreicher Kameras, und als ich eintrete, empfängt mich ein Blitzlichtgewitter, das natürlich nicht mir gilt, sondern dem Angeklagten. Während der Verteidiger neben ihm schon Platz genommen hat, steht Leitmeir in Handschellen ganz ruhig da. Seine Präsenz ist raumgreifend, fast bedrohlich. Weder verdeckt er das Gesicht mit einem Aktenordner, noch verkriecht er sich in einem Hoodie, wie es die meisten Delinquenten tun, noch wirkt er verschüchtert oder verwirrt. Im Gegenteil, er scheint die Aufmerksamkeit zu genießen.

Fragen werden ihm zugerufen, die er gemäß dem Rat seines Anwalts nicht beantworten wird.

Während ich mich in die ersten beiden Reihen vorkämpfe, die für Journalisten reserviert sind, fällt mein Blick auf den Nebenkläger Martin Schön, den älteren Bruder des Opfers. Er sitzt vor der Absperrung rechts neben den beiden Staatsanwältinnen. Im Unterschied zu Leitmeir ist Schön sehr schlank, mit kurzen dunklen Haaren, die vorne und an den Schläfen leicht angegraut sind. Er trägt Jeans, ein dunkles Hemd und einen dunklen Blazer. Für einen Siebenundvierzigjährigen ist sein Gesicht sehr glatt, fast faltenlos. Er sieht ein wenig erschöpft aus, als hätte er in den letzten Nächten wenig geschlafen.

Willkommen im Klub.

Es gibt tatsächlich noch einen letzten freien Platz, ein Wunder. Ich zwänge mich neben einen älteren Kollegen von der *Süddeutschen*, den ich von früher kenne und immer gern mochte. Wir haben uns lange nicht gesehen und begrüßen uns herzlich. Er fragt mich, wie es mir geht, wozu ich im Moment lieber nichts sagen möchte. Glücklicherweise kommen nun die Richter und Schöffen in ihren schwarzen Roben herein und entheben mich einer Antwort. Ich hole meinen Block aus der Tasche. Die Fotografen und Kameraleute müssen den Saal verlassen. Das Stimmengewirr wird leiser, alle Anwesenden stehen auf. Etwa zwanzig Zeugen betreten nacheinander den Saal, die meisten von ihnen Polizeibeamte, die 1981 Mitglieder der »Sonderkommission Annika S.« waren. Sie werden belehrt, dass sie wahrheitsgemäß aussagen müssen, nichts verschweigen dürfen und mit einer Vereidigung zu rechnen haben.

Die Zeugen verlassen den Saal, währenddessen stellt das Gericht die Personalien des Angeklagten fest.

Karl Leitmeir, achtundfünfzig Jahre, verheiratet, einen Sohn, geboren in München, aufgewachsen in Dortmund, zurzeit wohnhaft in Lüneburg.

Dann verliest eine der beiden Staatsanwältinnen die umfangreiche Anklage. Entführung mit Todesfolge – darauf läuft alles hinaus. Anders als Mord verjährt dieses Verbrechen nach dreißig Jahren. Da die Entführung vor knapp neunundzwanzig Jahren stattgefunden hat, ist es also allerhöchste Eisenbahn, Leitmeir deswegen dranzukriegen.

Ein Cold Case, der schnell gelöst werden muss.

Und diese Hast macht ihn eben auch ein bisschen verdächtig.

Die Staatsanwältin ist blond, sehr jung und ganz offensichtlich noch nicht lange in diesem Job. Was mich überrascht, denn dieser Prozess ist eine große Sache. Die Frau neben ihr kenne ich, Oberstaatsanwältin Annelie Heisterkamp. Sie ist mutig, schlagfertig und sehr erfahren.

Sie wird das Back-up der Jüngeren sein.

Ich bin jetzt vollkommen wach und präsent. Die Luft vibriert, ich spüre die Anspannung und die nervöse Energie des Publikums hinter mir. Es ist, als ob alle gleichzeitig den Atem anhalten würden. Der Saal ist so voll, dass er zu bersten scheint.

Die Staatsanwältin kommt nun zum wichtigsten Gegenstand der Ermittlungen, einem Tonbandgerät, das 1978 hergestellt wurde. Mit diesem Rekorder, führt sie aus, sei damals ein Verkehrsfunk-Jingle aufgenommen worden, eine kurze Melodie, die jeder Radiohörer kennt und die die Erpresser bei mehreren Schweigeanrufen bei der Familie Schön abgespielt haben. Kein Mensch weiß, warum sie das getan haben. Vielleicht wollten sie nicht, dass ihre Stimmen erkannt werden, und benutzten den Jingle als Code, vielleicht war es zusätzlich eine Art grausames Spiel mit den Ängsten der Familie. Aber das Motiv dieser Aktion ist ohnehin nicht Gegenstand des Verfahrens. »Wir werden zeigen, dass der Jingle von diesem Tonbandgerät abgespielt worden ist«, fährt die Staatsanwältin fort und macht eine kleine Pause. Dann sagt sie: »Es befand sich im Besitz des Angeklagten.«

Falls noch jemand daran zweifeln sollte, dass es sich um einen der verrücktesten Prozesse der deutschen Geschichte handelt – hier ist der Gegenbeweis. Ein schrabbelig aussehender unhandlicher Apparat, für den sich allenfalls noch Liebhaber veralteter Technik interessieren, gilt als Hauptindiz der Anklage. Ich schreibe fleißig mit, obwohl ich die wesentlichen Fakten bereits kenne.

Die Staatsanwältin setzt sich. Der Verteidiger erhebt sich und kündigt an, einen Brief des Angeklagten zu verlesen. Auch das ist keine Überraschung. »Hohes Gericht«, so beginnt der Brief, »der gegen mich erhobene Vorwurf, das Kind Annika Schön entführt zu haben, ist falsch. Ich habe Annika Schön nicht entführt, in eine Kiste gesteckt und diese Kiste im Wald vergraben, um Lösegeld von den Eltern zu erpressen. Ich habe mit der Tat nichts zu tun. Ich bedaure den Tod von Annika Schön und das Schicksal der Familie Schön. Heute aber stehe ich hier und muss um mein Leben kämpfen, und das werde ich tun. Ich weiß, dass es nicht einfach sein wird, denn ich muss etwas beweisen, das ich nicht getan habe. Am 15. September 1981 habe ich nichts Außergewöhnliches getan, und erst recht habe ich kein Verbrechen begangen.«

Ein starker Beginn, allerdings verliert sich das Schreiben nun in langwierigen detaillierten Schilderungen der alltäglichen und keinesfalls kriminellen Tätigkeiten, die Leitmeir an dem Datum der Entführung und den folgenden Tagen verrichtet haben will. Die sanfte Stimme des Verteidigers wirkt zusätzlich einschläfernd, und fast wandern meine Gedanken ab. Aber dann nimmt der Brief Bezug auf einen anderen Verdächtigen. Es handelt sich offenbar um einen ehemaligen Polizisten, der mittlerweile verstorben ist und gegen den laut Leitmeir nicht weiter ermittelt worden sei, obwohl er sich als Jäger in dem Waldgebiet gut ausgekannt habe. Interessant sind auch die Passagen über einen Belastungszeugen Leitmeirs, der ebenfalls nicht mehr lebt. Laut einer Aktennotiz aus dem Jahr 1983 sei dieser Belastungszeuge, auf dessen Aussage sich die

Staatsanwaltschaft unter anderem stützt, ein verlogener Alkoholiker gewesen, der lediglich auf die ausgeschriebene Belohnung von 100 000 D-Mark spekuliert habe. Der Brief zitiert angeblich wörtlich aus dieser Notiz. Wenn das stimmt, brauche ich die entsprechende Akte.

Vielleicht hilft mir der Verteidiger.

Zum ersten Mal seit Monaten fühle ich mich lebendig, ja inspiriert. Der Artikel entsteht bereits in Gedanken, er soll der Aufmacher im Lokalteil werden. In der Pause gehe ich mit ein paar Kollegen auf den überdachten Vorplatz, um eine Zigarette zu rauchen. Ein Gerichtsreporter von der *Abendzeitung* gibt mir Feuer und flachst: »Na, wieder zurück aus der PR-Abteilung?«

»Frechheit.« Ich grinse und blase den Rauch hinaus in den Regen. Autos fahren zischend durch die Pfützen. »Das war investigativer Journalismus in Reinform.«

»Die Biene für die Anzeigenbediene.«

»Die Anzeigen sichern auch deinen Arbeitsplatz, mein Lieber.«

»Wie wär's mit einem Kaffee als Dankeschön für den tapferen Rettungsversuch unserer aller Jobs?«

Ich lache zum ersten Mal seit Wochen so richtig herzlich aus dem Bauch heraus. Es tut wahnsinnig gut. »Da musst du dir schon mehr einfallen lassen«, sage ich.

Der Kollege lacht mit. »Ich überleg mir was für uns zwei«, sagt er und zwinkert mir zu.

Wir plaudern weiter, bis jemand ruft, dass die Pause vorbei ist.

Sobald sich alle wieder gesetzt haben, keiner mehr hustet und das Rascheln und Ruckeln auf den Stühlen hinter uns leiser geworden ist, verliest der Richter einen weiteren Brief. Er stammt vom Nebenkläger Martin Schön und besagt im Kern, dass das Tonbandgerät als Hauptindiz nichts taugt.

Alle Journalisten sitzen auf einmal stramm. Sie trauen ihren

Ohren nicht. Es ist absolut außergewöhnlich, dass sich Nebenkläger überhaupt zu Wort melden. Normalerweise sitzen sie stumm dabei, staunen über die Langwierigkeit von Beweisführungen und versuchen angestrengt, kryptisches Juristenkauderwelsch zu entschlüsseln. Dass sie ein Verfahren für null und nichtig erklären, bevor es überhaupt richtig begonnen hat, das gab es noch nie.

Das ist eine Sensation.

Die Staatsanwältinnen wissen natürlich Bescheid und versuchen eine neutrale Miene aufzusetzen, obwohl ihnen dieser Brief überhaupt nicht passt. Das Gleiche gilt für den Richter, der das Schreiben hastig herunterleiert, als wäre es total unwichtig, eine Nebensache.

Was es nicht ist. Martin Schön stellt sich in diesem Brief als Musiklehrer und Musiker mit eigenem Tonstudio vor und erklärt in einfachen Worten, was seiner Meinung nach an der wissenschaftlichen Beweisführung nicht funktionieren kann. Er kündigt außerdem an – auch das wäre eine Premiere –, die von der Staatsanwaltschaft geladene Sachverständige zu ihrem Gutachten kritisch zu befragen. Seine Begründung klingt selbst für Laien vollkommen einleuchtend. Folgt man seiner Argumentation, wäre der Prozess, der in großen Teilen auf diesem Gutachten beruht, eine Farce.

Ich muss noch heute mit ihm sprechen.

Allerdings bin ich sicher nicht die Einzige, die das will.

15. September 1981
Traubenhain, 19:54 Uhr
Die Täter

Annika liegt in den Armen des zweiten Täters. Sie ist bewusstlos, aber unversehrt. Die Täter haben sich bemüht, Gewalt zu vermeiden. Sie haben Annika zum Beispiel nicht vom Rad gerissen, sondern sie dazu gebracht, freiwillig anzuhalten. Sie haben eine junge Fichte quer über den Weg gelegt, ein geschickter Schachzug, denn Annika musste absteigen, um das Hindernis zu beseitigen. Täter eins hat sich anschließend aus dem Beobachtungsposten nahe dem Weg geschält und ihre Aufmerksamkeit abgelenkt. Er trug dabei eine Maske mit Mund- und Augenlöchern, gebastelt aus einer mit lauter bunten Glühbirnen bedruckten Plastiktüte der Leuchtmittelfirma Tungsram. Die sah so lustig und verspielt aus, dass sie das Kind nicht verängstigen würde.

So jedenfalls die Annahme der Täter, die sich allerdings als falsch erwies. Das Kind erschrak sehr wohl, und zwar so sehr, dass es sich offensichtlich nicht mehr rühren konnte. Vielleicht lag es ja auch an der Waffe in der Hand von Täter eins und an seinem geraunten Befehl, sich nicht zu wehren, sonst würde etwas Furchtbares passieren. Jedenfalls stand das Kind stumm neben seinem Rad, sehr klein und zart und – ja – durchaus mitleiderregend. Was andererseits auch wieder sehr gut war, denn auf diese Weise konnte Täter zwei Annika von hinten relativ mühelos überwältigen und mit jener Substanz betäuben, die so flüchtig ist, dass man sie später nicht mehr wird nachweisen können.

Täter zwei wundert sich über das nicht unbeträchtliche Gewicht des schlaffen Körpers mit der übergestülpten

Plastiktüte, der so leicht und zierlich ausgesehen hat. Spätestens jetzt ist ihm klar, dass es sich um das falsche Kind handelt. Das richtige Kind sieht Annika von Weitem ähnlich. Es ist ebenfalls zehn Jahre alt, hat wie Annika kurze blonde Haare und eine zarte Statur, aber es ist aus mehreren Gründen viel früher nach Hause gefahren als geplant. Im Moment isst das richtige Kind gerade zu Abend mit seinen Eltern und Geschwistern und ahnt nichts von seinem Auserwähltsein.

Die Eltern des richtigen Kindes sind wohlhabend genug, um eine Entführung sinnvoll erscheinen zu lassen. Sie müssten im Fall des Falles nicht die Polizei informieren, damit ihnen die Behörden zwei Millionen D-Mark zur Verfügung stellen. Sie könnten das Geld auch so besorgen. Sie sind die perfekten Opfer einer Entführung.

Annika, für deren Familie dieser Ausweg nicht infrage kommen wird, kennen die Täter gar nicht. Aber nun ist sie betäubt, und da lässt sich nichts mehr ändern. Sie müssen jetzt das Beste aus der Situation machen.

Sie durchqueren den Wald über einen Trampelpfad. Er ist sehr schmal, damit er Unbeteiligten nicht auffällt. Nur wer genau hinsieht, entdeckt die Lücke im scheinbar undurchdringlichen Grün, eine Art Tunnel, der durch das geschickte Entfernen von Ästen und Zweigen entstanden ist. Der Trampelpfad ist an sich relativ alt, musste aber sozusagen frisch aktiviert werden. Das war nötig, weil das Waldstück des Traubenhains mit dichtem Unterholz bewachsen ist und die Stelle, wo die Kiste vergraben wurde, etwa achthundert Meter vom Tatort der Entführung entfernt liegt. Das ist sehr weit für einen Fußmarsch durch einigermaßen unwegsames Gelände, der noch dazu teilweise bergauf führt.

Täter eins geht voran. Das Licht seiner Taschenlampe irrt unruhig über Blätter und Zweige. Täter zwei stolpert hinter ihm und flucht leise. Er drückt das Kind an sich, um es vor Kratzern zu schützen. Etwa auf halbem Weg hören die Täter das Rufen von Annikas Vater und seinem Schwager Robert. Das klagende »Anni, Annika, wo bist du?« hallt durch den Wald, und die Täter beeilen sich.

Sie hätten es sich viel einfacher machen können. Die Schranke an beiden Enden des Waldweges ist nicht unüberwindlich; man kann sie mit einem einfachen Vierkantschlüssel öffnen. Allen Bewohnern des Grünangers ist dieser Trick bekannt. Dann hätten die Täter Annika mit ihrem Auto wegtransportieren können und müssten sich nicht durch Bäume und Gestrüpp quälen – und das auch noch im Dunkeln, weil das Restlicht des schwindenden Tages nicht durch das Blätterdach dringt. Allerdings hätte das die Gefahr erhöht, von irgendeinem Passanten gesehen zu werden. Deswegen mussten sie auf diese komplizierte Weise vorgehen.

»Anni! Annika!«

Sie hören die Verzweiflung in den heiseren, überschnappenden Männerstimmen. Also Annika heißt das Kind. Es muss sich ja um dieses Kind handeln, alles andere wäre ein vollkommen absurder Zufall. Sie sprechen nicht, arbeiten sich Schritt für Schritt voran. Sie haben gewusst, dass es etwas anderes ist, eine Entführung am grünen Tisch zu planen, als sie dann tatsächlich durchzuführen. Sie sind ja nicht dumm. Aber das waren theoretische Erwägungen. In der Praxis passieren dann doch viele Dinge, mit denen man überhaupt nicht rechnet. Diese Rufe zum Beispiel. Die sind so laut, als wäre der ganze Wald eine Echokammer.

Man denkt an so was nicht. Und natürlich auch nicht daran, dass man das falsche Kind erwischen könnte. Die Täter haben eine geschlagene Stunde von ihrem Beobachtungsposten den Weg durch den Wald im Blick gehabt, ohne dass das richtige Kind vorbeikam. Sie waren kurz davor gewesen aufzugeben, da haben sie die blonde Annika im Dämmerlicht entdeckt. Und sie verwechselt. Kein Wunder, die Ähnlichkeit ist verblüffend.

Sie kennen das falsche Kind nicht. Sie wissen nicht, ob die Familie über entsprechende Mittel verfügt. Aber nun ist es zu spät für eine Umkehr.

»Wir sind gleich da«, flüstert Täter eins nach hinten.

»Weiß ich«, keucht Täter zwei.

»Geht's?«

»Ja. Sauschwer.«

»Schläft sie?«

»Glaub schon.«

»Atmet sie?«

»Ja, ja.«

»Sie darf nicht... Du weißt schon.«

»Hältst du mich für blöd?«

»Nein. Beruhig dich.«

»Geh einfach weiter! Geh schon! Und halt die Lampe höher, Vollidiot!«

»Ja, ja.«

»Ich kann überhaupt nichts sehen, verdammt!«

Hag, 20:03 Uhr
Hannes Berg, Martin Schöns bester Freund

Nachdem sie bei Saskia Apfelstrudel gegessen und lange hin und her überlegt haben, ob sie am späteren Abend noch gemeinsam zu einer Party gehen oder doch nicht, sind Hannes und Martin erst mal zu Hannes gefahren. Seit einer halben Stunde hören sie auf der Couch in seinem Zimmer eine neue Platte von Pat Metheny, die Martin seinem Freund zum Geburtstag geschenkt hat. Hannes ist schon vor vier Tagen neunzehn geworden, aber sie haben sich erst heute sehen können, weil Martin mit seiner Familie an der Nordsee war – der *allerletzte* gemeinsame Urlaub, wie er gegenüber Hannes betont hat, ohne sehr viel mehr über diesen Aufenthalt zu verraten, als dass es saukalt gewesen sei und zu viel geregnet habe.

Das Album heißt *As Falls Wichita, so Falls Wichita Falls*. Es enthält lange, ruhige, klagende Stücke. Allein der Titelsong dauert zwanzig Minuten. Die beiden schweigen, denn zu Pat Metheny kann man sich nicht unterhalten, das ist kein Hintergrundgedudel, sondern eine komplexe Soundlandschaft, die man bergauf und bergab erkunden muss, um jede Biegung, jeden Stein, jeden Wasserlauf zu entdecken. Hannes bevorzugte früher klassische Musik. Es ist Martins Verdienst, dass er nun auch Jazz in sein Repertoire aufgenommen hat. Jazz ist roh und ungefällig, gleichzeitig raffiniert, doppelbödig und auf schräge, ironische Weise harmonisch. Seine Schönheit ist voller Klippen und Fallstricke, hart und spitz wie Scherben und doch so erstaunlich geschmeidig, dass sich seine Elemente mühelos mit anderen Musikrichtungen verbinden lassen. Er nimmt Klassik das

Erhabene, Rock das Bombastische, Pop die Oberflächlichkeit.

Nichtsdestotrotz findet Hannes ausgerechnet dieses Album ein bisschen anstrengend, um nicht zu sagen einigermaßen unerträglich. Vielleicht liegt es auch an seiner nicht gerade brandneuen Anlage, die den Sound verzerrt. Wie auch immer, er ist erleichtert, als er seine Mutter von unten rufen hört.

»Magst du mitessen?«, fragt er Martin.

Martins Augen sind geschlossen, in seiner rechten Hand glimmt eine Zigarette, er antwortet nicht. Hannes steht auf und dreht den Regler leiser. Die Stimme seiner Mutter klingt nun dringlicher, beinahe so, als ob ihr gleich etwas anbrennen würde. Er macht die Tür auf, Zigarettenrauch quillt auf den Flur.

»Wir kommen gleich!«

Martin räkelt sich auf dem Sofa und drückt schließlich die Zigarette im Aschenbecher aus.

»Steh doch mal auf«, sagt Hannes. Seine Mutter ist eine freundliche Frau, aber sie mag es gar nicht, wenn man sie warten lässt.

»Ist der Martin bei dir oben?«, ruft sie.

»Ja, Mama. Gleich.«

»Jetzt kommt doch endlich mal runter!« Das hört sich zu Hannes' Überraschung fast panisch an.

»Moment noch!«

»Der Martin... Ich hab seine Mutter am Telefon! Er muss sofort nach Hause!«

Martin steht langsam auf, ein wenig müde und lustlos. Fast – so wird es Hannes später vorkommen – als ahne er bereits, dass etwas auf ihn zurollt, das alles verändern wird. Eine Welle, die keinen Stein auf dem anderen lässt.

Martin wird ein Leben haben, aber nicht das, was er hätte haben sollen. Er wird nicht immer unglücklich sein, aber niemals frei. Auch ihre Freundschaft wird die Katastrophe nicht überleben. Sie werden sich voneinander entfernen und schließlich aus den Augen verlieren, ohne es zu wollen.

Aber noch stehen beide unten in der Wohnküche, Martin mit dem Telefonhörer in der Hand. Er ist blass, aber immer noch sehr ruhig.

»Ja«, sagt er. »Ja, klar. Ich bin gleich da, Mama. Der Hannes fährt mich. Ja, wir nehmen das Rad mit. Wir tun es in den Kofferraum. Das ist ein Kombi, da passt es rein.«

Er legt auf, nun sind auch seine Lippen blass, und Martin sieht aus, als würde er gleich umkippen. Seine braunen Haare umrahmen das Gesicht wie eine finstere Gloriole.

»Was?«, fragt Hannes und hat Angst vor der Antwort. Seine Mutter hat sich an den Tisch gesetzt, in ihren Augen stehen Tränen.

»Annika ist nicht heimgekommen«, sagt Martin. »Sie suchen sie überall im Traubenhain.«

»Im Traubenhain? Jetzt?«

»Sie war bei ihrer Cousine Marie und ist durch den Traubenhain gefahren, und jetzt ist sie verschwunden. Ich muss sofort ... Kannst du mich fahren? Sonst ...«

»Natürlich.« Hannes wirft einen Blick zu seiner Mutter, die reglos am Tisch sitzt. Er hat kein eigenes Auto und muss sie um Erlaubnis fragen. Sie nickt, die Faust an die Lippen gepresst. Das Licht der Hängelampe über ihr malt harte Schatten in ihr Gesicht, Tränen glänzen auf den Wangen.

»Nimm das Auto«, sagt sie mit gepresster Stimme.

Erst als die Jungen aus dem Haus sind, beginnt sie hemmungslos zu weinen.

Hannes und Martin fahren schweigend durch den Tunnel unter der B 12. Hannes lässt sein Seitenfenster geschlossen, obwohl sich die Wärme des Tages immer noch im Wagen staut und es nach alten Lebensmitteln riecht. Aber ein Spätsommerabend und ein geöffnetes Seitenfenster, dazu vielleicht noch wehende Haare, das, glaubt er, passe jetzt gerade überhaupt nicht zu der Situation, das würde wie blanker Hohn wirken.

Schließlich kurbelt Martin sein Fenster herunter und lehnt sich nach draußen.

Ein paar Minuten später sind sie im Grünanger. Hannes steuert den Wagen die Stichstraße hoch zum Haus der Schöns. Es ist dunkel, nur aus dem Küchenfenster fällt Licht. Sie steigen aus.

»Willst du, dass ich mit reinkomme?«, fragt Hannes.

Martin überlegt kurz und nickt dann, und in diesem Moment liebt ihn Hannes so sehr, dass es wehtut. Denn eigentlich ist Martin genau der Typ, der auf so eine Frage eher Nein sagen würde.

Traubenhain, 20:33 Uhr
Das falsche Kind

Die Täter haben die bewusstlose Annika vorsichtig in die Kiste gehoben und sie auf das Brett mit der Aussparung gesetzt. Dann haben sie die Kiste geschlossen. Sieben Riegel versperren nun den Deckel. Anschließend haben sie etwa zehn Zentimeter lose Erde auf der Kiste verteilt und mit einer Schaufel festgeklopft.

Im Inneren der Kiste ist es hell, eine nackte 40-Watt-

Glühbirne wird von einer außen angebrachten Autobatterie gespeist. Ansonsten ist es ungemein still. Annika merkt davon nichts. Sie wacht nicht auf, auch nicht, als die Täter sich entfernt haben. In ihrem Kopf tummeln sich viele Bilder, die sich abwechseln, überlagern und manchmal auch durcheinanderpurzeln wie Urlaubsfotos, bevor sie ins Album geklebt werden. Es ist alles ein bisschen wirr, aber nicht unangenehm, sondern durchzogen von einem tiefen Wohlgefühl. Als wäre sie angekommen, als könnte ihr nun nichts mehr passieren.

Die Nordsee, das Rauschen der Wellen, das Kälbchen, seine dunklen, vertrauensvollen Augen, die Liebkosung seiner rauen Zunge: Annika ist jetzt wieder dort. Sie riecht das Meer und streckt ihre Zunge in den Wind. Die Luft schmeckt nach Salz und Fisch. Sie hört die klagenden Schreie der Möwen und füttert sie mit Keksen, was sie nicht darf, aber trotzdem tut, wenn ihre Eltern nicht hinschauen. Es ist gar nicht so kalt, wie alle sagen. Der Trick ist, sich ganz flach hinzulegen, dann erwischt einen die kühle Brise nicht, stattdessen wärmt die Sonne den Sand und den Bauch. Man macht die Augen zu und fühlt sich eins mit der Umgebung. Als wäre man alles gleichzeitig, der Sand, die Möwen, die Wellen, der Wind, der blaue Himmel. Der Atem. Man hört seinen eigenen Atem. Er rauscht wie das Meer. Er wird schwächer und schwächer, aber das macht nichts.

Etwas atmet einen, trägt einen fort ins Unbekannte.

Hag, 20:33 Uhr
Das richtige Kind

Das richtige Kind liegt im Bett und kann nicht einschlafen. Der erste Schultag war sehr aufregend und in gewisser Weise auch frustrierend. Das richtige Kind ist anderthalb Jahre älter als Annika, es besucht das Internat in Hag, das direkt an den Traubenhain grenzt. Es heißt Hag am See.

Da das Kind im Grünanger wohnt, also ganz in der Nähe von Annika, ist es wie seine drei älteren Geschwister extern. Die internen Schüler werden normalerweise einen Tag vor dem offiziellen Schulbeginn von ihren Eltern ins Internat gebracht; der Schulhof ist dann voller schwarzer, dunkelblauer und silberner Limousinen neuester Bauart. Die Internen drängeln sich vor dem Schwarzen Brett, wo die Zimmerverteilung bekannt gegeben wurde. Sie fluchen oder jubeln, schleppen ihre Koffer ins Waldhaus, ins Föhrenhaus, ins Eichenhaus oder die Meierei, und die Älteren schicken die Eltern sofort danach wieder weg, um sich am Raucherplatz hinter der Schreinerei zu versammeln: Die Internen sind aufgeregt und beschäftigt. Die Externen sind außen vor. Sie kommen nur für eine Stunde am Nachmittag, um sich in die Werkstätten einzuschreiben. Anschließend werden sie wieder nach Hause geschickt.

Das richtige Kind beginnt das zweite Jahr im Internat. Das reicht, um zu wissen, dass die meisten Externen nie wirklich dazugehören. Das richtige Kind fühlt sich nicht ausgegrenzt, es versteht sich gut mit seinen Klassenkameraden, aber es ist und bleibt ein Unterschied, ob man hier wohnt und sein eigenes Zimmer hat, in das man sich zurückziehen kann, oder nur zu Besuch ist ohne Rückzugsmöglichkeit. Man ist auch nicht so dabei. Das fängt mit dem gemeinsamen Duschen jeden Morgen an und hört mit dem gemeinsamen Abendessen noch lange nicht auf; die wirklich wichtigen Dinge finden zwischen den offiziellen Terminen statt. Heimliches Rauchen auf den Zimmern, nächtliche Alkoholgelage im Wald oder so harmlose Dinge wie Fernsehen im Gemeinschaftsraum.

Dabei bemüht sich das Internat durchaus, Externe ihr Außenseitertum nicht allzu sehr spüren zu lassen. Mangelnde Integrationsbemühungen kann man den Betreibern wirklich nicht vorwerfen. So besuchen Externe nicht nur den Unterricht, sie essen auch mit den anderen zu Mittag, nehmen an den zwei Arbeitsstunden am Nachmittag teil, wo Hausaufgaben unter Aufsicht erledigt werden, und sind genauso wie die Internen verpflichtet, sich für mindestens zwei Werkstätten einzuschreiben.

Die Auswahl ist groß. Es gibt unter anderem eine Töpferei, eine Schreinerei, eine Fotogruppe und eine Gärtnerei. Man kann mehrere Instrumente lernen, verschiedene Sportarten ausüben, technische Geräte zusammenbauen oder sogar segeln – das Internat verfügt über mehrere Boote und einen großen Steg, der sich im Traubenhain befindet. Alle Werkstätten enden um 18:30 Uhr. Hier allerdings hört die Gemeinsamkeit auf: Eine halbe Stunde später wird ohne die Externen zu Abend gegessen.

Das richtige Kind hat sich, wie schon im vergangenen Jahr, sogar in drei Werkstätten eingetragen, um möglichst viel mit seinen Mitschülern zusammen zu sein. Es hat vorher lange überlegt, ob es weiter töpfern will, sich aber dagegen entschieden. Stattdessen hat es sich diesmal die Gärtnerei ausgesucht. Schreinerei und Hockey bleiben.

Am 15. September fand keiner der Kurse statt. Deswegen fuhr das richtige Kind bereits nach den beiden Arbeitsstunden um kurz nach 16:00 Uhr nach Hause und nicht erst zweieinhalb Stunden später.

Das richtige Kind wird erst viele Jahre später erfahren, warum sein bester Freund im Grünanger, Jo Schön, plötzlich nicht mehr mit ihm Fußball spielen will. Das richtige Kind ist relativ klein für sein Alter. Es hat kurze blonde Haare, einen drahtigen Körper und ein schmales Gesicht.

Für einen Jungen ist es fast ein bisschen zu zart.

Salbrunn, 22:45 Uhr
Hannes Berg, Martin Schöns bester Freund

»Du kannst jetzt heimgehen«, sagt Martin.

»Echt jetzt?«

»Ja, ehrlich.«

Sie sitzen in der Küche und trinken aus grauen Steinkrügen Augustiner Hell, Martins Lieblingsbier. Die antike Wanduhr mit den geschwungenen Zeigern tickt sehr laut. Während Stephan, Gabi und die Polizei Annika im Traubenhain suchen, bewachen Martin und Hannes das Telefon, das seit Stunden nicht läutet. Jo ist ins Bett gegangen, und weil es ansonsten so still im Haus ist, hören sie außer der Wanduhr nur noch sein trostloses Schluchzen aus dem ersten Stock, wo sich die Schlafzimmer befinden.

Das ist am schwersten zu ertragen: Jos Weinen, weil er glaubt, er sei schuld.

Der Papa hat mich gefragt, ob ich der Annika entgegenfahren will. Und ich hab Nein gesagt, weil ich in die Sauna wollte.

Das konntest du doch nicht wissen, Jo! Die Anni ist den Weg schon hundertmal gefahren, niemand konnte das wissen, du schon gleich gar nicht!
Ich hätt ihr entgegenfahren müssen!
Jo...
ICH HÄTT IHR ENTGEGENFAHREN MÜSSEN, DANN WÄR DAS NICHT PASSIERT!

Sie haben beide versucht, es ihm auszureden, aber es hat nichts genützt.

»Ich will dich hier nicht alleinlassen mit alldem«, sagt Hannes. Aber das entspricht nicht der ganzen Wahrheit. Die ganze Wahrheit lautet, dass er erschöpft, nervös und angetrunken ist und jetzt gern woanders wäre. Er trinkt aus und stellt den leeren Krug auf den Tisch.

»Geh jetzt«, insistiert Martin. »Ich komm schon klar.«
»Und Jo? Ich mach mir Sorgen um den Jo.«
»Ich geh gleich noch mal hoch zu ihm.«

Auch Martin sieht müde aus, aber er wird durchhalten, notfalls die ganze Nacht, das ist sicher. Martin ist niemand, der schlappmacht. Auf ihn kann man sich verlassen.

»Aber...«
»Passt schon. Danke, dass du da warst. Wir sehen uns morgen im Bus.«

Das klingt so klar und vernünftig, wie Martin eben ist. In jeder Situation. Er verliert nie die Nerven. Hannes schon, und deshalb fühlt er sich, auch wenn er es nie zugeben würde, erleichtert. Der Gesprächsstoff ist ihnen schon seit mindestens einer Stunde ausgegangen, und das ausdauernde Schweigen hält jemand wie Hannes nur sehr schwer aus. Also steht er auf. Es entsteht ein Moment der Verlegenheit, und dann tun die jungen Männer etwas, was sie noch nie getan haben. Außer wenn sie so blau oder so stoned waren, dass sie sich nicht alleine auf den Beinen halten konnten.

Sie umarmen sich. Fest. Eine Zehntelsekunde lang presst sich Martin an ihn wie jemand, der sehr verzweifelt ist. Dann lässt er Hannes abrupt los und tritt einen Schritt zurück. Seine Augen sind rot, aber vielleicht hat das nur was mit der Müdigkeit zu tun. Oder dem Alkohol.

»Danke«, sagt er noch einmal und nickt bekräftigend.

Hannes kann die Tränen kaum noch zurückhalten, also winkt er nur kurz, dreht sich um und stolpert zur Haustür.

Zehn Minuten später klingelt er am Gartentor von seiner Ex-Freundin Saskia. Es beginnt zu nieseln, die winzigen Tröpfchen legen sich kalt auf sein Gesicht. Er weiß, dass Saskias Eltern nicht da sind, und er braucht jemanden zum Reden. Das Licht an der Haustür geht an, Saskia kommt heraus, und Hannes fragt vom Auto aus, ob sie Lust habe, mit ihm etwas herumzufahren. Obwohl er ihr Gesicht nicht sehen kann, merkt er doch, wie sie sich freut. Ein wenig hat er deshalb ein schlechtes Gewissen.

Saskia holt ihre Regenjacke und steigt zu ihm ins Auto. Hannes startet den Motor und berichtet, was passiert ist. Saskia versucht, ihn zu trösten, sie ist immer noch ein bisschen verliebt in ihn. Das weiß er, und das macht ihm auch zu schaffen, wo er doch nur noch an Martin denken kann. Vor allem an die Umarmung, von der er Saskia natürlich nichts erzählt, obwohl er am liebsten nur darüber reden würde. Als Martin sich in seinem Kummer und seiner Hilflosigkeit an ihn geklammert hat, dazu der Geruch von Rauch an seiner Haut, an seinen Haaren. Dieser wahnsinnig traurige und unglaublich schöne Moment wird ihn immer begleiten, denkt Hannes, während Saskia Fragen über Fragen stellt.

Plötzlich will er einfach nur, dass sie ihn in Ruhe lässt. Am liebsten wäre er jetzt allein.

Hannes schaut geradeaus auf die Straße, versucht Saskias Gegenwart auszublenden. Es hat kurz aufgehört zu regnen, ein blasser Mond blitzt in einer Wolkenlücke auf, verbreitet ein seltsam magisches Licht, und plötzlich erscheint ihm alles so vollkommen, dass er komische Gedanken hat. Jetzt zu sterben, im Kopf das Bild von ihm und Martin, gleichsam bis in alle Ewigkeit, das würde ihm gefallen. Hannes gibt Gas. Die Straße wird gleich eine Kurve machen, und in der Kurve steht direkt am Straßenrand eine Eiche. Die Kurve ist nicht gesichert, obwohl seit Jahren über ihre Gefährlichkeit geredet wird. Hannes könnte geradeaus weiterfahren – und alles würde stillstehen.

»Hannes«, sagt Saskia.

»Mhm?«

»Hannes, du bist zu schnell, da kommt gleich die Kurve. Hannes, fahr langsamer!« Saskia schreit fast.

Hannes bremst. Der Gedanke ist weg, als wäre er nie da gewesen. Er nimmt gemächlicher als nötig die Kurve. Die Eiche taucht im Scheinwerferlicht auf, ein großer, verzweigter Schatten, und verschwindet hinter ihnen.

»Fahr mich nach Hause«, sagt Saskia. Sie klingt sauer.

»Tut mir leid«, sagt er.

»Was ist denn los?«

»Nichts! Ich bin einfach nur total fertig, okay?«

»Okay. Tut mir leid.«

»Ich bring dich heim.«

Hannes steuert das Auto in eine Parkbucht hinter der B 12 und dreht dort um. Sie fahren dieselbe Strecke zurück, wobei Hannes plötzlich beschließt, eine Abkürzung zu nehmen, die nur Einheimische kennen. Er biegt nach links ab auf einen Feldweg. Der Regen prasselt jetzt an die Windschutzscheibe. Der Weg ist nur anfangs geteert und in der Dunkelheit ziemlich unheimlich. Er führt über eine Wiese und dann durch den Wald. Bäume ziehen an ihnen vorbei, als wären sie lebendig.

»Halt«, sagt Saskia, aber Hannes hat das Auto bereits gesehen und bremst. Erst dann entdeckt er die beiden Männer, die hinter dem Wagen stehen, regungslos, mit dem Rücken zu ihnen. An dieser Szenerie stimmt nichts.

Nichts.

Wieso stehen die bei dem Wetter im Freien herum?

»Scheiße«, sagt Saskia. »Dreh sofort um, bitte.«

»Ich kann hier nicht umdrehen, es ist viel zu eng.«

»Dann stoß zurück!«

Hannes legt den Rückwärtsgang ein und gibt Gas. Das Auto und die Männer verschwinden hinter dem Regen, als wären sie nie da gewesen, und fast glaubt Hannes, sich alles nur eingebildet zu haben. Er chauffiert rückwärts auf die Straße und gibt Gas. Eine halbe Minute später werden sie überholt. Ein Wagen, dunkel, wahrscheinlich ein Mercedes. Darinnen: zwei Männer, deren Gesichter nicht erkennbar sind.

»Merk dir die Autonummer!«, ruft Hannes Saskia zu.

16. September 1981
Polizeiinspektion (PI) Glauchau, 1:00 Uhr
Polizeihauptkommissar
(PHK) Thomas Bergmüller

Am 15. September 1981 hatte Polizeihauptkommissar Thomas Bergmüller Nachtdienst, und diese Tatsache löste eine Lawine an Konsequenzen aus, die vor allem sein eigenes Leben betrafen. Während Bergmüller also auf seinem quietschenden Bürostuhl saß und an seinem Zauberwürfel herumfummelte, ahnte er nichts von dem, was da in aller Stille wie ein Tsunami auf ihn zukam und so viel verändern sollte, dass er sich Jahre später kaum noch an den alten Thomas Bergmüller erinnern wird.

Den alten Thomas zeichnet eine naive Grundheiterkeit aus, eine charmant-kindliche Freude am Blödsinnmachen. Seinen dreißigsten Geburtstag vor vier Tagen feierte er beispielsweise so ausgiebig, dass ihn seine On-off-Freundin Karin um vier Uhr morgens nach Hause und dann auch noch ins Bett bringen musste. Bevor er glücklich betrunken einschlief, überfiel er Karin mit einem gelallten, aber doch gut verständlichen Heiratsantrag, den er am nächsten Tag wieder vergessen hatte. Seitdem herrscht Funkstille zwischen ihnen. Denn auch auf hartnäckiges Bohren ihrerseits wollte er sich einfach nicht erinnern.

Das ist der alte Thomas. Immer gut gelaunt, ein bisschen oberflächlich, ein geschickter Verdränger, weil Verdrängen, findet Thomas, eine sehr gesunde Reaktion auf die Zumutungen des Alltags sei. Wahr ist aber auch, dass das immer nur die eine Seite ist. Die andere – die in den nächsten Jahren endgültig die Oberhand gewinnen wird – ist PHK Bergmüllers professionelle Distanz. Sie befähigt ihn, eine Lage blitzschnell und objektiv zu beurteilen. Dienst ist Dienst, und Schnaps ist Schnaps, lautete seine Devise schon immer. Freunde und Familie sind entsprechend geschockt, wenn sie ihren Sonnyboy in einem beruflichen Umfeld antreffen.

Rückblickend wird sich Thomas also gar nicht von Grund auf ändern. Er wird nur eine Facette seines Charakters verlieren. Das Alberne und Ausgelassene. Die Fähigkeit, Tränen zu lachen und wenigstens für Momente nichts mehr wichtig zu nehmen. Am Abend des 15. Septembers hat diese Metamorphose begonnen. Genau zu dem Zeitpunkt, als eine weinende Frau in seiner Dienststelle anrief und »den Chef oder wer bei Ihnen das Sagen hat« verlangte.

»Der bin ich zurzeit«, sagte er ruhig und registrierte automatisch die Zeit auf der Wanduhr gegenüber. Es war 20:35 Uhr.

»Ich, wir ...« In der Leitung rauschte es, vielleicht lag es am Empfang, vielleicht war der Frau auch der Hörer aus der Hand gerutscht.

»Wie kann ich Ihnen helfen?«, erkundigte er sich und legte den Zauberwürfel auf einen Stapel Formulare.

Zunächst konnte er kein Wort verstehen. Die Frau schluchzte wie eine Verrückte. Manchmal gab es solche Hysterikerinnen, und dann war bloß die Lieblingskatze verschwunden. Am besten, man wartete einfach ab. Schließlich kam der erste verständliche Satz.

»Meine Tochter – unsere Tochter ist verschwunden.«

Im Hintergrund hörte Thomas eine beruhigende männliche Stimme.

»Lass mich«, sagt die Frau, ihre Stimme klingt dumpf, als würde sie die Hand auf die Sprechmuschel legen.

»Sie sagen, Ihre Tochter ist verschwunden?«, fragte er, so wie er es gelernt hatte. Wenn man eine Aussage wiederholt, haben Menschen automatisch das Gefühl, ernst genommen zu werden. Er nahm einen Stift und suchte in der unteren Schublade das entsprechende Vermisstenformular, obwohl es sich wahrscheinlich nur um eine Jugendliche handelte, die ausgerissen war und in den nächsten Tagen zerknirscht wieder auftauchen würde, sofern die Kollegen sie nicht vorher am Münchner Hauptbahnhof aufgriffen.

»Ja. Wir finden sie nicht!«

»Wo ist sie denn verschwunden?«

»Im Traubenhain. Sie war mit dem Radl unterwegs zu uns und ist nicht angekommen. Wir…«

»Sagen Sie mir doch bitte Ihren Namen und wo Sie wohnen«, unterbrach sie Thomas freundlich und absichtlich im Dialekt, weil die Frau mit einer leichten Dialektfärbung gesprochen hatte und ihm eher vertrauen würde, wenn er das auch tat.

»Gabriele Schön. Wir wohnen in Salbrunn, Grünanger 82.« Sie weinte immer noch, aber ihre Schluchzer wurden leiser.

»Wie alt ist denn Ihre Tochter?«, fragte Thomas und hoffte, sie würde sechzehn oder siebzehn sagen, aber sie sagte: »Zehn.« In diesem Moment wusste er zumindest schon einmal, dass es eine lange Nacht werden würde.

»Zehn«, wiederholte er. »Und sie war auf dem Traubenhainweg mit dem Radl unterwegs?«

»Ja!«

»Haben Sie das Radl gefunden?«

»Nein!«

»Seit wann suchen Sie sie denn?«

Er hörte Gemurmel, schließlich Geraschel. Offenbar hatte

die Frau den Hörer weitergegeben, denn die sonore Männerstimme aus dem Hintergrund meldete sich nun bei ihm. Der Mann stellte sich als Stephan Schön vor. Er berichtete, dass sie seit einer Stunde den Weg abgesucht hätten.

»Eine Stunde?«

»Ja. So um halb acht haben wir angefangen.«

»Geben Sie mir Ihre Telefonnummer, ich melde mich gleich wieder bei Ihnen. Inzwischen schicke ich einen Streifenwagen los. Er wird in spätestens zwanzig Minuten bei Ihnen sein. Ich werde dann auch kommen. Haben Sie das verstanden?«

»Ja. Danke. Danke, dass Sie helfen.«

»Und jetzt geben Sie mir bitte Ihre Telefonnummer. Haben Sie noch ein zweites Telefon?«

»Nein, das ist das einzige.«

»Jemand muss bei diesem Telefon bleiben, um alle, wirklich alle Anrufe entgegenzunehmen. Verstehen Sie?«

Der Mann zögerte. »Ja«, sagte er leise.

Der Rest des Abends war eine Abfolge an Telefonaten, die Thomas Bergmüller in aller Gelassenheit absolvierte, obwohl er längst wusste, wie ernst die Lage war. Das Ergebnis: Mehrere Feuerwehrmannschaften aus den umliegenden Orten erklärten sich bereit zu helfen. Polizisten wurden aus dem Feierabend geklingelt, Hundeführer angefordert.

Insgesamt machten sich zweiundvierzig Personen auf die Suche im Traubenhain. Nach dem sonnigen Spätsommertag hatte das Wetter umgeschlagen, es war windig und regnerisch geworden, weshalb es unmöglich war, Spuren zu sichern. Thomas war derjenige, der schließlich das rote Kinderfahrrad fand. Es tauchte wie ein Gespenst im Schein seiner Taschenlampe auf, etwa vierzig Meter vom mutmaßlichen Entführungsort entfernt im Unterholz an eine hohe Fichte gelehnt, Lenker und Fahrgestell abgeknickt, als würde das Rad den Stamm umarmen. Unbeschädigt. Sie untersuchten es noch an Ort und Stelle – kein Kratzer, nichts, nur die üblichen Gebrauchsspuren eines häufig benutzten Gefährts. Keine Anzeichen dafür, dass jemand das Mädchen gewaltsam vom Rad gerissen hatte.

War sie freiwillig abgestiegen?

Weil sie den oder die Täter kannte?

Oder lag ein Hindernis auf dem Weg, das sie zum Absteigen gezwungen hat?

Nun ist es ein Uhr nachts, die Suche wurde abgebrochen und auf den nächsten Tag verschoben. Thomas ist der letzte Polizist in der Dienststelle. Vor seinem Schreibtisch aus lackiertem Pressspanholz sitzen Annikas Eltern Gabriele und Stephan Schön. Er hat ihnen vorgeschlagen, die Vernehmung auf morgen zu verschieben, aber sie wollten es unbedingt jetzt hinter sich bringen. Sie wissen eben noch nicht, dass diese Vernehmung nicht die letzte sein wird. Thomas beschließt, es kurz zu machen und sie dann heimzuschicken.

Beide sehen erschöpft und verzweifelt aus. Ihre Kleidung ist durchnässt und voller Erde, ihre Gesichter sind braunschwarz verschmiert wie die von Bergarbeitern nach einer Untertageschicht. Sie halten sich an den Händen, und diese Geste rührt ihn, der sich nicht leicht rühren lässt, und deprimiert ihn zugleich, denn ihm ist klar, dass es nicht gut aussieht. Gar nicht gut.

Gleichzeitig darf er nicht vergessen, dass beide verdächtig sind. Thomas kann es sich nicht vorstellen, aber nicht glauben heißt, nicht wissen. Er legt seine ebenfalls total verdreckte Kappe ab und fährt sich durch das braune Haar, als wollte er sich vergewissern, dass es noch da ist. Es ist eine unbewusste Bewegung, die er sich angewöhnt hat, sobald er gemerkt hat, dass sich sein Schopf zu lichten beginnt.

»Wir müssen uns ein Bild über Ihre finanziellen Verhältnisse machen«, beginnt er vorsichtig.

»Die hab ich Ihnen gesagt!«, schnappt die Frau.

»Schon, aber...«

»Wir haben nix!«

»Trotzdem müssen wir das klären.«

»Die Erbschaft von meinen Eltern haben wir fürs Renovieren und für die Hypothek aufgebraucht. 150 000 Mark waren das. Sonst ist da nix.«

»Dann ist Ihr Haus schuldenfrei?«

»Ja, aber da wohnen wir drin, das können wir nicht zu Geld machen. Das hab ich Ihnen schon gesagt.«

»Frau Schön...«

»Hören Sie nicht zu? Wenn wer uns erpressen will, dann muss der spinnen!«

»Schatz«, schaltet sich ihr Mann ein, und sie entzieht ihm brüsk die Hand. »Du warst ja nicht dabei! Ich hab ihm vorhin alles erklärt.« Gabriele Schön nickt in Richtung des Kommissars.

Thomas stellt plötzlich fest, dass sie sehr hübsch ist, selbst in dieser desolaten Verfassung. Gute Figur, tolle Augen, die aus der Schmutzschicht in ihrem Gesicht herausblitzen. Er schaut nach unten, voller Ärger über derart unangemessene Gedanken. Weniger freundlich als beabsichtigt sagt er, dass er jetzt genauere Angaben benötige.

»Wozu denn?«, ruft sie. »Was bringt das der Annika, wenn Sie unsere Kontoauszüge kennen?«

»Wir werden Ihre Angaben bei der Bank prüfen müssen.

Deswegen müssen Sie uns diese Informationen geben. Das ist das übliche Verfahren.«

»Schmarrn!«

So geht das ein paar Minuten lang, bis Thomas die Vernehmung beendet, nicht nur weil er die Sinnlosigkeit des Wortwechsels zu dieser späten Stunde erkennt. Er spürt außerdem jeden einzelnen Knochen im Leib, und ein Kratzer an seinem rechten Arm beginnt unangenehm zu pochen.

»Sie gehen jetzt ins Bett«, bestimmt er. »Morgen machen wir weiter.«

Das kann er: bestimmen. Deswegen vertrauen ihm die Leute, und deswegen folgt ihm jetzt selbst die widerspenstige Frau Schön. Er bringt das Paar zur Tür und sieht ihnen nach, wie sie zu ihrem gebrauchten schwarzen Audi gehen, müde, aber aufrecht. Stephan Schön legt den Arm um seine Frau, und sie versteift sich, als ob ihr die Berührung lästig wäre. Vielleicht wirkt das aber auch nur so.

Schön öffnet ihr die Tür zum Beifahrersitz, sie steigt ein. Er schaut noch einmal zurück, sieht den Kommissar im beleuchteten, glasüberdachten Eingang stehen und winkt ihm zu. Thomas hebt ebenfalls die Hand. Der Regen trommelt auf das Vordach, und die Luft ist viel kälter geworden als noch vor einer Stunde. Er geht wieder hinein in das ungemütliche, aber noch sonnendurchwärmte Großraumbüro mit der lästig flackernden Neonröhre direkt über seinem Schreibtisch.

Er muss noch seinen Bericht schreiben. Und den morgigen Arbeitstag planen. Und eine ausführliche Vermisstenmeldung an Presse, Rundfunk und Fernsehen weitergeben. Und zwischendrin vielleicht Karin anrufen.

In der Reihenfolge ungefähr.

6:05 Uhr
Täter eins

Die Täter haben vereinbart, sich im Alltag voneinander fernzuhalten, weil das die Strategie der meisten Verbrecher in den Fernsehkrimis ist, die sie ganz automatisch übernehmen. »Maximale Unauffälligkeit« heißt jetzt die Devise. Niemand soll eine Verbindung zwischen ihnen und der Tat ziehen können. Jeder hat darüber hinaus seine Aufgabe im großen Spiel zu erledigen.

Im Moment liegt Täter eins im Bett und hört die Nachrichten. Unter anderem erfährt er, dass ein RAF-Kommando namens »Gudrun Ensslin« einen Anschlag auf den Oberbefehlshaber der US-Streitkräfte in Europa verübt hat, bei dem das Opfer leicht verletzt wurde. Er feixt. Solche Meldungen gefallen ihm. Nicht weil er große Sympathien für die Ziele der RAF hegen würde – die sind ihm ziemlich egal –, aber er mag Leute, die Chaos verbreiten. Bisher hat er ihnen nur dabei zugesehen, gehemmt und sehnsuchtsvoll. Jetzt will er einer von ihnen werden. »Wer Wind sät, wird Sturm ernten.« Das soll sein neues Lebensmotto werden, sobald alles über die Bühne gegangen ist und er völlig neu anfangen kann. Er räkelt sich und springt dann auf. Setzt sich wieder aufs Bett und fabriziert einen ungeschickten Trommelwirbel auf seinen Oberschenkeln. Adrenalin schießt durch seine Adern, Herumliegen ist keine Option mehr.

Währenddessen plappert das Radio weiter vor sich hin. Es folgt der Wetterbericht und unmittelbar danach eine Sondermeldung der Polizei mit der Bitte um Mithilfe.

Und ja, es geht tatsächlich um *die Sache*.

Scheiße. Der Täter seufzt, doch er findet es auch grandios. Außerdem wird er jetzt erfahren, was er noch nicht wusste.

Wahnsinn, denkt er. Das zieht Kreise.

»Seit gestern Abend wird die zehnjährige Annika Schön aus Thalgau vermisst«, sagt die Moderatorin mit ihrer sanften, hübschen Stimme und fährt fort: »Das Mädchen war mit ihrem Fahrrad von Hag nach Hause unterwegs. Das Fahrrad wurde zirka achthundert Meter von der elterlichen Wohnung entfernt aufgefunden. Die Beschreibung des Mädchens: Annika Schön ist ein Meter dreiundvierzig groß, schmächtig und hat blonde, sehr kurze Haare. Sie trägt eine dunkelgrüne Cordhose, einen beigen Pullover, eine hellbeige Schafwolljacke und rotbraune Sandalen. Wer hat das Kind gesehen? Wenn Sie, liebe Hörer, mit sachdienlichen Hinweisen helfen können, wenden Sie sich bitte an die zuständige Polizeidienststelle in Glauchau oder an jede andere Polizeidienststelle. Es folgen nun wie immer die neuesten Guten-Morgen-Hits mit Andreas...«

Täter eins schaltet das Radio ab und grübelt. Das Mädchen kann unmöglich aus Thalgau stammen, denn dann hätte es niemals den Weg durch den Traubenhain genommen. Thalgau liegt im Westen von Salbrunn, Hag im Nordosten. Das muss ein Irrtum sein.

Ist es aber auch wirklich einer? Kann eine Behörde einen so dummen Fehler begehen? Die Ungewissheit macht ihn schrecklich nervös. Warum läuft nie etwas wie geplant? Der Regen zum Beispiel. Der hätte doch später einsetzen können als bereits auf dem Weg zum geparkten Auto, das dann auch noch auf dem Weg raus im Matsch stecken geblieben ist, wo zu allem Überfluss ein anderer Wagen kam. Der dann hektisch den Rückwärtsgang eingelegt hat. Jedenfalls hätte sich der Regen gut noch eine halbe Stunde Zeit lassen können, dann wären sie nicht durchnässt zurückgekommen, und Täter zwei hätte jetzt keine verdreckten Klamotten in seinem Kofferraum, die er unbemerkt entsorgen muss, während er sich in Unterwäsche nach Hause schleichen muss.

Täter eins steht auf, begibt sich an seinen Schreibtisch und holt aus einer Schublade eine verbeulte Kassette aus schwarz lackiertem Metall. Sie sieht nach nichts aus, aber der Inhalt ist Dynamit, weshalb sie zugesperrt ist. Den Schlüssel trägt er an einer dünnen Kette um den Hals. Er zieht sich Einmalhandschuhe an, bevor er die Kassette öffnet, denn sicher ist sicher. Darin stapeln sich neben einer fünfschüssigen Smith & Wesson, Kaliber .38, mehrere DIN-A4-Seiten mit aufgeklebten Buchstaben, die er aus mehreren Zeitungen ausgeschnitten hat. Zwischen den zusammengesetzten Wörtern befinden sich einige Lücken, die er heute auffüllen wollte, das zumindest war der Plan. Eigentlich sollte der Brief am frühen Nachmittag abgeschickt werden, aber das mit Thalgau bringt ihn jetzt ein bisschen aus der Fassung.

Erst das falsche Kind und jetzt auch noch eine falsche Adresse.

Er muss abwarten. Zu viel Hektik könnte jetzt alles gefährden.

Thalgau! Er rauft sich die Haare, bis sie steil vom Kopf abstehen. Verdammt! Kein Mensch, schon gar kein Kind fährt mit dem Rad von Hag nach Thalgau. Das sind mindestens zwanzig Kilometer. Außerdem ergibt diese Strecke überhaupt keinen Sinn, das wäre ein totaler Umweg!

So ein Scheiß!

Er geht erst mal duschen.

Danach fühlt er sich nicht wirklich besser.

Täter eins geht auf den Balkon und raucht. Es ist windig, nass und kalt. Heute hätten sie *die Sache* vermutlich nicht durchführen können, denkt er und sieht der dünnen Rauchfahne hinterher, die sich rasch auflöst. Bei dem Regen würde man Kinder eher nicht durch den Traubenhain radeln lassen, der dann nass und rutschig ist. In ihm lauert etwas, ein Bedauern vielleicht.

Er unterdrückt den Impuls und legt den Kopf in den Nacken. Sein Atem dampft in der feuchten Luft, der Himmel ist von einem gleichmäßigen Steingrau. Wie Beton, denkt er. Dann kehrt er wieder ins Zimmer zurück und zieht sich an. Es geht ihm nicht so gut, wie er es gerne hätte. Die Euphorie von gestern Nacht, dieses Wir-sind-die-Größten-Gefühl angesichts ihrer logistischen Höchstleistung, lässt sich gerade nicht mehr herstellen. Stattdessen überfallen ihn Bilder von dem Mädchen in seinem engen Verlies. Sobald er die Augen zumacht, tauchen sie wie ein Stop-Motion-Film auf seiner Netzhaut auf.

Ob sie sich fürchtet? Ob sie weint? Schreit? Vielleicht ist sie ohnmächtig.

Oder tot.

Nein!

Alles wird gut.

Nicht denken. *Nicht denken!*

Nicht denken. Er hat zu viel zu tun!

Thalgau, 6:30 Uhr
Polizeikommissarin (PK)
Karin Hieronymus

Karin Hieronymus' Freund Thomas Bergmüller braucht nicht viel Schlaf, um sich zu erholen, vier Stunden reichen ihm. Er ist stressfest. Wird er doch müde, reicht ein Dreiminutenschlaf auf der Toilettenbrille. Das ist ein Erfolgsfaktor, hat Karin mittlerweile erkannt. Wer Karriere machen will – und das will Thomas –, muss präsent sein. In jeder Hinsicht und am besten rund um die Uhr.

Und so steht er unter der Dusche, als Karin noch im Bett liegt und übermüdet an die Decke starrt. Sie war zwar bei dem Einsatz nicht dabei, weil sie gestern ihrer Mutter in München einen Besuch abgestattet hatte, aber die Nacht war trotzdem kurz, wie immer, wenn Thomas ganz spontan beschließt, bei ihr vorbeizuschauen. Auch Karin Hieronymus' Leben wird in den nächsten Monaten und Jahren einen anderen Kurs einschlagen, neue Chancen und Möglichkeiten werden sich ergeben, aber auch alte Ängste ihre giftigen Blüten öffnen. Dabei kann sie Veränderungen nicht leiden.

Aber was man nicht weiß, macht einen nicht heiß.

Karin dreht sich gähnend zur Seite und schaltet das Radio an. Neben einem RAF-Anschlag auf einen amerikanischen Militär wird gemeldet, dass die Kosten des geplanten Flughafen München II im Erdinger Moos nicht 3,6, sondern über acht Milliarden D-Mark betragen werden. »Auf diese Summe belaufen sich die Schätzungen der Gegner des Bauprojekts«, sagt der Nachrichtensprecher und nennt die entsprechende Bürgerinitiative. Karin ist noch nie geflogen, wegen ihr müsste es überhaupt keine Flugplätze geben. Ihre Gedanken wandern ab, während Thomas mit vernehmlichem Quietschen den Wasserhahn abdreht. Sie hört durch die dünne Wand das dumpfe Geräusch seiner nackten Füße auf den Fliesen vor der Dusche – erst der linke, dann der rechte –, und sie weiß, dass er sich jetzt abtrocknet und wahrscheinlich »Stayin' Alive« vor sich hin summt: So gut kennt sie ihn immerhin schon.

Ob sie jemals so weit kommt wie Thomas, der sie auf der Karriereleiter bereits überholt hat, obwohl er zwei Jahre jünger ist? Es liegt nicht nur an der Ausbildung, die er hat, sie aber nicht. Das ist es nicht allein, denn diese Ausbildung könnte sie nachholen. Thomas ist fokussiert auf den Job, Karins Bedürfnisse sind viel weiter gestreut. Er prescht vor, sie zögert und zaudert. Er entscheidet prompt, sie fragt nach Sinn und Zweck.

Im Radio folgt der Wetterbericht mit regnerischen Aussichten bis zum Wochenende und dann die Polizeimeldung, die Thomas gestern herausgegeben hat. »... zehnjährige Annika Schön aus Thalgau...«

Thalgau?

»Das Mädchen war mit ihrem Fahrrad von Hag nach Hause unterwegs«, fährt die Moderatorin fort.

Von Hag nach Thalgau? Ausgeschlossen.

»Thomas!«, ruft Karin, plötzlich hellwach. Sie strampelt ihre Decke weg, steht hastig auf und läuft nackt ins Bad. Dort hat sich Thomas hinter der Tür versteckt und überfällt sie aus dem Hinterhalt mit einem gefährlichen Brummen.

»Lass das jetzt«, sagt sie und stößt ihn weg.

»Ach komm! Nur ganz kurz! Wir müssen eh gleich los.«

»Nein, hör auf, ich muss dir was erzählen...« Aber dann kichert sie, wehrt sich nicht weiter, küsst ihn, lässt sich an die Wand drücken, wo die Fliesen ein Muster in ihren Rücken prägen werden. Alles verzögert sich um mehrere Minuten. Danach haben es beide sehr eilig, sie muss noch duschen, der Morgenkaffee entfällt sowieso. Erst als Karin Hieronymus in ihrem Golf sitzt und hinter Thomas Bergmüllers rostrotem R16 zur Dienststelle fährt, erinnert sie sich wieder an die Falschmeldung.

Annika Schön stammt nicht aus Thalgau, sondern aus Salbrunn. Das muss ihm jemand sofort sagen, spätestens aber, bevor die Besprechung anfängt.

Sie stellt ihr Auto neben seinem auf dem Polizeiparkplatz ab und steigt rasch aus.

»Wart mal kurz«, ruft sie.

Thomas missversteht das als einen Annäherungsversuch in aller Öffentlichkeit, was er gar nicht mag, wo er sich doch gern alle Optionen offenlässt.

Er sprintet also davon, als wäre der Teufel hinter ihm her, und lässt Karin mit einem krampfig-munteren »Bis gleich« buchstäblich im Regen stehen.

Salbrunn, 9:30 Uhr
Gabi Schön, Annikas Mutter

Gabi hat nicht eine Sekunde lang geschlafen, und genauso fühlt sie sich auch. Trotzdem ist sie schon seit sechs auf den Beinen. Auf Stress, Ärger und Kummer reagiert sie wie ein Hamster im Rad. Sie weiß das, aber sie kommt nicht dagegen an. Und so ist es auch heute. Wer sie sehen würde, wie sie auf Knien den Küchenboden schrubbt, jede einzelne Fuge zwischen den Kacheln auskratzt und mit Chlorbleiche behandelt, würde angesichts der Geschehnisse vielleicht an ihrem Verstand zweifeln. In Wirklichkeit ist das Gegenteil der Fall. Die permanente Bewegung hält sie vom Durchdrehen ab.

Sie kann nichts tun. Sie darf nichts tun. Sie darf vor allem nicht weiter Annika suchen, das übernimmt jetzt allein die Polizei.

Martin und Jo hat Gabi in die Schule geschickt, um Normalität vorzutäuschen, obwohl doch ihr Leben nie wieder so sein wird wie vor dieser entsetzlichen Nacht. Franzi hat sie gebeten, nicht herzukommen, weil Gabi jetzt keinen Streit ertragen würde. Selbst in dieser Ausnahmesituation würden sie sich in die Haare kriegen, sie sind sich einfach zu ähnlich. Nur Stephan hat einen freien Tag beantragt und sogar angesichts der Lage genehmigt bekommen, obwohl Lehrer ja an und für sich nicht berechtigt sind, spontan dem Unterricht fernzubleiben, und das auch noch am zweiten Schultag.

Stephan kauft ein, Gabi überwacht das Telefon. Das hat ihr dieser Kommissar, dessen Namen sie vergessen hat, weil jetzt niemand außer Annika wichtig ist, gestern Nacht eingeschärft. Das Suchen muss sie der Polizei überlassen, um keine Spuren zu vernichten. Aber das Telefon darf nicht unbesetzt bleiben. Sie sollen jederzeit erreichbar sein. Sie wiederholt diese Anweisungen in Gedanken immer wieder, Wort für Wort, bis sie im Kopf Kapriolen schlagen.

Sie hustet, und ihre Augen tränen, weil die Chlorbleiche ihre Atemwege reizt, aber sie schrubbt weiter wie eine Besessene. Ihre Hände sind blaurot, sie trägt extra keine Handschuhe. Danach wird sich ihre Haut in Fetzen ablösen, aber das ist ihr gerade recht. Der Schmerz. Sie will den Schmerz. Sie will die Strafe.

Das Telefon steht im Flur und bleibt stumm.

Als es dann tatsächlich läutet, ist der Schock so groß, dass Gabi ein paar Sekunden lang wie gelähmt auf den kalten Fliesen sitzen bleibt. Sie spürt, wie sich alles in ihrem Bauch zusammenzieht. Sie ist schwer, so schwer.

Ein Albtraum. Sie ist in einem Albtraum, aus dem sie nie wieder erwachen wird. Langsam rappelt sie sich hoch, kämpft gegen einen Drehschwindel an, stolpert in den Flur und nimmt schließlich den Hörer so vorsichtig ab, als sei er aus Porzellan.

»Hallo?«, fragt sie mit schwankender Stimme, presst den Hörer ans Ohr, um ja keinen Laut zu verpassen. Aber es passiert nichts, gar nichts. Jemand ist an der anderen Leitung. Er atmet und sagt kein Wort.

»Hallo?«, wiederholt Gabi in das Atemgeräusch hinein. »Hier ist Gabriele Schön, die Mutter von Annika. Kann ich mit ihr sprechen?«

Keine Reaktion. Nur der Atem, der aber auch ein atmosphärisches Rauschen sein könnte – sie ist jetzt nicht in der Verfassung, das zu unterscheiden.

»Bitte«, sagt Gabi heiser. Ihr kommen schon wieder die Tränen, sie wischt sie zornig weg. Sie sucht nach einem Taschentuch, findet keines und kann nicht verhindern, dass ihre Stimme erstickt klingt. »Bitte, reden Sie mit mir. Bitte, wer ist denn dran?«

Dann vernimmt sie doch etwas. Dadaadadaadadaaaadaa. Ein Verkehrsjingle, den jeder bayerische Autofahrer kennt, doch seltsam dumpf, nicht so scharf und spitz wie im Radio. Dadaadadaadadaaaadaa. Etwas Unheimlicheres hat sie noch nie gehört. Gänsehaut überzieht ihren Körper, von den Haarwurzeln bis zu den Fußsohlen, sie zittert, als hätte sie Schüttelfrost.

»Hallo. Hallo?!!«
Jemand legt auf.
Gabi schreit jetzt so laut, dass es in ihren Ohren klingelt. Es kommt alles raus, was sie seit vielen Stunden zu unterdrücken versucht. Als Stephan mit zwei vollen Einkaufstüten zurückkehrt, findet er seine Frau bitterlich weinend auf dem Küchenboden sitzend. Es dauert, bis er erfährt, was passiert ist, und dann alarmiert er sofort die Polizei.

Zehn Minuten später sind zwei Polizisten da. Einer von ihnen, Polizeiobermeister Stallmeyer, verschwindet mit Stephan im Wohnzimmer, die andere – eine junge Frau – bleibt bei Gabi im Esszimmer. Sie stellt sich als Polizeikommissarin Karin Hieronymus vor. Gabi mag sie sofort, obwohl ihr ein Mann lieber wäre; sie ist dazu erzogen worden, Männern eher zu vertrauen. Die junge Frau ist nicht in Uniform, aber sie wirkt trotzdem offiziell in ihrem dunkelblauen Kostüm. Gabi bietet ihr nichts an, sie ist eine schlechte Gastgeberin, aber sie fühlt sich im Moment nicht einmal imstande, Kaffee zu machen.

Sie setzen sich an den Esstisch, und die junge Frau beginnt mit ihrer Befragung.
»Ihr Mann war nicht da, als Sie diesen Anruf entgegengenommen haben?«
»Nein.«
»Wo war er denn?«
»Einkaufen.« Gabi deutet durch die offene Küchentür auf die beiden unausgepackten Plastiktüten. Sie stehen vor dem Kühlschrank. Normalerweise hätte Gabi den Inhalt längst eingeräumt. Es zuckt ihr in den Fingern, genau das jetzt zu tun.
»Macht Ihr Mann häufig die Einkäufe?«

»Nein, normalerweise tue ich das.«
»Mit dem Auto?«
»Ja, mit dem Golf.«
»Das ist Ihr Zweitauto?«
»Ja, mein Mann hat einen Audi.«
»Und warum haben Sie nicht eingekauft?«

Gabi verstummt. Sie will nicht sagen, dass sie Angst hat, sich aus dem Haus zu bewegen. Angst, dass irgendeine der anderen Mütter sie fragt, wie es ihr geht. Angst, dass die anderen Bescheid wissen und sie meiden. Sie ist, das spürt sie genau, eine Ausgestoßene. Sie wird das Gefüge des Ortes durcheinanderbringen, alle werden sich ihretwegen um ihre Kinder sorgen, das Misstrauen wird sich ausbreiten wie eine Seuche, und niemand wird ihr das je verzeihen.

»Warum nicht?«, wiederholt die Kommissarin, deren Namen Gabi schon wieder vergessen hat, genauso wie den ihres Kollegen von letzter Nacht.

Gabi weiß nicht, wie sie ihre Gefühle ausdrücken soll, also sagt sie erst einmal nichts. Schaut aus dem Panoramafenster in den Garten. Der Rittersporn beginnt ein zweites Mal zu blühen, die Herbstblüte, alles ist so grün, so lebendig, und sie fühlt sich so tot und leer.

»Frau Schön?«
»Ja.«
»Soll ich später wiederkommen?«
»Nein.«
»Warum ist Ihr Mann heute zum Einkaufen gefahren, wo Sie das doch sonst erledigen?«

Eigentlich eine seltsame Frage. Aber irgendwie scheint die Antwort wichtig zu sein, also rafft sich Gabi auf. »Ich hab's nicht gekonnt«, sagt sie. »Die... Blicke der anderen. Jeder kennt mich. Ich schaff das jetzt nicht, Frau... äh.«

»Hieronymus. Karin Hieronymus. Das verstehe ich gut.«
»Tun Sie das, Frau Hieronymus? Oder soll ich Sie Kommissarin nennen? Was sind Sie eigentlich?«

»Ich bin Polizeikommissarin, wie gesagt, aber Hieronymus reicht.«

»Das ist ein schöner Name. Kommen Sie von hier?« Gabi weiß nicht, warum sie das fragt, es tut doch gar nichts zur Sache. Es ist fast so, als wollte sie sich ablenken, und das geht nicht. Sie hat nicht das Recht dazu. »Entschuldigung«, sagt sie. »Mir ist klar, das ist jetzt nicht wichtig.«

»Das ist in Ordnung.« Karin Hieronymus lächelt. »Ich komme aus München, aber ich bin vor zwei Jahren hierher versetzt worden. Ich wollte schon immer aufs Land, und hier ist es wunderschön.«

»War es«, sagt Gabi. »Jetzt ist es die Hölle.« Und das ist die Wahrheit, ihre Wahrheit: Es sind nicht einmal vierundzwanzig Stunden vergangen, und alles sieht aus, als befände sie sich auf einem feindlichen Planeten in einem fremden Sonnensystem. Sie hebt den Blick und sieht die Kommissarin direkt an. Ihre Augen, stellt Gabi fest, sind sehr blau. Blau wie der Himmel gestern. Die Wimperntusche ist ein bisschen verschmiert, ansonsten ist sie nicht geschminkt. Ihre Haut ist sehr hell, fast bleich, aber in dem dämmerigen Licht der Küche scheint sie zu leuchten. Es ist ein Trost, dass sie so hübsch ist.

»Das tut mir sehr leid«, sagt die Kommissarin nun. Es klingt ehrlich, aber auch eine Spur ungeduldig. »Wie lange war Ihr Mann denn unterwegs?«

Gaby überlegt hin und her, aber eigentlich tut sie nur so, tatsächlich hat sie nicht die geringste Ahnung. »Eine halbe Stunde vielleicht«, sagt sie schließlich. Plötzlich begreift sie, worauf das Ganze hinauslaufen soll, und das nimmt ihr die

Luft zum Atmen. Stephan steht unter Verdacht! Deswegen befragt ihn der Polizist in einem anderen Zimmer. Später werden sie die Aussagen vergleichen und jede Unstimmigkeit registrieren. Und natürlich wird es Unstimmigkeiten geben, selbst einen Tag später kann man sich nicht an alles genau erinnern.

»Sie verdächtigen meinen Mann«, sagt sie leise.

Die Kommissarin beugt sich vor und legt einen Moment lang ihre Hand auf Gabis Hand. Sie ist angenehm kühl. »Nein, das tun wir nicht. Aber wir müssen alle Eventualitäten berücksichtigen. Wir müssen ihn hundertprozentig ausschließen können. Verstehen Sie das?«

»Mein Mann war gestern hier im Haus und im Garten. Den ganzen Nachmittag und den ganzen Abend. Er war immer da. Und in der Nacht haben wir zusammen nach Annika gesucht. Das schwöre ich.« Gabi ist jetzt sehr ruhig, ihre Augen sind trocken. Die Kommissarin nickt und notiert etwas. Dann fragt sie Gabi minutiös nach dem Ablauf vor und nach dem Entdecken von Annikas Verschwinden. Das dauert fast eine Stunde, und Gabi muss sich zusammennehmen, um nicht auszurasten. Vor Wut, vor Angst, aus Verzweiflung. Denn was soll dieses Gerede denn bringen? Sie sind nicht die Täter, sie sind die Opfer. Jede Sekunde, die diese Kommissarin hier verschwendet, geht ab von der Suche nach Annika.

Irgendwann fragt sie dann doch: »Sind Sie fertig?«

»Sofort«, sagt die Kommissarin und kritzelt etwas in ihren Block.

»Weil ich nämlich nichts mehr sagen werde«, fährt Gabi fort.

»Bitte?« Die Kommissarin schaut auf.

»Ich werde nichts mehr sagen, weil's nichts mehr zu sagen

gibt. Sie wissen jetzt alles von uns, wir haben den ganzen Tag durchgekaut und noch mal durchgekaut. Davon haben Sie nix. Hören Sie auf zu reden und suchen Sie endlich weiter!«

Die Augen der Kommissarin haben das Strahlende verloren, sie wirken nun eher grau als blau. Ihre Stimme ist immer noch freundlich, aber mit einem scharfen Unterton. »In diesem Moment sind alle verfügbaren Kollegen unterwegs«, sagt sie, und ihr blasser Teint rötet sich ein bisschen. »Sie durchkämmen den gesamten Wald, obwohl es regnet und das Unterholz so dicht ist, dass man kaum durchkommt. Das werden sie den ganzen Tag tun, also meine Kollegen, und ich später auch. Wir werden Überstunden machen. Und was Sie betrifft – wir sind hier fertig, aber das wird nicht das letzte Gespräch gewesen sein. So läuft das nun einmal bei uns. Wir müssen alle Fakten kennen.«

»Fakt ist, dass Annika nicht in Thalgau wohnt. Wie kommen Sie auf Thalgau?«

»Die Pressemeldung wurde schon längst korrigiert und weitergeleitet. Alle Medien wissen Bescheid und berichten bereits entsprechend.«

Die Kommissarin steht auf und gibt Gabi die Hand. Gabi nimmt sie, ohne zu lächeln und ohne den Blick zu senken. Sie hat kein schlechtes Gewissen, ganz und gar nicht. Diese Befragung war sinnlos. Alles, was die Polizei wissen musste, haben Gabi und Stephan gestern schon dem anderen Kommissar mitgeteilt. Den exakten Tagesablauf von Annika, soweit sie ihn rekonstruieren konnten. Die Turnstunde, das Abendessen bei ihrer Tante, das zu lang gedauert hat. Die genaue Zeit, als sie durch den Traubenhain geradelt ist. Und was hat die Behörde daraus gemacht? Den Rundfunk und die Zeitungen in einem wesentlichen Punkt falsch informiert. Gabi muss sich für nichts entschuldigen.

»Es tut mir leid«, sagt sie trotzdem. »Ich weiß, ich bin unhöflich, und ich weiß, Sie geben sich Mühe, und Fehler können passieren. Aber dieses Gerede bringt halt nichts. Niemand aus unserer Familie hat irgendwas damit zu tun, wir können Ihnen nicht helfen. Wir wissen nicht, warum das passiert ist und warum uns. Wir können nur beim Suchen helfen. Und das werden wir tun, sobald Sie uns lassen.«

»Wir lassen Sie«, sagt die Kommissarin, und Gabi sieht, dass sie sich zu diesen Worten durchringen musste, weil die Weisungen andere sind.

»Wir können uns beteiligen?«, fragt sie und lächelt beinahe, so erleichtert ist sie.

»Ich nehm das auf meine Kappe. Lassen Sie mich kurz telefonieren?«

»Ja. Danke! Kann ich Stephan Bescheid sagen?«

»Sicher. Aber Sie müssen dafür sorgen, dass das Telefon besetzt ist. Kann ich mich darauf verlassen?«

»Natürlich. Ich werde meine Schwester fragen. Sie wird kommen.«

Polizeiinspektion Glauchau, 14:45 Uhr
Polizeiobermeister (POM) Xaver Dietz

Vor Xaver Dietz sitzt ein junger Mann, der sehr aufgeregt wirkt und sich mit Hannes Berg vorstellt.

»Ich möchte eine Aussage machen«, sagt er.

»Eine Aussage?« Dietz lehnt sich zurück, bis der Bürostuhl zu kippeln beginnt. »Zu wem oder was?«

»Zu Annika. Annika Schön.«

Eher noch ein Junge, denkt Dietz. Vielleicht achtzehn,

neunzehn. Lustlos lässt er seinen Kaugummi von der linken in die rechte Backe wandern.

»Annika Schön?«, fragt er.

»Ja!«

Langsam richtet Dietz sich auf. Hannes Berg ist nicht der Erste, sondern ungefähr der Dreißigste, der sich wegen des vermissten kleinen Mädchens meldet, und die meisten wissen nichts, sondern wollen sich nur wichtigtun. Bisher ist allerdings noch keiner direkt hier aufgekreuzt. Die anderen haben alle angerufen.

Hannes Berg wird von einer jungen Frau mit üppigem lockigem Haar und hübschem Gesicht begleitet. Leider ist sie gut zwanzig Jahre zu jung für Dietz. Außerdem scheint sie die Freundin von diesem Hannes Berg zu sein, weshalb Dietz die Augen wieder abwendet und seufzend ein Zeugenvernehmungsformular aus der Schublade holt. Da die Sekretärin gerade in der Pause ist, spannt er notgedrungen das Formular in seine eigene Schreibmaschine.

Die nachgenannte Person erscheint/ wird ... aufgesucht.

»Ich ... wir haben etwas gesehen«, sagt Hannes Berg, während sich Dietz auf sein Formular konzentriert.

»Moment«, sagt er. »Ihr Familienname bitte.«

»Berg. Wie der Berg.« Der junge Mann hibbelt auf seinem Stuhl herum, seine Freundin legt beruhigend die Hand auf seinen Arm. Hannes Berg schüttelt sie unwirsch ab, was ihn in den Augen von Dietz schon einmal unsympathisch macht.

»Können Sie sich ausweisen?«, fragt er.

»Äh, ja klar.« Hannes Berg zieht einen Ausweis aus seiner Jeanstasche, den Dietz ausgiebig studiert.

»Ihr Vorname?« Der Vorname steht im Ausweis drin, aber nachfragen ist Vorschrift.

»Hannes.«
»Haben Sie noch einen zweiten oder dritten Vornamen?«
»Ludwig.«
»Aber Hannes ist Ihr Rufname?«
»Ja.«
Familienname: Berg
Vornamen (Rufnamen unterstreichen): <u>Hannes</u> Ludwig
»Geboren in?«
»Frankfurt.«
»Am?«
»14. März 1962.«
»Wohnhaft in?«
»Salbrunn.«
Dietz seufzt wieder. »Genaue Adresse bitte!«
»Steinweg 14.«
»Und da wohnen Sie zurzeit?«
»Ja, wo denn sonst?«
Ladungsfähige Anschrift: wie Wohnung.
»So, junger Mann«, sagt Dietz, nachdem er alles eingetippt hat, und wendet sich Hannes Berg und seiner Freundin zu, die er anschließend nach ihrem Namen fragen wird, vorausgesetzt, sie äußert sich ebenfalls zur Sache. Hoffentlich tut sie das nicht, sonst dauert das hier ewig, denkt Dietz. Was nicht heißt, dass der Tag damit überstanden wäre. Um 16:00 Uhr wartet noch ein Ortstermin auf ihn, vor dem ihm jetzt schon graut.
»Zur Sache«, sagt er.

Eine halbe Stunde später geht das Paar. Dietz hat im Wesentlichen notiert, dass beide eine dunkle Limousine im Wald gesichtet haben, mit zwei Männern, die sich eigentümlich verhielten. Anschließend habe sie die Limousine mit erhöhter Geschwindigkeit überholt. Das Kennzeichen hat sich die junge Frau notiert. Das klingt nicht gerade sensationell, doch wenn Dietz von seinem Ortstermin zurückkommt, will er es überprüfen. Das hat er sich fest vorgenommen, es wird aber nie geschehen. Gründe dafür kann es viele geben. Vielleicht ist das Formular einfach verschwunden in dem Wust der anderen Vernehmungsformulare, die in den nächsten Tagen und Wochen ausgefüllt werden. Es ist noch da, man kann es später sogar in den Akten finden, es wird aber nicht rechtzeitig berücksichtigt. Weshalb die Aussage von Hannes Berg unbeachtet bleiben wird.

Das heißt nicht, dass Dietz ein schlechter Polizist ist. Er ist vielleicht einfach nur ein bisschen vergesslich. Dazu kommt, dass dieser Fall von Tag zu Tag komplizierter werden wird. Immer mehr wechselnde Ermittler werden sich mit ihm befassen und Berge von Aktennotizen produzieren. So lange, bis die linke Hand nicht mehr weiß, was die rechte tut. Es liegt also in der Natur der Sache, dass Informationen verloren gehen werden.

So wie die Aussage von Hannes Berg und seiner Freundin Saskia.

Gilching, Westufer, 16:00 Uhr
PHK Thomas Bergmüller

Es regnet nicht mehr. Die Wolkendecke reißt an einigen Stellen auf, die Sonne dringt durch und wirft gleißende Flecken auf den See. Die Landschaft mit den sanften Hügeln und dem Mischwald, der sich dahinter erhebt, ist schön wie im Märchen. Einzelne Laubbäume leuchten bereits in gelbroten Herbstfarben. Bergmüller setzt die Sonnenbrille auf. Sein Gesicht ist ausdruckslos, auch wenn es in ihm arbeitet.

Der schlimmste Tag seines Lebens begann mit dem falschen Wohnort des Opfers in der Pressemeldung, die er herausgegeben, also auch zu verantworten hatte. Was ihm in der morgendlichen Konferenz genau von jenen älteren Kollegen unter die Nase gerieben wurde, denen sein rascher Aufstieg längst ein Dorn im Auge war. Und es half ja nichts, diesen Bock hatte er tatsächlich selbst geschossen. Irgendwann würde das noch ein Nachspiel haben, denn Stress und Übernächtigung sind keine Entschuldigung für einen so dummen, vermeidbaren Fehler.

Dazu kam anschließend der Ärger mit Karin, die ihn heute früh hatte warnen wollen, nachdem sie die Radiomeldung mit dem falschen Wohnort gehört hatte. Und die er – ja, das war blöd, wirklich blöd! – behandelt hatte wie die Kuh eine lästige Fliege.

Wenn du eh nicht zu mir stehst, können wir das Ganze auch lassen.

Es tut mir leid, Karin! Echt!

Du kannst mich kreuzweise.

Es folgte die vergebliche Suche mit allen verfügbaren Kräften, einschließlich der Familie Schön, die man aus mehreren Gründen nicht in den Griff bekam.

Thomas' Kiefer mahlen, das einzige Anzeichen dafür, dass er kurz davor ist, in die Luft zu gehen. Neben ihm stehen Polizeiobermeister Xaver Dietz, Polizeiobermeister Wolfgang Strick und ein Hundeführer mit seinem Schäferhund. Keiner sieht den anderen an. Sie warten einfach ab, was passiert, denn tun können sie gerade nichts.

Gabriele Schön, ihr Mann Stephan und ihre Söhne Martin und Jo stehen ein wenig entfernt von ihnen. Frau Schön redet leise, aber sehr aufgeregt auf einen glatzköpfigen dünnen Mann und eine ältere Frau mit fusseligen grauen Haaren ein. Der Mann hat sich den Polizisten mit Eckhard Hinz vorgestellt, die Frau ist angeblich seine Mutter. Es war ein hartes Stück Arbeit, Hinz überhaupt zu dieser Auskunft zu bewegen; ganz offensichtlich ist ihm das Ganze extrem unangenehm.

Das allerdings hätte er sich früher überlegen müssen. Zum Beispiel am Vormittag, nach der Vernehmung von Gabriele und Stephan Schön durch Karin und Stallmeyer und bevor Gabriele Schöns Schwester Juliane Maurer eintraf, um verabredungsgemäß das Telefon zu bewachen: Ausgerechnet in diesem kurzen Zeitfenster hatte Eckhard Hinz die Idee, bei den Schöns anzurufen und zu behaupten, den Aufenthaltsort Annikas »zu sehen«.

Was dieser Schwätzer damit auslösen würde, war ihm möglicherweise nicht klar. Gabriele Schön verließ sofort das Haus und eilte zur Suchmannschaft im Traubenhain, wo Thomas und ein Kollege gerade dabei waren, einen Trampelpfad zu entdecken, der offenbar mitten in den Traubenhain hineinführte und sich nicht weit weg von der Stelle befand, wo Thomas Annikas Rad gefunden hatte.

Sie wisse nun, wo Annika sei, rief Gabriele Schön laut weinend den erschrockenen Polizisten zu, die in der Folge den Trampelpfad wieder vergaßen, weil sich nun sehr plötzlich eine neue Lage gebildet hatte. Es war schlicht unmöglich, Annikas Mutter zu ignorieren, sie war einfach zu aufgeregt. Annika befinde sich stark frierend in einer Bucht auf der anderen Seite des Sees in einem Waldstück, das habe ihr ein Bekannter versichert. Sie liege unter einem Reisighaufen. Sie müssten die Suche sofort dorthin verlegen!

Frau Schön...

Ich weiß, was Sie denken, aber das ist kein Scharlatan!
Das sagt ja keiner, aber warum soll Annika denn gerade dort sein? Wie soll sie denn dahin gekommen sein? Ohne Verkehrsmittel ist das gar nicht möglich.
Sie wurde entführt, das ist doch klar! Und dann hat sie der Entführer einfach liegen gelassen!
Wer ist denn Ihr Informant? Ist das ein Hellseher?
Der hat als leitender Angestellter bei Siemens gearbeitet! Das ist ein Naturwissenschaftler!

Es war Thomas Bergmüller und seinen Kollegen unmöglich, sie davon abzubringen, die Hoffnung stand ihr ins Gesicht geschrieben, sie forderte, wie Thomas später in seinem Bericht schreiben würde, »ultimativ die Durchsuchungsaktion in das genannte Gebiet zu verlegen«.

Er begab sich also mit Dietz und Strick und der weiterhin völlig aufgelösten Mutter in ihr Haus und telefonierte von dort aus mit der Einsatzleitung, während Frau Schön in den Armen ihrer Schwester zusammenbrach. Der Einsatzleiter, Polizeirat Schweiberer, reagierte immerhin so gelassen, wie es seinem Spitznamen Isdochwurscht entsprach.

»Fahrn's hin, Bergmüller«, sagte er. »Wenn Sie's nicht machen, geht die an die Presse, und dann haben wir den Salat.«

»Aber das ist ein totaler Schmarrn«, raunte Thomas in die Sprechmuschel.

»Sie haben noch keine Kinder, gell?«

»Nein, aber deswegen kann ich doch trotzdem...«

»Dann verstehn Sie gar nix.«

»Ich...«

»Wenn Kinder im Spiel sind, hat die Vernunft nix mehr zu melden. Das werden Sie aber erst begreifen, wenn Sie selber welche haben, bis dahin müssen Sie mir einfach glauben.« Polizeirat Schweiberer hat zwei fast erwachsene Töchter, die ihm laut eigener Aussage die Haare vom Kopf fressen. Bisher ist er nicht durch besondere Liebe zu seiner Brut aufgefallen.

»In Ordnung«, sagt Thomas.

»Sie fahren jetzt dahin«, fährt Schweiberer auf seine gemütliche Art fort, »und die Kollegen nehmen Sie mit. Und einen Hundeführer mit Hund, damit alles seine Richtigkeit hat.«

»Ja.«

»Da müssen Sie jetzt durch, Bergmüller.«

Auf diese Weise verbrachten sie zwei Stunden in strömendem Regen mit einer verzweifelten Frau Schön, die hektisch in dem Waldstück herumlief und dort jeden Reisigstapel umdrehte. Bis man sie schließlich zur Heimkehr überreden konnte. Kaum waren sie im Haus angekommen, nahm sie erneut Kontakt zu ihrem Bekannten auf, der ihr nach einem längeren Telefonat versprach, sie um 16:00 Uhr persönlich genau dort zu treffen, wo sie vorhin nicht fündig geworden waren.

Und hier stehen sie also zum zweiten Mal, während ihnen die Zeit davonläuft. Der »Naturwissenschaftler« Eckhard Hinz zieht sich mit seiner Mutter zurück. Beide setzen sich im Schneidersitz aufs nasse Gras und meditieren. Es vergehen endlose zwanzig Minuten in der kalten, feuchtigkeitsgeschwängerten Luft. Als es zu nieseln beginnt, erheben sich Hinz und seine Mutter – Letztere recht mühselig – und begeben sich zu der Familie. Thomas zwingt sich, sich dazuzustellen und nichts zu sagen. Würde er jetzt seinen Mund aufmachen, kämen die wüstesten Beschimpfungen heraus.

»Wo ist sie?«, flüstert Frau Schön. Ihr Mann legt den

Arm um sie, ihre beiden Söhne stellen sich zwischen sie und Thomas, als wollten sie sie vor ihm schützen.

»Der Jungwald da drüben«, sagt Hinz und zeigt in die Richtung.

»Da?«

»Ja, da wo die jungen Fichten stehen, direkt am See.«

Hinz schlottert, sein Gesicht ist rot von der Kälte, seine Hosen sind schmutzig und durchweicht. Man sieht ihm an, wie gerne er jetzt woanders wäre. Er und seine Mutter werden sich eine Erkältung zuziehen, die sich gewaschen hat, hofft Thomas, auch wenn er weiß, dass dieser Wunsch kindisch ist und niemanden weiterbringt.

»Ist sie dort?«, fragt Frau Schön mit zitternder Stimme, und Thomas' Hass schnürt ihm förmlich die Kehle zu.

»Also...«, sagt er, aber Hinz unterbricht ihn.

»Ich hab sie gesehen«, murmelt er.

»So, wirklich?«

»Ja.« Aber es wirkt nicht sonderlich überzeugt.

»Bist du sicher, Eckhard?«

»Ich habe etwas gesehen, Gabi. Wenn, dann ist die Annika da drüben.«

Thomas reißt sich zusammen und ruft seine Leute. Die Kollegen und er durchsuchen die Fichtenschonung gründlich, der Hund läuft mit dem Führer von einem Ende zum anderen, schnüffelt fleißig herum, schlägt aber an keiner einzigen Stelle an. Sie finden allen möglichen Müll, darunter unzählige Bier- und Coladosen, aber nichts, was auch nur im Entferntesten auf die Anwesenheit eines kleinen Mädchens hindeutet.

Schließlich kehren die Kollegen zu ihren Dienststellen zurück, und Thomas fährt allein hinter der Familie Schön zu ihrem Haus. Es ist 18:45 Uhr, als sie dort ankommen.

Wegen des schlechten Wetters ist es schon dämmerig. Bevor Herr Schön aufsperren kann, springt die Tür auf. Im Türrahmen steht Juliane Maurer. Sie ist kleiner und zarter als ihre Schwester, und ihrem Gesicht sieht man an, dass sie gerne lacht. Aber nicht jetzt.

»Da hat grad wer angerufen«, sagt sie tonlos.

»Was? Wer?«, ruft Gabi Schön. Ihre Lippen werden weiß, und sie sieht aus, als würde sie gleich umfallen.

»Der hat nix gesagt! Kein Wort!«

»Der Anrufer hat wieder nichts gesagt?«, fragt Thomas. Sie stehen immer noch vor dem Haus in der Kälte, ihr Atem produziert Dampfwölkchen.

»Nur dieses Dadaadadaadadaaaadaa. Das, was man im Auto vor den Verkehrsmeldungen hört. Aber nicht so, wie's normalerweise klingt.«

Der zweite Anruf. Thomas holt seinen Block aus der Brusttasche.

»So anders. Ich kann's nicht beschreiben. Wie durch ein dickes Tuch durch.«

»Vielleicht so, als würde jemand den Jingle nachsingen?«

»Nein. Das war kein Mensch.«

»Haben Sie sonst noch Geräusche gehört?«

»Nur ein Atmen. Ein schweres Atmen. Dieses Atmen, das war so schrecklich.« Gabi Schön beginnt zu weinen und umarmt ihre Schwester, die ebenfalls weint. Schließlich gehen sie alle ins Haus und setzen sich an den Esstisch, und Thomas befragt Frau Schön noch einmal gründlich, aber mehr, als Stephan Schön bei der Vernehmung am Vormittag über den ersten Anruf berichtet hat, kommt nicht dabei heraus. Thomas flucht innerlich, denn wenn alles so gelaufen wäre, wie es sich gehörte, wäre bei der Familie von Anfang an eine Fangschaltung installiert worden.

Das Problem ist, dass es im gesamten Landkreis nur eine einzige derartige Apparatur gibt. Und die befindet sich seit vier Tagen bei einem Rechtsanwalt, dessen Familie seit mehreren Wochen mit anonymen Schweigeanrufen traktiert wird. Der Anwalt weigert sich zur Stunde noch, die Fangschaltung wieder abzugeben, weil er um das Wohl seiner beiden Töchter besorgt ist, die die mutmaßlichen Adressatinnen der Anrufe sind.

Als Thomas zurück zur Dienststelle fährt, beschließt er, als allererste Amtshandlung die Fangschaltung zu besorgen, ganz egal, wem er damit auf die Füße tritt. Immerhin, so wird er argumentieren, ist Gefahr im Verzug.

Trotzdem wird es sicher schwierig werden. Der Rechtsanwalt arbeitet in München, lebt aber in Hag und gilt als einflussreiches Gemeinderatsmitglied. Das darf die Polizei nicht beeinflussen, denkt Thomas, während er seinen R16 durch den Regen nach Glauchau steuert. Gleichzeitig weiß er, dass die Entscheidungsgeschwindigkeit von Behörden sehr wohl von solchen Faktoren abhängt. Außerdem wird dieser Rechtsanwalt vernommen werden müssen, denn zwei Schweigeanrufe in derselben Gegend ist ein Zufall zu viel.

Spätabends klingelt Thomas bei Karin, die lange vor ihm nach Hause gefahren ist. Die Sprechanlage schaltet sich erst nach einer guten Minute mit einem Knacken ein, und das ist möglicherweise kein gutes Zeichen, denn Karin wohnt im zweiten Stock und kann ihn vom Wohnzimmerfenster aus problemlos sehen. Der Summer ertönt jedenfalls nicht. Oder doch? Er drückt vorsichtshalber gegen die Glastür. Sie bleibt zu.

»Kann ich hochkommen?«, fragt er.

Es rauscht und knackt. »Ich weiß nicht«, hört er.

»Es tut mir leid«, sagt Thomas, und das stimmt sogar. Manchmal versteht er sich selbst nicht. Das heute Morgen war eine unmögliche Nummer, das ist ihm vollkommen klar. Aber immer wenn es ernster wird mit einer Frau, ploppen vor seinem inneren Auge unendlich viele reizvolle Alternativen auf. Dann fühlt er sich wie in einer Zwangsjacke, dann beherrscht ihn die Angst, nicht mehr rauszukommen aus einem Versprechen, das man ihm abgenötigt hat. Gleichzeitig will er niemanden kränken, schon gar niemanden, den er mag. Zu einem klaren Nein kann er sich aber auch deshalb nicht durchringen, weil ein Nein ja wieder eine Festlegung wäre, die anderes ausschließt. Und so entzieht er sich auf subtile Weise, ruft nicht zurück, vergisst Verabredungen, lässt lieber alles laufen. Oder die Frauen entscheiden. Und im Zweifel tun sie das irgendwann gegen Thomas, der einerseits jedes Mal überrascht und gekränkt und andererseits fast erleichtert ist.

Wie ein Tier, das gerade noch rechtzeitig die versteckte Falle entdeckt hat.

Im Moment will er aber nicht allein sein. Er braucht jemanden zum Reden. Jemanden, der ihn kennt und der diesen Fall kennt. Jemanden, der ohne lange Erklärungen versteht, warum dieser Fall die Hölle ist. Gefangen bei einem Perversen, im Keller eines Erpressers oder tot: Sie haben keine Ahnung, wo das Kind ist, sie sind nicht einen Millimeter weitergekommen, und die wichtigen ersten vierundzwanzig Stunden sind längst vorbei. Wenn es jemals eine heiße Spur gegeben hat, dann ist sie womöglich schon kalt.

Alles, was sie haben, sind ein paar Verdächtige weniger. Der Vater kann es nicht gewesen sein, genauso wenig der Schwager, Juliane Maurers Mann. Auch alle anderen Leute aus dem Umfeld der Familie sind mittlerweile vernommen worden. Sie haben ebenfalls Alibis oder kein erkennbares Motiv oder beides. Oder sie sind zu alt, zu schwach, zu weiblich oder kommen aus anderen Gründen nicht infrage. Die Familie hat ja offenbar nicht einmal genug Geld, um für eine Erpressung interessant zu sein. Die Bestätigung von ihrer Hausbank steht noch aus, aber es gibt keinen Grund, ihnen nicht zu glauben. Abgesehen davon, dass sich ohnehin kein Erpresser gemeldet hat, außer diesem ominösen Anrufer, den man aber nicht als Erpresser bezeichnen kann, weil er nichts gefordert hat. Es kann sich demnach genauso gut um einen irren Trittbrettfahrer handeln, der die Vermisstenmeldung im Radio gehört oder im Fernsehen gesehen hat und die Familie quälen will.

Die schlimmste Vorstellung ist das, was sich keiner traut auszusprechen. Das Kind wurde missbraucht und ermordet. Nach allem, was sie bis jetzt wissen, bleibt es die wahrscheinlichste Option. Der Gedanke ist unerträglich. Thomas hat Bilder gesehen von einem lachenden, fröhlichen und manchmal auch ein bisschen zu ernsten Mädchen. Sie haben sich ihm eingebrannt, verfolgen ihn. Dazu kommt, dass das für die Medien freigegebene Foto von Annika, das ihn nun von jeder Zeitung aus anschaut, das die Lokalsender rauf und runter ausstrahlen, irreführend ist. Es zeigt Annika mit einem halb langen Pagenkopf, aber in Wirklichkeit war sie kurz vor der Entführung beim Friseur gewesen. Die Haare sind nun raspelkurz, nur existiert von dieser Frisur noch kein Bild. Annika sieht im Moment nicht wie ein hübsches, sensibles Mädchen aus, sondern eher wie ein Junge.

Solche Details können alles entscheiden.

Er dreht sich um und schaut die nasse Straße hinunter. Sie glänzt im Schein der Straßenlaternen. Kein Mensch ist unterwegs, nicht einmal ein Auto. In dieser Gegend ist der Hund begraben.

»Bitte«, sagt Thomas in die Sprechanlage. Ihm brummt der Kopf, er hat Hunger und fühlt sich hilflos.

»Der Tag war ein Horrortrip, und du brauchst jetzt Ablenkung«, tönt es blechern aus dem Lautsprecher.

»Nein!«, widerspricht er. »Das zwischen uns ist mehr!« Ist es das, oder sülzt er sich da bloß etwas zusammen? Er weiß es nicht genau, was er aber weiß, ist, dass er jetzt mit stärkeren Geschützen auffahren muss, sonst kann er gleich allein nach Hause fahren.

»Haha.«

»Das stimmt wirklich!«

Vor Thomas' innerem Auge taucht Karins Wohnung auf, die ihm gerade wie das Paradies erscheint. Ganz im Gegensatz zu seinem kargen Junggesellenappartement, wo ein ungemachtes Bett, ein leerer Kühlschrank und ein Haufen Rechnungen auf ihn warten. Karin. Ihr schönes Gesicht, ihr warmer Körper. So sexy und lieb und lustig. Und kochen kann sie auch; keine macht einen besseren Krautsalat als sie. Ihm läuft das Wasser im Mund zusammen.

Er ist ein Idiot. Wie kann er jetzt an Krautsalat denken?

»Bitte«, wiederholt er und legt ganz viel Gefühl in seine Stimme. Aber er spürt, dass es diesmal wohl nicht reichen wird.

Tatsächlich sagt Karin: »Ich hab keine Lust, mich noch mal wie ein Depp behandeln zu lassen. Und das vor allen anderen. Was glaubst du, wie man sich da fühlt.«

»Ich hab mich entschuldigt!«, ruft er. »Es tut mir leid, echt!«

»Schau an, er hat sich entschuldigt«, sagt Karin, als

würde jemand hinter ihr stehen, dem sie diese bahnbrechende Neuigkeit verkündet.
»Und das meine ich auch so! Das schwör ich dir.«
»Ciao.«
»Karin!«
»Nein.«

17. September 1981
6:45 Uhr
Täter eins

Täter eins sitzt an seinem Schreibtisch und klebt sorgfältig die letzten Buchstaben mit Tesafilm auf das DIN-A4-Blatt. Er trägt Einmalhandschuhe, um keine Fingerabdrücke zu hinterlassen. Mittlerweile ist wenigstens klar, dass die Behörden sich bei der Adresse geirrt haben. Annika Schön wohnt in Salbrunn und nicht in Thalgau. Weder Täter eins noch Täter zwei hatten gestern tagsüber die Gelegenheit, noch einmal unbeobachtet Radio zu hören oder fernzusehen. Erst abends stellte sich heraus, dass die Behörden einen saublöden Fehler gemacht haben, der mittlerweile revidiert wurde.

Demnach ist alles in Ordnung, auch wenn ihr Zeitplan durcheinandergeraten ist.

So wird Täter zwei erst heute den ersten Brief verschicken. Täter eins hat sich viel Mühe gegeben, das Schreiben derart zu verfassen, dass man keine Rückschlüsse auf ihn ziehen kann. Er findet, dass das Ganze ein Kunstwerk ist, auf das er stolz sein kann. Nun, vielleicht kein Kunstwerk, aber immerhin eine Meisterleistung. Er hat an alles gedacht, glaubt er. Niemand wird auf ihn kommen, nicht anhand dieses Briefes, nicht anhand derer, die noch folgen werden. Er hat alle Spuren so verwischt, dass sie im Nebel enden werden.

Fast zärtlich schaut er auf den ersten Brief. Dann spannt er den Umschlag – einen einfachen weißen Standardumschlag, dessen Kauf niemand zurückverfolgen kann – in seine Schreibmaschine der Marke Olympia ein und tippt die Adresse der Eltern, die er nun kennt, auf den Umschlag. Anschließend faltet er den Brief sorgfältig zusammen und achtet darauf, dass die geklebten Buchstaben und Wörter sich nicht lösen. Es ist ein fast feierlicher Moment, als er den Brief in den Umschlag schiebt.

Ein enormer Einsatz. Maximales Risiko für ein großes Spiel. So soll es sein.

Der Regen peitscht ans Fenster vor seinem Schreibtisch. Er macht das Licht aus und schaut nach draußen in die Morgendämmerung.

Heute wird nicht viel passieren. Die Polizei wird weiter den Wald durchkämmen, aber nichts finden. Sollten sie etwas finden, wäre das Schicksal – sehr schade, aber keine Katastrophe. Annika hat die Gesichter ihrer Entführer nicht gesehen. Als Zeugin wäre sie vollkommen unbrauchbar.

Morgen ist der erste Tag. Und in ein paar weiteren Tagen könnte alles überstanden sein. Das Kind bei seinen Eltern, das Geld bei ihnen. Und sie berühmt als die großen Unbekannten, denen niemand jemals auf die Schliche kommt.

18. September 1981
Salbrunn, 12:00 Uhr
Heinz Mühsam, Postbote

Der Postbote Heinz Mühsam ist fünfundsechzig und steht kurz vor der Pension. Daran denkt er nicht gern und überlegt sogar, ob es nicht möglich wäre, länger zu arbeiten. Eigentlich hat der Staat das nicht vorgesehen, aber Heinz Mühsam liebt seinen Beruf selbst bei schlechtem Wetter. Das Radeln hält ihn gesund und fit, und die Menschen in seinem Bezirk sind nett. Die Familie Schön kennt er, seitdem sie hier wohnen, also seit nunmehr achtzehn Jahren, und er liebt insbesondere die Frau Schön. Diese Zuneigung hat eine Vorgeschichte. Als Heinz Mühsam nämlich einmal direkt vor ihrem Gartentor einen Schwächeanfall hatte, beobachtete die Frau Schön das zufällig aus dem Küchenfenster und kam sofort herausgestürzt.

Soll ich einen Arzt rufen?
Nein, es geht schon.
Wirklich?
Ja, ganz bestimmt.
Aber einen Kaffee koche ich Ihnen! Keine Widerrede!

Daraus hat sich eine kleine Freundschaft entwickelt. Bei sonnigem Wetter trinken sie zusammen einen Kaffee unter der Linde in ihrem Garten, und dann macht er sich frisch gestärkt wieder auf den Weg.

An diesem Freitag, den 18. September, hat es nach ein paar Regentagen wieder aufgeklart. Heinz Mühsam radelt die steile Stichstraße des Grünangers hoch und keucht dabei ein bisschen. Er nimmt zwei Briefe für die Schöns aus seiner ledernen Tasche und wirft einen Blick darauf. Einer ist von

Frau Schöns Mutter, die Schrift kennt er. Auf dem anderen Umschlag steht mit Maschinenschrift als Empfänger »Stephan Schön« und in der Zeile darunter »Lehrer«.

Lehrer? Was soll denn das? Kein normaler Mensch adressiert so einen Brief.

Heinz Mühsam schaut sich den Umschlag genauer an, wendet ihn hin und her. Es handelt sich nicht um ein offizielles Schreiben, sonst wäre zumindest ein Absender angegeben. Herr Mühsam liest jeden Tag den Bayernteil der *Süddeutschen Zeitung* von vorne bis hinten und weiß also von der Entführung Annikas.

Er ahnt Böses und wirft deshalb den Brief, obwohl es sich um kein Einschreiben handelt, nicht einfach in den Briefkasten. Er klingelt, um ihn persönlich zu übergeben.

Es dauert eine Weile, dann öffnet ihm Herr Schön, den Heinz Mühsam erst gar nicht erkennt. Der Herr Schön, sonst ein gut aussehender, sportlicher Mann mit federndem Gang, wirkt um viele Jahre gealtert. Und er sieht aus, als hätte er seit Tagen seine Kleidung nicht mehr gewechselt.

»Ja?«, fragt er.

»Servus«, sagt Heinz Mühsam und sucht nach Worten, die nicht schlimm klingen, aber doch die Wichtigkeit deutlich machen. »Ich glaub ... Ich könnt mir vorstellen, dass das hier ...«

»Was denn?«

»... dass das keine normale Post ist.«

Die Reaktion erfolgt prompt. Der Herr Schön zieht sofort die Haustür hinter sich zu. Er geht mit vorsichtigen Schritten auf Heinz Mühsam zu, der ihm den Umschlag entgegenstreckt und zum lieben Gott betet, dass er sich nicht irrt.

Oder wäre es besser, wenn er sich irrte und es sich hierbei um ein ganz normales Schreiben handeln würde? Diese Gedanken gehen ihm durch den Kopf, während der Herr Schön ihm den Brief aus der Hand nimmt, ihn sofort öffnet und den Inhalt auseinanderfaltet.

Sein Gesicht sagt alles. Er starrt auf das Blatt, das, so viel kann Heinz Mühsam erkennen, mit dicken schwarzen Zeitungsbuchstaben beklebt ist.

Wie im Fernsehen.

»Danke«, sagt der Herr Schön und wendet sich dem Haus zu. Eine Sekunde später ist er darin verschwunden. Der Umschlag liegt unbeachtet auf dem Pflaster. Herr Mühsam öffnet das Gartentor von innen, zieht sein sauberes und sorgfältig zusammengefaltetes Stofftaschentuch aus der Hosentasche. Mit dem Taschentuch zwischen den Fingern hebt er den Umschlag vorsichtig auf und klemmt ihn zwischen Haustür und Türrahmen. Er will keine Fingerabdrücke hinterlassen, die die Ermittler verwirren könnten.

Wir haben ihre Tochter entführt wenn Sie Ihre Töchter jemals lebend wiedersehen wollen zahlen Sie zwei Millionen Mark Lösegeld

Wir wollen das geld in Gebrauchte hundert DM scheinen

wo und wie das geld übergeben werden sollte wurde in einen spätere zeit in einer brief oder telefonisch Mitgeteilt

wir werden Ihnen am Donnerstag anrufen am diese Telefonnummer 456 wir werden uns mit pfeifton melden

Sagen sie nur so viel Sie zahlen oder Sie zahlen nicht Wenn Sie die Polizei in den Fall Einschalten oder

Wenn Sie nicht zahlen wir werden den Entführter töten

Wenn sie zahlen 6 Stunden nach geldübergabe Kommt ihre Töchter Frei.

6. August 2010
Julia Neubacher, Journalistin

Ein Mann mir gegenüber, ein Glas Rotwein vor mir. Kein Date, so weit bin ich noch lange nicht. Viel besser: das erste Exklusivinterview mit Martin Schön, der als renitenter Nebenkläger dafür gesorgt hat, dass der Prozess gegen Karl Leitmeir noch mehr Aufmerksamkeit bekommen hat als ohnehin schon. Die Anklage stützt sich auf ein Hauptindiz, das der Bruder des Opfers vor Gericht als ungeeignet bezeichnet hat – die Medien waren voll davon.

Trotzdem hat es gedauert, bis sich Martin Schön zu einem Gespräch unter vier Augen bereiterklärt hat – gerade noch rechtzeitig vor dem nächsten Prozesstag. Ich kann von Glück sagen, dass er seine Story nicht längst an die *Bunte* oder den *Stern* verkauft hat. Vielleicht tut er das noch, aber dann werde ich trotzdem die Erste gewesen sein, diesen Triumph kann mir keiner mehr nehmen. Ich bin die Erste und Einzige. Das hat natürlich einen Grund. Es ist ein Quidproquo-Deal. Er hilft mir, ich helfe ihm. Denn ich habe vielleicht Informationen, die ihm verschlossen bleiben.

Bisher hat Schön eine öffentliche Pressekonferenz gegeben, die sogar im Fernsehen übertragen wurde. Eigentlich möchte er nicht mit einzelnen Medien reden, bevor der Prozess beendet ist. Er will nicht, erläuterte mir der Anwalt, dass es so aussieht, als wolle er die öffentliche Meinung mehr als nötig beeinflussen. Das könnte den Richter verärgern, von dessen Entscheidung so viel abhängt. Womit er recht hat. Schön ist mittlerweile vermutlich klar, dass vor Gericht nicht notwendigerweise die Wahrheit ans Licht gebracht werden soll. Manchmal geht es lediglich darum, den von der Staatsanwaltschaft anvisierten Schuldigen zu verurteilen, um die Sache fix abschließen zu können.

Dies hier ist so ein Prozess. Der Freistaat soll gegen Karl Leitmeir gewinnen, und zwar bevor die Verjährungsfrist ihr hässliches Haupt erhebt. Es gibt mehrere solcher Verfahren in letzter Zeit. Was vor allem daran liegt, dass man heute feinste DNA-Spuren analysieren und auf diese Weise Fälle lösen kann, die sonst rätselhaft geblieben wären. Sich auf – gern auch jahrzehntealte – Cold Cases zu stürzen ist also eine richtige Mode geworden. Im Erfolgsfall steigert das das Image der Strafverfolger enorm. Ein Nebenkläger, der Sand ins Getriebe der Anklage streut, statt brav seinen Mund zu halten, macht sich entsprechend unbeliebt. Andererseits muss genau das Schöns Ziel sein: maximale Verunsicherung, um vielleicht doch noch ein Umdenken zu erreichen.

Ein Dilemma.

Weshalb er einem kritischen Porträt zugestimmt hat. Ja, es soll ruhig kritisch sein, hat sein Anwalt gesagt, auf keinen Fall eine Jubelarie, die den Verdacht erwecken könnte, dass er die Presse für seine eigenen Angelegenheiten einspannen will. Licht und Schatten, einerseits, andererseits. Aber natürlich in der Tendenz positiv. Letzteres sagte der Anwalt nicht, aber ich weiß auch so, wozu ich gebeten werde.

Wir werden sehen. Einspannen lasse ich mich jedenfalls nicht.

Ich nehme einen Schluck Wein. Schön trinkt in tiefen Zügen seine zweite Rhabarberschorle. Er wirkt gelassen. Allerdings auch ein wenig erschöpft, genau wie ich. Wir haben einen langen Tag hinter uns. Um zehn Uhr haben wir uns in Salbrunn getroffen, wo wir gemeinsam den holprigen Waldweg durch den Traubenhain abgegangen sind – der Weg, auf dem seine Schwester entführt worden ist. Es war kühl, der See war rau und grau, Wind fegte durch die Blätter, deren auf- und abschwellendes Rauschen uns die ganze Strecke über begleitete und mir jetzt noch in den Ohren klingt.

Den Platz, wo Annika lebendig begraben worden war, konnte mir Schön nicht mehr zeigen. Nach all den Jahrzehnten weiß keiner mehr, wo genau er sich befunden hat. Aber den ungefähren Ort kann man auf den eingezeichneten Karten in den Ermittlungsakten nachverfolgen. Also arbeiteten wir uns durch das dichte Unterholz, ungefähr dort, wo es einmal einen Pfad gegeben haben musste. Schließlich stand ich mit zerkratzten Armen und Fußknöcheln zwischen Nadelbäumen und versuchte mir vorzustellen …

Was eigentlich?

Ich kannte die Fakten, ich hatte die Fotos von Annika gesehen, doch in mir tauchten keine Bilder auf, nicht mal ein noch so vages Gefühl. Mir war einfach nur kalt.

Anschließend zeigte mir Schön sein Elternhaus am Grünanger, in dem nur noch sein jüngerer Bruder Jo lebt. Es schmiegt sich an einen relativ steilen Hang, verfügt über mehrere Stockwerke und ist mit Efeu zugewachsen. Das sah verwunschen und bei der finsteren Witterung ein bisschen bedrohlich aus, so als würde das Gebäude aus der Anhöhe herauswachsen.

Wir klingelten, und Jo Schön, ein drahtiger Zweiundvierzigjähriger mit feuchten, zurückgekämmten Haaren, ließ uns in den dämmerigen Flur. Neben der Haustür lehnten mehrere Surfbretter unterschiedlicher Länge und Breite und die dazugehörigen Segel. In einer Vitrine sah ich Siegespokale lokaler Meisterschaften. Ein feuchter Taucheranzug hing an einem Haken der Ankleide und tropfte auf den alten Dielenboden; es roch nach Wasser und Gummi.

Jo ging voraus und führte uns ins Wohnzimmer, das von einem dieser Panoramafenster aus den Sechzigerjahren beherrscht wurde. Dunkelbraun gerahmt und lange nicht mehr frisch gestrichen; die Farbe blätterte ab. Der See war von hier aus nicht sichtbar, aber der verwilderte Garten, eine Orgie in unterschiedlichsten Grüntönen. Unter einer Linde standen ein verwitterter Holztisch und vier klapprig verzogene Stühle, die aussahen, als hätte schon ewig niemand mehr darauf gesessen.

Das Mobiliar innen war alt und verkratzt, mit ein paar schönen antiken Stücken mittendrin, die seltsam deplatziert wirkten: Jemand hatte diesen Raum einmal liebevoll eingerichtet, aber irgendwann wohl die Lust verloren. Und Jo selbst machte nicht den Eindruck, als ob er sich jemals mit innenarchitektonischen Fragen beschäftigt hätte. Wir setzten uns auf ein abgeschabtes Ledersofa. Nach ein paar Minuten kam Jo mit einem Tablett zurück und servierte uns mit linkischen Bewegungen Beuteltee in Steinguttassen und dazu einen Teller mit Butterkeksen – man merkte, dass er nicht oft Besuch hatte.

Keine Frau, keine Kinder. Freunde? Schwer zu sagen. Jo lebe seit vielen Jahren allein, allerdings seien einige Zimmer im Haus an junge Leute vermietet, hatte mir sein Bruder erzählt. Während meiner Anwesenheit kamen zwei Männer zur Haustür herein, grüßten lässig ins Wohnzimmer und machten sich leise murmelnd in der Küche etwas zu essen. Wir sprachen freundlich über dies und das, doch die Unterhaltung verlief zäh, und sobald ich vorsichtig das Thema auf Annika brachte, blockte Jo komplett ab, genau so, wie es mir sein Bruder prophezeit hatte.

Kein anderer aus seiner Familie würde mit mir über den Fall sprechen, sie hatten damit abgeschlossen, erklärte er mir nach dem Besuch.

Kann man das denn überhaupt – abschließen?

Ich war auch fast so weit. Dann kam die Sache mit der Nebenklage. Das hat alles umgeschmissen.

Diese für Martin Schöns Verhältnisse recht dramatische Äußerung warf er so hin, leider erst dann, als er schon in sein Auto stieg, weswegen ich nicht gleich nachhaken konnte.

Das muss ich jetzt tun.

Wir essen jeweils eine Pizza, ich ziemlich hastig, er in aller Ruhe. Danach schieben wir die Teller zur Seite, und ich schalte das Aufnahmegerät ein. Die Pizzeria hat Schön vorgeschlagen, weil hier werktags nur wenig Publikumsverkehr ist. Sie liegt am Stadtrand von Augsburg, wo Schön mittlerweile wohnt. Mittlerweile heißt: seitdem sich seine Frau von ihm getrennt hat und mit den drei Kindern in ihre Heimatstadt München gezogen ist. Mehr weiß ich darüber nicht, aber natürlich werde ich ihn auch danach fragen. Nur nicht sofort. Ich bin sicher, dass Schön keine Lust haben wird, über sein Privatleben zu reden. Es geht ihm um die Sache, nicht um sich, so schätze ich ihn ein. Er habe sich verbissen in die Widersprüche, die ihm aus den Akten förmlich ins Gesicht gesprungen seien, wie er auf einer der beiden Pressekonferenzen gesagt hat. Seine Gefühle spielen keine Rolle, sie sind nicht relevant. So sieht er das vermutlich, aber die Leser nicht. Die wollen genau das: Emotionen. Er muss sie mir liefern, sonst wird das Porträt ein Fiasko.

Andererseits darf ich trotzdem nichts überstürzen, sonst wird er genauso dichtmachen wie sein Bruder Jo.

Zunächst geht es also auf der reinen Sachebene weiter, nämlich um die Expertise der Gutachterin, einer Phonetikerin, auf die sich die Anklage stützt. Sie behauptet unter anderem, dass das Tonbandgerät im Besitz des Angeklagten eine Fehlstellung des Aufnahmekopfs aufweist. Die weiteren technischen Details des Gutachtens sind einigermaßen kompliziert, aber dieses Detail wirkt schlüssig und ist auch für Laien verständlich, weshalb ich mich darauf konzentrieren werde. Die Fehlstellung des Aufnahmekopfs, so argumentiert die Expertin, sei sehr selten und würde erklären, weshalb sich der Verkehrsjingle während der Schweigeanrufe bei der Familie auf genau diese Art und Weise dumpf und fremd anhörte.

Ich erinnere mich an das Abspielen der Aufnahmen vor Gericht. Dadaadadaadadaaaada, abgeleitet aus dem Münchner Volkslied »Solang der alte Peter«. Jeder Autofahrer kennt die Tonfolge, das macht es so unheimlich, denn jeder kann hören, dass da etwas nicht stimmt. Sie klingt nicht klar wie im Radio, sondern gedämpft wie durch ein dickes Filztuch. Dazwischen atmosphärisches Rauschen. Vielleicht Atmen. Einmal ein Wort, sehr undeutlich, vielleicht »Spastiker«. Ich erinnere mich an die kalten Schauer, die mir über den Rücken liefen. Es waren Geräusche aus der Hölle.

Ich würde gerne rauchen, nehme mich aber zusammen. Wir müssten vor die Tür gehen, das würde die Atmosphäre zwangsläufig verändern, und das wäre schlecht. Gut wäre es nur, wenn Schön ebenfalls rauchen würde, was er aber nicht tut. Ich bin innerlich wie durchgefroren, selbst die Luft im Restaurant fühlt sich feucht und klamm an, und allmählich kommen die Bilder, die sich vorhin, in der Nähe des Tatorts, nicht einstellen wollten. Ein blasses Kind mit kurzen blonden Haaren in einer Kiste, die sein Sarg werden sollte. Als ehemalige Polizeireporterin bin ich hart im Nehmen, aber diese Fotos sind extrem deprimierend, und jetzt sehe ich sie plötzlich wieder vor mir.

Ich bestelle ein weiteres Glas Rotwein. Schön winkt erst ab, überlegt es sich dann aber anders und ordert ein Bier.

»Was stimmt an der Begründung nicht?«, frage ich, nachdem die Kellnerin wieder gegangen ist.

Schön hat das in seiner Pressekonferenz und vor Gericht bereits ausführlich erläutert, zeigt aber keine Anzeichen von Ungeduld. Er weiß, dass ich das Zitat exklusiv brauche. »Es wäre ein extremer Zufall, wenn sich eine derartige Fehlstellung fast dreißig Jahre lang nicht verändern würde«, antwortet er.

»Die Stellung des Aufnahmekopfs verändert sich normalerweise im Lauf der Jahre?«

»Ja. Die behauptete Fehlstellung wäre deshalb nicht einmal ein Indiz. Sie erklärt nichts. Sie bedeutet nichts. Außer vielleicht dass ausgerechnet dieses Tonbandgerät eher nicht infrage kommt.«

»Sie haben aber noch andere Einwände.«

»Die Schweigeanrufe kamen von einer Telefonzelle.«

»Klingt logisch, aber sicher können Sie nicht sein. Als die Fangschaltung schließlich eingerichtet wurde, erfolgten keine weiteren Anrufe. Vielleicht haben sie auch von zu Hause aus telefoniert.«

»Das glauben Sie doch nicht im Ernst!«

»Aber möglich ist es. Man kann es nicht ausschließen.«

»Das mit der Fangschaltung konnten die Entführer nicht wissen. Auch dann nicht, wenn sie, wie Leitmeir, den Polizeifunk abgehört hätten. Da hat niemand über die verzögert eingerichtete Fangschaltung gesprochen. Sie mussten davon ausgehen, dass ihre Anrufe zurückverfolgt werden.«

Der Punkt geht an ihn. Ich nicke zögernd.

»Natürlich wird niemand ein Tonbandgerät in eine Telefonzelle mitnehmen und dort abspielen«, sagt Schön. Er beugt sich vor, seine Stimme wird dringlicher. »Das wäre viel zu auffällig, das Gerät ist ja nicht gerade klein und viel zu sperrig. Abgesehen davon verfügt speziell dieses Modell nicht einmal über einen Batterieanschluss, und wir wissen beide, dass es in keiner Telefonzelle Steckdosen gegeben hat.«

»Stimmt.«

»Eben.« Er lehnt sich zurück.

»Der oder die Täter mussten den Jingle also vom Tonbandgerät auf einen batteriebetriebenen Kassettenrekorder überspielen, der außerdem klein und unauffällig genug war, um in einer öffentlichen Telefonzelle abgespielt zu werden?«

»Ja.«

»Eine andere Möglichkeit gibt es nicht?«

»Nein. Und diese weitere Aufnahme hat die Tonqualität verändert. Dazu kommt ein zusätzlicher Verzerrungseffekt während der Übertragung durchs Telefon.«

»Ich verstehe.«

Mein Rotwein kommt, und das passt, denn ich möchte nun das Thema wechseln, persönlicher werden. Es ist halb zehn, und ich bin nicht in allerbester Stimmung, aber wir haben keine Zeit, das

Gespräch zu verschieben. Der nächste Prozesstag ist übermorgen. Da muss der Text erscheinen.

»Sie haben mir im Auto gesagt, dass die Nebenklägertätigkeit Ihr Leben auf den Kopf gestellt hat.«

Schön lächelt, als wüsste er genau, worauf ich hinauswill, nämlich auf sein Privatleben und seine Gefühlswelt. Ist ja auch nicht schwer zu verstehen.

»Auf den Kopf gestellt ist etwas übertrieben.« Er wiegt den Kopf hin und her. Die Richtung gefällt ihm nicht, aber darauf kann ich keine Rücksicht mehr nehmen.

»Es hat alles umgeschmissen«, sage ich und lobpreise innerlich mein gutes Gedächtnis für wörtliche Zitate. »So haben Sie sich ausgedrückt.«

»Habe ich das?«

»Stimmt es nicht?«

Er denkt nach. Fährt sich durch die dunklen Haare, sieht an mir vorbei in den fast leeren Gastraum. Die drei Kellnerinnen stehen an der Bar und plaudern leise. Demnächst werden sie die Stühle auf die Tische stellen. Sie wollen abkassieren und nach Hause. Leider geht das noch nicht.

»In gewisser Weise war das vielleicht so«, sagt er zögernd.

»In gewisser Weise?«

»Ja. Es war ... hart.«

»Was ist passiert?« Ich werfe einen kurzen Blick auf den Rekorder. Das grüne Licht auf dem Display leuchtet, wird heller und dunkler, je nach Lautstärke. Alles in Ordnung, das Gerät nimmt auf.

»Ich hatte ein gutes Leben«, sagt Schön nach einer längeren Pause.

»Ein gutes Leben?«, frage ich. »Wie sah das aus?«

»Verheiratet. Drei Kinder. Eine gläubige Familie. Wir waren glücklich.« Er sieht auf die Tischplatte, regungslos wie eine Statue.

»Was war mit Annika?«, frage ich so behutsam wie möglich.

»Sie war…« Er zögert, sucht nach Worten. »Sie war nicht mehr in der physischen Welt präsent. Sie war woanders, in einem parallelen Universum in einem neuen Aggregatszustand. Flüchtig, aber existent. Nur für uns nicht mehr wahrnehmbar. Sie würde auf uns warten.«

»War das eine tröstliche Vorstellung?«

»Nein. Es war selbstverständlich, so selbstverständlich wie mein Glaube.«

»Sie hätten nicht als Nebenkläger auftreten müssen. Niemand hat Sie gezwungen. Es hätte gereicht, wenn Sie dem Gericht als Zeuge zur Verfügung gestanden hätten.«

»Aber als Nebenkläger hat man ganz andere Rechte. Zum Beispiel Akteneinsicht.«

»Die Sie wollten, obwohl Sie mit dem Fall abgeschlossen hatten.«

»Es bestand die Chance, den Täter zu verurteilen. Aber da es ein Indizienprozess werden würde, war eine Verurteilung nicht sicher. Da macht es einen besseren Eindruck, wenn die Geschädigten ebenfalls präsent sind.«

»Warum Sie? Warum nicht Ihre Eltern?«

»Sie hätten das nicht durchgestanden.«

»Konnten sie nicht oder wollten sie nicht?«

Schön sieht mich scharf an. Kein Wort gegen meine Familie, soll das wohl heißen. Ich warte unbeeindruckt auf seine Antwort.

»Ich bin jünger«, sagt er schließlich. »Stärker, stabiler. Es war meine Aufgabe.«

Ja, so schätze ich ihn ein. Ein Martin Schön macht keine halben Sachen. Pflichtbewusstsein ist sein zweiter Vorname.

»Also gut«, sage ich. »Sie haben dann über Ihren Anwalt teilweise Akteneinsicht bekommen. Wie war das für Sie, der Sie sich jahrzehntelang nicht damit beschäftigt haben?«

»Sechstausend Seiten«, sagt Schön und macht eine Pause, als würde ihn die pure Anzahl immer noch überwältigen.

»Das ist viel«, sage ich zustimmend.

»Aber längst nicht alles. Sechstausend Seiten habe ich mir allein in den ersten drei Wochen angesehen. Und dann mehr und mehr. Ich hab mich regelrecht reingefräst.«

»Warum?«

»Ich weiß nicht. Ich hatte einfach das Gefühl, ich musste das tun. Wenn ich mich für etwas entscheide, dann mit allen Konsequenzen.«

»Okay. Und dann?«

»Dann ging das so weiter. Jeden Tag nach der Arbeit bis spät in die Nacht, auch an den Wochenenden. Ich war kein Vater mehr, kein Ehemann. Ich hab mich abgearbeitet an den Widersprüchen.«

»Sie waren nur noch Nebenkläger. Ein Vollzeitjob.«

»Richtig. Alles andere hat darunter gelitten.«

»Und das fand Ihre Frau nicht in Ordnung?«

Schön sieht mich direkt an. »Kann man ja verstehen, oder?«

»Deswegen die Trennung?«

»Ich kenn dich nicht mehr, hat sie gesagt. Du bist nicht mehr da, nicht mehr da für uns. Du bist wie ein anderer Mensch. Wenn ich mit dir rede, siehst du durch mich hindurch. Selbst die Kinder merken das.«

»Und hatte sie recht?«

»Natürlich hatte sie recht, ich hab mich selbst nicht mehr gekannt.«

»Sie hätten zu diesem Zeitpunkt aufhören können. Alles Ihrem Anwalt und dem Gericht überlassen können, so wie andere Nebenkläger auch.«

»Das kann nur jemand sagen, der so etwas noch nie erlebt hat.«

»Stimmt, das habe ich nicht. Erklären Sie es mir.« Es läuft gut. Ich spüre, dass ich die Erste bin, die Schön diese Fragen stellt, die Erste, die sich wirklich mit ihm und seinen sehr persönlichen Motiven befasst. Wir sind nun wie auf einer einsamen Insel. Nichts um uns herum zählt noch. Ich vergesse das Aufnahmegerät, so konzentriert bin ich auf ihn. Ich registriere jede Regung in seinem Gesicht, jedes Zögern. Er ist mein Gefangener und ich seine. Diese Erfahrung ist intensiv, aber nicht nachhaltig. Jeder von uns wird danach allein nach Hause gehen, und schon ein, zwei Stunden später wird Schön nicht mehr genau wissen, was er mir alles erzählt hat. Er wird sich ärgern, weil ich aus dem Interview etwas machen werde, das nicht hundertprozentig seiner Agenda entspricht.

Aber noch ist es nicht so weit. Noch sind beide im Bann.

Er zögert, sucht nach Worten, die dann aus ihm herausfließen, mühelos, als hätte alles in ihm auf diese Fragen gewartet. »Ich hab nicht gewusst, dass die Wahrheit so eine Kraft hat. Wahrheit war für mich immer etwas Positives, Befreiendes. Etwas, das die Dinge leichter macht, nicht schwerer. Das war wohl etwas naiv.«

»Sie kann auch zum Spaltpilz werden«, sage ich und muss plötzlich an Jonas denken. *Ich liebe dich nicht mehr.* Ehrlich, klar, endgültig, kein Raum für Interpretationen. Nichts war danach mehr zwischen uns möglich.

»In unserem Fall hat sie alles kaputtgemacht«, sagt Schön. »Wie eine Dampframme.«

»Das Dumme ist, dass es keinen Weg zurück gibt«, sage ich. Jonas und ich können keine Freunde mehr sein, nicht nach diesem Killersatz. Wir sind nicht einmal verfeindet. Wir sind gar nichts. Als hätte es uns als Paar nie gegeben. Vielleicht ist es bei den Schöns ähnlich, nur war es eine andere Wahrheit, eine andere Erkenntnis, die so viel Raum einnahm, dass sie sie als Paar zerstört hat.

»Ja. Die Wahrheit ist in der Welt. Steht da rum und glotzt einen an. Jeden Tag, jede Nacht.« Schön lehnt sich zurück, verschränkt die Arme. Mittlerweile sind wir die letzten Gäste, die Kellnerinnen werden uns in spätestens fünf Minuten hinauskomplimentieren.

»Aber Sie werden trotzdem dranbleiben?«, frage ich, obwohl ich die Antwort kenne. Jemand wie Schön gibt nicht auf.

»Ich hab gerade nichts mehr zu verlieren. Das ist das eine. Das andere ist, dass ich einen gerechten Prozess haben will. Einen, der Leitmeir wirklich überführt. Und nicht einen, der nur die Staatsanwaltschaft gut aussehen lassen soll. Ich will sicher sein, dass sie den Richtigen haben. Solange ich das nicht bin, mache ich weiter.«

»Sie wissen, dass es keine Beweise gibt. Die wird es auch in Zukunft nicht geben.«

»Wirklich überzeugende Indizien, wirklich starke Hinweise würden mir reichen.«

»Aber?«

»Aber nicht das, was die Anklage da zusammengezimmert hat.«

Ich sehe nun die Zusammenhänge, verliere mich in der nicht ganz ungefährlichen Illusion, alles zu verstehen. Disparate Puzzleteile fügen sich wie durch Zauberhand zusammen. Ich fühle mich ein bisschen wie Gott, was lächerlich ist, doch Journalisten sind eingebildet und sendungsbewusst, sonst hätten sie einen anderen Beruf.

Und so ist das Porträt, das ich am nächsten Tag schreibe, eine Gratwanderung. Die Versuchung ist groß, Martin Schön als besessenen Quertreiber, als Überzeugungstäter mit dunkler Seite darzustellen, der über den Prozess versucht, den Tod seiner Schwester seelisch zu verarbeiten – also das nachzuholen, was er knapp dreißig Jahre lang versäumt hat. Solche Geschichten sind beliebt, Leser betätigen sich gern als Hobbypsychologen.

Aber es ist eben nur ein sehr kleiner Teil der Wahrheit. Wie klein, das werde ich in den folgenden Monaten merken. Mit jedem weiteren Prozesstag, an dem immer mehr Ungereimtheiten auftauchen werden. Immer mehr Zweifel.

Es gibt so viel, was für die Schuld Leitmeirs spricht. Aber bei Weitem nicht alles.

18. September 1981
Traubenhain, 12:00 Uhr
Täter zwei

Während Stephan Schön die Polizei über den Erpresserbrief benachrichtigt, macht Täter zwei einen Spaziergang durch den Traubenhain. Er trägt eine Lodenjacke, einen grünen Jägerhut und einen Korb in der rechten Hand, in dem hellbraune Pfifferlinge liegen. Täter zwei hat sie nicht selbst gesammelt, sondern gekauft – sie dienen seiner Tarnung.

Tatsächlich begegnen ihm zwei echte Pilzsammler. Sie grüßen freundlich, Täter zwei zieht jeweils höflich den Hut – möglicherweise ein bisschen zu höflich, denn einer von ihnen, der Tierarzt Klaus Kaluscha aus Hag, macht Anstalten, ein Gespräch zu beginnen. Das allerdings wäre fatal, denn ein fachmännischer Blick in den Korb von Täter zwei würde die Maskerade sofort als solche entlarven. Die Pilze sind bereits zwei Tage alt. Täter zwei hat sie zwar im Kühlschrank aufbewahrt, aber jeder, der sich auskennt, würde sofort merken, dass sie nicht frisch sind.

Also murmelt Täter zwei: »Ich hab's leider sehr eilig«, und geht mit gesenktem Kopf weiter. Klaus Kaluscha, ein direkter Anwohner des Traubenhains, sieht ihm verwundert nach, vergisst aber den Zwischenfall sehr schnell, weil er just an diesem Tag eine ganze Steinpilzkolonie auftun wird – ein seltener Fund, der ein köstliches Abendessen verspricht. Erst viele Jahre später wird sich der Sammler im Gespräch mit einer Journalistin an den Passanten mit dem Hut und dem Korb erinnern, der im Nachhinein so gewirkt hat wie das personifizierte schlechte Gewissen. Wie hat er ausgesehen?, wird die Journalistin fragen und sich gespannt vornüberbeugen. Ich weiß es nicht mehr, tut mir leid, wird der mittlerweile fast neunzigjährige Kaluscha antworten. Es ist doch schon so lange her, wissen Sie. Die Journalistin wird ihm ein Foto zeigen. Der ältere Herr wird sich das Foto mit dem dicken, vollbärtigen Mann genau anschauen, man wird ihm anmerken, wie gern er der jungen Frau helfen würde. Aber ein Mensch verändert sich in fortgeschrittenem Alter häufig bis zur Unkenntlichkeit, das sieht er ja an seinen eigenen Jugendfotos.

Er wird bedauernd den Kopf schütteln und das Foto wieder zurückgeben.

Knapp dreißig Jahre vorher verschwindet Täter zwei zwischen locker stehenden Bäumen. Er stapft mit erhöhter Geschwindigkeit über den feuchten Waldboden und erreicht schließlich den schwer zugänglichen Teil. Er stößt auf den Pfad, den er und Täter eins bereits vor Wochen ins Unterholz geschlagen haben. Der Pfad ist noch da, aber nach den üppigen Regenfällen der letzten Tage dabei, wieder zuzuwachsen.

Heute ist ein feuchter und relativ milder Tag. Schwül wie im Hochsommer. Täter zwei schwitzt. Aufgescheuchte Insekten summen um ihn herum, eine Mücke sticht ihn in den Nacken, und die Jacke erweist sich als viel zu warm. Täter zwei zieht sie aus und wickelt sie sich um die Hüften. Sie rutscht ab und landet auf der Erde, wo er sie am liebsten liegen lassen würde, nur geht das aus nachvollziehbaren Gründen nicht. Schlimm genug, dass Täter eins nach der Entführung irgendwo die Plastiktüte verloren hat, die ihm als Maske diente.

Auch deswegen ist Täter zwei unterwegs. Er will dieses Beweisstück finden, bevor es die Polizei tut. Aber das ist nicht der einzige Grund.

Oh nein.

Salziger Schweiß läuft ihm in die brennenden Augen, die Haare kleben an der Stirn, Zweiglein schlagen ihm schmerzhaft ins Gesicht, während er sich Schritt für Schritt vorarbeitet. Er ist gereizt und angespannt. Die Situation erinnert ihn an die Nacht der Entführung, obwohl es jetzt hell ist und er besser sehen kann. Dennoch fühlt es sich ähnlich irreal an. Wie in einem dieser Kinderträume, wo man sich durch Gestrüpp quält, das dichter und dichter wird, bis man sich nicht mehr rühren kann, während der Schwarze Mann immer näher kommt, seinen bedrohlichen Schatten über einen wirft. Man weiß, dass es zu spät ist.

Für alles zu spät.

Nach zwanzig Minuten hat er es geschafft. Zunächst sieht er sich nach der Plastiktüte um, die als Maske gedient hat. Vorsichtig umrundet er die an den Wurzeln gekappten Fichten um den Tatort herum, die nur lose im Waldboden stecken wie ein magischer Kreis. Er stellt bei der Gelegenheit fest, dass einige der Fichten bereits braune Nadeln haben. Ewig wird dieses Versteck nicht funktionieren. Die Plastiktüte findet er nicht. Er zieht eine der Fichten vorsichtig aus ihrem Loch und steht nun im Inneren des Kreises. Darunter befindet sich die Kiste.

Er bückt sich und sieht auf den ersten Blick die mit einem Sieb versehenen beiden Belüftungsrohre, die ein paar Zentimeter aus dem Erdreich ragen. Er kniet sich vorsichtig neben eins der beiden und legt sein Ohr daran.

Dabei gibt es auch noch ein Rohr mit einem viel größeren Durchmesser. Es ist direkt über dem Kopf des Mädchens angebracht und mit einem zusammengerollten Gürtel und anderen Materialien verstopft, damit eventuelles Geschrei nicht gehört werden kann. Er könnte also ganz leicht herausfinden, in welchem Zustand sein Opfer ist. Aber er bringt es nicht fertig. Auf keinen Fall will er, dass das Kind seine Anwesenheit bemerkt und dann eventuell anfängt, zu weinen und um Hilfe zu rufen. Hier würde es zwar vermutlich niemand hören, sie haben ja nicht umsonst diesen Platz gewählt. Aber sicher ist sicher. Und dazu kommt, dass er nicht weiß, ob er es aushalten würde. Wimmern und Weinen und um Gnade bitten.

Riskieren möchte er es lieber nicht.

Er horcht konzentriert.

Nichts.

Kein Atmen, kein Stöhnen.

Nichts.

Das muss nichts heißen. Die Rohre sind mehrfach gebogen und zusätzlich mit Stoff umwickelt, um den Schall zu dämpfen. Außerdem produziert der Wald um ihn herum viel zu viele Geräusche, als dass er beurteilen könnte, was da unten, zwei Meter tiefer, vor sich geht. Überall knackt und piept und fiept es. Blätter rascheln, ein Kleintier huscht durchs Laub, eine Krähe fliegt kreischend über ihn hinweg, eine zweite folgt.

Er richtet sich auf.

Die Rohre sind zu auffällig, stellt er fest. Sie sehen aus wie die Schornsteine von Mini-U-Booten, die gerade dabei sind, aus dem Meer aufzutauchen. Er steht auf und schiebt vorsichtig Erde an die Wände heran. Und eine dünne Schicht darüber. Nur um die Siebe zu verdecken.

Mehr Erde ist nötig, findet er. Er nimmt eine weitere Handvoll und verstreut sie über den Sieben. Ein paar vertrocknete Blätter obendrauf. Er tritt einen Schritt zurück und betrachtet sein Werk.

Die Rohre sind unsichtbar.

Aber genügend Luft kann doch immer noch eindringen, oder?

Täter zwei bemerkt, dass es ihm auf eine seltsame Weise egal ist. Das Kind ist so weit weg, er kann sich nicht einmal mehr daran erinnern, wie es aussieht. Gibt es dieses Kind überhaupt? Beruht nicht alles auf einer bösartigen Fantasie? Die Idee zu einem Spiel, das nie Realität werden sollte, aber dann doch umgesetzt wurde – in der realen Welt? Wie konnte es so weit kommen?

Er schaut nach oben in das kleine Stück sichtbaren Himmel, wo ein Bussard lautlose Kreise zieht. Einen Moment lang bildet er sich ein, dass der Raubvogel *ihn* meinen könnte statt irgendeiner Feldmaus auf dem Acker neben dem Wald. Dass er sich gleich auf ihn herabstürzen und seinen riesigen gebogenen Schnabel in sein Fleisch graben wird…

Absurd.

Dennoch drückt ihm vorübergehende Panik die Luft ab. Er räuspert sich, um die Kehle frei zu bekommen von dem Kloß, der ihm im Hals zu stecken scheint. Wie ein Tennisball fühlt sich das an. Er hustet. Es klingt sehr laut, zu laut. Der Wald wird plötzlich so still, als würde er lauern. Mit Gewalt unterdrückt er den Hustenreiz. Ein paar Regentropfen fallen, und ein Windstoß weht die Schwüle fort.

Erleichterung. Auch das Atmen fällt nicht mehr so schwer.

Er gräbt die Fichte wieder in den Waldboden. Es dauert eine Weile, bis sie gerade steht und man nicht befürchten muss, dass sie bei der kleinsten Brise umfällt, denn er hat nur ein kleines Schäufelchen dabei. Schließlich kann er bei dem Polizeiaufgebot der letzten Tage schlecht mit einem Spaten durch den Traubenhain marschieren. Danach zieht er sich langsam zurück, dreht sich um und geht immer schneller, fast im Laufschritt Richtung Hag. Dort steht sein Auto in einer Seitenstraße. In den Gärten befinden sich hohe Laubbäume, die bereits beginnen, ihre Blätter abzuwerfen. Er sieht sich um, öffnet den Kofferraum, wirft den Korb mit den Pilzen achtlos hinein und steigt ein. Als er endlich hinter dem Steuer sitzt, fühlt er sich einen Moment lang so erleichtert wie nach einer überstandenen Grippe. Wenn endlich die Kräfte zurückkehren, man wieder Hunger kriegt und sich so fühlt, als wäre alles normal.

In der nächsten Sekunde weiß er, dass nie wieder etwas normal werden wird. Er überlegt, ob das eine gute oder eine äußerst schlechte Nachricht ist.

Er startet den Wagen. Die Straße ist leer. Niemand hat ihn gesehen.

Salbrunn, 12:40 Uhr
Gabi Schön, Annikas Mutter

Das Telefon klingelt, und Gabi stürzt sich förmlich darauf. Sie ist sich plötzlich ganz sicher, dass alles gut, dass sie Annika ganz bald wieder in den Armen halten wird. Sie verspricht sich in den wenigen Zehntelsekunden, die zwischen dem Läuten und dem Abheben des Hörers vergehen, dass sie die Anni in Zukunft anders und besser behandeln wird. Sie wird auf sie aufpassen und sie nicht mehr so oft schimpfen. Sie wird einsehen, dass Annika ein besonderes Kind ist, das viel Zuwendung, aber auch Freiraum braucht. All das wird sie ihr geben, das schwört sie sich und Gott.

Ja, der liebe Gott wird ihr helfen. Das weiß sie einfach.

Sie hebt ab und nennt ihren Namen. Ihre Stimme klingt fremd in ihren Ohren, als stünde sie neben sich und hörte sich selbst zu. »Bitte sprechen Sie mit mir«, sagt sie, als nur wieder dieses schreckliche tote Schweigen kommt, so wie schon zweimal heute Vormittag und mehrmals die letzten Tage. »Wir haben Ihren Brief vor... vor ungefähr einer Stunde erhalten. Bitte sagen Sie etwas.«

Dadaadadaadadaaadaa.

Wieder dieser Jingle. Sie wird verrückt, wenn sie das noch einmal hört, was soll das denn? Warum sagen sie nicht, was sie wollen?

»Lassen Sie doch mal dieses Gedudel weg«, ruft sie ungeduldig. Und nun ist es so, als würden die Worte aus ihr herausfließen, dabei weiß sie ja nicht einmal, ob sie am anderen Ende jemand versteht. Aber das ist gerade egal. »Ich sage Ihnen doch, wir haben Ihren Brief vor einer Stunde erhalten, und wissen Sie, die Bank hat jetzt zu, jetzt ist Mittag. Wir sind nicht so reich, dass ich zwei Millionen direkt hinlegen könnte.«

Sie horcht. Nichts. *Nichts.* Vielleicht hätte sie den letzten Satz nicht sagen sollen, vielleicht konnte man das so verstehen, dass sie die Summe nicht bezahlen wollte. Gabi holt tief Luft und versucht, sich zu beruhigen.

Was wollen diese Leute hören? Was wäre richtig?

»Ich beschaffe das Geld auf alle Fälle, aber sagen Sie doch irgendeinen Mucks. Irgendwas, damit ich ein Lebenszeichen von der Annika habe, bitte, bitte. Hallo! Bitte!«

Nichts.

Aufgelegt.

Salbrunn, 18:00 Uhr
Gabi Schön, Annikas Mutter

Gabi sitzt an ihrem Esstisch und schweigt. Drei Beamte haben sich ihr gegenüber niedergelassen, zwei davon reden unentwegt auf sie ein, auf diese ermüdend langsame Art und mit diesem dringlichen Tonfall, den Männer oft haben, wenn sie einen wichtigen Sachverhalt mit allem Für und Wider erklären wollen. Zumal dann, wenn ihr Gegenüber eine Frau ist, weil Frauen ja von Natur aus begriffsstutzig sind.

Sie kennt nur einen der Anwesenden, den Kommissar Bergmüller von der Dienststelle in Thalgau. Bergmüller sagt vergleichsweise wenig, es sind die beiden anderen, die in lähmender Ausführlichkeit erläutern, was bereits »im Fall Ihrer Tochter, liebe Frau Schön« unternommen wurde beziehungsweise in nächster Zukunft geplant sei.

»Wer sind Sie denn eigentlich?«, hat Gabi ganz zu Anfang gefragt und erfahren, dass die Herren vom Landeskriminalamt kämen.

»Vom LKA. Das kennen Sie vielleicht aus den Krimis.«

»Ah ja«, hat sie geantwortet und nicht gesagt, dass sie Krimis eigentlich nicht guckt, nur manchmal den *Tatort*, weil sie nicht versteht, warum man sich freiwillig mit so negativen Dingen wie Mord und Verbrechen beschäftigt und das auch noch spannend findet.

Sie hat dann nur noch genickt. Und das tut sie nun seit Minuten. Sie nickt und nickt und wartet ab, dass sie irgendwann fertig sind. Hinter all dem Wortgeklingel hört sie nämlich nur eine einzige Nachricht: Wir wissen nichts. Und das ist uns peinlich, und deshalb reden wir fleißig darum herum.

Stephan ist kurz etwas einkaufen gefahren, weil sie das weiterhin nicht packt. All die Leute, die Fragen nach Annika ... Jetzt allerdings wäre sie hundertmal lieber im Supermarkt als hier im Esszimmer.

Sie horcht auf Stephans Auto. Wenn er wieder da ist, soll er dieses überflüssige Gespräch übernehmen. Sie will gerade in Ruhe gelassen werden. Nachdenken. Dabei ist Gabi alles andere als mundfaul. Sie hat nur einfach gerade überhaupt keine Zuversicht in sich. Alles ist mit einem Grauschleier überzogen, sie fühlt sich mutlos. Das wechselt bei ihr von Stunde zu Stunde, und im Moment besonders schlimm.

Der Brief – diese hässlichen, ungeschickt aufgeklebten Worte, die ihr ins Gesicht zu springen schienen – hat ihr nicht nur Angst gemacht. Er hat ihr außerdem das Gefühl vermittelt, dass, ganz gleich, was passiert, nichts je wieder gut werden wird. Doch am schlimmsten war der erneute Anruf, wieder mit dieser grässlichen Tonfolge, wieder ohne ein Wort und dann das stille Knacken des aufgelegten Hörers, als ob sie das Falsche gesagt hätte, als ob der Täter *beleidigt* sei, dermaßen sauer, dass er nicht einmal die zwei Millionen von ihr haben wollte.

Sie hat der Polizei davon erzählt, weinend. Sie hat die Beamten gefragt, was sie jetzt machen soll, und alles, was dabei herausgekommen ist, war, dass sie den Erpresserbrief mitgenommen haben, um ihn »forensisch zu untersuchen«. Aber das hilft doch niemandem!

Gabi will nicht undankbar sein und ist es auch nicht. Sie registriert durchaus die hektische Aktivität der Behörden, die vielen Polizisten, die in den letzten Tagen nach ihrer Tochter gesucht haben, die Feuerwehrleute und Hundeführer, die dabei geholfen haben, den Traubenhain auf links zu drehen, die Hubschrauber, die stundenlang über den Wald hinweggedröhnt sind. Alle geben sich schrecklich viel Mühe, ihr Einsatz ist enorm.

Wie kann es aber dann sein, dass sie absolut nichts erreicht haben? Keine Spur, einfach *gar nichts*? Der widerlich hämische Erpresserbrief, der einfach so bei der Post aufgegeben wurde wie ein ganz normales Schreiben, diese Dreistigkeit, ein braves öffentliches Unternehmen für die eigenen verbrecherischen Zwecke zu missbrauchen, zeigt ihr vor allem eins: Der Täter hat das Heft in der Hand, und er wird es sich nicht entreißen lassen. Er lässt Gabi und ihre Familie zappeln. Keine Polizei, hat er geschrieben. Das liest sich wie Spott und Hohn, denn er muss doch wissen, dass die Polizei mittlerweile überall ist. Die kann man doch jetzt nicht mehr wegschicken, das wäre ja wie Zahnpasta zurück in die Tube drücken.

Oder sollten sie es versuchen?

Viel zu spät. Sie seufzt.

Die Maschinerie läuft wie geölt oder stottert vielmehr wie ein kaputter Motor. Aber abwürgen lässt sie sich nicht mehr.

Wir haben keine Chance, denkt sie und versucht nun doch, dem unentwegten Redestrom der beiden Beamten zu folgen. Vielleicht haben sie ja wider Erwarten ein Ass im Ärmel. Irgendeinen genialen Plan, den sie sich in ihren unzähligen Konferenzen ausgedacht haben, bei denen bislang weniger als nichts herausgekommen ist.

Überrascht mich doch ein einziges Mal!

»Sie kriegen nun auch eine Fangschaltung«, verkündet gerade der eine Beamte, der sich als Kriminalrat Bruhns vorgestellt hat. In diesem Moment tritt Stephan mit den Einkäufen ins Esszimmer, und Gabi ist so erleichtert, dass sie beinahe lächelt, etwas, das sie seit Tagen nicht mehr getan hat.

Aber nur beinahe. Sie weiß gar nicht mehr, wie das geht. Ihr Gesicht hat es verlernt.

»Eine Fangschaltung?«, fragt sie, während Stephan die Einkäufe in der Küche abstellt.

»Das ist eine Möglichkeit, Anrufe zurückzuverfolgen. Man erkennt dann, wo genau das Telefon steht, und kann auf diese Weise...«

»Ich weiß, was das ist«, unterbricht Gabi schroff.

Stephan setzt sich neben sie und nimmt ihre Hand. Nicht nur aus Liebe, sondern vor allem, damit sie nicht wieder aufbraust.

Sie tun alles, was sie können, Schatz.

Alles ist aber nicht genug.

Je mehr du dich aufregst und je öfter du ihnen in die Parade fährst, desto widerwilliger werden sie uns helfen.

Umgekehrt wird ein Schuh draus, Stephan. Manchmal muss man die Leute zum Jagen tragen.

»Warum kriegen wir die erst jetzt?«, fragt sie.

»Was denn, Frau Schön?« Sie kann speziell diesen Kriminalrat Bruhns mit seinem salbadernden Pfaffentonfall nicht leiden. Er tut so, als wäre sie minderbemittelt. Mit Stephan würde er ganz anders reden.

»Na, die Fangschaltung!«, ruft sie. »Wir haben seit Tagen diese komischen Anrufe mit dem Pfeifen drauf, und da hat keiner von Ihnen die Idee gehabt, uns so ein Gerät hinzustellen?«

»Nun, Frau Schön...«

»Warum denn nicht? Warum haben Sie so lange damit gewartet?«

»Das frage ich mich allerdings auch«, sagt Stephan mit

fester Stimme. Dafür ist sie ihm so dankbar, dass ihr fast die Tränen kommen. So oft hatte sie in den letzten Tagen das Gefühl, völlig allein mit ihrem Kummer und ihrer Furcht zu sein. Erst allmählich wird ihr klar, wie ungerecht das war. Ihre ganze Familie steht hinter ihr, einer wie der andere, selbst ihre renitente Tochter Franzi ist wie umgewandelt.

Sie drückt Stephans Hand und lässt sie nicht los.

Die Beamten schauen nun fast betreten. Eine Pause tritt ein, die einem fast in den Ohren klingelt. Selbst der Kommissar Bergmüller, der eigentlich nie um ein offenes Wort verlegen ist, sagt nichts.

Dann allerdings reden die zwei vom LKA fast zur selben Zeit. Natürlich müsse man so eine Fangschaltung erst einmal beantragen, das sei eine komplizierte Apparatur und kein Gerät, das man so von A nach B transportieren könne, vielmehr erfordere es gewisse behördliche Maßnahmen und Vorbereitungen, die sich nicht von jetzt auf gleich bewerkstelligen ließen ...

»Wieso, brauchen Sie dafür einen Kran?«, fragt Stephan.

Wieder sagt keiner etwas. Die Uhr tickt, und draußen rauscht der Regen.

»Die Fangschaltung stand woanders«, sagt schließlich Kommissar Bergmüller. Er sieht nur Gabi dabei an, ignoriert, wie sich die beiden Herren darüber ärgern, dass er aus dem Nähkästchen plaudert. Der Kommissar wird Ärger kriegen, so viel ist sicher. Aber es ist ihm egal, er tut das für sie.

»Was heißt das?«, fragt sie.

Der Kriminalrat schaltet sich nun ein, fährt dem Kommissar über dem Mund, der gerade antworten wollte, aber sich nun zurückhält. »Schauen Sie, Frau Schön«, sagt er und schweigt gleich danach, als würde ihm auf diese gewichtige Ouvertüre gerade nichts weiter einfallen.

»Was?«, fragt Gabi.

»Uns steht leider nur eine begrenzte Anzahl von Fangschaltungen zur Verfügung. In diesem Landkreis ist es nur eine.«

»Und wo ist die?«

»Nun...«

Kommissar Bergmüller unterbricht ihn, und das rechnet Gabi ihm erneut hoch an. Er lässt sich nicht von irgendwelchen Großmäulern ins Bockshorn jagen. »Die Fangschaltung war bei einem Rechtsanwalt, dessen Töchter anonyme Anrufe erhalten haben. Er erklärte sich anfangs nicht damit einverstanden, die Anlage sofort abzubauen. Wir mussten das erst beantragen und durchsetzen. Das hat eine Zeit lang gedauert. Aber jetzt können wir sie bei Ihnen installieren.«

»Das verstehe ich nicht«, sagt Stephan und klingt genauso fassungslos, wie Gabi sich fühlt.

Kriminalrat Bruhns versucht, kein zorniges Gesicht über Bergmüllers Verrat von Interna zu machen, aber es gelingt ihm schlecht. Der andere LKA-Beamte wirkt, als hätte es ihm die Petersilie verhagelt. Aber vielleicht sieht er immer so aus – Gabi hat ihn bislang kaum beachtet.

»Ich versteh's auch nicht«, sagt sie. »Hätten Sie sich nicht eine Anlage aus einem anderen Landkreis leihen können?«

»Das ist leider nicht so einfach, wie es Ihnen möglicherweise erscheinen mag, Frau Schön.«

»Was ist daran schwierig? Man fragt herum! Das ist doch kein Problem! Man hat einen Mund zum Sprechen und ein Telefon, und...«

»Frau Schön...«

»Das hier ist doch eine außergewöhnliche Situation, das ist überhaupt nicht zu vergleichen mit irgendwelchen anonymen Anrufen von dummen, verknallten Jungs! Das hier ist ernst!«

»Vielleicht sollten wir uns alle beruhigen«, sagt Stephan, und sofort entzieht ihm Gabi ihre Hand.

Eine halbe Stunde später haben sich tatsächlich alle wieder beruhigt oder tun zumindest so. Gabi jedenfalls spielt das Spiel mit, so gut sie kann, und verlegt sich mangels Alternative erneut aufs Nicken. Dabei ist sie weiterhin voller Wut, entsetzlich müde und so todunglücklich wie noch nie in ihrem Leben. Eine schreckliche Kombination, die sie eine weitere schlaflose Nacht kosten wird.

Im Verlauf des weiteren Abends, so wird es später in einem Aktenvermerk notiert werden, *wird Stephan und Gabriele Schön erklärt, dass, sollte es zu einer verlangten Summe kommen, diese Summe vom Staat bereitgestellt wird, falls sie die finanziellen Möglichkeiten der Familie übersteigen sollte. Im Gegenzug erklären sich die Eltern Annika Schöns grundsätzlich und in jeglicher Hinsicht dazu bereit, mit der Polizei zusammenzuarbeiten.*

Das bedeutet im Einzelnen, dass Stephan Schön eine Einverständniserklärung unterschreibt, die besagt, dass bestimmte technische Veränderungen an seinem PKW, Marke: Audi 80, vorgenommen werden. Diese Veränderungen sind notwendig, um a) den Standort des PKWs bestimmen zu können und b) vonseiten der Ermittler jederzeit über den Status quo informiert zu sein.

An diesem Punkt kam es zu einem Streitgespräch mit Gabriele Schön, die befürchtete, dass der von den Erpressern angestrebte Handel unter diesen Umständen vielleicht nicht zustande kommen würde, da ja die Bedingung lautete, die Polizei nicht einzuschalten. Frau Schön konnte dahinge-

hend beruhigt werden, dass sämtliche diesbezüglichen Vorkehrungen der Behörden unter Wahrung maximaler Diskretion gehandhabt würden...

Herr und Frau Schön sind ebenfalls bereit, eine Fangschaltung an ihrem Telefon installieren zu lassen. Dabei werden Herr und Frau Schön in die technischen Möglichkeiten und in die Auslösung der Fangschaltung eingewiesen werden. Zudem wurde das Ehepaar über Verhaltensregeln bei möglichen Erpresseranrufen informiert.

Insbesondere wurden angesprochen:
- *lange Gespräche führen*
- *Hinhaltetaktiken entwickeln*
- *Zahlungswilligkeit signalisieren, jedoch Schwierigkeiten und Verzögerungen bei der Geldbeschaffung ansprechen*
- *die Geldforderung als zu hoch bezeichnen, um die Erpresser in der Leitung zu halten*
- *weitere Probleme anführen und die Täter mit der Problemlösung beschäftigen*
- *konsequent ein Lebenszeichen von Annika Schön zu fordern und sich davon nicht abbringen lassen*

»Und wenn sie sich weigern?«, fragt Gabi.

Darauf gibt es keine Antwort. Und das weiß sie auch. Früher dachte sie naiv, dass die Polizei todsichere Strategien für jede Art von Verbrechen habe. Jetzt sieht sie lauter überforderte Menschen, die überhaupt keinen Plan haben, aber immerhin ihr Bestes versuchen. Nur ist das Beste offenbar nicht gut genug.

19. September 1981
Salbrunn, 14:00 Uhr
Stephan Schön

Stephan Schön kommt nach Hause mit einem Packen Hausaufgaben in seiner ledernen Aktentasche und entdeckt die Kommissarin Karin Hieronymus an der Thujahecke im hinteren Teil des Gartens, wo sie gemeinsam mit Gabi etwas pflanzt. Es interessiert ihn nicht, was das ist, für diesen Bereich ist seine Frau zuständig, da mischt er sich nicht ein. Gabi hat einen grünen Daumen. Was immer sie mit der Natur anstellt, sie beugt sich ihrem Willen und blüht und gedeiht, so wie im Moment vor allem die Rosen, die Dahlien und der Rittersporn.

Einen Moment lang bleibt er stehen, nimmt die Schönheit und die gebändigte Wildheit im Garten in sich auf, als könnte sie ihn trösten. Was sie aber nicht tut. Es ist trotzdem wichtig, solche Momente zuzulassen. Lichtblicke inmitten der Verzweiflung, damit man nicht vergisst, dass nicht alles schwarz und grau ist.

Gabi sieht ihn nicht. Sie kniet mit dem Rücken zu ihm auf dem Gras und gräbt, und die Kommissarin scheint ihr zur Hand zu gehen, denn sie hält einen Erdballen mit einem winzigen Pflänzchen obendrauf. Sie trägt heute Jeans und T-Shirt, kein formelles Kostüm wie sonst, weshalb er sie beinahe nicht erkannt hätte.

Stephan winkt den beiden Frauen zu, und die Kommissarin winkt auf ihre freundliche und heitere Art zurück. Sie wird gleich zu ihm kommen, denn sie haben einen Termin. Er begibt sich hastig nach drinnen, wo sein Sohn Martin das Telefon bewacht. Martin sitzt am Esstisch, umringt von abgenutzten Schulbüchern und macht Hausaufgaben. Algebra, soweit das Stephan sehen kann, aber er geht nicht zu ihm hin, stellt sich nicht hinter ihn, weil er weiß, dass ihn das stören würde. Martin ist sehr gut in der Schule, besonders in Mathematik und Musik. Er lernt mühelos, wenn auch manchmal widerwillig. Man musste sich, was schulische Dinge betraf, nie Sorgen um ihn machen. Doch je älter er wurde, umso schwerer kam man an ihn heran. Martin erzählt inzwischen kaum noch etwas von sich, eigentlich so gut wie gar nichts. Sie wissen nicht einmal, ob er aktuell eine Freundin hat. Von der letzten hat er sich im vergangenen Dezember getrennt, das ist ihr neuester Stand.

Gabi ist er ein Rätsel, manchmal beschwert sie sich über seine Unnahbarkeit. Stephan sagt dann: »Er ist so, wie ich war, bevor ich dich kennengelernt habe.« Das beruhigt sie. Die Annahme, dass er einfach nur die richtige Frau kennenlernen müsse, um aufzutauen und mitteilsamer zu werden.

»War etwas?«, fragt Stephan.

»Nein«, sagt Martin. »Kein Anruf, nichts.«

»Wo ist Jo?«

»Oben, glaub ich.«

Er sieht nicht auf, wirkt hoch konzentriert und abweisend, aber Stephan kennt ihn und weiß, dass das seine Methode ist, um mit der Katastrophe zurechtzukommen. Wenn man ihn braucht, wird er da sein. Mehr kann man nicht verlangen.

»Ich gehe in mein Arbeitszimmer«, sagt Stephan und beschließt, später nach Jo zu schauen, der besonders unter der Abwesenheit seiner Schwester leidet.

»Okay.«

»Sagst du das der Kommissarin? Sie will mit mir reden.«

»Schon wieder? Das ist doch das dritte Mal, oder?«

Martin schaut jetzt auf. Er wirkt besonnen, aber seine Augen sehen müde aus. Stephan fühlt sich ihm sehr nah, aber auch weit weg, als stünde Martin am anderen Ende einer tiefen Schlucht und sie müssten sich durch Rauchzeichen verständigen. Ihm ist erneut ein wenig schwindlig, was sicher vor allem daran liegt, dass er kaum schläft.

»Die machen nur ihre Arbeit«, sagt er. Aber er hört selbst, dass das etwas lahm klingt. Er weiß auch nicht, warum er abermals befragt werden soll. Anlass der zweiten Vernehmung vorgestern war, dass es Unstimmigkeiten mit seiner Aussage und der seines Schwagers gegeben hat. Robert Maurer hat zu Protokoll gegeben, dass Gabi kurz vor Annikas Verschwinden bei ihm angerufen hätte und Stephan danach. Stephan war aber der Meinung, dass es genau umgekehrt war, also er den ersten Anruf getätigt hatte und Gabi den zweiten. Schließlich haben sie sich auf Stephans Version geeinigt und sich beide gefragt, warum die Polizei darauf so herumgeritten ist. Was für eine Zeitverschwendung! Es ist doch überhaupt nicht wichtig, wer wann angerufen hat!

Stephan geht in sein Arbeitszimmer und legt seine Aktentasche auf den Schreibtisch. Er überlegt, ob er anfangen soll, Hausaufgaben zu korrigieren, oder lieber wartet, weil er es hasst, bei dieser Tätigkeit unterbrochen zu werden. Eigentlich wäre der Termin jetzt beziehungsweise vor fünf Minuten. Er setzt sich unschlüssig auf seinen Stuhl. Alles fällt ihm gerade schwer, jeder kleine Handgriff, vor allem aber das Denken, das Sichkonzentrieren auf Dinge, die nichts mit Annika zu tun haben. Seine Tochter ist seit vier Tagen nicht bei ihnen, aber es kommt ihm vor wie eine Ewigkeit, als hätte jeder dieser Tage doppelt so viele Stunden wie die normalen. Und so ist es vielleicht auch. Es gibt eine Zeitrechnung vor und nach Annis Verschwinden. An das Davor kann er sich kaum noch erinnern. Er will es auch nicht, es tut zu weh.

In seinen Ohren beginnt es zu rauschen, Übelkeit steigt in ihm hoch, der Schwindel verstärkt sich. Er kennt das. Sobald er sich ein paar Minuten lang flach hinlegt, hört es auf.

Er lässt sich auf den Teppich gleiten und hofft, dass nicht ausgerechnet jetzt die Kommissarin hereinkommt. Aber natürlich klopft es an seiner Tür genau zu dem Zeitpunkt, als das Rauschen in seinen Ohren geradezu apokalyptische Ausmaße erreicht und er kurz vor einer Ohnmacht steht.

Das passiert nur sehr selten, und hoffentlich nicht jetzt.

Er starrt an die Decke und wartet, denn mehr kann man in dieser Situation nicht tun; da lässt sich nichts beschleunigen. Langsam ebbt das Rauschen ab, der Schwindel legt sich, die Übelkeit verschwindet. Er hört und sieht wieder alles klar. Er schaut nach oben, Details schälen sich heraus. Die Decke mit dem bräunlichen Wasserfleck neben der gläsernen Lampe aus den Zwanzigerjahren, die er auf einem Flohmarkt in Dießen gekauft hat. Sie ist von einem zarten Orange mit einem Ring aus mattem silbrigem Metall um den Schirm. Er liebt diese Lampe, weil sie so ein wunderschönes sanftes Licht verbreitet. Abends tut es ihm gut, wenn er länger arbeiten muss.

Am liebsten würde er liegen bleiben und ein bisschen schlafen. Die Anfälle, so harmlos sie sein mögen, machen ihn jedes Mal sehr müde und schlapp.

»Passt es Ihnen jetzt?« Das ist die helle Stimme der Kommissarin. Sie ist immerhin so höflich, nicht einfach hereinzuplatzen.

»Einen Moment noch«, ruft er.

Das Telefon klingelt im Flur. Er hört, wie Martin aufsteht und an seinem Arbeitszimmer vorbeigeht. Dann Gemurmel, Gelächter. Also bestimmt kein Erpresseranruf. Stephan richtet sich auf, fährt sich durch die Haare, rupft eine Wollmaus heraus – Gabi hatte in den letzten Tagen anderes im Sinn, als das Haus zu putzen.

»Herein«, ruft er, als er wieder am Schreibtisch sitzt. Aus Erfahrung weiß er, dass er vermutlich ziemlich blass ist, aber das kann der Polizei ja egal sein, wie er sich fühlt.

Die Tür geht auf. Die Kommissarin kommt herein und setzt sich ihm gegenüber. Sie hat einen kleinen Kassettenrekorder dabei, den sie zwischen sich und ihn auf den Tisch stellt. Wie bei den beiden letzten Malen auf dem Revier fragt sie ihn, ob er mit der Aufzeichnung einverstanden ist.

»Und wenn nicht?«, fragt er.

Die Kommissarin lächelt. »Dann hätten wir ein Problem.«

»Schon gut. Machen Sie das Ding an und fragen Sie.«

»Ist es Ihnen hier unangenehm? Wir können das auch auf der Dienststelle...«

»Nein.«

»Ich dachte, in Ihrem häuslichen Umfeld wäre es Ihnen angenehmer.«

»Das ist es auch«, sagt Stephan, obwohl das nicht wirklich stimmt. Es ist ihm schlicht egal, wo das Ganze stattfindet, ob zu Hause oder auf dem Revier, es führt ohnehin zu nichts. Nur bringt es genauso wenig, die Polizisten immer wieder darauf hinzuweisen, dass sie an der falschen Stelle bohren. Die haben ihre Vorgaben, und denen folgen sie. Je mehr Steine man ihnen dabei in den Weg legt, desto unduldsamer werden sie. Sie hinterfragen dann nicht ihre Anweisungen, sondern die Leute, die sie darin hindern, ihre Arbeit zu machen. Das ist ganz normale Psychologie. Leute wie Gabi, die nie in einem Betrieb oder einer Institution gearbeitet haben, verstehen das nicht. Sie verstehen die Dynamik von Hierarchien nicht, weil sie nie einer unterworfen waren. Sie haben keine Ahnung vom uralten System des Befehlens und Gehorchens, das eine Gesellschaft in Fluss hält und sie daran hindert, auseinanderzufallen in Tausende disparate Teile.

Stephan wartet, während die Kommissarin ihren üblichen Sermon über Tag, Ort, Zeit und Befragten aufnimmt. Dann sagt sie, dass sie sich gern noch einmal über das nähere Umfeld der Familie Schön unterhalten würde.

»Darüber haben wir gesprochen«, sagt Stephan geduldig.

»Wir müssten trotzdem noch einmal darauf zurückkommen.«

»Warum?«

»Vielleicht ist Ihnen ja in den letzten Tagen etwas eingefallen. Jede Information wäre wichtig.«

»Ich habe keine neuen Informationen, was das betrifft. Es gibt niemanden in unserem Umfeld, dem wir eine solche Tat zutrauen.«

»Sie haben berichtet, dass es zu Erbschaftsstreitigkeiten gekommen sei...«

»Nein.«

»Ich könnte Ihnen die Stelle vorlesen.«

»Ich weiß, was Sie mit der Stelle meinen. Ich habe nie von Erbschaftsstreitigkeiten gesprochen, sondern davon, dass mein Schwiegervater sein Vermögen einer Tierschutzvereinigung vererbt hat, weshalb für den Rest der Familie nur der Pflichtteil übrig geblieben ist. Darüber haben wir uns aber nicht gestritten, sondern wir haben uns über den Schwiegervater geärgert. Alle Erben gemeinsam und vollkommen einträchtig.«

Die Kommissarin nickt. Sie gibt diesen Punkt an ihn. Sie hat glattes blondes Haar, das beim Nicken ein bisschen hin und her wippt. Ihm fällt auf, wie akkurat es geschnitten ist. Genau bis zur Kinnlinie, keinen Zentimeter länger. Es betont ihren langen, schlanken Hals.

»Es gibt das Gerücht, dass Ihre Frau eine Affäre mit Ihrem Schwager hatte«, sagt sie, und man merkt, dass es ihr unangenehm ist, ihn damit zu konfrontieren. Das findet Stephan sympathisch, und am liebsten würde er ihr das sagen, aber er hält sich zurück. Er weiß, dass es dieses Gerücht gibt, er ahnt auch, von wem es kommt. Seine Mutter kann Robert nicht ausstehen, sie hält ihn für einen Hallodri, und auch das Verhältnis zwischen Gabi und ihr ist nicht ungetrübt.

»Das haben Sie auch schon meine Frau und Robert gefragt«, sagt er, um zu demonstrieren, dass es hier keine Geheimnisse gibt.

»Richtig«, sagt die Kommissarin, ohne sich aus dem Konzept bringen zu lassen. »Glauben Sie, dass etwas dran sein könnte?«

»Nein.«

»Gab es jemals Anlass, an der ehelichen Treue Ihrer Frau zu zweifeln?«

»Nein, nie. Und schon gar nicht, wenn Robert derjenige sein sollte.«

»Ihr Schwager hat ausgesagt, dass er ein gewisses Interesse vonseiten Ihrer Frau nicht ausschließt.«

»Robert ist ein bisschen eitel. Sehr von sich selbst überzeugt.«

»Gab es deswegen einmal Streit?«

»Da es keine Affäre gab, gab es auch keinen Streit. Von mir aus kann Robert so eitel sein, wie er will, wenn es darauf ankommt, ist er da und hilft.«

»Sie haben sich all die Jahre gut verstanden?«

»Gabi hatte ihre Probleme mit Robert, und schon deshalb hatte sie keine Affäre mit ihm. Wie würde das denn zusammenpassen?«

»So etwas kann ganz gut zusammenpassen.«

»Nein.«

»Doch. Aber ich wollte nicht...«

Stephan unterbricht sie, jetzt ernsthaft verärgert. »Sollten Sie Robert immer noch verdächtigen, mit der Entführung etwas zu tun zu haben, kann ich nur wiederholen, dass er ein Alibi hat. Hieb- und stichfest.« Das Letzte klingt ironisch, denn im Gegensatz zu seiner Frau liest er Krimis und schaut gern den Münchner *Tatort* mit Gustl Bayrhammer als gemütlichen, urbayerisch renitenten Kriminalhauptkommissar Melchior Veigl.

»Da sind Sie ganz sicher?«

»Da bin ich vollkommen sicher, auch wenn die Sache mit den Telefonanrufen etwas durcheinandergegangen ist. Aber Robert war zu Hause, als Annika bei ihnen gegessen hat. Er kann meine Tochter nicht entführt haben, weil er eine Viertelstunde später auch noch zu Hause war. Das ist der springende Punkt. Es ist einfach nicht möglich! Physikalisch ausgeschlossen. Ist dieser Punkt jetzt geklärt?«

»Ja.« Die Kommissarin sieht ihn unverwandt an, und Stephan nimmt sich zusammen. All seine guten Vorsätze drohen gerade in sich zusammenzufallen.

Der Rest der Befragung verläuft besser. Die Kommissarin geht Gabis und seine Freunde und Bekannten mit ihm durch. Stephan bemüht sich, eine Hilfe zu sein, aber er hat sich selbst schon zigmal den Kopf zerbrochen: Es gibt einfach niemanden, dem er so eine Tat zutrauen würde.

»Wie ist es mit Ihren Kollegen?«

»Wir kommen gut miteinander aus«, sagt er.

»Haben Sie zu einem oder mehreren näheren Kontakt?«
Er überlegt. An seine Kollegen hat er bislang nicht gedacht, vielleicht ist das ein Versäumnis. Albrecht Schlüter, Alexa Müller, Herbert Knopp, Barbara Seitz – er geht sie gemeinsam mit der Kommissarin methodisch durch. Das dauert sicher zwanzig Minuten oder sogar eine halbe Stunde. Zu einem Ergebnis kommen sie nicht. Nicht mal zu einem noch so leisen Verdacht. Seine Kollegen sind nett und kollegial, mehr weiß er über sie nicht und will es auch nicht. Keiner von ihnen kennt seine finanziellen und sonstigen Verhältnisse, solche privaten Gespräche sind in seiner Schule nicht üblich.

Ab und zu horcht er nach draußen.

Das Telefon klingelt nicht.

»Warum sollten sie so etwas tun?«, fragt Stephan.

»Nun, vielleicht hat einer von ihnen Schulden. Oder andere Probleme.«

»Das kann schon sein, aber gemerkt hab ich davon nichts.«

»Denken Sie noch einmal nach. Hat sich einer Ihrer Kollegen in letzter Zeit auffällig benommen?«

»Auffällig anders, meinen Sie?«

»Zum Beispiel. Nervöser oder unfreundlicher. Oder stiller. Oder lauter.«

»Nein, nicht dass ich wüsste.«

»In Ordnung. Dann lasse ich Sie jetzt in Ruhe.« Die Kommissarin erklärt das Gespräch für beendet und macht den Rekorder aus. Sie verstaut ihn in ihrer Handtasche und verlässt Stephans Büro. Sie wird dennoch im Haus bleiben. Seit gestern, seitdem der Brief angekommen ist, wohnt sie hier und nimmt sogar die Mahlzeiten mit ihnen ein.

Sie wurde abgestellt, um die Familie Schön zu betreuen. Vielleicht auch, um sie zu bewachen.

Das Telefon schweigt für den Rest des Tages, am Abend und in der Nacht.

21. September 1981
Postamt Hag, 7:10 Uhr
Gerda Schütz, Postbeamtin

Gerda Schütz kommt an diesem verregneten Morgen etwas zu spät ins Postamt, weil ihr jüngster Sohn Pauli die ganze Nacht unter einem hundsgemeinen Brechdurchfall gelitten hat. Pauli ist vierzehn Jahre alt und benimmt sich in der Regel wie ein normaler Pubertierender. Mürrisch, wortkarg, unfolgsam, schlecht in der Schule. Am liebsten ist er auf dem Fußballplatz, wo er meistens im Tor steht. Seine Eltern sind für ihn Luft. Sein großes Vorbild heißt Toni Schumacher, mit dem Deutschland im letzten Jahr die Europameisterschaft gewonnen hat. Toni hält nicht nur jeden Ball, er sagt auch seine Meinung. Das findet Pauli gut und nachahmenswert, seine Eltern allerdings nicht, was im Hause Schütz häufig zu lautstarken Wortwechseln und manchmal auch einer Ohrfeige führt. Insbesondere dann, wenn sein Vater ein paar Helle zu viel intus hat. Dann nennt Pauli ihn einen Säufer – und fängt sich sofort wieder eine.

In dieser Nacht existenzieller Hilflosigkeit war Pauli den miesen Launen seines Körpers vollkommen ausgeliefert. Aber für ein paar Stunden war er für Gerda wieder ihr lieber Junge von früher, also sehr froh, dass die Mama ihm den Kopf hielt und tröstende Worte in seine verschwitzten Locken à la Schumacher murmelte. »Hab dich lieb«, nuschelte er in den frühen Morgenstunden, bevor er endlich einschlief.

Dieses Geständnis war die schlaflose Nacht allemal wert, findet Gerda, während sie unter ihrem Regencape zum Amt radelt, einem flachen Zweckbau aus den Sechzigerjahren, der sich in der Straße hinter dem Gasthof befindet.

Zunächst macht sich Gerda einen starken schwarzen Kaffee, nicht nur aus Müdigkeit, sondern weil sie merkt, dass ihr gerade selbst ein wenig übel ist. Offenbar geht ein Virus um, und sie hat sich angesteckt. Vielleicht können der Kaffee und eine Aspirin ihn noch stoppen (Gerda schwört auf beides, und da der Glaube Berge versetzt, ist sie tatsächlich selten richtig krank). Der Kaffee ist heiß und brennt in der Kehle. Der kräftige, ein wenig bittere Geschmack tut ihrem Magen gut. Sie gähnt herzhaft und macht sich schließlich an die Arbeit. Als sie die Sendungen durchsieht und nach Empfängern ordnet, fällt ihr ein Brief auf.

Sie kann kaum glauben, was sie da sieht.

»Das gibt's nicht«, sagt sie halblaut zu ihrer Kollegin Frau Hackenstaller. Frau Hackenstaller – eine stämmige Erscheinung mit grauem, onduliertem Haar und einem vom Playtex Zauberkreuz in Form gehaltenen Busen, den sie wie eine Monstranz vor sich herträgt – steht kurz vor der Pensionierung und sitzt ihre letzten Arbeitstage »auf der linken Arschbacke ab«, wie Gerda ihrem Mann Rainer schon so häufig erzählt hat, dass er mittlerweile die Augen verdreht. Was ungerecht ist, denn im Prinzip bedeutet das, dass Gerda die ganze Arbeit allein machen muss, und dafür hätte sie durchaus ein wenig mehr Anerkennung verdient.

»Was?«, fragt Frau Hackenstaller, ohne von ihrem Kreuzworträtsel in der *Frau mit Herz* aufzusehen.

»Der Brief«, ruft Gerda. »Jetzt schau halt amal!«

Frau Hackenstaller bequemt sich nun seufzend, sehr langsam und mit einem leisen Stöhnen aufzustehen und sich hinter Gerda zu stellen, um das Corpus Delicti in Augenschein zu nehmen.

»Na, des gibt's ja net!«, sagt sie. Und zum ersten Mal seit Wochen hört Gerda fast so etwas wie echtes Interesse heraus.

»Was machen wir jetzt?«, fragt sie beklommen. Sie kennt die Schöns zwar nicht besonders gut, sie sind nicht direkt befreundet, aber sie sehen sich jeden Sonntag in der Kirche und haben sich auch schon miteinander unterhalten. Gabi Schön ist so eine hübsche, nette Frau. Es tut weh, an sie zu denken, an sie und an die kleine Annika, die vielleicht gar nicht mehr lebt.

»Polizei halt«, sagt Frau Hackenstaller und bewegt sich, schwankend wie ein Schiff in rauer See, zurück zu ihrem Platz. Wie kann man nur so fett werden, denkt Gerda, bevor sie sich wieder dem Brief zuwendet. Die Übelkeit verstärkt sich, und sie schiebt den halb ausgetrunkenen Kaffee weg, vor dem sie sich plötzlich ekelt. Der Brief ist dermaßen auffällig, dass man ihn unmöglich ignorieren und schon gar nicht einfach so ausliefern kann. Die Adresse ist nicht mit Füller oder Schreibmaschine geschrieben, sondern aus unterschiedlich großen Zeitungsbuchstaben zusammengesetzt.

Als *wollte* er unbedingt bemerkt werden. Als *sollte* jemand ihn der Polizei melden.

Bitte sofort an Empfänger
Stephan Schön
Lehrer
Hag am See
Grünanger

Von dem ersten Erpresserbrief hat ihr der Postbote Heinz Mühsam erzählt. Ist das der zweite? Sicher ist: Kein normaler Mensch adressiert so einen Brief. Aber warum sollte das ein Erpresser tun?, fragt sich Gerda, während sie den Hörer abhebt. Was ergibt das für einen Sinn, wenn alle schon vorher Bescheid wissen und nicht bloß die Familie? Wollen Erpresser nicht immer, dass man die Polizei *nicht* einschaltet? Bei so einem Brief bleibt einem Postbeamten aber doch gar nichts anderes übrig.

Dann vergisst sie den Gedanken wieder, weil sich schon beim zweiten Läuten jemand von der Polizei meldet.

Gerda stellt sich vor und sagt: »Ich habe da einen verdächtigen Brief an Herrn Stephan Schön im Grünanger.« Weitere Erklärungen scheinen nicht nötig zu sein. Sie wird sofort weiterverbunden, ohne dass jemand fragt, was es mit diesem Brief auf sich hat. Kurze Zeit später kommt ein Polizist in Uniform vorbei, der sich vorstellt. Aber Gerda ist so aufgeregt, dass sie sich den Namen nicht merkt.

»Haben Sie den Brief angefasst?«, fragt der Beamte mit strengem Unterton.

»Ja, sicher«, antwortet Gerda erstaunt. »Und außer mir bestimmt noch andere Leute«, fügt sie hinzu. Ihr ist jetzt richtig schlecht. Sie möchte das Ganze hinter sich bringen, bevor es zum Äußersten kommt.

Der Beamte macht ein Gesicht, als wäre das eine schlechte Nachricht, und am liebsten würde Gerda ihm einen Vortrag über die Funktionsweise der Postzustellung halten. Stattdessen wartet sie ungeduldig ab, bis der Mann das Schriftstück umständlich in eine Plastikfolie eingetütet hat.

»Halten Sie sich bitte zu unserer Verfügung, Sie werden noch befragt. Und außerdem müssen Sie Ihre Fingerabdrücke auf der Dienststelle abgeben«, sagt er zum Abschied.

Gerda nickt.

Als der Mann endlich weg ist, stürzt sie aufs Klo und gibt den Kaffee und ihr Frühstück wieder von sich.

Polizeiinspektion Glauchau, 8:05 Uhr
Kriminalrat Schweiberer,
PHK Thomas Bergmüller, PK Karin Hieronymus
und 14 andere Beamte

Sie haben Ihre Zahlungsbereitschaft am Telefon mitgeteilt. Die Geldübergabe könnte nur mit eine Gelb farbiger Fiat 600 stattfinden. Wie schon geschrieben wieren Brauch das Geld nur in gebrauchten Hundert-Mark-Scheinen. Halten Sie das Geld in eine Koffer bereit. Wir werden Sie anrufen Nach unsere Telefonanruf fahren Sie mit ihren Wagen und das Geld sofort los Wir werden am Telefon genau sagen wohin Fahren Sie nur allein und nicht schneller als 90 Kilometer Halten Sie ein genau unsere Anweisungen Wir werden Sie von Mehreren stellen beobachten Wenn Sie die Polizei in das Fall Einschalten wir werden das Geld nicht übernehmen und Sie werden Ihr Kind lebend nicht wiedersehen wenn wir das Geld ungestört übernehmen können 6 Stunde nach der Geldübergabe kommt Ihre Tochter frei Nochmal bei geringster polizeilicher Bewegung ist Ihr Tochter tot Annika lebt wir brauchen ihr Leben nicht wir haben auch Kindern

Die Anwesenden schweigen. Jeder von ihnen hat eine Fotokopie des Briefs vor sich. Das Original liegt zurzeit noch bei der Spurensicherung. Der Kopierer ist schon ziemlich alt, weshalb es nicht ganz einfach ist, den zusammengestückelten Inhalt zu entziffern. Es vergehen mehrere Minuten, in denen weiterhin keiner etwas sagt, was unter anderem an der Anwesenheit von Polizeirat Schweiberer liegt, der gern selbst als Erster das Wort ergreift und schon mal ungnädig reagiert, wenn andere zu voreilig sind. Außerdem sind zwei Beamte vom LKA anwesend, denen eine bisherige Ermittlungstätigkeit fachlich einwandfrei präsentiert werden soll. Sie werden nämlich die »Sonderkommission Annika« unterstützen. Zusätzlich wurden fünf Beamte anderer Polizeidienststellen hierher beordert. Der Konferenzraum mit den u-förmig zusammengeschobenen Tischen ist so voll belegt wie noch nie.

Jedenfalls sitzen alle da und warten. Es ist tatsächlich die Frage, was man zu einem so wirren Pamphlet sagen soll. Im Moment fällt niemandem so recht etwas ein. Es beginnt schon mit dem gelben Fiat 600 als Transportmittel zur Geldübergabe. Warum so ein ausgefallenes Modell, das sich leicht verfolgen ließe, warum nicht einfach das unauffällige Allerweltsfahrzeug des Geschädigten, sprich den Audi 80 von Stephan Schön?

Dann die vielen Fehler, die schrullige Ausdrucksweise. Ein Ausländer? Das haben sie sich schon beim ersten Brief gedacht. Dieser hier ist noch seltsamer.

Polizeirat Schweiberer erklärt nun reichlich umständlich den Sachverhalt, den alle kennen, aber er muss schließlich schriftlich niedergelegt werden, damit später alle Beteiligten Zugriff auf die entsprechende Aktennotiz haben. Die Protokollantin, eine schlanke junge Frau mit einer igeligen

Kurzhaarfrisur, protokolliert also eifrig mit. Sie sitzt neben Thomas Bergmüller, und er schaut ihr geistesabwesend dabei zu, wie sie scheinbar mühelos kryptische Stenozeichen aufs karierte Papier wirft.

Er ist müde. Gestern Abend hat ihn Karin zum ersten Mal wieder in ihre Wohnung gelassen. Es gab anfangs ein ruhiges, vernünftiges Gespräch, das in einen Streit mit vielen Tränen seitens Karin mündete und schließlich im Bett endete. Wo Karins Missbehagen aber so untergründig weiterschwelte, dass der Sex zwar grandios war, es sich danach jedoch alles wieder irgendwie falsch anfühlte. Und Thomas sich zwingen musste, nicht aufzuspringen und in sein Appartement zu fahren, das ihm in all seiner Tristesse plötzlich wie ein Refugium der Seligen vorkam. Herrlich, jetzt allein zu sein und sich herumwälzen zu können, ohne auf jemand anderen Rücksicht nehmen zu müssen. Vielleicht noch ein Bier zu trinken und eine Zigarette zu rauchen…

Das reinste Paradies.

Hätte er diesem Impuls nachgegeben, wäre jetzt allerdings Schluss.

Also ist er geblieben in Karins gemütlich überheiztem Domizil. Hat durchgehalten wie ein Mann. Mit dem Effekt, dass er überhaupt nicht geschlafen hat, vielmehr Karin beim Atmen zugehört hat – kurz ein, lange aus, kurz ein, lange aus, Stunde um Stunde. Liebt er sie? Kann er überhaupt jemanden lieben? Will er Kinder? Und wenn ja – muss das jetzt schon sein? Ist es sein Pech, dass er seine Traumfrau zu einem Zeitpunkt gefunden hat, der für ihn noch nicht der richtige ist? Können Traumfrauen überhaupt zu früh dran sein?

Die Luft ist schlecht, der Blutdruck fällt, seine Augen scheinen sich wie von selbst zu schließen. Gerade noch rechtzeitig schreckt er hoch und unterdrückt ein herzhaftes Gähnen. Die tiefe Altmännerstimme Schweiberers dröhnt ihm in den Ohren. Immerhin scheint er inhaltlich nichts verpasst zu haben.

Es gebe also nun diesen zweiten Erpresserbrief, teilt Schweiberer der Runde mit, der derzeit ja von der Spurensicherung zunächst auf Fingerabdrücke untersucht und später weitergeleitet werde, um ihn kriminaltechnisch intensiver auszuwerten. Man wolle so prüfen, ob es sich wirklich um einen zweiten Brief der Täter handele und nicht etwa um das Machwerk eines verrückten, infamen Trittbrettfahrers.

Die Anwesenden nicken. Da die Entführung Annika Schöns einen großen Nachhall in Presse, Funk und Fernsehen gefunden hat, muss mit dieser Möglichkeit gerechnet werden. Ein Hinweis darauf wäre schon einmal das Kuvert. Da wurde die Adresse nicht wie beim ersten Umschlag mit einer Schreibmaschine geschrieben, sondern man nahm hier ausgeschnittene Zeitungsbuchstaben.

Eine ungewöhnliche Vorgehensweise.

»Angenommen, es handelt sich nicht um einen Trittbrettfahrer: Warum haben die Täter diese Variante gewählt, wenn sie im Brief selbst ultimativ darauf hinweisen, dass die Polizei nicht eingeschaltet werden darf? Das ist doch unlogisch, dann einen Brief zu verschicken, der geradezu zwangsläufig die Aufmerksamkeit auf sich lenkt.«

Karin macht diese Anmerkung, nachdem Schweiberer verstummt ist und in seinen Notizen blättert. Thomas weiß, dass Schweiberer sich darüber ärgert, weil er selbst nicht auf diese Idee gekommen ist. Vor allem weil einer der LKA-Beamten nun sagt: »Das ist richtig!«

»Das wollte ich gerade ansprechen«, antwortet Schweiberer auf seine jovial-hinterfotzige Art und hält es problemlos aus, dass einige sich das Grinsen verbeißen. Schweiberer ist nicht umsonst auf diese Position gekommen. Thomas lächelt Karin ermutigend an. Sie sitzt ihm gegenüber und lächelt kurz zurück. Sie wirkt frisch und rosig und auch ein bisschen stolz über das Lob.

Nun geht es um das weitere Vorgehen. Es wird beschlossen, dass Stephan Schön eine Kopie des Erpresserbriefs erhält.

»Wurde er benachrichtigt?«, fragt Schweiberer.

»Ja«, sagt Karin. »Er war damit einverstanden, dass der Brief zunächst an die Dienststelle geht.«

»Ist die Fangschaltung installiert?«, fragt Thomas.

»Seit gestern Abend«, erwidert Karin. »Es hat etwas länger gedauert, weil...«

»Das wissen wir«, schneidet Schweiberer ihr das Wort ab und wirft sowohl Thomas als auch Karin mörderische Blicke zu, weil er diese Peinlichkeit nicht vor den LKA-Beamten erörtert haben möchte. Doch zu spät. Einer der beiden will Genaueres wissen. Schweiberer erklärt unwirsch, dass es mit der Beschaffung der Fangschaltung Probleme gegeben habe, die nun aber gelöst seien.

»Das heißt«, insistiert der Beamte mit seiner norddeutschnöligen Stimme, »die Fangschaltung wurde erst...«, er konsultiert demonstrativ seinen Kalender, »...fünf Tage nach Verschwinden des Kindes und drei Tage nach Erhalt des ersten Erpresserbriefes eingebaut?«

Eine ungemütliche Stille macht sich breit. Zigarettenrauch vernebelt den Raum, einer der Anwesenden öffnet ein Fenster. Kalte Luft dringt herein. Schweiberer klopft seine Pfeife aus. Er wirkt unbeeindruckt, aber Thomas weiß, dass er vor Wut kocht.

Der Beamte fährt ungerührt fort: »Es gab also mehrere Anrufe, vermutlich vonseiten der Erpresser, und dennoch keine Fangschaltung?«

»Die Fangschaltungen liegen hier nicht einfach so in der Gegend herum«, sagt Schweiberer.

»Aber Sie hätten doch eine Fangschaltung von einer anderen Dienststelle beantragen können. Sie hätten mit Gefahr im Verzug argumentieren können, das hätte den Genehmigungsprozess immens beschleunigt. Sie hätten…«

In diesem Moment klopft es an der Tür, was Schweiberer mit einem lautstarken »Herein!« quittiert und ihn somit einer Antwort enthebt. Die Tür öffnet sich, Schweiberers Sekretärin Frau Edelmann kommt herein und wedelt mit einem Fax. Schweiberer nimmt es ihr ab und nickt ihr zu. Frau Edelmann, neugierig, wie sie ist, würde gern noch etwas bleiben, aber Schweiberer wartet demonstrativ, bis sie den Raum wieder verlassen hat. Danach liest er mit gravitätischer Stimme das Fax vor. Darin steht, dass die kriminaltechnischen Untersuchungen zwar noch längst nicht abgeschlossen seien, man aber nach Lage der Dinge zumindest annehmen dürfe, dass der Brief aufgrund bestimmter Details in der Ausführung echt sei.

»Nun«, sagt Schweiberer, »das ist doch schon etwas.« Nach diesem etwas unpassenden Fazit ruft er eine kurze Brotzeitpause aus.

Traubenhain, 15:03 Uhr
Täter eins und zwei

Täter eins und zwei sitzen im Wagen von Täter zwei unweit der Vergrabungsstelle. Beide rauchen und schweigen. Es wird ihr letztes Treffen sein. Das haben sie nicht gemeinsam beschlossen, das wird sich einfach so ergeben. Sie müssen nicht darüber sprechen, dass es vorbei ist, sie wissen es. Es war ein grandioser Versuch, das Schicksal zu zwingen, und dieses Wagnis ist gescheitert.

Täter zwei hat Brief Nummer zwei gestern in München aufgegeben, ein großspuriges letztes Fanal, denn da wussten sie bereits, dass Annika Schön nicht mehr lebt. Sie waren am Tag davor, in der Mittagspause, dort gewesen. Täter eins hatte sofort festgestellt, dass Erde, Fichtennadeln und bräunliche Blätter die beiden Rohre für die Luftzufuhr verdeckten, die vorher freilagen. Er hatte sich nicht getraut, Täter zwei zu fragen, ob er das gewesen war. Ob er hier war, ohne es ihm zu sagen.

Vielleicht war es ja auch der Wind gewesen. Andererseits ist es in dieser winzigen Lichtung fast windstill, dafür sorgen die Fichten, die sie in den Boden gesteckt haben.

Sie haben den Deckel nicht angehoben. Nicht das große, von dem zusammengerollten Gürtel und den anderen Materialien verstopfte Rohr darunter geöffnet, um zweifelsfrei feststellen zu können, ob Annika noch lebt. Ihnen war nicht danach, zu viel Aufwand fanden sie (und darin waren sie sich seltsam einig). Sie haben stattdessen eine viel zeitraubendere Methode gewählt. Sie haben durch die verschmutzten Siebe nach Annika gerufen, mindestens dreißig-, vierzigmal, mindestens eine Stunde lang. Sie lagen bäuchlings auf dem kalten Boden, und ihre Stimmen verloren sich dumpf in den Windungen der Rohre. Doch es war ausgeschlossen, dass sie nicht gehört wurden.

Das Mädchen gab keinen Laut von sich, kein Stöhnen, kein Wimmern, nichts.

Sie ist tot. Keiner von beiden hat es ausgesprochen, warum auch?

Tot ist tot.

Erst später haben sie darüber gesprochen. In Fragmenten, so wie Männer es tun.

»Scheiße.«

»Da sagst du was.«

»Und jetzt?«

»Keine Ahnung, Gerry.«

Es gäbe natürlich die Möglichkeit, trotzdem weiterzumachen. Den gelben Fiat 600 auf die Reise zu schicken, die zwei Millionen zu kassieren. Weg und Ort stehen ja schon lange fest. Dann jedoch müssten sie alles, ihre gesamte Vergangenheit und Gegenwart, hinter sich lassen – und zwar sofort. Sie wären Gejagte für den Rest ihres Lebens. Nicht nur die deutsche Polizei, auch internationale Behörden wären hinter ihnen her: Die Tatsache, dass das Mädchen tot ist, würde den Fahndungsdruck vervielfachen. Sie hätten keine ruhige Minute mehr. Beide wissen, dass sie nicht in der Lage sind, das auszuhalten, schon weil Täter drei abgesprungen ist (ja, es gibt einen Täter drei, aber er ist längst nicht mehr dabei). Täter drei hätte den Mut gehabt, aber er hatte dann andere Pläne. Um genau zu sein, weiß er vielleicht nicht einmal, dass Täter eins und zwei den kühnen Plan durchgeführt haben. Er hat sich schon vor Monaten abgesetzt. Er ist einfach aus dem Zimmer gegangen und nicht mehr zurückgekehrt.

Und zu zweit schaffen sie das nicht.

Zu viele Hindernisse, und nicht wenige davon sind psychologischer Natur. Niemand verlässt die Grenzen seines Charakters, niemand wird je über den eigenen Horizont hinausschauen können. Darüber hinaus gibt es Dinge, die man erst dann über sich erfährt, wenn der Tag X gekommen ist und man erkennt, was geht und was nicht geht.

»Die Mädels an der Copacabana warten auf Leute wie uns«, sagt Täter zwei mit verträumter Stimme. »Bei denen siehst du schon am Gang, wie sie im Bett sind.«

»Ja«, sagt Täter eins.

»Verstehst du, wenn die so mit dem Hintern wackeln, mit den Arschbacken so hin und her, dann kannst du dir alles Mögliche vorstellen ...«

»Ich weiß«, sagt Täter eins.

Er klingt leicht genervt. Täter zwei ist der mit der verrückten Fantasie, Täter eins eher sachlich und ruhig. Fleißig und kontrolliert. Keiner, der auffällt, eher jemand, dem man nicht mal einen zweiten Blick schenkt. Beide hat die Sehnsucht geeint, neu anzufangen, jeder auf unterschiedliche Weise. Täter zwei wollte in die Neue Welt, am liebsten nach Brasilien. Er sah sich in einem schicken Haus an der Copacabana, mit vielen schönen und willigen Frauen an einem dieser Pools, die direkt ins Meer zu münden scheinen, und einem knallfarbenen Drink in der Hand. Ohne eine kranke Mutter, die ihm das Leben zur Hölle macht, und ohne blasse, langweilige Trutschen, die nur ans Heiraten denken. Ohne Sorgen, ohne Verpflichtungen, aber mit viel Sex. Im Hintergrund gischt die See mit weißem Schaum. Wie in einer Bacardi-Werbung, und genau daher stammt auch diese Vision. Lauter schöne junge Menschen, die zu nichts anderem auf der Welt sind, als sich zu amüsieren, und das Tag für Tag für Tag.

Warum sollte er das nicht auch haben?

Die Frage ist nur, was man mit so einem Leben anstellt. Wie geht es weiter, wenn man nichts mehr zu tun hat außer vögeln und saufen? Hinter der Vision lauert eine Leere, die ihm Angst macht, und außerdem – das gesteht er nicht einmal sich selbst ein, so peinlich ist es – hätte er Heimweh.

Mal abgesehen davon, dass er kein Brasilianisch kann – oder wie immer diese Sprache heißt.

Die Motive von Täter eins sind um einiges komplizierter. Er öffnet das Fenster einen Spalt und sieht dem Rauch hinterher, der sich in der frischen, kühlen Luft rasch auflöst. Am liebsten würde er sich nie mehr bewegen. Einfach in diesem Auto mit der Standheizung sitzen bleiben, rauchen und nichts reden.

In den letzten Monaten hat sich so viel getan, in ihm und um ihn herum. Damit ist jetzt Schluss.

Das Kind ist tot und seine Gefühle auch. Die Welt ist nicht mehr farbig wie auf einem Trip, sondern von einem tristen Steingrau. Und gleichzeitig ist da eine ungeheure Erleichterung. Letztlich war es eh nur ein Spiel, von dem niemand wissen konnte, wie es enden würde. Das Wesen eines Spiels: auf maximales Risiko gehen und gleichzeitig seine Karten gekonnt beisammenhalten. Sie haben alles getan, damit *nicht* das passierte, was dann doch eintrat. Daran sind nicht sie, daran ist die Familie schuld, redet er sich ein. Hätte die Familie mitgespielt, wäre ihr Plan aufgegangen. Aber das hat sie nicht getan. Sie hat sofort die Polizei eingeschaltet, statt erst einmal abzuwarten, wie es eine Familie macht, die ihre Tochter wirklich liebt. Allerdings weiß Täter eins nicht, wie sich eine liebevolle Familie verhält, denn er hatte nie eine. Er glaubt nur, dass solche Eltern nicht Minuten nach dem Verschwinden eines kleinen Mädchens zu den Behörden rennen. Sie wissen, dass die Polizei die letzte Möglichkeit ist.

Ultima Ratio, denkt er und kommt dann von diesem Wort nicht mehr los. Ultima Ratio, Ultima Ratio, Ultima Ratio. Ihm platzt gleich der Kopf.

»Hast du noch eine?«, fragt er Täter zwei und deutet auf die Zigarettenschachtel neben der Gangschaltung. Täter zwei nickt. Danach zündet er sich auch noch eine an. Sie rauchen einträchtig. Sie ahnen, dass sie in Zukunft nicht mehr viel miteinander zu tun haben werden, wollen es aber in diesem Moment noch nicht wahrhaben: dass ihre gemeinsame Zeit vorbei ist. Jeder von ihnen bedauert das auf unterschiedliche Weise, die nicht besonders viel mit Zuneigung zu tun hat, eher mit dem Ziel, das sie monatelang verbunden hat. Sie fühlen sich ein bisschen wie Soldaten nach einer Schlacht, die Seite an Seite im Schützengraben gekämpft haben, verschlammt und erschöpft, aber auf seltsame Weise zufrieden. Sie haben alles gegeben. Sie haben ihre jeweiligen Stärken zu einer Superkraft verbunden. Sie waren ein großartiges Team, die perfekte Allianz – und haben trotzdem den Sieg nicht eingefahren.

Aber es ist nicht so, als wäre alles verloren. Jetzt folgt die maximale Herausforderung, nämlich die, sich nicht erwischen zu lassen. Wenn sie das schaffen, wenn das Kind für immer ewig tief in der Erde verschwunden bleibt, als hätte es nie existiert, könnten sie sich zumindest darauf eine Menge einbilden. Ein letzter Triumph über die Polizei: sich den geheimen Ort vorzustellen, von dem kein Mensch je erfahren wird. Doch noch gewonnen gegen den Rest der Welt.

Um das zu erreichen, müssen sie eigentlich nur eins tun: nichts. Der schnell wachsende Rasen ist angesät, die Spitzen schauen schon heraus. In spätestens zwei Wochen wird man nichts mehr von der Grabung sehen. Es gibt nichts mehr zu organisieren, sie müssen dort nie wieder hin.

Stattdessen sollten sie am besten abtauchen. Was heißt: so normal weiterleben wie möglich. Am besten, denken sie fast gleichzeitig, fangen sie sofort damit an.

»Was machst du heute noch?«, fragt Täter zwei beiläufig.

»Ist doch egal. Und du?«

»Den üblichen Scheiß.« Täter zwei klingt eine Spur bitter. Erst jetzt wird ihm richtig bewusst, was es heißt, eine Hoffnung endgültig aufzugeben.

»Fährst du mich zurück?«, fragt Täter eins.

Es geht ihm ähnlich wie Täter zwei, aber sein Bedauern ist weniger konkret. Ein wilder, herrlicher, gefährlicher Traum hat ihn eingesogen und wieder ausgespuckt, und jetzt findet er sich in der prosaischen Wirklichkeit nicht mehr zurecht.

»Okay«, sagt Täter zwei.

»Warte«, sagt Täter eins.

Täter zwei startet das Auto, fährt aber noch nicht los, sondern kuppelt aus und zieht die Handbremse an. Der Motor bullert leise vor sich hin.

»Was?«, fragt er.

»Die werden nichts bei dir finden, oder?«

»Natürlich nicht!«

»Bei mir auch nicht.«

»Bist du sicher?« Täter zwei würgt den Motor ab.

»Ja!«

»Wir sollten alles noch mal durchsprechen. Von Anfang an«, sagt Täter zwei. In seine Stimme schleicht sich noch einmal die alte Aufregung hinein, die Euphorie des Pläneschmiedens, das Räuber-und-Gendarm-Gefühl. Auch Täter eins lebt sichtlich auf.

»In Ordnung«, sagt er. »Jedes einzelne Detail.«

Nachdem das geschehen ist, sagt Täter zwei: »Am besten wär's, wenn's jetzt schneien würde.«

»Klar. Im September.«

»Ich sag ja nur, das wär ideal. Der Schnee würde alle Spuren verwischen.« Er stellt es sich vor: tagelanges Schneegestöber, so dicht, dass man keinen Meter weit sieht.

»Im September schneit's aber nicht.«

»Aber im Oktober schon manchmal.«

»Blödsinn.«

»Hab ich erlebt. Schnee im Oktober.«

»Am Nordpol, oder was?«

»Auf der Wiesn! Da war ich noch ganz klein, und...« Er erinnert sich an seinen Vater, einen zornigen Mann, der ihn an sämtlichen Fahrgeschäften vorbeigeschleift hat, um schließlich ein dumpfiges Bierzelt anzusteuern. Täter zwei ist gerade in Plapperlaune, weshalb er diese Geschichte haarklein erzählt. Obwohl er merkt, dass Täter eins gerade nichts weniger interessiert als derartige Storys, kann er einfach nicht aufhören. Wegen der Kälte durfte er nicht einmal aufs Kettenkarussell, obwohl ihm seine Mutter das fest versprochen hatte.

»Echt?«

»Mein Vater war ein Arsch.«

»Fahr mich zurück, Gerry«, seufzt Täter eins.

Sonntag, 4. Oktober 1981
Hag, 7:00 Uhr
(19 Tage nach Annikas Entführung,
14 Tage nach dem Eintreffen des zweiten Erpresserbriefs)
PHK Thomas Bergmüller

Thomas Bergmüller hat allein übernachtet und ist früh aufgestanden. Karin verbringt ihr erstes freies Wochenende seit Wochen bei ihrer Mutter in München. Thomas hat lange geduscht, so lange, bis der Boiler nur noch lauwarmes Wasser produzierte. Er hat sich eine Tasse löslichen Kaffees ohne Milch und Zucker zubereitet und kaut an einer trockenen, steinharten Breze herum, während Krümel auf die beige-gelb gemusterten Kacheln unter ihm fallen. Sein Blick streift die vom Vormieter mit Prilblumen verunzierte Küchenzeile, das ungewaschene Geschirr von vier Tagen, das die Spüle verstopft, die Wand darüber, deren braune Farbe langsam abblättert.

Seit vier Tagen haben sie die Suche nach Annika Schön wieder aufgenommen. Die Erpresser haben sich nicht mehr gemeldet. Seit Montag, dem 21. September, als der letzte Brief kam: kein Anruf, nichts. Die Fangschaltung ist umsonst, da viel zu spät installiert worden. Die Täter sind abgetaucht, und was das bedeutet, wissen alle Beteiligten. Nur die Familie will es nicht wissen, weil sie immer noch verzweifelt hofft. Dazu kam, dass sich seine Kollegen mit einem dritten Brief beschäftigen mussten, der sich nach langem Hin und Her als Fälschung herausstellte. Er war verfasst von einer mit sich und dem Leben unzufriedenen Vierzehnjährigen namens Christine Schmidt. Die Eltern zeigten sich untröstlich über ihre missratene Brut. Das Kind ist knapp strafmündig, wird aber voraussichtlich nicht angeklagt. Ein idiotischer Streich, mehr nicht. Es lohnt sich nicht, die Zukunft Christine Schmidts zu versauen, auch wenn ihr die gesamte Sonderkommission mit seltener Einigkeit am liebsten den Hintern versohlt hätte. Und sei es nur deshalb, weil sie die Ermittlungen auf unverantwortlichste Weise verzögert hat.

Diese dumme Kuh! Was geht in einem Menschen vor, der so etwas tut! Thomas wünscht ihr aus vollem Herzen ein langes, unglückliches Leben. Sollte sie selbst einmal Kinder haben, wird sie verstehen, was sie angerichtet hat.

Seine Gedanken schweifen ab.

Später wird Thomas glauben, dass es da eine Ahnung gegeben habe. Ein Gefühl, das ihm sagte: Heute, an diesem finsteren Sonntag, dem unheiligen Tag des Herrn, würde etwas Entscheidendes passieren. Natürlich kein Wunder, kein plötzliches Auftauchen einer putzmunteren Annika. Dafür ist viel zu viel Zeit vergangen. Sie würden also allenfalls die Leiche eines Kindes finden, in einem Zustand, den er sich lieber nicht vorstellt. Vielleicht bleibt Annika aber auch für immer verschwunden. Er weiß mittlerweile nicht mehr, was ihm lieber wäre.

Er steht auf und lässt das schmutzige Geschirr auf dem Tisch stehen. Auf dem Weg zum Traubenhain, den er mittlerweile wie auf Autopilot zurücklegt, versucht er, an etwas Schönes zu denken. Karin macht das immer so, wenn sie eine Krise hat. An etwas Schönes zu denken weckt automatisch schöne Gefühle, das ist ihre feste Überzeugung, und möglicherweise funktioniert das bei ihr ja sogar.

Bei ihm nicht. Er kann sich nichts einreden, was nicht da

ist. Er sieht nicht mit dem Herzen gut, sondern mit seinen zwei Augen.

Traubenhain, 9:40 Uhr
PHK Thomas Bergmüller, PK Franz
Severin, PK Gernot Rein und andere

In den letzten Tagen hat es häufig geregnet. Heute ist es windstill und bedeckt, die Temperatur beträgt kühle dreizehn Grad. Doch immerhin klart es ein paarmal auf, und dann wird es auch gleich etwas milder. Das ist gut für die Moral der Truppe. Sonne weckt die Lebensgeister und die Einsatzbereitschaft. Die sonst übliche Besprechung wurde ersatzlos gestrichen, da dieselbe Hundertschaft bereits am Freitag einen Einsatz hatte. Man kann davon ausgehen, dass alle Beteiligten Bescheid wissen.

An diesem Sonntag soll das westliche Gebiet des Traubenhains durchsucht werden. Die Beamten bilden eine Kette so wie vor drei Tagen. Jeder von ihnen ist mit einem Skistock ausgerüstet, um das teilweise dichte Unterholz abzutasten, Zentimeter für Zentimeter. Zusätzlich sind zehn Spürhunde an der Suchaktion beteiligt. Der Abstand von Mann zu Mann beträgt etwa einen halben Meter. Links neben Thomas Bergmüller geht Polizeikommissar Gernot Rein, rechts Polizeikommissar Franz Severin. Alle ungewöhnlichen Funde müssen an Thomas gemeldet werden.

Um 9:43 Uhr ruft ein Kollege aus Thomas' Reihe. Die Reihe stoppt, die Reihen dahinter ebenfalls. Ein paar Polizisten stolpern, einer verstaucht sich den Fuß und muss abbrechen. Nichts davon bekommt Thomas mit.

Fünf Minuten später befindet er sich an der Stelle, die der Kollege Groß markiert hat. Groß muss nichts sagen, nichts erklären. Thomas spürt, wie ihm der Schweiß ausbricht. Nicht nur stehen einige kleine Fichten seltsam gleichmäßig um eine Lichtung herum, deren Nadeln teilweise bräunlich sind, obwohl es in den letzten Tagen und Monaten reichlich geregnet hat. Auch das am Boden liegende Laub ist völlig verwelkt im Gegensatz zur übrigen Vegetation.

Hier stimmt etwas nicht.

Thomas untersucht den Ort, die Kollegen schauen ihm über die Schulter. Alle sind stumm, als Thomas eines der Bäumchen ergreift und hochhebt. Die Fichte ist wurzellos, ihr Stamm gekappt. Eine zweite Fichte lässt sich auf die gleiche Weise fast mühelos entfernen. Sie wurden von Menschen hereingesteckt, um etwas zu verbergen. Eine andere Möglichkeit ist nicht denkbar.

»Wahnsinn«, sagt Thomas leise.

Der Wald ist ganz still. Unter dem trockenen Laub inmitten der künstlichen Lichtung lugt ein winziges Stück rostbrauner Stoff hervor. Thomas hebt es mit der Spitze seines Skistocks vorsichtig an.

»Was ist das?«, raunt einer hinter ihm.

Ein Stück Holz taucht unter dem Stoff auf. Es schimmert leicht im Sonnenlicht, das sich durch die Blätter stiehlt. Ein Brett. Ein Deckel?

Thomas versucht, das Ding mit dem Skistock zu bewegen. Ohne Erfolg. Es ist eindeutig eine Art Deckel, also befestigt an etwas anderem. An etwas, das sich darunter befindet. Der Deckel ist mit einer Farbe oder einem matten silbernen Lack beschichtet. Er ist rechteckig, die genauen Maße können sie im Moment nur schätzen.

Thomas richtet sich auf. »Wir brauchen sofort die Spurensicherung«, sagt er. »Und all die... all die anderen.« Er merkt nicht, dass er weint, oder vielleicht merkt er es doch. Aber dann schiebt er es auf den Stress der letzten Wochen. Es kann ja immer noch etwas ganz anderes sein als das, was sie befürchten. Ein Depot für Waffen oder Schmuggelware beispielsweise, wie sie sowohl Neonazis als auch die RAF gerne in der Erde anlegen. Es muss überhaupt nichts mit dem verschwundenen Kind zu tun haben.

Die anderen wenden sich ab, ein wenig peinlich berührt von einem Thomas, den sie so nicht kennen. Eine hektische Geschäftigkeit bricht los, der Wald scheint von der geballten Energie regelrecht zu summen. Thomas kniet sich auf den weichen Waldboden und hebt den Deckel ab.

Zur selben Zeit sitzt die Familie Schön mit Martin, Jo, Gaby und Stephan in der Kirche. Sie murmeln: »Vater unser im Himmel, geheiligt werde dein Name. Dein Reich komme...«, und sie denken dabei an ihre Tochter, an ihre kleine Schwester. Sie beten mit gefalteten Händen und gesenkten Köpfen für Annika. So wie jeden Sonntag, seit drei Wochen. Durch das bunte Kirchenfenster fällt ein zarter, bläulich eingefärbter Sonnenstrahl, wie ein Gruß aus einer anderen Welt.

TEIL ZWEI

9. Oktober 2010
Julia Neubacher, Journalistin

Der Freistaat gegen Leitmeir: Es ist der achte Prozesstag, abnehmendes Interesse ist nicht auszumachen. Der Gerichtssaal ist voll wie eh und je, die Medien berichten ausführlich. Mich plagt seit einer Woche ein hartnäckiger Infekt, den ich mit den üblichen Mitteln einigermaßen in Schach halten kann. Trotzdem niese und huste ich. Ich merke, wie meine Kollegen verstohlen von mir abrücken, und ich fühle mich, als hätte mir jemand einen Sack über das Gesicht gezogen. Meine Augen brennen, meine Ohren sind verstopft. Ich gähne verstohlen, um sie von dem Druck zu befreien, aber dieser Trick hilft nur ein paar Minuten lang.

Gestern habe ich mit Martin Schön telefoniert. Wir duzen uns mittlerweile, das macht es leichter, auch persönliche Fragen zu stellen. Nach meinem ersten Artikel über ihn sind alle möglichen Journalisten an ihm interessiert. Er hat bisher alle Anfragen abgelehnt, er will das Urteil abwarten, bevor er sich weiter äußert. Ich bin also im Moment seine einzige Gesprächspartnerin, aber auch ich darf ihn gerade nicht zitieren. Alles, was ich verwenden darf, sind Hintergrundinformationen.

Ich habe ihn gefragt, wie es war – damals, als seine Familie die Nachricht erhielt.

»Wir waren in der Kirche«, sagte er.

»Die Polizei ist in die Kirche gekommen?«

»Natürlich nicht, so weit würden nicht mal die gehen. Sie haben vor der Kirche auf uns gewartet. Aber nicht nur sie. Auch die Presse und die Fotografen.« Er mailte mir einen Artikel, und tatsächlich sieht man auf dem dazugehörigen Foto seine Eltern und im Hintergrund die Kirche.

Manchmal hasse ich meine Kollegen.

»Das muss furchtbar gewesen sein«, sagte ich.

»Ja. Man ist so wehrlos in dem Moment. Du kommst aus der Kirche, und da warten zehn oder mehr Leute auf dich. Du bist überhaupt nicht darauf vorbereitet, du hast gebetet, du bist wie nackt. Und dann blitzen dir die Kameras ins Gesicht, und du fühlst dich aufgespießt.«

»Wie hast du reagiert?« Ich wusste es, wollte es aber von ihm selbst hören.

»Ich bin einen Fotografen direkt angegangen. Stand ja auch später in den Zeitungen. Das war einer der besonders Unverschämten, also einer von denen, die dir so richtig nahe kommen, als gäbe es keine Zoomobjektive. Ich hätte ihm am liebsten die Kamera aus der Hand geschlagen.«

»Wie war das für deine Eltern?«

Er schwieg. Dann sagte er: »Kannst du dir doch denken, oder?«

»Nicht direkt. Ich war nie in solch einer Situation.«

Er lachte gequält. »Gut pariert.«

»Das war ehrlich gemeint.«

»Ich weiß es nicht mehr genau. Wir waren alle zu sehr mit uns selbst beschäftigt. Die Hoffnung war plötzlich weg, das war wie ein Loch. Kann man schwer beschreiben. Ein Vakuum. Ein luftleerer Raum. Vorher war etwas da – und dann auf einmal nicht mehr. Da war gar nichts mehr.«

»Es tut mir so leid, für dich und für deine Familie«, sagte ich, und auch das meinte ich ehrlich.

Martin sagte nichts darauf, und kurze Zeit später verabschiedeten wir uns. Danach konnte ich nicht einschlafen, was wiederum meiner Erkältung nicht guttat.

Weshalb es mir heute besonders miserabel geht. Ausgerechnet heute wird aber einer der interessantesten Zeugen vernommen, der Ex-Polizist Thomas Bergmüller. Bergmüller darf ich nicht verpassen. Er ist nicht mehr Teil des Behördensystems, er muss sich keinen Codes unterwerfen, er kann sprechen, ohne Nachteile zu befürchten. Vielleicht tut er das auch. Deshalb bin ich hier, obwohl ich eigentlich ins Bett gehöre.

Ich werfe Leitmeir einen Blick zu, während Bergmüller aufgerufen wird. Leitmeir zeigt wie üblich keine Regung. Dabei erinnert er sich bestimmt an Bergmüller, der zum Zeitpunkt der Entführung Polizeihauptkommissar war. Bergmüller gehört zu den Menschen, die sich im Alter nicht groß verändern. Ein schlanker, durchtrainierter Mann mit kurzen grauen Haaren, die nur wenig gelichtet sind. Seine Gesichtszüge wirken straff und jugendlich. Ich bin sicher, dass Leitmeir ihn erkennt.

Bergmüller ist neunundfünfzig, verheiratet und hat drei Kinder. Er arbeitet seit achtzehn Jahren als Sicherheitschef eines internationalen Konzerns, wie er dem Gericht mitteilt. Den Polizeidienst hat er bereits 1988 quittiert. Eine Begründung gibt er dafür nicht an, und das Gericht fragt auch nicht danach. Ich notiere mir das, selbst wenn es wahrscheinlich nichts mit dem Fall zu tun hat, der zu dem Zeitpunkt sieben Jahre zurücklag.

Bergmüller hat die Kiste, in der Annika Schön gefunden wurde, als Erster geöffnet. Er hat auch an mehreren Vernehmungen Leitmeirs teilgenommen, doch darum wird es erst am Nachmittag gehen. Jetzt soll er dem Gericht von dem Auffinden der Kiste berichten.

Nachdem Bergmüller versichert hat, mit dem Angeklagten weder verwandt noch verschwägert zu sein und die Wahrheit zu sagen – verbunden mit den Belehrungen des Vorsitzenden Richters, was ihm blühen würde, falls Letzteres nicht der Fall sein sollte –, setzt er sich aufrecht hin. Er wirkt auf eine fast provozierende Art selbstsicher und in sich ruhend. Ein Mann, der sich durchsetzen kann und dafür nicht laut werden muss. Ein Mann, der sich vorbereitet hat. Gut gekleidet, in Maßen eitel – so schätze ich ihn ein.

Die Oberstaatsanwältin Heisterkamp ist vermutlich nicht begeistert über seine Anwesenheit. Bergmüller ist aus Sicht der Anklage ein unberechenbarer Faktor. Martin Schön hat mir gestern Abend eine Passage aus den Ermittlungsakten des letzten Jahres vorgelesen. Daraus geht hervor, dass sich Bergmüller bezüglich Leitmeir auch Jahrzehnte nach der Entführung nicht klar positionieren will. Es habe viele Hinweise, auch handfeste Motive gegeben, aber keinen einzigen Beweis, der vor Gericht standhalten würde. Die Polizei sei gezwungen gewesen, die Ermittlungen gegen Leitmeir einzustellen. Davon sei er nach wie vor überzeugt. Dennoch ist Bergmüller ein zu wichtiger Beteiligter, um nicht angehört zu werden. Und Sympathien für Leitmeir, das steht fest, können ihm nicht nachgesagt werden.

Nach Aufforderung des Richters schildert er die Auffindung des Tatorts, dramatisiert nichts, lässt aber auch keine Fragen offen.

Oberstaatsanwältin Heisterkamp unterbricht ihn: »Laut Aussagen einiger Kollegen aus dem Jahr 1981 haben Sie geweint. Ist das korrekt?«

Bergmüller wirkt kurz aus dem Konzept gebracht, dann antwortet er: »Wenn Kollegen das ausgesagt haben, wird es stimmen.«

»Sie können sich nicht daran erinnern?«

»Nein.«

»Es hat Sie mitgenommen, nehme ich an. Ein wehrloses Kind in einer Kiste, ohne jede Überlebenschance ...«

»Zu diesem Zeitpunkt war doch noch gar nicht klar, worum es sich bei diesem Fund handelt«, sagt Bergmüller. »Es hätte alles Mögliche sein können. Ein unterirdisches Waffenlager beispielsweise.«

»Dann verstehe ich Ihre Reaktion nicht.«

Bergmüller macht eine Pause. Ihm ist klar, worauf diese Frage hinausläuft – der Fall Annika Schön soll Gefühle wecken. Leitmeir hat einem Kind mutwillig das Leben genommen und eine Familie zerstört – das soll herausgestellt werden. Dagegen ist sicher nichts einzuwenden, doch ein Mann wie Bergmüller kann es nicht leiden, manipuliert zu werden, und sei es aus den nachvollziehbarsten Gründen.

»Ich war wohl im Stress«, erwidert er schließlich kühl. »Wie wir alle. Es waren harte Wochen.«

»Das kann ich mir vorstellen.«

Die Heisterkamp ist gut in solchen Sachen. Sie wirkt bewegt, aber übertreibt nicht.

»Ich glaube, das kann sich niemand vorstellen, der nicht dabei gewesen ist.«

Bergmüllers Stimme klingt ruhig, aber trotzdem ist nun doch ein sehr alter Kummer herauszuhören. Also genau das, was Heisterkamp beabsichtigt hat. Sie nickt ein wenig zu demonstrativ mitfühlend, lässt es aber klugerweise dabei bewenden. Der Richter ergreift wieder das Wort.

»Bitte berichten Sie, was danach geschehen ist.«

»Ich habe den Deckel abgehoben«, antwortet Bergmüller.

»Ging das leicht?«

»Relativ mühelos. Es war nur eine Art Schutzabdeckung.«

»Es handelt sich um den silberfarbenen Deckel, der, wie wir heute wissen, mit Silberbronze und einer Bitumenfarbe gestrichen war?«

»Ich denke, ja. Ja, definitiv.«

»Bitte sprechen Sie weiter.«

»Nachdem ich den Deckel abgenommen hatte, sah ich einen zweiten grünen Deckel. Er war mit mehreren Schieberiegeln verschlossen.«

»Wie viele Riegel?«

»Das weiß ich leider nicht mehr. Vielleicht sieben.«

»Fahren Sie fort.«

»Mein erster Eindruck war, wie gesagt, dass es sich möglicherweise um eine Art Depot handelt.«

»Wie kamen Sie darauf?«

Bergmüller schweigt. Dann sagt er: »Ich konnte mir damals nicht vorstellen, dass man einen Menschen in eine Kiste sperrt und diese Kiste dann vergräbt.«

»Das verstehe ich.«

»Es kam mir so krank vor. Wie die Fantasie eines Irren.«

»Sie haben vollkommen recht«, sagt der Richter neutral und höflich. Aber ich merke, dass ihm die Richtung gar nicht gefällt. Hier sitzt der von der Anklage favorisierte Tatverdächtige – Leitmeir –, und der ist ganz offensichtlich weder krank noch verrückt. Gemäß dieser Aussage käme er als Täter eher nicht infrage. Ein Vorsitzender Richter sollte objektiv sein. Dieser hier ist es nicht. Er ist parteiisch im Sinne der Anklage, aber nicht so offensichtlich, dass man ihm Befangenheit vorwerfen könnte. Ich schaue zu Martin Schön und erkenne an seiner finsteren Miene, dass er das Gleiche denkt.

»Wie war der weitere Ablauf?«

»Ich habe einen Kollegen gebeten, mir einen Spaten zu bringen, damit ich die Riegel öffnen kann. Ich weiß nicht mehr, wie lange das dauerte, vielleicht ein paar Minuten. Ich habe dann mit dem Spaten die Riegel aufgestemmt und den Deckel geöffnet.«

»Was haben Sie gesehen?« Das ist wieder die Heisterkamp. Sie sitzt schräg hinter Bergmüller, was ihn diesmal dazu veranlasst, sich umzudrehen. Dann sieht er wieder nach vorne, zum Richter und den Schöffen.

»Ich habe ein totes Kind gesehen«, sagt er.

Hinter mir höre ich etwas, das wie ein kollektives Seufzen klingt. Es verbreitet sich wie eine Welle, dann ebbt es wieder ab. Anschließend senkt sich eine dumpfe, unbehagliche Stille über den Saal.

»In welchem Zustand war das Kind?«, fragt der Richter. Selbst er muss sich nun bemühen, professionelle Distanz zu bewahren.

Bergmüller wirkt plötzlich müde und abwesend. Er antwortet nicht.

»Herr Bergmüller? Sollen wir kurz unterbrechen?«
»Nein.«
»Können Sie fortfahren?«
»Ja.«
»Dann bitte.«

Bergmüller nimmt sich zusammen, aber er klingt nun anders, weicher und zugänglicher. »Das Gesicht des Kindes war nach oben gewandt.«

Martin Schön unterbricht ihn, es ist das erste Mal seit Beginn des Prozesses, dass er sich mit einer Frage einmischt. Ich weiß, welche es sein wird. Er fragt, ob die Augen Annikas offen oder geschlossen waren. In zahlreichen Artikeln und selbst in seriösen Sendungen wie *Aktenzeichen XY ... ungelöst* wurde behauptet, dass sie offen gewesen seien. Irgendjemand hatte dieses Gerücht verbreitet, und die Medien haben es aufgenommen.

»Die Augen waren geschlossen«, antwortet Bergmüller.

»Danke«, sagt Martin.

»Bitte fahren Sie fort«, sagt der Richter.

»Ich habe das sofort fotografisch dokumentiert. Auf den Fotos sieht man einen Pilzbefall auf dem Gesicht des Kindes. Dazu muss ich Folgendes anmerken: Als ich den Kistendeckel geöffnet hatte, war dieser Pilzbefall noch nicht da. Er hat sich zwischen der Öffnung des Deckels und dem Erstellen der ersten Fotos ereignet.«

»In dieser kurzen Zeitspanne?«

»Ja, definitiv.«

»Da sind Sie sicher?«

»Ja.«

»Was schließen Sie daraus?«

»Ich dachte: Da war vorher überhaupt keine Luft drin. Das war meine Vermutung wegen dieser raschen Veränderung. Erst durch das Öffnen der Kiste kam wieder Sauerstoff hinein. Was erklärt, dass es zwar Verfärbungen im Gesicht gab, also ein sicheres Todeszeichen. Aber der Pilzbefall war erst Sekunden nach dem Öffnen zu erkennen.«

»Was schlussfolgern Sie daraus?«

»Ich bin kein Rechtsmediziner«, sagt Bergmüller vorsichtig.

»Das müssen Sie vor diesem Gericht auch nicht sein, um eine Einschätzung vorzunehmen.«

Bergmüller zögert erneut. Jemand hustet, jemand schnäuzt sich, jemand anderes scharrt mit den Füßen. Stühle knarren. Der Richter nickt ermutigend. Bergmüller überlegt, wählt seine Worte sorgfältig. »Später, also bei der näheren Untersuchung der Kiste, hat sich bekanntlich herausgestellt, dass es zusätzlich zu den Belüftungsrohren eine Art Sprachrohr gab, das direkt über dem Gesicht des Kindes angebracht war und den Entführern unseren Ermittlungen zufolge dazu dienen sollte, den Zustand des Kindes zu überprüfen. Das Rohr war mit einem zusammengerollten Gürtel und anderen Materialien verstopft.«

»Wir nehmen an, dass der Gürtel dem Angeklagten gehört hat«, meldet sich nun wieder die Heisterkamp.

»Kann schon sein«, sagt Bergmüller. »Darum geht es mir aber gerade nicht.«

»Sondern?«

»Mein Eindruck war, dass die Kiste praktisch luftdicht verschlossen gewesen war, und das mehr oder weniger ununterbrochen. Also möglicherweise die ganzen drei Wochen lang. Ich bin demnach nicht überzeugt davon, dass der oder die Entführer jemals nach dem Kind gesehen haben. Hätten sie das getan, wäre Luft in die Kiste gelangt, und der Pilzbefall wäre beim Öffnen eventuell bereits sichtbar gewesen. Nicht erst Sekunden danach.«

»Ich verstehe«, sagt der Richter.

»Das ist aber nur meine persönliche Meinung«, fügt Bergmüller hinzu.

Der Richter nickt erneut. Diese Vermutung müsste von einem Rechtsmediziner verifiziert werden. Der für die Leichenschau verantwortliche Leiter der Münchner Pathologie ist jedoch bereits gehört worden. Man müsste ihn noch einmal vorladen. Letztlich ist diese Information für den Verlauf des Prozesses jedoch nicht ausschlaggebend. Selbst wenn die Täter nicht nach dem Kind gesehen hätten, hätte das keinen Einfluss auf die Anklage, die auf Entführung mit Todesfolge lautet. Die Entführer haben Annikas Tod billigend in Kauf genommen, aber sie haben ihn nicht wissentlich verursacht. Weshalb ja ihre Tat – anders als Mord – nach dreißig Jahren verjähren würde.

Dennoch verändert die Vermutung Bergmüllers etwas. Bisher ist die Anklage davon ausgegangen, dass die Entführer nach dem zweiten Erpresserbrief zweifelsfrei festgestellt haben, dass das Kind nicht mehr lebt und deshalb abgetaucht sind. Dafür hätten sie das Sprachrohr über Annikas Kopf öffnen müssen. Es würde einen moralischen Unterschied machen, wenn sie sich dessen nicht einmal vergewissert hätten. Dann müsste ihr Vorgehen als noch verwerflicher gewertet werden. Nicht juristisch. Aber in menschlicher Hinsicht: Leitmeir, wenn er denn einer der Täter sein sollte, wäre dann noch gnadenloser vorgegangen als bekannt.

»Was passierte anschließend?«, fragt der Richter.

»Ich schickte die Kollegen von der Stelle weg. Dann habe ich eine weiträumige Absperrung mit einem Trassierband veranlasst. Aber das hat nicht viel genützt.«

»Was heißt das?«

Bergmüller lehnt sich zurück und schlägt die Beine übereinander. Er wirkt jetzt wieder so beherrscht wie zu Beginn der Vernehmung. Fast arrogant. »Meine Weisungen bezüglich der Absperrung wurden nicht befolgt, auch nicht von der Leitung der Sonderkommission, die zwischenzeitlich eingetroffen war.«

»Was meinen Sie damit?« Der Richter beugt sich nach vorn, er wirkt irritiert. Das ist kein Wunder, denn einer der damaligen Leiter der Sonderkommission hat am dritten oder vierten Prozesstag etwas völlig anderes ausgesagt. Ihm zufolge verlief alles vorschriftsmäßig, geradezu mustergültig. Die Absperrung des Tatorts sei weiträumig gewesen, die Untersuchungen seien zwecks Spurensicherung mit aller gebotenen Sorgfalt unternommen worden und nur unmittelbar Beteiligte wie etwa die Beamten der Spurensicherung und Angehörige des rechtsmedizinischen Instituts hätten Zutritt zum Tatort gehabt.

Der Richter blättert in seinen Unterlagen und konfrontiert Bergmüller mit Teilen dieser Aussage. Bergmüller lächelt zum ersten Mal, allerdings nicht freundlich, sondern verächtlich. »Das«, sagt er spöttisch, »habe ich leider vollkommen anders in Erinnerung.«

»Wie?«, fragt der Richter.

»Ich weiß nicht mehr, wie viele Leute sich da herumgetrieben haben. Zwanzig, dreißig? Keine Ahnung. Jemand muss die Medien informiert haben. Es waren Fotografen und Journalisten da. Polizisten natürlich sowieso, alle innerhalb der Absperrung. Wenn Sie meine Meinung hören wollen: Das war eine erstklassige Spurenvernichtungsmaschinerie.«

»Das ist eine harte Anschuldigung.«

»Dazu stehe ich. Ich bin sicher, wir hätten die Täter längst im Sack gehabt, wenn meine Anordnungen befolgt worden wären.«

»Bitte mäßigen Sie sich«, sagt der Richter.

Bei seinen letzten Worten ist Bergmüller ziemlich laut geworden. Sein Gesicht hat sich gerötet, man sieht ihm den Zorn an. Dennoch entschuldigt er sich.

»So ein Fall nimmt einen mit. Das ist aber kein Grund, ausfallend zu werden, Herr Bergmüller.«

»Ich kann mich nur noch einmal entschuldigen.«

»Wir sind alle keine Heiligen«, sagt der Richter, und es klingt abschließend. Keine weiteren Fragen mehr.

Natürlich wäre Bergmüller in einer besseren Welt weiter vernommen worden. Leider sind seine Äußerungen weder im Sinne des Gerichts noch der Staatsanwaltschaft, beides Behörden, die meiner Erfahrung nach viel zu oft miteinander kooperieren, statt einander auf die Finger zu schauen. Bergmüllers Aussagen führen zu weit weg von Leitmeir. In letzter Konsequenz könnte man nicht nur auf die Idee kommen, dass der Prozess aus Mangel an Beweisen eigentlich eingestellt werden müsste, sondern auch, dass dieser Mangel an Beweisen nicht auf einer schicksalhaften Zwangsläufigkeit beruht, sondern auf Dummheit und Inkompetenz.

Das möchte niemand riskieren.

Ich bin also nicht erstaunt, dass weder Richter noch Staatsanwaltschaft weitere Fragen haben. Leitmeirs Verteidiger schreibt hingegen fleißig mit und dürfte sich nicht so schnell zufriedengeben. Die Betonung der miserablen Spurenlage wird seinem Mandanten zugutekommen, und darauf wird er sich konzentrieren, sobald es um Leitmeir als mutmaßlichen Täter geht. Immerhin erfolgt die entscheidende Vernehmung Bergmüllers zum Komplex Leitmeir erst am Nachmittag.

Der Richter entlässt den Zeugen fürs Erste, es gibt eine Verhandlungspause bis 14:00 Uhr. Ich packe meine Sachen zusammen und lasse mich vom Strom der Anwesenden mit nach draußen tragen.

»Hast du eine Zigarette?«, fragt mich ein Kollege.

»Klar«, sage ich.

Eigentlich wollte ich heute wegen meiner Erkältung nicht rauchen, aber was soll's. Wir gehen gemeinsam auf den Vorplatz des Gerichtsgebäudes. Der Kollege heißt Lutz und ist Gerichtsreporter bei einem Sensationsblatt. Ich habe gewisse Probleme mit solchen Publikationen, seitdem ich die Ehefrau eines abgestürzten Piloten interviewen wollte und in ihrem Wohnzimmer einen Kollegen mit

Beffchen entdeckte, der gerade mit salbungsvollem Gesichtsausdruck im Fotoalbum der Familie blätterte.

Witwenschütteln nennt man diese Praxis. Ich kann sie nicht ausstehen. Man muss sich nicht wundern, dass Journalisten bei vielen Leuten so einen schlechten Ruf haben.

Lutz ist bestimmt nicht weniger skrupellos, aber leider auch extrem nett. Er flirtet mit mir. Und ja, wir waren auch schon einmal essen, und nein, mehr ist nicht passiert.

Könnte aber.

Freunde haben mir berichtet, dass Jonas frisch verliebt sei. Also hat er die Frau, wegen der er mich verlassen hat, schon wieder abgelegt. Das hat seltsamerweise gutgetan. Es war fast eine Erleichterung: Die andere war nämlich nicht besser, attraktiver oder mit mehr Sex-Appeal ausgestattet als ich. Es hilft, mit der Sache abzuschließen. Ich wäre demnach durchaus bereit für ein Techtelmechtel mit Lutz, der zwar weniger gut aussieht, aber dafür hundertmal witziger und charmanter ist, als es Jonas jemals war. Nur sind wir eben auch Konkurrenten, und der Job ist mir gerade wichtiger als alles andere.

Heute geht es mir in erster Linie darum, mit Bergmüller zu sprechen. Aber vor seiner zweiten Aussage brauche ich ihn gar nicht erst zu fragen. Und natürlich werde ich wieder nicht die Einzige sein, die ihn interviewen will.

»Er wird nicht reden«, sagt Lutz, der mich beobachtet.

»Wer?«, frage ich unschuldig. Lutz grinst. Er bläst den Rauch in die Spätsommersonne. Der Himmel ist tiefblau. Die Konturen sind ganz klar, die Farben leuchten.

»Hast du's schon probiert?«, erkundige ich mich. Lutz ist das ohne Weiteres zuzutrauen, er hat überhaupt keine Hemmungen und hält sich an keine Regeln. Aber er schüttelt gespielt empört den Kopf. »Spinnst du?«

»Tu doch nicht so«, sage ich. Wir stehen dicht nebeneinander,

Schulter an Schulter, und schauen auf den Verkehr. Da ist eine Anziehung, ohne Zweifel. Mal sehen, was daraus wird. Wir machen die Zigaretten aus und beschließen, in einem der Straßencafés in der Innenstadt etwas zu essen.

Montag, 11. Oktober 1981
Hag, Internat, 19:00 Uhr
Das richtige Kind

Da jeden Montag im Internat der sogenannte Kameradschaftsabend stattfindet, nimmt das richtige Kind heute am Abendessen im Speisesaal teil. Es hat mittlerweile wie alle anderen von der Entführung und dem Tod Annika Schöns erfahren. Da niemand mit ihm darüber gesprochen hat, ahnt das richtige Kind – im Gegensatz zu seinen älteren Geschwistern, die das längst mutmaßen – noch nicht, dass Annika das falsche Kind gewesen sein könnte. Dass man sie mit ihm verwechselt haben könnte. Nicht nur wegen der verblüffenden Ähnlichkeit, sondern weil das richtige Kind an mehreren Tagen durch den Traubenhain nach Hause radelt. Und die Familie ist zudem viel reicher als die der Schöns.

Das richtige Kind heißt Oliver. Es ist zwar sportlich, aber für sein Alter ein schmaler Wurf, wie sein älterer Bruder Jakob immer sagt und ihm dabei liebevoll durch den kurzen blonden Haarschopf fährt. Oliver sitzt am Tisch der Fischer-Kameradschaft, die sich den Tisch mit der Merrywether-Kameradschaft teilt. Merrywether ist der Englischlehrer. Kameradschaften werden nach den Namen der Kameradschaftsführer benannt. Also in Olivers Fall nach dem Biologielehrer Alfred Fischer, einem großen schweren Mann mit birnenförmiger Figur, dessen ausgeprägtes Lispeln immer wieder Anlass für mehr oder weniger geglückte Imitationen ist.

Zum Abendessen gibt es zähe Rindfleischscheiben in dicker brauner Soße, dazu Spätzle und schlappen Blattsalat. Oliver zieht eine der verkratzten Metallplatten zu sich heran und nimmt sich als Erster Spätzle und Soße. Er ist mittlerweile recht fix darin, denn die übrigen sieben Jungs in seiner Kameradschaft sind ebenfalls mit einem so mörderischen Appetit gesegnet, dass er in seinem ersten Jahr nicht selten hungrig aufgestanden ist. Hier muss man sich ranhalten, um satt zu werden.

Der Lärm im Speisesaal wäre für einen Außenstehenden ohrenbetäubend. Oliver selbst nimmt diese Geräuschkulisse mittlerweile kaum noch wahr, aber in den ersten Monaten in Hag am See hat es ihn furchtbar gestört. Mehr als zweihundertfünfzig Kinder und Jugendliche, die scheinbar unentwegt quasseln, lachen und streiten, und das in einem hohen Raum mit maximalem Hallfaktor. Dazu das Klappern von Besteck auf stabilen Steinguttellern, von denen trotzdem wöchentlich mindestens zehn zu Bruch gehen.

Der Nachtisch wird aufgetragen, von dem sich Oliver nichts nimmt, weil er Grießbrei mit Apfelkompott nicht mag. Er dreht sich nach seinem Bruder Jakob um, der zwei Tische entfernt bei der Sudhoff-Kameradschaft sitzt (Sudhoff unterrichtet Mathe und Physik und hat einen soliden Ruf als harter Hund, der sich nichts bieten lässt). Jakob fängt seinen Blick auf und zwinkert ihm zu, bevor er weiter Blödsinn mit seinen Freunden aus der Zehnten und Elften macht. Oliver weiß, dass Jakob sich um ihn sorgt. Manchmal fragt Jakob ihn aus, will wissen, mit wem er den Tag verbracht hat und wer seine besten Kumpel sind. Weil er so anders ist als Oliver, glaubt Jakob, dass sein jüngerer Bruder zu wenig Kontakte hat und sich deshalb einsam fühlt. Man kann ihm schwer klarmachen, dass das nicht der Fall ist. Oliver ist ganz zufrieden mit allem.

Bevor die Schüler in den Abend entlassen werden, verteilt

der Schulsprecher normalerweise die eingegangene Post. Die jeweiligen Empfänger werden in alphabetischer Reihenfolge aufgerufen, gehen dann nach vorne und nehmen Brief oder Päckchen entgegen. Oliver findet diesen Brauch merkwürdig. Benachteiligt er nicht all die Kinder, die selten Post bekommen, auf sehr demonstrative Weise? Als Externer könnte ihm das egal sein (natürlich bekommt er nichts hierhergeschickt, kein Mensch würde das erwarten), aber er gehört zu den Kindern, die sich über solche Dinge trotzdem Gedanken machen. Er ist nicht schüchtern, aber er spricht eher wenig. Ein stiller Beobachter, der gut zuhören kann und oft mehr sieht als die anderen. Er liest gern und schreibt manchmal kleine Gedichte, die er niemandem zeigt. Sehr viel später wird das Schreiben sein Beruf sein, doch im Moment ist es nur ein heimliches Hobby. Zu Hause hat er einen engen Freund, Jo Schön, mit dem er an den Wochenenden Fußball im Garten seiner Eltern spielt.

Das reicht ihm vollkommen aus.

Allerdings hat er Jo seit einer Woche nicht mehr gesehen, genauer gesagt, seitdem er mit seinen Eltern vor der Haustür der Schöns gestanden hat, um ihnen ihr Beileid zu bekunden. Da ist Jo mit seiner Mutter und seinem Vater kurz herausgekommen. Die Erwachsenen haben mit gesenkter Stimme geredet, aber Jo und Oliver haben nichts zu sagen gewusst. Das hat wehgetan, auch weil Jo ganz anders aussah als sonst. Ganz dünn, beinahe ausgemergelt, und mit roten Augen, als ob er ewig nicht mehr geschlafen hätte.

Was sagt man jemandem, dessen kleine Schwester umgebracht wurde? Oliver weiß es nicht. Es gibt keinen Trost. Man kann eigentlich gar nichts sagen. Alles wäre falsch und verlogen. Schließlich ist Jo mit einem leisen »Servus« wieder hineingegangen, und seine Eltern sind ihm gefolgt. Als Oliver sich wenige Tage später ein Herz fasste und noch einmal bei den Schöns klingelte – diesmal allein –, öffnete nur Jos Mutter.

Es tut mir leid, Olli, aber der Jo möchte gerade niemanden sehen.

Wir könnten Fußball spielen.

Heute nicht. Vielleicht ein andermal.

Richten Sie ihm das aus? Wir können immer in unserem Garten kicken. Immer.

Das mache ich, Olli. Lieb von dir. Der Jo meldet sich bestimmt ganz bald.

Vielleicht hat er ja im Moment gar keinen richtigen Freund mehr.

Das plötzliche Abschwellen des Lärms reißt ihn aus den trüben Gedanken.

Vorne, vor der Schwingtür aus hellbraunem Holz, steht diesmal nicht der Schulsprecher, sondern der glatzköpfige und vierschrötige Rektor, der passenderweise auch noch Herbert Kastenmeier heißt. Neben Kastenmeier die Deutschlehrerin Frau Siegmund und der Englischlehrer Mr Merrywether, als bräuchte der Rektor Verstärkung.

Er hat die Hand gehoben, und schließlich ersterben auch die letzten Gespräche.

»Liebe Schülerinnen und Schüler«, sagt der Rektor. Sein Spitzname ist Robotnik, die Schüler machen seine steifen, ein wenig ungelenken Bewegungen gern nach. Oliver tut er fast ein bisschen leid. »Ihr habt alle von Annika Schön gehört, eine Tragödie.« Wie so oft, wenn Kastenmeier etwas mitzuteilen hat, klingt es wie auswendig gelernt. »In der Morgenfeier haben wir für ihre Hinterbliebenen gebetet. Nun ist die Polizei an uns herangetreten, um Fingerabdrücke von den älteren Schülern zu nehmen. Selbstverständlich können wir uns diesem Ansinnen nicht verschließen.«

Gemurmel, schließlich leiser Protest.

»Und was ist mit Datenschutz«, ruft einer von hinten. Oliver kennt ihn gut. Er heißt Dominik und gilt als berüchtigter Quertreiber. Allerdings kann er auch sehr lustig sein. Jakob hat sich mit ihm angefreundet, und so war Dominik schon öfter bei ihnen zu Hause. Wenn er da ist, gibt es häufig spannende Diskussionen, bei denen Oliver immer genau zuhört, auch wenn er nicht alles versteht. Olivers Eltern bezeichnen Dominik als Salonrevoluzzer, einen Begriff, mit dem Oliver nicht viel anfangen kann. Trotzdem passt er rein lautmalerisch zu Dominik. Er klingt irgendwie wild, und Dominik ist ja auch ein wilder Typ. Es ist jedenfalls immer was los, wenn er da ist.

Es gibt Applaus und weitere Zwischenrufe.

Der Rektor hebt wieder die Hand. »Das haben wir mit der Polizei geklärt. Sollten die Fingerabdrücke nicht zu den Ermittlungen passen, werden sie anschließend gelöscht. Das hat uns die Polizei fest zugesichert.«

»Und woher wissen wir, dass sie das auch wirklich tut?«

Kastenmeier lächelt verkniffen. »Da verlasse ich mich ganz fest darauf. Wir leben in einem Rechtsstaat.« Gelächter, Buhrufe, aber der Rektor lässt sich nicht beirren. »Und dieser Rechtsstaat«, fährt er fort, »hat seinerseits Rechte. Bei einem Verbrechen wie diesem hat er die Aufgabe, die Täter zu finden. Das ist nur möglich, wenn wir helfen. Deshalb werden sich morgen alle Jungen ab der Zehnten und alle männlichen Lehrer in der großen Pause im Vortragssaal einfinden. Dort wird die Polizei die Fingerabdrücke abnehmen. Das geht schnell und unkompliziert.«

»Und wenn wir nicht wollen?« Das ist Olivers Bruder Jakob. Seitdem er mit Dominik befreundet ist, ist er frecher und aufmüpfiger geworden.

Der Rektor fixiert ihn mit einem langen Blick. »Das steht nicht zur Debatte, Jakob. Ich hoffe, dass das klar ist. Wir können uns diesen Ermittlungen nicht entziehen, das wäre nicht nur ungesetzlich, das geht auch aus moralischen Gründen nicht. Denkt doch einmal nicht nur an euch und eure Bequemlichkeit, sondern auch an dieses Mädchen und an ihre Familie. Die kleine Annika hat es verdient, dass man den Täter findet. Und wenn wir dazu einen Beitrag leisten können, werden wir das auch tun. Es geht ja nicht darum, einen Schuldigen zu finden, sondern zu beweisen, dass es hier keinen Schuldigen gibt. Das sind wir der Familie schuldig – und der Gesellschaft auch. Den Rest könnt ihr gerne mit euren Kameradschaftsführern diskutieren. Ich wünsche euch einen anregenden Abend.«

Hag, Internat, Raucherplatz, 21:45 Uhr
Jakob, Dominik, Isi und andere

Olivers Bruder Jakob ist gerade siebzehn geworden und befindet sich in einer Selbstbefreiungsphase. Er hat auch einiges nachzuholen, denn früher galt er eher als brav. Seit etwa einem halben Jahr ist das anders. Jakob lässt seine lockigen Haare nun nicht mehr ordentlich schneiden, sondern bekennt sich zum wuchernden Wildwuchs, der ihm mittlerweile bis zu den Schultern reicht. Dazu trägt er verwaschene, löchrige Jeans und einen Armeeparka, Letzterer geschmückt mit Buttons, die sich gegen Atomkraft, Pershing II und Cruise Missiles oder für die Befreiung der

Ex-Terroristin Astrid Proll aussprechen. Seine Eltern lassen ihn widerstrebend gewähren. Ihnen gefällt sein neues politisches Engagement, sie finden es gut, dass er sich mit gesellschaftlichen Problemen beschäftigt, stellen allerdings eine zumindest zeitliche Verbindung zwischen Jakobs neuem Bekleidungs- und Diskussionsstil und dem Sinkflug seiner Noten fest. Außerdem hat er angefangen zu rauchen. Nicht regelmäßig, wie er ihnen versichert, aber hin und wieder auf dem Raucherplatz mit den anderen.

Da gehört das einfach dazu.

Der Raucherplatz besteht aus einem hölzernen Pavillon mit einem Aschenbecher in der Mitte und einer rundlaufenden Sitzbank. Auf der lümmeln sich außer Jakob vier weitere Jungen und drei Mädchen, alle aus der Sudhoff-Kameradschaft. Sie sind ähnlich gekleidet wie Jakob – ein bisschen Hippie, ein bisschen Punk – und setzen sich damit optisch von den anderen Cliquen des Internats ab. Es gibt die Popper in karottenförmigen Markenjeans und Polohemden mit asymmetrischen Frisuren, die Adeligen in braunen Breitcordhosen zu blau gestreiften Hemden, die New Waver in seltsam geschnittenen Anzügen mit extrakurzen Hosenbeinen, die Streber ohne jeglichen modischen Ehrgeiz, aber mit Bestnoten in Langweilerfächern wie Mathe, Physik oder Chemie und die Individualisten, die je nach Lust und Laune zwischen den Gruppen pendeln. Es gibt natürlich auch die Mobbingopfer. Und wieder andere lassen sich überhaupt nicht einordnen. Man achtet sie, aber weiß nichts mit ihnen anzufangen.

»Glaubt ihr Robotnik?«, fragt Dominik in die Runde, während er eine Purpfeife mit Stoff bestückt, den er gestern in einem hierfür bekannten Münchner Lokal am Altstadtring mit dem unpassend harmlosen Namen Ringstüberl bezogen hat. Daneben befindet sich das Between, in dem die harten Drogen gehandelt werden. Manchmal kauft Dominik dort Koks, aber das wissen nur sehr wenige. Auch Jakob hat er das nicht erzählt. Jakob ist ein Frischling. Man muss ihn langsam an die Dinge heranführen.

Dominik hat fünf Gramm für fünfzig D-Mark erworben. Das reicht erst mal für die nächsten zwei Wochen. Es handelt sich um Hasch der Sorte »Schwarzer Afghane«, wie ihm vom Dealer versichert wurde.

Astreines Dope, Alter.
Echt? Ungestreckt?
Klar. Das beste Zeug, das du dir reinziehen kannst.

Dominik zündet die Pfeife an und reicht sie weiter. Alle außer Isi nehmen einen tiefen Zug. Isi behauptet, sie sei von Natur aus stoned, und jeder, der sie näher kennt, glaubt ihr das sofort. Der würzig-schwere Duft durchzieht nicht nur den Pavillon, sondern nebelt auch die ganzen Bereiche darum herum ein. Was nicht ganz ungefährlich ist, denn wer beim Kiffen oder sonstigem Drogenkonsum erwischt wird, fliegt sofort. Diese harte Regel besteht, seitdem Robotniks Sohn Peter von seinem Medizinstudium in Perugia zurückkehren musste. Dort war er heroinabhängig geworden. Er hatte mit Gras & Co. angefangen und war schließlich bei H gelandet. Um diese Zeit sind aber kaum Lehrer unterwegs. Sie wissen schon warum. Niemand hat Lust, zu petzen und dann die gesamte Schülerschaft gegen sich zu haben.

»Robo ist ein Idiot«, sagt Isi träge. Isis ohnehin schon dunkle Haare sind gerade pechschwarz getönt und mithilfe von Haarlack kunstvoll verwuschelt. Sie sitzt neben Jakob, von dem sie annimmt, dass er auf sie steht, weil das die meisten tun – selbst die, denen ihr Style nicht gefällt. Isi ist mindestens so wild wie Dominik, weshalb sie auch schon mit ihm herumgeknutscht hat, aber dann zu seiner Enttäuschung doch nicht mehr wollte. Sie ist sprunghaft und launisch. Wenn sie lacht, klingt sie älter, als sie ist. Cool by nature, das ist Isi. Probiert alles außer Drogen. Hat vor nichts Angst. Oder tut zumindest so.

»Ich würde da nicht mitmachen«, sagt Isi. »Die können euch doch nicht zwingen.«

»Komm doch mit«, sagt Matthias. »Beim Anblick der schönen Isi kriegen die Bullen eh nichts mehr auf die Reihe.« Matthias ist der Spaßvogel der Gruppe, der Joker. Niemand weiß, was wirklich in ihm vorgeht, weil er dauernd Witze reißt. Da aber sehr oft Isi die Zielscheibe ist, vermuten einige, dass er heimlich in sie verliebt ist.

»Können sie schon«, sagt Jakob. »Also uns zwingen«, fügt er hinzu. Genau das, nämlich die Gesetzeslage hierzu, hat ihnen ihr Kameradschaftsführer Sudhoff gerade haarklein auseinandergesetzt. Weshalb es eigentlich wenig bringt, schon wieder darüber zu reden. *Mein Gott, es sind bloß Fingerabdrücke, da ist doch nichts dabei, deswegen droht nicht gleich der Polizeistaat*, hat Sudhoff irgendwann genervt gesagt. *Wir gehen da einfach alle hin und Schluss!*

Aber wenn Dominik sich einmal in ein Thema verbissen hat, kommt er ganz schwer wieder davon los. Dominik will überzeugen, um jeden Preis, auch anderen Leuten auf den Wecker gehen. Sudhoff hat sich nicht überzeugen lassen, also sind jetzt sie dran.

»Lassen wir's drauf ankommen«, sagt Dominik geheimnisvoll. Er legt ein zweites Piece auf das Sieb, zündet es an, zieht vorsichtig daran und lässt die Pfeife erneut herumgehen. Dabei schaut er herausfordernd in die Runde, aber da das in der Dunkelheit keiner sieht, verpufft der Effekt. Der Schwarze Afghane tut sein Übriges. Es ist ziemlich starker Stoff, das merken nun alle, selbst Dominik, der eine Menge verträgt.

Was aus Jakobs Sicht aber viel wichtiger ist: Isi schmiegt sich überraschenderweise an ihn, nimmt seine Hand und verschränkt ihre Finger in seine. Schließlich verlassen sie die anderen, ohne sich zu verabschieden. Jakob folgt ihr in den Wald und küsst sie, während sie sich an einen Baum lehnt. Stundenlang könnte er so weitermachen, aber irgendwann gleitet Isi aus seinen Armen und verschwindet.

Während Jakob gerade noch in der Lage ist, sein Fahrrad zu finden und durch den Traubenhain nach Hause zu radeln.

Hag, Internat, Büro des Rektors, 22:15 Uhr
Herbert »Robotnik« Kastenmeier

Rektor Herbert Kastenmeier führt das zehnte oder elfte Telefonat mit einem verärgerten Vater, der nicht einsieht, dass ausgerechnet sein Sprössling wie ein gesuchter Verbrecher behandelt werden soll. Er kennt seine Pappenheimer. Je einflussreicher die Väter sind, desto weniger Kontakt haben sie zu ihren Familien. Einfluss zu erlangen erfordert Zeit, die von der Erziehung abgeht, ein einfaches Rechenexempel. Von dem Internat wird gefordert, dass es dieses Manko ausgleicht, und zwar in jeder Beziehung. So soll es einerseits Reparaturwerkstatt für seelische Wunden aufgrund notorischer Abwesenheit mindestens eines Elternteils sein und andererseits als Leistungsschmiede für künftige Unternehmer und Führungskräfte dienen, die dann ihrerseits voraussichtlich ihre Kinder vernachlässigen werden.

Ein endloser Kreislauf, der die Existenz dieses Internats und anderer Internate sichert, im Fall von dem in Hag seit gut siebzig Jahren.

Nur dass sich die Zeiten geändert haben, denkt Kastenmeier, während er auf das Telefon starrt und hofft, dass es nicht erneut klingelt. Das bisherige System aus Befehlen und Gehorchen ist endgültig außer Kraft gesetzt. Hierarchien werden hinterfragt, Kinder sollen nun ihr individuelles kreatives Potenzial ausleben, aber trotzdem fit genug für eine Leistungsgesellschaft gemacht werden. An diesem Anspruch kann man nur scheitern, so sieht's aus, sagt Kastenmeier etwa jede Woche einmal zu seiner Frau, die dann ein Gähnen unterdrückt.

Wobei diese Eltern nicht einmal die schlimmsten sind. Sie haben wenigstens noch Visionen bezüglich ihrer Nachkommenschaft. Sie formulieren Ziele. Am schlimmsten sind jene, bei denen das Geld fließt und fließt, ohne die Notwendigkeit eigenen Zutuns. Sie sehen die Schule als eine Art Schleuse. Vorne fällt das Kind rein, wird drinnen ordentlich durchgeknetet und kommt hinten mit einem Abschluss wieder raus. Das war's dann an Verpflichtungen. Anschließend werden Sohn oder Tochter Aktienpakete, Firmenbeteiligungen und Immobilienfonds überschrieben, die unentwegt Zinsen abwerfen. Sie können studieren oder auch nicht. Heiraten oder nicht. Es ist vollkommen egal, was sie tun, denn sie werden finanziell immer weich fallen. Manche überstehen diesen Stress und leisten dennoch Großes, manche geben sich mit einer zurückgezogenen Existenz ohne materielle Sorgen zufrieden. Andere, und oft sind das ausgerechnet die sensibelsten, fantasievollsten und begabtesten, drehen durch.

Das Telefon klingelt. Kastenmeier schaut auf die Uhr, es ist mittlerweile zwanzig vor elf. Er ist todmüde, aber er kann es sich nicht leisten, solche Anrufe zu ignorieren. Er hebt ab und sagt seinen Namen.

Eine tiefe Stimme mit starkem bayerischem Zungenschlag meldet sich. Man denkt augenblicklich an den amtierenden Ministerpräsidenten, mit dem der Anrufer immerhin eng befreundet ist. Der Mann am anderen Ende der Leitung besitzt eine Firma zwanzig Kilometer vom Internat entfernt, in dem kleinen Ort Rothwinkel. Sein Sohn ist dennoch nicht extern, sondern intern, weil der Vater wegen seiner politischen und wirtschaftlichen Verbindungen häufig in der Weltgeschichte unterwegs ist.

Wann immer dieser Mann anruft, ist er auf Krawall gebürstet. Kastenmeier schließt kurz die Augen und wappnet sich. Die erwartete Schimpfsuada prasselt auf ihn nieder. Er hört: »Unverschämtheit«, »Lassen wir uns nicht bieten«, »Erwarte, dass mein Sohn sich dieser entwürdigenden Behandlung nicht unterziehen muss«, und antwortet tapfer: »Es muss leider sein.«

»Von müssen, Herr Kastenmeier, kann gar keine Rede sein.«

»Hier ist ein Verbrechen passiert, ein kleines Mädchen ist tot. Wir können nicht so tun ...«

»Selbstverständlich können Sie das! Wir sind ja nicht irgendwer!«

»... als stünden wir über dem Gesetz. Das können wir nicht. Es gibt keine Begründung, die das rechtfertigen würde. Und die Behörden würden sie nicht akzeptieren.«

»Ich werde mich beschweren! Ich werde *meinen Sohn* diesen Einflüssen nicht weiter aussetzen. Das ist hier schließlich keine Bananenrepublik.«

Hierzu sagt Kastenmeier nichts, denn speziell dieses Bundesland kommt ihm manchmal durchaus so vor, allerdings nicht in dem Sinne, wie es der aufgebrachte Vater meint. Als es aber dann gerade so weitergeht (»Wir Unternehmer sind das *Herz* dieses Staates und lassen es nicht zu, dass *permanent* Knüppel zwischen die Beine geworfen werden«), reißt Kastenmeier schließlich die Hutschnur.

»Wir sind keine Bananenrepublik«, sagt er kalt. »Niemand wird bevorzugt, egal wie seine finanziellen und sonstigen Verhältnisse sind. Deshalb findet das morgen statt. Wir haben die Verpflichtung zu helfen, und das werden wir im Rahmen unserer Möglichkeiten tun.«

»Sie ...«

»Wir müssen das tun!«

»... werden mich noch kennenlernen!«

»Herr ...«

»Das wird *Folgen* haben, für Sie und diese Schule. Ich habe Beziehungen, und die werde ich spielen lassen, und dann können Sie Ihren *Dreckladen* zumachen, das schwöre ich Ihnen.«

»Tun Sie, was Sie nicht lassen können.«

Kastenmeier legt auf.

Stille.

Er schaut zum Fenster hinaus. Draußen ist es stockdunkel, weil die Außenbeleuchtung des Haupthauses gerade nicht funktioniert. Tagsüber sieht man von hier aus den gekiesten Vorplatz mit der Treppe, die ins Haupthaus führt. Drei Stockwerke darüber, im Dachgeschoss, befindet sich Kastenmeiers Büro. Normalerweise schätzt er die Lage, ein wenig ab vom Schuss. Es ist angenehm, nicht ständig dem auf- und abschwellenden Lärmen der Schüler ausgesetzt zu sein. Jetzt findet er es gerade furchtbar leise, als wäre er ganz allein auf der Welt.

Er schwitzt. Ihm ist klar, dass er am kürzeren Hebel sitzt.

Der Kunde ist hier König, und das Internat ist nicht reich. Es lebt nicht nur von den Internatsgebühren, sondern zu einem nicht geringen Teil von Spenden betuchter Ex-Schüler. Sollte bei dieser Ermittlung etwas herauskommen, sollte es zu einem Skandal kommen, schließen die ihren Geldbeutel. Er kann dann den Laden dichtmachen.

Kastenmeier hat noch zwei Jahre bis zur Pensionierung. Er ist kein Beamter, eine Entlassung kann er sich nicht leisten. Sein Sohn weilt zurzeit in einer teuren Entzugsklinik auf der Schwäbischen Alb, und niemand weiß, ob er sich jemals wieder fangen wird.

Das Telefon klingelt abermals.

Kastenmeier ignoriert es.

Keine Spenden mehr.

Und niemand, der etwas auf sich hält, würde seine Kinder mehr hierherschicken. Es gibt andere Internate, die zwar teurer, aber auch viel angesagter sind. Der Ruf des Internats würde irreparablen Schaden nehmen.

Kastenmeier stützt seinen Kopf in die Hände, reibt sich die Augen.

Das Telefon klingelt. Das Geräusch scheint durch das ganze Haus zu hallen.

Er hebt ab.

Dienstag, 12. Oktober 1981
Hag, Internat, Vortragssaal, 11:45 Uhr
PHK Thomas Bergmüller

Der Vortragssaal ist ein holzgetäfelter Raum mit einer riesigen Fensterfront. Eine blasse Sonne scheint auf das frisch gebohnerte Parkett. Thomas Bergmüller ist ein bisschen enttäuscht; er hatte sich ein Reiche-Leute-Internat etwas anders vorgestellt. Vornehmer, steifer und ordentlicher, nicht so normal. Die Kleidung der meisten empfindet er als schlampig. Warum tragen die Schüler keine Uniformen? Ist das nicht in Internaten üblich?

Und doch sind sie anders als andere Jugendliche. Selbstbewusster. Unbeeindruckter. Cooler. Er spürt eine Art von Respektlosigkeit gegenüber Behörden, die er nicht kennt. Die Jugendlichen bilden drei Reihen, die Lehrer eine vierte. Drei Kollegen und eine Kollegin nehmen die Fingerabdrücke, schieben sie in transparente Plastikumschläge und heften sie in Aktenordner ein.

Routine.

Jemand stellt sich neben ihn, ein älterer Herr mit silbernem Haarkranz, der seine Glatze auf merkwürdig akkurate Weise einrahmt. Thomas schätzt ihn auf Mitte sechzig.

»Darf ich mich vorstellen«, sagt der Mann mit brüchiger Stimme, doch ohne Thomas anzusehen, als führten sie ein konspiratives Gespräch. »Mein Name ist Herbert Kastenmeier, ich bin hier der Rektor.«

»Polizeihauptkommissar Bergmüller.«

»Sehr erfreut.«

»Ganz meinerseits.«

Noch immer schaut ihn der Rektor nicht an. Stattdessen

streckt er seine Hände aus, offenbar um seine blauen Fingerkuppen zu zeigen. Er hat also auch teilgenommen, und Thomas hat fast das Gefühl, dass er ein bisschen stolz darauf ist.

»Kann man die Tinte abwaschen?«

»Natürlich. Man muss allerdings ein bisschen schrubben. Am besten funktioniert Öl.«

»Danke für den Tipp.«

»Gern.«

»Es war nicht einfach, die Schüler dazu zu bewegen, bei dieser Aktion mitzumachen.«

»Die haben da eigentlich kein Mitspracherecht.«

Nun sieht ihn der Rektor doch an. »Von Gesetz wegen sicher nicht.«

»Das Gesetz ist hier aber das Einzige, was zählt«, hält Thomas dagegen.

»Wirklich?«

»Zweifellos.«

»Sie haben vollkommen recht, Herr Oberkommissar. So sollte es sein.«

Der Rektor wendet seinen Kopf wieder nach vorne. Er lächelt in sich hinein, so wie ältere Leute lächeln, die nicht widersprechen wollen, aber eigentlich denken, dass ihr jüngeres Gegenüber sehr naiv ist.

Was will ihm dieser Mann eigentlich sagen?

»Gab es Schwierigkeiten?«, erkundigt er sich.

»Die Eltern waren nicht gerade begeistert und die Schüler auch nicht. Datenschutz ist bei uns ein großes Thema. Aber ich konnte die Bedenken aus dem Weg räumen.« Diesmal wirkt das Lächeln gequält, aber es hat auch etwas Triumphierendes.

Thomas kann sich keinen Reim darauf machen. Sollten

sie diesen komischen Kauz vorladen? Vielleicht wäre es gut. Dann müsste er seine mysteriösen Andeutungen unterlassen, mit denen niemand etwas anfangen kann. Vielleicht *möchte* er ja vorgeladen werden und wartet nur darauf, dass es endlich einer tut.

Thomas grübelt hin und her, doch schließlich stellt er fest, dass sich der Rektor verdrückt hat. Er unterhält sich jetzt mit einem der Lehrer auf einer Bühne neben einem Klavier.

Thomas will gerade herübergehen, als ihn ein Kollege am Arm zupft. Es handelt sich um Hartmut Huber. Für einen Mann ist er klein, dünn und spitznasig, außerdem sehr schnell und fast übereifrig, weshalb er von der Soko »PK Wiesel« getauft wurde.

»Wir sind fertig«, sagt Huber alias Wiesel.

Der Vortragssaal hat sich weitgehend geleert, es stehen nur noch ein paar Grüppchen herum. »Habt ihr die Schüler- und Lehrerlisten mit den Anwesenden abgeglichen?«, fragt Thomas.

»Ich schon. Ich weiß nicht, ob die anderen das getan haben.«

»Erkundige dich mal bei allen. Machst du das für mich?«

»Klar!«

Wenige Minuten später steht Wiesel wieder vor ihm. »Alle Listen wurden Name für Name abgeglichen. Alle Schüler, die auf den Listen standen, sind erschienen.«

»Keiner krank? Auch die Lehrer alle dabei?«

»Niemand fehlt.«

»Dann packen wir hier zusammen.«

Polizeidienststelle Glauchau, 14:20 Uhr
PHK Thomas Bergmüller, PK Karin Hieronymus, KR Klaus Schweiberer, Prof. Dr. Heinrich Fleck, Leiter der rechtsmedizinischen Abteilung München

Der Konferenzraum wird von Schweiberers Sekretärin mit schweren Rollläden komplett verdunkelt. Die einzige Lichtquelle ist nun das Lämpchen auf dem Tisch neben dem Projektor. Dahinter steht, nur als Schattenriss wahrnehmbar, Prof. Dr. Heinrich Fleck, Leiter der Münchner Rechtsmedizin.

»Sind Sie bereit, meine Damen und Herren?«, fragt Professor Fleck, wobei er die Antwort kennt. Niemand ist für solch einen Anblick bereit. Es handelt sich um eine Diashow der schlimmsten Art. Mit einem toten Kind, aufgenommen aus sämtlichen Perspektiven. Innen und außen.

Ein paar Sekunden lang hört man nur das Atmen der Anwesenden.

»Wir können anfangen«, sagt Kriminalrat Schweiberer und räuspert sich.

Schweiberer war, genau wie Thomas Bergmüller, bei der Obduktion dabei. Gerade deshalb würden beide am liebsten wegschauen, aber sie müssen bei dem Team bleiben, sie haben Verantwortung den jüngeren Kollegen gegenüber, die so etwas vielleicht zum ersten Mal verkraften müssen.

Für den Kriminalrat und für Thomas ist es nicht die erste Leiche, die sie zu sehen bekommen haben. Sie sind durchaus hart im Nehmen. Aber ein Kind ist etwas anderes. Ein Kind nimmt man mit in seine Albträume.

Das erste Foto zeigt Annika Schön von oben, so wie Thomas sie in der Kiste vorgefunden hat. Ihr Gesicht ist dem Betrachter zugewandt, ihre Augen sind geschlossen. Später wird einer der Anwesenden – sie werden nie herausfinden, wer – einem Journalisten stecken, dass »das Mädel einen direkt angeschaut hat, mit so ganz großen, ängstlichen Augen, wah, war das gruselig«. In Wirklichkeit sind Annikas Augen geschlossen. Die Lider und die umliegenden Bereiche wirken fast schwarz. Fleck erläutert mit größter Sachlichkeit die Totenflecken auf Wangen und Kinn, den Pilzbefall auf dem ganzen Gesicht und dem Hals.

Er lässt nun ein Dia nach dem anderen durchlaufen, dokumentiert den gesamten Verlauf der Sektion, bemüht sich darum, das Wichtigste möglichst kurz und prägnant zu erläutern und aus einer Tragödie keine Horrorshow zu machen. Seine Stimme ist warm und fest. Irgendwann öffnet und schließt sich die Tür: Einer der Anwesenden verlässt den Raum und kommt erst nach geraumer Zeit zurück. Fleck kommentiert das nicht, keiner sagt etwas dazu.

Nach einer Stunde ist es überstanden. Niemand mag das Licht anmachen, aber einer der Kollegen öffnet zwei Fenster, sodass die kühle Oktoberluft durch die Ritzen der Rollläden eindringen kann.

Karin ist die Erste, die eine Frage stellt. »Hat das Kind gelitten?«

Fleck zögert ein wenig, es geht aber nicht darum, sensible Gemüter zu schonen.

»Das Kind war unverletzt«, sagt er schließlich. »Das gilt innerlich wie äußerlich. Es hat keinen für uns feststellbaren Kampf gegeben. Keine blauen Flecken, auch keine Hautfetzen unter den Nägeln. Was darauf hindeutet, dass das Mädchen sich nicht gewehrt hat.«

»Dann hat man sie betäubt.«

»In ihrem Blut befand sich keines der gängigen Betäubungsmittel. Es käme höchstens Lachgas infrage. Lachgas ist sehr flüchtig. Aber es kommt dabei nur zu einer kurzen Bewusstlosigkeit, eher einer Benommenheit. Vielleicht ist sie freiwillig mitgegangen. Weil man sie mit etwas bedroht hat.«

»Etwas?«

»Damit meine ich zum Beispiel eine Waffe.«

»Wäre sie selbst gegangen, hätte es Kratzer an Armen und Beinen gegeben«, schaltet sich Thomas ein. »Sie haben gesagt, dass keinerlei derartige Spuren zu finden waren ...«

»Das ist richtig«, gibt Fleck zu. »Die Spurenlage passt dazu, dass das Mädchen getragen wurde. Eventuell in eine Decke gepackt, die sie vor Kratzern schützte.«

»In Ihrem Bericht steht etwas von einem deutlich erhöhten Hirndruck ...«

»Das weist wiederum auf eine Betäubung mit Lachgas hin. Aber da dieses Gas nur zu einer kurzen Betäubung führt, habe ich ein Problem mit dieser Interpretation.«

»Wäre es denkbar, dass die Täter überdosiert haben, vielleicht Annika eine Plastiktüte über den Kopf gezogen haben, damit sie größere Mengen davon einatmet?«

»Theoretisch ist das denkbar.«

»Als Annika gestorben ist – hat sie sich sehr quälen müssen?« Karin versucht, ihre Stimme unter Kontrolle zu halten, aber es gelingt ihr kaum.

»Unseren Untersuchungen zufolge ist das Kind am hypoxischen Ersticken gestorben. Verminderter Sauerstoffgehalt im Blut bei vermehrter CO_2-Abgabe ...«

Nun flammen doch die Neonröhren auf mit dem typischen Knacken und anfänglichem Flackern, bevor es ganz hell wird – zu hell. Das kalte Licht ist wie ein Schock, manche reiben sich verschämt die geröteten Augen. Nur Fleck bleibt gelassen. »Sie müssen sich das so vorstellen wie den Tod von Bergsteigern in extrem großer Höhe. Nehmen Sie als Beispiel Reinhold Messner, der den Mount Everest besteigt. Kennen Sie Messner?«

»Ja«, sagt Karin.

»Messner macht seine Touren ohne Sauerstoffflasche, ganz im Gegensatz zu vielen seiner Konkurrenten, obwohl er das Risiko genau kennt. Er könnte es vielleicht noch viel besser ausführen...«

»Nun ist Messner ja nicht da. Würden Sie es uns erklären?«

Hübsche Frauen wie Karin können Fleck nicht beleidigen. »Das ist mein Beruf«, sagt er und macht eine angedeutete Verbeugung.

»Von welchen Höhen reden wir?«, fragt Karin.

»Ab einer Höhe von etwa viertausend Metern sinkt der Sauerstoffpartialdruck. Das wiederum verursacht eine Verengung der Blutgefäße in der Lunge, was ein weiteres Absinken des Sauerstoffgehalts im Blut zur Folge hat. Es tritt eine Sauerstoffunterversorgung des Körpers ein. Dieses Phänomen nennen wir hypoxisches Ersticken. Im Fall des Mädchens Annika müssen wir davon ausgehen, dass die Sauerstoffzufuhr ungenügend war. Es kam dadurch zu einer allmählichen CO_2-Anreicherung im Blut, weil sie ihre eigene, kohlendioxidgesättigte Atemluft wieder und wieder eingeatmet hat. Es fand kein Luftaustausch statt. Das führt aufgrund von Sauerstoffmangel zum Tod.«

»Hat sie davon was gespürt?«

»Das ist, wenn ich das so sagen darf, die gute Nachricht.

Sie wurde vermutlich immer müder, schließlich bewusstlos, und dann ist sie gestorben.«

»Sie hat nicht gelitten?«, insistiert Karin.

»Davon gehen wir aus. Sie ist friedlich eingeschlafen. Auch ihr Gesicht zeigt keine Panik, keine Verzerrung an, wie sie etwa für die Gesichter von Strangulationsopfern typisch ist.«

»Spricht das nicht wiederum eher für eine Betäubung? Hypoxisches Ersticken läuft doch nicht ohne Qualen ab. Meine Mutter ist Anästhesistin im Schwabinger Krankenhaus. Sie hat mir auch von dieser Möglichkeit bei Annika erzählt, aber sie hat da etwas ganz anderes gesagt. Sie hat gesagt, dass es zu Krampf- und Angstanfällen kommen kann.«

»Ihre Mutter in Ehren...«

»Hat sie denn unrecht?«

Fleck zuckt die Schultern und sieht verärgert aus. Einen Moment lang sagt niemand etwas. Schließlich gibt Fleck zu, dass Karins Mutter nicht falschliegt. Eine Betäubung mit Lachgas sei demnach eher möglich, unter Umständen sogar wahrscheinlich. Eventuell mit einer Plastiktüte, die dem Mädchen übergestülpt worden sei.

Wieder tritt eine Pause ein. Schließlich sagt Thomas: »Ein Fachmann hat uns erklärt, warum die Luftzufuhr nicht funktionierte. Die Rohre waren isoliert, vermutlich um die Gefahr zu minimieren, dass Annikas Schreie nach außen dringen. Außerdem waren sie aus vermutlich demselben Grund sehr lang und darüber hinaus mehrfach gebogen, was die Luftzufuhr zusätzlich erschwerte. Und es fehlte eine Zwangsbelüftung, also eine Art Ventilator, den man in die Rohre hätte einbauen müssen...«

Fleck antwortet, nun wieder etwas versöhnt: »Ich bin

kein Physiker. Was ich aber anhand des Zustands der Leiche beurteilen kann, ist, dass die Luftzufuhr in der Kiste – Betäubung hin oder her – nicht einmal annähernd ausreichend gewesen war. Länger als fünf Stunden hätte das Mädchen nie überlebt.«

»Die Kiste war handwerklich perfekt konstruiert. Die Täter haben offenbar an alles gedacht. Warum nicht an einen in jedem Baumarkt erhältlichen Rohrbelüfter?«

»Das kann ich Ihnen nicht beantworten, ich bin kein Handwerker. Als Rechtsmediziner würde ich allerdings sagen, dass die Täter entweder von ihrem Job keine Ahnung hatten oder...«

»Oder?«

»...dass ihr Plan von Anfang an darin bestand, Annika nicht am Leben zu lassen.«

Hag und Traubenhain, kurz vor Mitternacht
Isi und Chris

Viertel vor zwölf.

Isi schlägt die Decke zurück und steigt angezogen aus dem Bett, vorsichtig, damit ihre Zimmernachbarin nicht aufwacht. Langsam bewegt sie sich auf das Fenster zu. Bevor sie aussteigt, will sie noch eine rauchen.

Aussteigen ist eine Art Sport. Ein verbotenes Abenteuer in stockfinsterer Nacht. Man verlässt sein sicheres Zimmer, zwängt sich durch ein Fenster, springt und landet im Ungewissen. Jedes Treffen verläuft anders, es gibt keine Regeln, alles kann passieren. Flaschendrehen im Baumhaus neben dem Sportplatz, Baden im dunklen See, Nachtspaziergänge auf LSD mit irren Visionen von Feen und Waldgeistern, gemeinsames Betrinken im Traubenhain. Nicht immer ufern diese Veranstaltungen aus, oft sind sie sogar geradezu rührend harmlos. Vor allem wird viel geredet über die Irrungen und Wirrungen der Jahre, wo man kein Kind mehr ist, aber auch alles andere als erwachsen. Im Schutz der Dunkelheit werden Gefühle geschildert und Geständnisse gemacht, bilden sich Verbindungen wie zartes Wurzelwerk, das sich manchmal zu lebenslangen Beziehungen fügt und manchmal den nächsten Tag nicht übersteht. Alles fließt in dieser Phase zwischen Euphorie, Angst, Zorn, Spaß und Hoffnung. Unbedarftheit kann sich zu Zynismus auswachsen, Unsicherheit in Klarheit münden, Schüchternheit in Selbsthass und Brutalität mutieren. Nie ist der Charakter instabiler als in dieser Phase des gefährlichen und gefährdeten Übergangs. Im Internat ist dieser Prozess noch gnadenloser. Für Interne gibt es keine Ausweichmöglichkeiten. Das Zuhause ist hier, das Private öffentlich. Jeder und jede steht unter permanenter Beobachtung, alles wird kommentiert und beurteilt.

Und so gehören riskante Aktivitäten wie das Aussteigen zwingend zum Prozess des gegenseitigen Austestens. Lehrer hassen diese Mutprobe seit Generationen, unternehmen aber nicht viel dagegen, denn sonst hätten sie überhaupt keinen Schlaf mehr.

Weshalb es immer wieder Ärger gibt.

Neben Bein- und Armbrüchen und gelegentlichen Wahnvorstellungen nach schlechten Trips heißt das Hauptproblem Apfelkorn, ein goldener Mix aus Saft und Schnaps. Apfelkorn schmeckt süß und leicht vergoren, brennt im Hals und breitet sich dann wohltuend wärmend im Magen aus. Man merkt seine Wirkung spät, sie kommt sehr plötzlich wie eine massive Welle, die sich in Kopf und Bauch auftürmt, und das hat manchmal dramatische und meistens höchst unappetitliche Folgen. Das Gute aus Sicht der Lehrer: Wer sich einmal von schlecht gelaunten Krankenschwestern in der Notaufnahme der Thalgauer Kreisklinik den Magen auspumpen lassen musste, neigt wenigstens die folgenden paar Wochen zu erhöhter Vorsicht.

In dieser Nacht werden sich Chris und Isi treffen, und sie werden nur zu zweit sein. Was ungewöhnlich ist, weil Aussteigen eigentlich als Gruppenaktivität gilt, aber gleichzeitig typisch für Chris, der sich keinen derartigen Normen unterwirft. Er hat Isi gefragt – flüsternd, konspirativ, im Dunkeln neben dem Raucherplatz –, und sie hat sich nicht getraut, direkt Nein zu sagen, ausgerechnet sie, die speziell im Neinsagen wirklich Übung hat.
Warum?
Ich will dir etwas zeigen.
Was denn?
Wirst du schon sehen. Um zwölf?
Okay.
Isi ahnt, dass die pathetische Aktion (sie könnten sich schließlich auch problemlos vor der offiziellen Bettgehzeit verabreden) sie davon abhalten soll, sich endgültig von Chris zu trennen. Denn das will Isi und hat es auch schon mehrmals versucht, aber nicht entschlossen genug. Dabei dauert ihr die Beziehung bereits viel zu lange, und es ist ja eigentlich auch gar keine echte Beziehung, also eine mit Zungenküssen auf der Haupthaustreppe und Engtanzen auf den Partys und sich vor allen Leuten »Süßer« und »Babe« nennen. Sie findet im Geheimen statt, in einer Art Zwielicht. Auf kleinen Lichtungen mitten im Wald, wäh-

rend endloser Spaziergänge, bis Isi die Füße wehtun und sie Chris im Stillen verflucht und sich selbst auch, weil sie nicht in der Lage ist, ihre Vorstellungen durchzusetzen. Wenn sie zusammen sind, hat Isi keinen eigenen Willen mehr, sie fügt sich widerstandslos und bereut es hinterher.

Danach steht ihr Entschluss jedes Mal felsenfest, sie schwört sich innerlich auf ein »Nie wieder« ein, und das klappt auch ein paar Tage lang. Ein paar Tage lang vergisst Isi Chris, schiebt ihn innerlich weg, fühlt sich supergut ohne ihn. Aber irgendwann reicht ein Blick von Chris, cool und melancholisch, und es geht von vorne los.

Was eigentlich?

Sie weiß es nicht. Sie weiß nicht, wie sie da hineingeschlittert ist. Aber wenn sie diese Gelegenheit nicht nutzt, wird sie nie von ihm loskommen.

Es *muss* aufhören. Etwas ist zwischen ihnen, das ihr nicht guttut.

Zehn vor zwölf.

Isi sitzt im Dunkeln auf der Fensterbank, raucht und wedelt den Qualm aus dem geöffneten Fenster. Rauchen auf den Zimmern ist streng verboten. Letztes Jahr mussten sich aus diesem Grund zwei interne Abiturientinnen im Dorf einquartieren, um ihre Prüfungen absolvieren zu können.

Im Zimmer ist es dunkel. Ihre Mitbewohnerin Sophie schläft oder tut zumindest so, genau weiß man das bei ihr nie. Isi schnippt die Zigarette achtlos ins Freie und macht sich auf den Weg. Das Parkett knarzt, als sie zur Tür schleicht, sie leise öffnet und behutsam schließt. Sophie würde sie nicht verraten, die beiden sind Freundinnen, aber sie muss nicht alles wissen.

Von Chris ahnt Sophie zum Beispiel nichts.

Isi läuft aus dem dritten Stock nach unten. Hier muss sie nicht befürchten, gehört zu werden. Der Hausvater wohnt im vierten Stock, und der Boden des Treppenhauses ist gefliest. Ihre Turnschuhe quietschen leise, als sie sich in der Dunkelheit bis ins Souterrain vortastet, wo sich eine Toilette mit einem winzigen Fenster befindet. Es gilt, sich schlangengleich aus diesem Fenster herauszuwinden, um auf einem etwa vier Meter breiten ansteigenden Kiesstreifen zu landen, den man geräuschlos überwinden muss, möglichst, ohne sich Hände und Knie aufzuschürfen.

Isi hat das schon so oft gemacht, dass sie eine gewisse Routine entwickeln konnte. Sie ist trotzdem aufgeregt, als sie den mit rauen Steinplatten gepflasterten Weg voller vertrockneter Blätter erreicht. Sie bleibt stehen und schaut sich um. Die Blätter knistern unter ihren Schuhen, der Mond spitzt durch eine zerfaserte Wolkenbank. Eine schwarze Silhouette löst sich von einer der massiven Eichen, die den Weg einrahmen, und kommt auf sie zu.

Nach dem ersten Schreck erkennt sie die katzenhaften Bewegungen von Chris. Chris betreibt Kung-Fu, eine Kampfsportart, die im Internat nicht angeboten wird, weil sie viel zu exotisch ist. Sein Körper ist muskulös und gelenkig, sein Gang selbstbewusst und geschmeidig. Chris gehört zu keiner Clique, sondern zu der winzigen Minderheit, die das nicht nötig hat. Er braucht es nicht, das Beliebtsein, das Überalldabeisein, er ist sich selbst genug. Nur seine wenigen engsten Freunde wissen, wie es ihm geht, und vielleicht nicht einmal die. Chris spricht nicht viel, und schon gar nicht über seine Gefühle. Er macht keine Witze und hasst Small Talk. Doch er philosophiert gerne über Buddhismus und dessen Verbindung zu chinesischer Kampfkunst, über die intuitive Balance zwischen Kraft, Beherrschung und Entspannung. Das hat Isi anfangs imponiert. Er entzieht sich allen Beurteilungen.

Ein bisschen so wie sie und doch ganz anders.

Jetzt nimmt er ihre Hand und führt sie durch den kleinen Waldweg über den Sportplatz und dann rechts in den Traubenhain. Chris braucht keine Taschenlampe, er findet sich auch so zurecht. Sein Ortssinn ist selbst im Dunkeln untrüglich, einmal hat er Isi kryptisch erklärt, dass man ja nie wisse, wo das Schicksal einen hinstelle. Und für diesen Fall müsse man gewappnet sein.

Chris lotst sie geschickt durch das Unterholz, und schließlich öffnet sich der Wald, der See liegt vor ihnen. Schwarz und schimmernd, voller Mysterien. Auf der anderen Seite sind flimmernde Lichtpunkte zu erkennen. Vielleicht eine beleuchtete Straße oder ein Ort. Isi hat sich nie Gedanken darüber gemacht. Das Internat ist ihr Kosmos, mehr braucht sie nicht.

Der Steg ist mit einer Holztür versperrt, die man nicht überklettern kann. Man muss nach unten ausweichen, in den feuchten Morast, wo sich ein reichlich ramponierter Maschendrahtzaun befindet. Den muss man überwinden, um auf den Steg zu gelangen, und das ist nachts ganz schön schwierig. Ein Fehltritt, und man landet im Dreck.

Isi will sich nicht helfen lassen, aber schließlich hat sie es geschafft. Chris steht eine Sekunde später neben ihr. Sie laufen langsam über die schwingenden Holzplanken zur breiten Plattform. Im Sommer tummeln sich hier alle aus dem Internat, machen Arschbomben und Kopfsprünge, packen kreischende Mädchen und werfen sie ins Wasser.

Jetzt ist es ganz still und wie verzaubert.

Sie setzen sich und lassen die Beine baumeln. Das Wasser

gluckst unter ihnen, wirft kleine Strudel. Der Mond hat sich erneut aus den Wolken gearbeitet, taucht die Oberfläche des Sees in ein magisches Licht.

Chris legt den Arm um sie, und wieder spürt sie die Anziehung, das Wilde und Ungezügelte, das von ihm ausgeht, den Kontrast zu seiner ruhigen Art.

»Wer bist du eigentlich?«, fragt sie. Obwohl sie leise gesprochen hat, scheint der See ihre Stimme bis ins Unendliche weiterzutragen, verleiht der Frage auf diese Weise eine Bedeutung, die sie nicht hat. Oder doch hat.

Sie weiß es nicht.

Chris antwortet nicht gleich. Er nimmt den Arm von ihrer Schulter und schaut auf den See. Im Mondlicht kann sie sein verschattetes Profil studieren, seine hohe Stirn, die leicht gebogene Nase, den schmalen Mund, die ausgeprägte Kinnlinie. Er wendet sich ihr zu. Seine Augen sind unsichtbar, tiefe Krater unter buschigen Brauen.

»Warum hast du dir die Haare gefärbt?«, fragt er.

»Was?«

»Warum tust du so etwas?«

Isi kann nicht anders, sie prustet los. »Mann, Chris, die sind bloß getönt. Das wäscht sich wieder...«

»Ich mag es anders lieber«, unterbricht er sie. »Natürlich. Ohne Chemie.«

»Wollen wir jetzt wirklich über meine Haare reden?«

Keine Antwort.

»Chris?«

Chris springt auf, die Plattform schwankt. »Komm«, sagt er und reicht ihr die Hand. Isi reagiert nicht. Langsam wird sie ärgerlich. Das klärende Gespräch läuft nicht so, wie sie es sich vorgestellt hat. Vielmehr gibt es überhaupt kein klärendes Gespräch, nur Geplänkel. Sie hat keine Ahnung, wie es jetzt weitergehen soll. Chris schaut auf sie herunter, und sie hat das Gefühl, dass er mehr sieht, als er soll, und plötzlich geht in ihr eine Tür auf. Es ist, als würde ihr Leben in rasender Geschwindigkeit rückwärtslaufen, bis zu dem einen Tag im Mai...

Sie schließt die Augen.

Chris weiß so viel von ihr, sie hat mit ihm Dinge getan, die...

Nein.

Nicht denken.

Das ist alles vorbei.

Chris hält ihr weiterhin die Hand hin, und schließlich nimmt sie sie. »Ich muss dir etwas zeigen«, sagt er. Sie stehen einander gegenüber, und Isi beobachtet misstrauisch, wie er etwas aus der Tasche seiner Jacke zieht.

»Was ist das?«

Aber noch während sie fragt, erkennt sie, was das ist. Sie weicht zurück. Auf Chris' Handteller liegt eine Pistole. Sie ist klein und kompakt und glänzt silbrig. Der Lauf ist sehr kurz. Das ist keine Spielzeugwaffe, Chris spielt nicht. Die ist echt, das könnte sie beschwören, auch wenn sie keine Ahnung hat, wie echte Waffen aussehen.

»Du bist verrückt«, sagt sie. Ihre Beine werden weich, sie beginnt zu zittern. Noch nie in ihrem Leben hatte sie solche Angst.

»Keine Panik«, sagt Chris.

»Keine Panik? Du bist verrückt! Total verrückt!«

Isi läuft zurück, den ganzen langen Steg; ihre Schritte klingen dumpf auf dem nachgebenden Holz. Sie springt in den tiefen Morast, spürt die kalte Nässe, die ihre Knöchel hochkriecht, schafft es irgendwie, über den Zaun zu steigen und den schlüpfrigen Abhang hinauf. Ihr rechter Fuß schmerzt, vermutlich hat sie ihn sich verstaucht, aber das ist jetzt egal.

»Isi!«

»Nein«, keucht sie, aber viel zu leise, vermutlich hört Chris sie gar nicht.

»Komm zurück!« Er steht noch immer auf dem Steg, fast hilflos wirkend.

»Nein«, schreit sie, nun vom Weg aus, erleichtert, dass er ihr nicht gefolgt ist. »Lass mich in Ruhe, Chris. Lass mich einfach in Ruhe!« Am liebsten würde sie es noch zehnmal wiederholen, bis er es endlich kapiert hat: dass sie nichts mehr von ihm will, dass sie jede einzelne Stunde mit ihm bereut.

»Warte. Ich erkläre dir alles.« Jetzt setzt sich Chris in Bewegung.

»Bleib, wo du bist!«, ruft sie.

»Du brauchst keine Angst zu haben.«

»Hab ich nicht. Du sollst nur wegbleiben.«

»Ich tu dir nichts! Doch nicht dir!«

(Und wem dann?)

»Lass mich in Ruhe!«

»Du findest dich doch nicht zurecht!«

»Bleib stehen! Bleib da stehen!«

Isi beginnt, sich den Weg durch den Traubenhain entlangzutasten. Sie weiß, dass sie nur weiter geradeaus gehen muss, dann kommt sie automatisch auf die Seestraße in Hag. Sie läuft schneller, achtet darauf, nicht zu stolpern. In Hag sind die Straßen beleuchtet, und sie kennt sich dort aus. Es ist ein Umweg, aber das ist ihr vollkommen egal.

Bloß weg von Chris.

Zur selben Zeit liegt die siebzehnjährige schottische Gastschülerin Patricia in ihrem Bett im Waldhaus und schläft nicht. Sie ist erst an diesem Abend im Internat angekommen. Man hat ihr einige unattraktive Reste des Abendessens aufgetragen – sie saß ganz allein in dem riesigen Speisesaal und hätte am liebsten geweint, weil sie sich so verloren fühlte. Endlich kam der bärtige Englischlehrer Mr Merrywether vorbei und redete ein paar freundliche Worte mit ihr. Danach brachte er sie und ihre Koffer in ihr Zimmer. Er schleppte sich ganz schön ab. Offenbar gibt es hier kein Personal, das so etwas erledigt.

Dafür hat Patricia ein Einzelzimmer bekommen, vermutlich aufgrund einer großzügigen Spende ihres Vaters, einem schottischen Adligen. Patricia spricht kein Wort Deutsch. Genau das soll sie hier lernen, denn ihre Mutter stammt aus einer reichen Familie in Bielefeld und glaubt aus irgendwelchen Gründen fest an das deutsche Schulsystem.

Patricia starrt an die Decke. Dort hängt eine unglaublich scheußliche gelbe Stofflampe, die sich nicht ausschalten lässt. Der einzige Lichtschalter neben der Tür scheint nicht zu funktionieren; vielleicht hat er einen Wackelkontakt. Patricia klettert schließlich auf einen Stuhl, verbrennt sich an der Birne, aber schafft es mithilfe eines Handtuchs, sie herauszudrehen. Nun brennt nur noch die Nachttischlampe, sie verbreitet ein sanftes, fast tröstliches Licht.

Alles wird gut, sagt sich Patricia. Everything is going to be fine. Das sagt ihre Mutter gern, mit ihrem weichen Lächeln und ihrem harten Akzent.

Morgen wird Patricia ihre Mitschüler kennenlernen. Besonders einer wird sich um sie kümmern.

Er heißt Chris.

Donnerstag, 14. Oktober 1981
Traubenhain, 7:05 Uhr
PK Karin Hieronymus

Das Internat grenzt direkt an den Traubenhain. Das stellt Karin fest, als sie sich in dieser Gegend umsieht. Es ist sehr windig, Herbstblätter fliegen herum, während sie mit ihren dicken Wanderschuhen durch den Wald stapft, der fast übergangslos an den Sportplatz grenzt.

Sie bleibt stehen. Der Sportplatz besteht aus einem Hockeyfeld und einer 400-Meter-Bahn aus rötlichem Tartan mit weißen Markierungen. Karin war früher Leistungssportlerin und wäre immer noch eine gute Leichtathletin, wenn sie mehr Zeit zum Trainieren hätte. Am liebsten würde sie eine Runde drehen, aber natürlich geht das nicht, auch weil es keine dienstliche Anweisung gibt, hier weiter zu ermitteln. Eher ist das Gegenteil der Fall. Man hat fast das Gefühl, dass rund um das Internat ein großräumiger blinder Fleck geschaffen werden soll. Weswegen Karin das Ganze als Spaziergang deklariert. Als kurze Wanderung zur Körperertüchtigung, bevor ihr Arbeitstag beginnt. Sie wird niemandem davon erzählen, außer Thomas.

Und vielleicht nicht einmal ihm.

Karin entdeckt einen Jungen in kurzen Sporthosen, der zur Bahn joggt, offenbar ein Frühaufsteher. Sie weicht rasch zurück in den Wald. Der Wind wird stärker, alles um sie herum scheint zu wirbeln und zu rauschen, dann ist es plötzlich wieder ganz still.

Karin liebt die Natur, das Draußensein. Während sie langsam zum Seeweg schlendert, atmet sie tief ein, die Luft riecht würzig nach feuchter Erde, Moos, Tannennadeln und Rauch.

Es gibt eine Sache, die ihr keine Ruhe lässt.

Die Fingerabdrücke sämtlicher männlicher Lehrer und Schüler der Oberstufe wurden abgenommen, basierend auf einer Liste, die der Rektor ihren Kollegen zur Verfügung gestellt hat. Woher weiß man aber, ob diese von dem Rektor übergebene Liste vollständig war? Wurde das überhaupt kontrolliert, und wenn ja, wie?

Karin hat versucht, Letzteres in Erfahrung zu bringen, aber eine zufriedenstellende Antwort bekam sie nicht. Als ob ihre Frage so absurd wäre, dass sie keine Antwort verdiene. Oder als ob es ein Tabu gäbe, an das man nicht rühren dürfe.

Selbst Thomas hat mehr oder weniger dichtgemacht.

Wir können froh sein, dass wir überhaupt da reingekommen sind, Karin. Was glaubst du, was die Eltern für ein Theater veranstaltet haben.

Welche Eltern? Welches Theater?

Sei nicht so naiv.

Spinnst du?

Das ist eine Schule für Kinder von Großkopferten. Glaubst du, die lassen sich Ermittlungen ohne klare Verdachtsmomente einfach so bieten? Die Eltern haben Anwälte, die im Monat das verdienen, was du in einem Jahr heimbringst. Da schlackern dir die Ohren, wenn die loslegen. Und die legen los. Die werden nicht fürs Nichtstun bezahlt.

Das ist eine Ermittlung in einem Tötungsdelikt. Die müssen sich das bieten lassen!

Ja, und die Erde ist eine Scheibe.

Polizeidienststelle Glauchau, 10:10 Uhr
Soko Annika und LKA-Experte Klaus Martens

Die Besprechung wird viel kürzer als erwartet. Der LKA-Experte Klaus Martens, ein sehr großer, hagerer Mann mit Halbglatze und auffallenden Glubschaugen, scheint von der ganz schnellen Sorte zu sein. Vielleicht hat er noch einen anderen Termin. Andererseits: Welcher könnte wichtiger sein als dieser hier?

»Die Kiste«, führt Martens aus, nachdem Schweiberers Sekretärin Frau Edelmann Kopien der Kiste verteilt hat, »hat eine Grundfläche von zweiundsiebzig mal sechzig Zentimeter und eine Höhe von eins neununddreißig. Sie verfügte über eine mit einem Loch versehene Platte, die offensichtlich als primitive Bank und gleichzeitig als Toilette dienen sollte. Darunter stand ein mit Wasser gefüllter Blecheimer. Es gab eine funktionierende Beleuchtung, deren Strom sich aus einer Autobatterie speiste, Lesestoff, unter anderem Comics von *Clever & Smart*, sowie ein batteriebetriebenes Radio mit den eingeritzten Buchstaben KU und MD. Eingestellt war der Verkehrsfunk.«

»Weiß man, was die Buchstaben bedeuten könnten?«, fragt einer aus der Runde.

»Nein, das wissen wir nicht. Sie können gleich Fragen stellen, ich bringe das nur rasch zu Ende. Die Kiste war außerdem mit einem Rohrsystem ausgestattet, allerdings ohne integrierten Rohrbelüfter, weshalb das Kind auf jeden Fall ersticken musste, selbst wenn es vorher nicht betäubt gewesen wäre.«

All das ist der Sonderkommission bekannt, niemand unterbricht mehr.

»Die Kiste ist aus *Pinus radiata*, einer Kiefernart, die in Deutschland nicht vorkommt, sondern in Neuseeland, Südamerika und Südafrika beheimatet ist. Aber auch hierzulande wird das Holz über eine Firma vertrieben. Die Firma selbst konnte uns bislang anhand ihrer Kundenliste keine Anhaltspunkte geben, die uns weiterhelfen würden.«

»Ist die ganze Kiste aus diesem Material gefertigt?«, fragt Karin nun doch.

»Nein. Der Deckel ist aus handelsüblichem Pressspan. Die Abdeckung darüber ist ebenfalls aus Pressspan, nur lackiert mit einer wasserabweisenden Bitumenschicht und mit einer abschließenden dünnen Schicht aus Silberbronze. Unsere Labore sind noch dabei, diese Lackschichten zu analysieren, deshalb kann ich hierzu noch nicht mehr sagen. Innen und außen ist die Kiste mit grauer wasserabweisender Farbe lackiert. Soweit das unsere Labore bislang beurteilen können, ist der Täter – oder sind die Täter – handwerklich durchaus versiert. Es ist auch möglich, dass der Kistenkorpus in einem Betrieb hergestellt wurde und etwa als Transportkiste diente, bevor sie zweckentfremdet wurde. Doch bisher wurden wir, was das betrifft, nicht fündig.«

»Sie haben keine Firma gefunden, die solche Transportkisten herstellt?«

»Nein, nicht in dieser Größe. Sie entspricht keiner uns bekannten nationalen oder internationalen Normabmessung. Aber wir sind hier noch nicht am Ende unserer Ermittlungen, vielleicht tut sich da weiter was. Bisher sieht es allerdings fast so aus, als hätten die Täter die Kiste selbst geschreinert, und das sehr professionell. Auch die Beleuchtung wirkt fachmännisch. Das Einzige, was eher stümperhaft erscheint, ist die Rohranlage. Bitte sehen Sie sich die rechts oben abgebildeten Rohre genau an.« Folgsam beugen sich die Anwesenden über ihre Kopien.

»Fällt einem von Ihnen etwas auf?« Martens sieht nun, ähnlich wie ein Lehrer, von einem zum anderen. Erwin Streich meldet sich – Finger hocherhoben, wie ein Schüler (allerdings ein recht alter Schüler; Streich ist Mitte fünfzig) – und merkt an, dass das zweite Rohr mehrfach gebogen sei.

»Richtig!«, sagt Martens, als wäre das nicht offensichtlich.

»Das kann doch schon deshalb nicht funktioniert haben«, sagt Erwin Streich. Auch diese Erkenntnis ist nicht neu. Aber vielleicht ist es wichtig, immer einmal darauf hinzuweisen.

»So ist es. Noch dazu war das Rohr mit mehreren Lagen Tüchern umwickelt, vermutlich um Geräusche aus dem Inneren der Kiste zu dämpfen. All das führte zu einer gebremsten Luftzufuhr.«

Schweigen breitet sich aus. Niemand will als Erster sagen, was allen durch den Kopf geht – und nun schon zum wiederholten Mal.

Schließlich ergreift Thomas das Wort. »Würde das nicht bedeuten, dass die Täter nie vorhatten, Annika Schön am Leben zu lassen?«

»Das wird Gegenstand weiterer Ermittlungen sein. Es gilt auch in diesem Fall etwas, das wir Unschuldsvermutung nennen, selbst wenn der Begriff hier ein wenig deplatziert wirkt. Zur Stunde gehen wir noch von einer Entführung mit Todesfolge aus. Womit ich sagen will: Es ist durchaus möglich, dass die Täter einfach Mist gebaut haben.«

»Glauben Sie das?«, fragt Karin.

Martens sieht sie direkt an. »Fürs Glauben«, sagt er, »werde ich nicht bezahlt.«

Polizeidienststelle Glauchau, 16:10 Uhr
PK Erwin Streich, Zeuge Paul Ehrlich

Der Mann, der sich Paul Ehrlich nennt, ist nach eigenen Angaben neununddreißig Jahre alt, wohnhaft in Hag, unverheiratet. Seinen Personalausweis hat er zu Streichs Missvergnügen nicht dabei, überhaupt keinen Lichtbildausweis, nicht einmal den Führerschein. Streich lässt es vorerst dabei bewenden, weil er im Moment sowieso nichts Besseres zu tun hat.

»Beruf?«, fragt er.

Als Beruf gibt Paul Ehrlich nach einigem Zögern Handelsreisender an, worunter sich Streich nicht wirklich etwas vorstellen kann (was für Waren und für welche Firma?). Aber er reitet nicht darauf herum. Der Zeuge wirkt ohnehin extrem nervös, und Streich befürchtet, dass man nichts mehr aus ihm herausbekommt, wenn man zu viel Privates von ihm wissen will.

Paul Ehrlich glaubt zu wissen, wer die Entführung von Annika geplant und ausgeführt hat. Das hat er gleich zu Beginn gesagt, und irgendetwas daran ließ Streich aufhorchen, obwohl Paul Ehrlich nicht der Erste ist, der so etwas behauptet. Es gibt erstaunlich viele Menschen, die einen derart traurigen Anlass nutzen, um Ex-Ehemännern, lästigen Nachbarn oder verfeindeten Verwandten am Zeug zu flicken.

»Und zwar wer?«, fragt er.

»Karl Leitmeir«, sagt Paul Ehrlich. Er wird ein wenig blass, als koste es ihn Überwindung, den Namen überhaupt auszusprechen.

»Karl Leitmeir?«

Streich beugt sich vor und versucht, ein neutrales Gesicht zu machen, aber innerlich führt er einen kleinen Freudentanz auf. Der Name Karl Leitmeir ist der Sonderkommission Annika nämlich bekannt. Vier Tage nach dem Auffinden des Mädchens gab es bereits einen vertraulichen Hinweis, dem LKA wurde der einunddreißigjährige Fernsehtechniker aus Salbrunn genannt. Leitmeirs Räumlichkeiten – seine Wohnung und seine Werkstatt, wo er einen alten Fischkutter restauriert – wurden daraufhin durchsucht. Leitmeir hatte kein Alibi für die Tatzeit gehabt, hatte aber versucht, sich eines zu beschaffen.

Gefunden wurde bei ihm nichts, was ihn mit der Entführung in Verbindung hätte bringen können. Leitmeir, ein ausgewachsener Unsympath mit solider kleinkrimineller Vergangenheit, bestritt die Tat.

Doch nun dieser weitere Hinweis aus einer ganz anderen Ecke!

Streich überlegt, ob er einen der leitenden Ermittler benachrichtigen soll, entscheidet sich aber dagegen.

»Karl Leitmeir war's«, wiederholt Paul Ehrlich und nickt bekräftigend. »Aber das haben Sie nicht von mir!«

»Wer ist Karl Leitmeir?«, fragt Streich, sich dumm stellend.

»Ich ... Krieg ich dafür Zeugenschutz?«

»Ganz sicher nicht. Wer ist Herr Leitmeir?«

Es gibt ein kurzes Hin und Her, schließlich wird es Streich zu bunt, und er weist Paul Ehrlich darauf hin, was mit ihm passieren könne, falls er etwas wisse, es aber den Behörden verschweige. Paul Ehrlich wird erneut blass und sagt ein paar Sekunden lang gar nichts.

Dann kommt doch etwas.

Zusammengefasst lautet Ehrlichs Aussage so: Er sei Stammkunde einer Hager Wirtschaft namens Jennerwein. Dort habe er vor ungefähr drei Monaten ein Gespräch zwischen zwei Männern belauscht, in dem es um Geld gegangen sei, und zwar um einen Betrag von zwei Millionen. Den einen kenne er, eben Karl Leitmeir, von dem er wisse, dass er den Hund seiner Frau in eine Tiefkühltruhe gesteckt habe, bloß weil er ihm zu laut gebellt habe.

»In eine *Gefriertruhe*?«, fragt Streich ungläubig. Er vergisst für einen Moment seine Rolle als Behördenvertreter und wird zum empörten Privatmann, der selbst einen Rauhaardackel besitzt. Eher würde er seiner zickigen Gattin eine derartige Behandlung angedeihen lassen als seinem treuen Flocki.

»Ich schwör's Ihnen«, sagt Paul Ehrlich und knetet seine Hände. Seine Blicke fliegen hierhin und dorthin. Entweder hat er Angst, oder er lügt. Aber warum sollte er lügen? Eine Belohnung ist noch nicht ausgeschrieben. »Und die Geschichte stimmt, ich hab den Leitmeir selber gefragt, und der hat's pfeilgrad zugegeben! Der war noch stolz drauf. Der Hund war steifgefroren, als er ihn wieder rausgeholt hat. Das hat er mit so einem Grinsen gesagt…«

»Der Hund war tot?«

»Mausetot!«

Streich überlegt. Wer einen Hund in einer Tiefkühltruhe quasi *begräbt*, ist auch zu ganz anderen Dingen fähig. Vielleicht finden sie jetzt endlich das Puzzlestück, das ihnen für eine Verhaftung fehlt. Also fragt er weiter und weiter, und schließlich kommt noch ein anderer Beamter hinzu, der Hartmut Huber, und Ehrlich, angewärmt von der nun doppelten Aufmerksamkeit, erzählt mit vielen Worten eine im Prinzip sehr kurze, aber gar nicht einmal uninteressante Geschichte. Im Kern besagt sie, dass Leitmeir mehrmals von den erwähnten zwei Millionen gesprochen habe, welche man sich beschaffen müsse, um »endlich aus allem raus zu sein«.

»Zwei Millionen? Er hat zwei Millionen gesagt?« Die Erpresser haben zwei Millionen gefordert. Kann das Zufall sein?

Andererseits standen die zwei Millionen in allen Zeitungen. Es kann immer noch sein, dass Paul Ehrlich sich das alles ausgedacht hat. Menschen denken sich Dinge aus, manchmal aus Gründen, manchmal einfach so.

»Zwei Millionen. Ich schwör's.« Und wenn er sich nicht ganz falsch erinnere, sei auch das Wort »Entführung« gefallen.

»Entführung?«

»Wenn ich's Ihnen sage!« Und Schulden habe der Leitmeir sowieso. »Ich kenn mindestens drei Leute, bei denen der in der Kreide steht.«

Auch das entspricht den Tatsachen. Leitmeir ist mit rund hundertdreißigtausend D-Mark verschuldet.

Es wird immer besser.

»Wer war der andere Mann?«, fragt Huber und versucht, sich die Aufregung nicht anmerken zu lassen. Man darf Zeugen ermutigen, aber sie nicht in eine erwünschte Richtung drängen, weil sie sonst das Fabulieren anfangen, und dann ist ihre Aussage wertlos. Das lernt man auf der Polizeischule. Und vergisst es in der Praxis immer wieder.

»Den hab ich schon öfter mit dem Leitmeir gesehen, aber den Namen... So ein Dunkelhaariger mit Schnauzer. Den Namen hab ich mal gewusst...«

»Und?«

»Jetzt weiß ich's wieder! Deweleit. So ähnlich wie der Senf.«

Wolfgang Deweleit heißt der Mann, den Leitmeir als Alibizeugen benannt hat. Deweleit hat sich sehr gewunden, erst hü, dann hott gesagt, um Leitmeir im Endeffekt doch kein Alibi zu geben, sondern sich lieber an nichts mehr zu erinnern.

Es ist fast zu schön, um wahr zu sein.

»Deweleit? Gibt's denn da auch einen Vornamen?«

»Leider... Den weiß ich nicht.«

Die beiden Beamten sehen sich kurz an. Einen Vornamen braucht's bei dem Nachnamen nun wirklich nicht. Sie haben nun definitiv eine weitere Spur, die auf Leitmeir hinweist. Unabhängig von der ersten! Und sie wären diejenigen, die die entscheidende Vernehmung geführt hätten, falls es aufgrund dieser Aussage zu einer Verhaftung käme. Belobigung, Beförderung, höhere Gehaltsklasse – alles wäre drin.

»In welcher Beziehung stehen Sie zu Herrn Leitmeir?«, fragt Streich.

Paul Ehrlich hebt die Hände, als würde man eine Waffe auf ihn richten. Plötzlich wirkt er wieder ängstlich.

»Der Karl bringt mich um«, murmelt er.

»Der Karl? Sie sind per Du?«

»Nein!«

»Aber Sie haben gerade *der Karl* gesagt. Sie werden ja wohl nicht Karl und Sie sagen. Das macht doch keiner.«

Im weiteren Verlauf gibt Ehrlich widerwillig zu, dass Karl Leitmeir und er vor Jahren einmal Brüderschaft getrunken hätten, weshalb sie nun tatsächlich per Du seien. Aber das habe gar nichts zu bedeuten, denn eigentlich würde man sich kaum kennen. Man würde sich grüßen, bisschen über dies und das reden, und das wär's schon. Er wisse nicht einmal, was Leitmeir beruflich mache. »Irgend so was Technisches mit Fernsehern«, sagt er.

»Ein – äh – Fernsehtechniker?«

»Weiß ich nicht. Mehr weiß ich nicht.«

Die Beamten entlassen den Zeugen mit der Anweisung, spätestens morgen mit einem gültigen Personalausweis wiederzukommen, damit alles seine Ordnung habe und man ihn weiter zur Sache befragen und ein Protokoll aufnehmen könne.

Paul Ehrlich verspricht das und verabschiedet sich. Seine Nervosität, die sich zwischenzeitlich fast gelegt flammt wieder auf. Auf seiner Oberlippe sammeln sich Schweißperlen, und sein kariertes Oberhemd zeigt dunkle Flecken unter den Achseln.

»Der macht sich in die Hosen«, sagt Huber und schaut ihm nach.

»Kein Wunder«, erklärt PK Streich. »Der Leitmeir ist ein richtig schlimmer Finger. Den möcht man nicht mal zum Freund haben.«

»Ich fahr dem hinterher. Nicht dass der abhaut. Wir brauchen den noch.«

»Gute Idee.«

Abends macht Streich mit seinem Flocki die übliche Runde um den Block. Er beugt sich nach unten und tätschelt seinem Dackel den schmalen Schädel. Flocki schaut ihn an mit seinen lieben dunklen Hundeaugen, und Streich geht das Herz auf. Er muss wieder an die Sache mit der Tiefkühltruhe denken.

Jemand, der so etwas tut, tut noch ganz andere Dinge.

9. Oktober 2010
Julia Neubacher, Journalistin

Der Freistaat gegen Leitmeir, achter Tag nach der Mittagspause. Eine gewisse Ermüdung ist allen Beteiligten anzumerken; mit vollem Bauch prozessiert es sich nicht gern. Ich sitze jetzt neben meinem Kollegen Lutz.

Lutz. Seine Augen sind sehr blau und seine Haare dick, lockig und surferblond. Unsere Arme berühren sich fast, was mich ein bisschen ablenkt. Unser Mittagessen nach der ersten Vernehmung Bergmüllers war sehr entspannt und lustig. Fast ein bisschen zu entspannt. Mag Lutz mich, oder bin ich bloß eine angenehme Begleitung?

Ich muss mich zwingen, mich auf den Prozess zu konzentrieren. Dieser Tag könnte eine Wende bringen, und ich bin dabei, falls es passieren sollte.

Der Ex-Polizist Thomas Bergmüller wird erneut aufgerufen, diesmal wird es ausschließlich um den Komplex Leitmeir gehen. Ich werfe Martin Schön einen Blick zu, der schaut in seine Akten. Ich weiß, dass er vor dem Prozess versucht hat, mit Bergmüller zu sprechen, und dass Bergmüller seine Bitte abgelehnt hat. Obwohl er Martin damals zusammen mit einer Kollegin vernommen hat.

Erinnerst du dich an ihn?

Ja, der Bergmüller hat sich kaum verändert. Der war einer der wenigen, die was im Kopf hatten. Schade, dass er nicht mit mir reden will.

Das spricht nicht gegen ihn. Er will sich von niemandem beeinflussen lassen.

In einer Aktennotiz aus dem März 1983 wird noch einmal ausführlich auf den Verdacht gegen Leitmeir eingegangen. Es liest sich wie ein Abgesang. Es ist nicht so, dass die Ermittler nicht alles versucht hätten, Leitmeir dingfest zu machen. Sie haben seine Wohnung und die Räume seiner Werkstatt durchsucht. Sie haben das Holz des maroden Fischkutters, den er auf Vordermann bringen wollte, mit dem Holz der Kiste verglichen. Seine Werkzeuge auf Spuren untersucht. Seine Ex-Frau und seine Freundin befragt, die heute mit ihm verheiratet ist. Seine Fingerabdrücke und die seiner Familie genommen. Und auch die von seinem Freund Wolfgang Deweleit, den sie im Verdacht hatten, Mittäter zu sein.

Es gab keine Treffer. Das Holz war nicht identisch mit dem der Kiste. An den Werkzeugen befanden sich keine Spuren, die auf das Verbrechen hinwiesen. Die Fingerabdrücke entsprachen nicht dem auf der Kiste.

Auf der anderen Seite gab es unendlich viele Verdachtsmomente. Der Tipp aus dem LKA. Die Aussage des mittlerweile verstorbenen Zeugen Paul Ehrlich, damals vernommen von dem ebenfalls verstorbenen Polizisten Erwin Streich. Die erwiesene und selbst von Leitmeir nicht bestrittene Tatsache, dass er brutal sein konnte: ein Mann, der einen Hund in der Tiefkühltruhe erfrieren ließ, bloß weil Letzterer zu laut gebellt hatte. Die Aussage seiner Ex-Frau, dass Leitmeir besessen von dem Verkehrsfunk-Jingle gewesen sei. Dazu kam, dass er regelmäßiger Konsument sämtlicher Zeitungen und Zeitschriften war, aus denen die Buchstaben der beiden Erpresserbriefe ausgeschnitten waren. Und seine Schulden von über hundertdreißigtausend D-Mark. Und dass er vergeblich versucht hatte, sich ein Alibi für die Tatzeit zu verschaffen. Und dass er ein hervorragender Handwerker und technisch versierter Bastler war, also ohne Weiteres in der Lage, die Kiste mit all ihrem anspruchsvollen Zubehör zu bauen. Und dass der mögliche Mittäter Wolfgang Deweleit von seinem Recht Gebrauch gemacht hat, in diesem Prozess nicht auszusagen.

Was damals fehlte, war ein Beweis.

Es gab einfach keinen.

Das alles schildert Bergmüller dem Gericht, auf seine gelassene Art.

»Wir haben das Menschenmögliche getan, den Kerl dranzukriegen«, sagt er. »Es wäre mir eine Freude gewesen, Leitmeir im Gefängnis zu sehen.« Dabei schaut er Leitmeir direkt an, der seinen Blick genauso feindselig erwidert. Bergmüllers Abneigung ist selbst auf die Entfernung fast körperlich spürbar. Es besteht kein Zweifel: Nichts wäre ihm lieber gewesen, als Leitmeir zu überführen.

»Sie haben alles versucht, aber es hat nicht geklappt?«, fragt nun Leitmeirs Verteidiger.

»Ist das eine rhetorische Frage?«, erkundigt sich Bergmüller. Im Publikum lachen die Leute, die verstehen, was eine rhetorische Frage ist.

»Ganz und gar nicht«, sagt der Verteidiger ruhig. »Ich brauche Ihre Bestätigung. Sie haben trotz aller Anstrengungen Karl Leitmeir die Entführung von Annika Schön nicht nachweisen können. Ist das richtig?«

Bergmüller zögert. »Das ist aus meiner Sicht richtig«, sagt er schließlich.

»Auch Wolfgang Deweleit konnten Sie eine Beteiligung an dem Verbrechen nicht nachweisen?«

»Ja, das gelang uns nicht. Aber wenn er nichts damit zu tun hatte, warum sagt er dann nicht aus?«

Der Verteidiger lächelt. »Das ist der Punkt, Herr Bergmüller. Die Staatsanwaltschaft geht zwar von einem zweiten Täter aus, und Wolfgang Deweleit wäre in diesem Szenario der Einzige, der dafür infrage kommen würde, falls man Karl Leitmeir die Entführung nachweisen könnte. Deweleit wurde aber nicht vorgeladen, weil die Staatsanwaltschaft nicht genügend Indizien für seine Tatbeteiligung vorlegen konnte.«

»Das hat jetzt vermutlich jeder verstanden«, schaltet sich der Vorsitzende Richter ein. »Haben Sie weitere Fragen an den Zeugen?«

»Allerdings.«

»Nur zu!«

»Herr Bergmüller, haben Sie sich nie gefragt, warum jemand wie Herr Leitmeir, der damals über eine große Werkstatt mit mehreren Räumen verfügte, sich die Mühe machen sollte, eine Kiste zu bauen, um sie im Wald zu vergraben?«

»Natürlich. Aber viele Verbrechen folgen nicht unbedingt einer zwingenden Logik. Leitmeir ist ein Spieler. Er ist eitel, ein Narzisst. Er hat Fantasie, er neigt zum Größenwahn, und er denkt die Dinge nicht immer zu Ende.«

»Herzlichen Dank für diesen psychologischen Exkurs, aber ...«

Bergmüller lässt ihn nicht ausreden, seine Stimme klingt gereizt. »Ich traue ihm das also absolut zu«, betont er. »Es hat lediglich der Beweis gefehlt, sonst hätten wir ihn damals gehabt.«

»Lediglich? Sollte der Beweis nicht ausschlaggebend sein?«

»Ich bleibe dabei. Manchmal kann man Taten nicht beweisen, aber das heißt nicht, dass Verdächtige sie nicht begangen haben.«

»Dann kommen wir zu einem – aus Sicht der Staatsanwaltschaft – weiteren mutmaßlichen Mittäter, nämlich Peter Grasmann.«

Bei der Nennung dieses Namens findet etwas im Gesicht Bergmüllers statt. Ein leichtes Zucken um die Augen herum, eine Irritation. Natürlich weiß er, von wem die Rede ist.

»Daran kann ich mich kaum erinnern«, sagt er, und es ist das erste Mal, dass ich ihm nicht glaube. Die Grasmann-Geschichte ist dermaßen verrückt, dass kein beteiligter Ermittler sie je vergessen könnte, und schon gar nicht ein Mann wie Bergmüller. Die Aussage Peter Grasmanns, der vor zehn Jahren gestorben ist, ist eine der ultimativen Schwachstellen in der Beweisführung der Staatsanwaltschaft.

Grasmann, so steht es in den mir zugänglichen Akten, wurde ebenfalls aufgrund eines Hinweises aus der Bevölkerung vernommen. Zeugen hatten beobachtet, dass er, ein Hilfsarbeiter und mehrfach verurteilter Kleinkrimineller aus Hag, mehrmals mit seinem Moped und einem darauf befestigten Spaten in der Nähe des Traubenhains unterwegs war. An seinen Stiefeln habe sich Erde befunden, und er habe einen mit nasser Erde beschmierten Parka getragen. Und zwar nur zwei Wochen vor der Entführung. Außerdem schwor der Zeuge, Grasmann mit Leitmeir gesehen zu haben, und zwar bei mehreren Gelegenheiten.

Peter Grasmann wurde also von Beamten besucht. Er stritt jede Verbindung zu Leitmeir ab. Für den Transport des Spatens gab er Begründungen an, die sich nicht erhärten ließen. Weshalb er am 18. November 1981 vorgeladen wurde. Die Vernehmung dauerte nach Aktenlage elf Stunden. Danach kam Grasmann für eine Nacht in Haft. Am 19. November wurde die Vernehmung fortgesetzt und gegen Mittag ergebnislos abgebrochen. Dann aber – so berichtete es eine ehemalige Sekretärin der Sonderkommission – habe sich Grasmann an sie gewandt und sie gefragt, was denn nun sei, wenn er tatsächlich ein Loch im Auftrag Leitmeirs gegraben hätte? Die Sekretärin habe daraufhin die beiden Beamten benachrichtigt, die den Mann eben noch vernommen hatten. Beide kamen zurück und wiesen ihn darauf hin, dass er sich mit einem falschen Geständnis strafbar machen würde. Doch Grasmann schien nun wild entschlossen, reinen Tisch zu machen.

»Herr Bergmüller, Sie waren einer der beiden vernehmenden Beamten, ist das richtig?«

»Ja.«

»Im Verlauf der Vernehmung gestand Grasmann, ein Loch im Traubenhain gegraben zu haben, und zwar im Auftrag meines

Mandanten und gegen ein Honorar von 1000 D-Mark und einem Farbfernseher. So weit korrekt?«

»Wenn es so in den Akten steht ...«

»Das tut es. Den Bericht haben Sie angefertigt und unterschrieben. Auch die zweite Vernehmung am Folgetag dauerte lange, insgesamt zehn Stunden, ist das richtig?«

»Das kann stimmen, an die genaue Zeit erinnere ich mich nicht.«

»Zehn Stunden«, wiederholt der Verteidiger. »Das ist ganz schön lang für einen ausgewiesenen Alkoholiker, der nach eigenen Angaben bis zu zehn Halbe und ein paar Jägermeister pro Tag getrunken hat. Oder haben Sie ihm zwischendurch mal ein Bier serviert?«

»Natürlich nicht.«

»Sie haben sich mit Grasmann in den Traubenhain begeben, um sein Geständnis zu untermauern. Grasmann sollte Ihnen den Ort seiner angeblichen Grabungen zeigen. Richtig?«

»Ja.«

»Was passierte dann?«

»Bitte fassen Sie sich kurz«, sagt nun der Vorsitzende Richter und sieht demonstrativ auf die Uhr. Wie gesagt, dieses Gericht ist nicht in erster Linie an der Wahrheitsfindung interessiert. Um es vorsichtig auszudrücken. Selbst Bergmüller scheint das unangenehm aufzustoßen. »Das ist doch lächerlich«, flüstert mir Lutz ins Ohr, und ich nicke.

»Ich gebe mir Mühe«, sagt Bergmüller währenddessen. »Aber es ist nun einmal etwas kompliziert.«

»Natürlich haben Sie alle Zeit der Welt«, wirft der Verteidiger mit samtweicher Stimme ein.

Bergmüller berichtet also von der Tatortbegehung, die nicht stattfinden konnte, weil der geständige Grasmann den Ort seiner angeblichen Aktivitäten nicht mehr finden konnte.

»Grasmann hat Sie, laut Aktenvermerk, ich zitiere: ›kreuz und quer durch den Wald geführt‹.«

»Kann sein. Ja.«

»Und dann?«

Bergmüller muss sich ein Grinsen verbeißen, trotz allem. »Er hat irgendwann alles zurückgenommen.«

»Sein Geständnis? Komplett?«

»Er hat behauptet, er hätte es sich ausgedacht.«

»Vorher waren Sie aber noch am See, wo er nach Abschluss seiner Grabungen angeblich den Spaten hineingeworfen hatte. Richtig?«

Bergmüller lehnt sich zurück. Man merkt, dass er nicht gern an diese Situation zurückdenkt. »Ich schätze, ja.«

»Taucher wurden angefordert, die nach diesem Spaten gesucht haben, doch sie wurden nicht fündig. Korrekt?«

Der Richter unterbricht erneut und ermahnt den Verteidiger, die Sache nicht unnötig in die Länge zu ziehen. Der Verteidiger zeigt sich unbeeindruckt. Bergmüller ist jetzt sein Zeuge, und er denkt nicht daran, das Ganze abzukürzen.

»Ist das korrekt?«, wiederholt er seine Frage.

»Ja.«

»Und dann?«

»Widerrief er sein Geständnis.«

»Grasmanns Begründung war, dass Sie ihn zwei Tage lang unter Druck gesetzt hätten und er irgendwann alles für ein einziges Bier gestanden hätte. Andere Beteiligte, wie etwa der damalige Oberstaatsanwalt Dr. Mergentheimer, erklärten in der Folge, dass Grasmann ein Trinker mit geistigen Aussetzern sei und seine Aussage somit mehr oder weniger wertlos.«

Bergmüller schweigt.

»Kommt da noch eine Frage?«, will der Richter wissen.

»Offenbar nicht«, sagt Oberstaatsanwältin Heisterkamp, bevor der Verteidiger antworten kann. »Bei der Gelegenheit wollen wir aber auch nicht verschweigen, dass laut Aktenlage bei Weitem nicht alle Beteiligten der Meinung des damaligen Oberstaatsanwalts waren. Es gab mehrere Beamte und außerdem ein Gefängnisarzt, die allesamt keine intellektuellen oder psychischen Beeinträchtigungen Grasmanns feststellen konnten.«

»Und Ihre Frage, Frau Oberstaatsanwältin?«, kontert der Verteidiger.

»Ganz einfach: Wie haben Sie, Herr Bergmüller, den Zustand des Beschuldigten wahrgenommen?«

»Das weiß ich nicht mehr.« Eine salomonische Antwort, die niemanden zufriedenstellt. Im Saal wird es unruhig.

»Kommen Sie, Herr Bergmüller«, sagt die Heisterkamp. »Ich kann mir nicht vorstellen, dass Sie einen Beschuldigten vernommen haben, der dazu gar nicht in der Lage war.«

Guter Trick, der Wirkung zeigt, nur nicht die, die sich die Heisterkamp vermutlich erhofft hat.

Bergmüller zögert nämlich. Er verschränkt die Arme vor der Brust. Eine Abwehrhaltung. Er wirkt nun weitaus weniger selbstbewusst, fast wie in die Enge getrieben. Eigentlich ist das fast schon eine Antwort. Wäre er sich über die intellektuelle und psychische Vernehmungsfähigkeit Grasmanns sicher, könnte er das dem Gericht spätestens jetzt mitteilen.

»Herr Bergmüller?«, sagt der Verteidiger, seine Chance witternd. »Waren Sie wirklich überzeugt davon, dass der Beschuldigte in vollstem Umfang vernehmungsfähig war?«

»Ich weiß es nicht mehr. Das ist fast dreißig Jahre her. Ich kann dazu nichts mehr sagen.«

»Sie haben sich damals hierzu nicht geäußert und wollen es auch heute nicht?«

»Ich ...«

»Ich muss Ihnen nicht erklären, wie wichtig Ihre Aussage ist.«

Bergmüller richtet sich auf. Es reicht ihm jetzt, man sieht es ihm an. »Ich habe dazu alles gesagt.«

»Gut«, sagt der Verteidiger. »Darf ich Ihnen noch eine persönliche Frage stellen?«

»Die wozu dienen soll?«, fragt der Richter gereizt.

»Von mir aus«, sagt Bergmüller zur selben Zeit, und so fährt der Verteidiger fort: »Wie ich hörte, gehen Sie gern in die Berge, zum Klettern.«

Bergmüller stimmt mit einem widerwilligen Nicken zu.

»Dann kommen wir noch kurz zu einem Detail, das Ihnen als Kletterer zu denken geben sollte. Das Loch, das Grasmann angeblich gegraben hat, war, wie wir wissen, zirka zwei Meter tief. Nun musste der Grabende, vor allem wenn er das ganz allein erledigte, aus diesem Loch ja wieder herauskommen. Herr Grasmann sagte aus, er habe sich mittels der sogenannten Kamintechnik aus dem Loch befreit. Sollte das stimmen, hat er sich mit dem Rücken an der einen und den Füßen an der gegenüberliegenden Seite abgestützt und Rücken und Füße zum Vorwärtskommen abwechselnd nach oben gestemmt. Ist das richtig?«

»Weiß ich nicht mehr.« Bergmüller wirft dem Richter einen hilfesuchenden Blick zu, doch bevor der reagieren kann, ergreift wieder der Verteidiger das Wort.

»Abgesehen davon, dass Herr Grasmann aufgrund seines körperlichen Zustands nicht die notwendige Fitness besessen haben dürfte, sich auf diese Weise aus dem Loch zu befreien, erfordert diese Technik einigermaßen stabile Seitenwände. Stimmen Sie mir zu?«

»Nun – ja. Ja, das stimmt.«

»Da die Seitenwände eines Erdlochs im Wald alles andere als stabil sind, muss Herr Grasmann auch in diesem Punkt die Unwahrheit gesagt haben, nicht wahr? Abgesehen davon wurde in der Nähe des Tatorts eine selbst gebastelte Leiter gefunden, die sowohl von der Stabilität als auch von der Länge her als Hilfsmittel zum Aussteigen gepasst hätte. Haben Sie dafür eine Erklärung?«

»Ich …«

»Warum, Herr Bergmüller, sollte Ihnen Grasmann einen – entschuldigen Sie – derartigen Blödsinn erzählen, wenn es doch eine viel einfachere Möglichkeit gegeben hätte, aus dem Loch herauszukommen, zumal diese ganz offensichtlich von den Tätern auch genutzt wurde?«

»Ich weiß es nicht.« Bergmüller hat jetzt endgültig zugemacht, das merken alle, nicht nur der Verteidiger. Er kann nur hoffen, dass das Gericht seine Schlüsse daraus zieht.

»Ich habe keine weiteren Fragen«, sagt er deshalb und setzt sich.

»Kann ich dann gehen?«

»Selbstverständlich«, sagt der Richter. »Das Gericht dankt Ihnen für Ihre Ausführungen.«

Der Zeuge ist entlassen.

Später bringt mich Lutz mit seinem Wagen nach Hause. Wir sind beide enttäuscht und tauschen uns angeregt darüber aus. Eigentlich ist spätestens jetzt klar, dass mit diesem Prozess etwas ganz Gravierendes nicht stimmt. Aber eine Wende ist nicht eingetreten. Trotz aller Anstrengungen von Leitmeirs Verteidiger gibt es immer noch zu wenig, was eindeutig gegen die Schuld seines Mandanten spricht. Nur Indizien, dass nicht sorgfältig genug ermittelt wurde.

»Indizien reichen nicht aus«, sage ich. »Schon gar nicht bei diesem Gericht.«

»Das Urteil steht doch jetzt schon fest«, sagt Lutz. »Die wollen doch gar keine anderen Versionen hören.«

Er hält vor meiner Wohnung. Ich mache die Beifahrertür auf, sage »Ciao« und will gerade aussteigen, als Lutz meinen linken Arm festhält.

»Wenn du nicht so eine Schnupfennase hättest …«, sagt er und bricht ab.

»Dann?«, frage ich.

Er antwortet nicht. Eine Sekunde später küsst er mich. Trotz Schnupfennase.

Montag, 18. Oktober 1981
Hag, Internat, 19:30 Uhr
Isi, Wilhelm Forster, die Küchenbohnen, Dr. Berg

Es gibt für Schüler nur eine Möglichkeit, sich dem Küchendienst zu entziehen: Man lässt sich für den Service einteilen. Das ist zwar auch anstrengend, aber aus Isis Sicht wesentlich weniger unangenehm. Küchendienst besteht darin, dreckiges, verklebtes Geschirr in die riesige Spülmaschine zu stellen. Das allein ist ziemlich eklig, viel schlimmer ist aber das anschließende Ausräumen. Die Teller sind dann kochend heiß, viele Schüler haben sich schon Brandblasen zugezogen. Warten, bis der Inhalt abgekühlt ist, will trotzdem niemand. Es geht schließlich darum, die verhasste Pflicht so weit wie möglich abzukürzen.

Isi hat sich also einmal wöchentlich für den Service einteilen lassen. Tisch decken muss sie nicht, nur das Essen an die Tische bringen und wieder abräumen. Manchmal macht sie sich den Spaß daraus, ein Schürzchen über ihre Jeans zu binden und hüftenschwingend »Darf's noch etwas mehr sein, der Herr – die Dame« zu flöten (natürlich darf es nicht mehr sein, die Mahlzeiten sind abgezählt). Auch heute bewegt sich Isi ungezwungen zwischen den Tischen. Der Lärm, die losen Sprüche der Jungs und die heimlichen Blicke einiger männlicher Lehrer machen ihr nichts aus. Es gefällt ihr aufzufallen, solange ihr niemand zu nahekommt.

Diesmal gibt es Hähnchenteile mit Reis. Das ist ein beliebtes Essen, weshalb ihr die Metallplatten fast aus den Händen gerissen werden. Isi lacht und klopft den allzu Gierigen auf die Finger. Schließlich erreicht sie den Tisch der Heinemann-Kameradschaft, wo Chris neben Eberhard sitzt, scheinbar ins Gespräch vertieft. Sie stellt die Platten auf den Tisch und behält ihn im Auge. Auf keinen Fall darf er ihre Angst spüren.

Doch Chris beachtet sie gar nicht. Er hat sich die Haare extrem kurz schneiden lassen, fast wirken sie wie abrasiert. Das macht er manchmal, und dann findet Isi ihn besonders unattraktiv.

Sie ist erleichtert. Er hat sie sichtlich aus seinem Leben verbannt, und genau so soll es sein. Sie wird Chris nicht melden, sie wird überhaupt niemandem von seiner Waffe erzählen. Man petzt nicht, nie, unter keinen Umständen – und außerdem würde dann ja jeder wissen, dass sie ihn näher kennt.

Gekannt *hat*, sagt sie zu sich selbst und knallt die Platte auf den Tisch, als wollte etwas in ihr eben doch von Chris wahrgenommen werden.

Aber so ist es nicht. Ehrlich nicht.

Später, nachdem sich der Speisesaal geleert hat, isst sie mit den Köchinnen und Gehilfinnen, die im Internatsjargon Küchenbohnen genannt werden. Isi verbringt gerne Zeit mit ihnen. Sie sind entspannt. Keine tut sich groß hervor, keine hat den Drang, sich und anderen etwas zu beweisen. Isi kann in ihrer Gegenwart ganz sie selbst sein beziehungsweise eine Facette ihrer selbst, die sonst nicht zum Tragen kommt, weil sie einen Ruf zu verteidigen hat. Hier aber muss sie nicht lustig oder schlagfertig oder sexy sein. Sie darf einfach nur zuhören und nichts denken. Als wäre sie unsichtbar.

Wie üblich sitzt der Sohn des Internatsgründers mit an dem großen, ungeschlachten Holztisch, der aussieht, als hätte er schon immer auf diesen beigen, leicht schmuddelig wirkenden Küchenfliesen gestanden. Wilhelm Forster hat seinen festen Platz am Kopfende. Er ist im Frühjahr sechsundsechzig geworden, aber er wirkt viel jünger und viel älter, mal wie ein Kind, mal wie ein Greis, mal beides gleichzeitig. Sommers wie winters trägt er kurze Hosen und darüber ein mehr oder weniger fleckiges Hemd. Auch seine Wolljacke ist meistens nicht besonders sauber. Dreimal in der Woche kommt eine Frau, räumt auf und steckt seine Wäsche in die Waschmaschine. Ansonsten lebt er allein.

In seiner Wohnung ist er allerdings nur selten, meistens läuft er in der Gegend herum, im Internat, dem Werk seines Vaters. Dort hält er sich gern auf dem Schulhof auf, dreht Runden über den knirschenden Kies der Auffahrt und schimpft auf die Norkauer, die nur er sieht, sonst keiner. Dabei rudert er hektisch mit den Armen oder schiebt sie ruckartig vor, seitwärts und zurück, als würde er die Revolverschaltung des alten R4 bedienen.

Die Norkauer sind das Volk, das Wilhelms Kopf besetzt hält. Sie erteilen ihm Befehle, die er nicht befolgen will, aber manchmal muss, weil sie andernfalls sehr unangenehm werden können. So unangenehm, dass er sich auf ihre Anweisungen hin zwei Finger an einer Kerze abgebrannt hat, nur damit sie ihn nicht länger quälen. Freche Schüler machen sich über ihn lustig, den sensiblen tut er furchtbar leid, anderen ist er egal. Aber alle akzeptieren, dass er zum Inventar gehört. Ohne Wilhelm Forster und seine Verrücktheit wäre das Internat nicht das, was es ist.

Auch bei den Mahlzeiten ist Wilhelm Forster extrem nervös. Er ruckelt hin und her, bis der Stuhl knarzt und quietscht. Das Essen schaufelt er eilig in sich hinein, isst er gerade nicht, fuchtelt er mit Messer und Gabel herum, brummt und schnauft.

Heute ist es besonders schlimm. Das fällt Isi sofort auf, und da sie neben ihm sitzt, versucht sie, ihn zu beruhigen.

Es ist schwierig, in seine chaotische Gedankenwelt einzudringen. Die Norkauer haben eine stabile Mauer um seinen Kopf errichtet, die sie eifersüchtig bewachen. Man muss sehr geduldig sein und darf sich nicht irritieren lassen, aber Isi schafft es manchmal, Wilhelms Vertrauen zu gewinnen – mithin die Norkauer mit konsequenter Nichtbeachtung einzuschläfern. Und dann gelingt es ab und zu: Wilhelm Forster ist plötzlich auf der Erde zurück, kann sich verständlich artikulieren, und ein fast normales Gespräch wird möglich.

Isi fragt also behutsam, was denn passiert sei. Denn dass etwas passiert ist, ist offensichtlich. Keine Antwort, stattdessen ein fast heulendes Geräusch ganz tief aus dem Bauch. Dazu wildes Gestikulieren mit einem Hühnerbein, bis der Teller wackelt und Soße auf den Tisch spritzt.

»Was ist denn los?«, fragt Isi noch einmal.

Das Besteckgeklapper wird leiser, auch die Küchenbohnen schauen nun auf und merken, dass etwas ganz und gar nicht stimmt. Erschrocken stellt Isi fest, dass der alte Mann weint. Sein zerstörtes Gesicht verzerrt sich, der Schmerz scheint unerträglich zu sein. Ist er krank? Sie würde ihn gern in den Arm nehmen, aber das geht bei Wilhelm Forster nicht, Berührungen machen ihm furchtbare Angst. Vorsichtig legt sie die Hand neben seine. Manchmal nimmt er sie dann aus eigenem Antrieb, und das tut ihm gut.

Aber nicht heute.

»Sie denken, ich war's.« Plötzlich, wie aus dem Nichts, ein klarer Satz.

»Sie denken was, Herr Forster?«

»Ich war's.«
»Sie waren was? Was sollen Sie denn gemacht haben?«
»Nein!«
»Nein?«
»Ich war's nicht!«
»Um was geht es denn?«
»Das kleine Mädchen. Das kleine tote Mädchen im Wald. Ich soll das gewesen sein.«

»Das denkt doch niemand«, ruft eine Küchenbohne empört. »Das kann überhaupt niemand denken, Sie tun doch niemandem was zuleide!« Alle wissen oder glauben zu wissen, dass Wilhelm Forster Pornohefte unter seinem Bett versteckt (die Norkauer erlauben ihm nur manchmal, einen Blick hineinzuwerfen). Aber das heißt doch nicht, dass er einem Kind etwas zuleide tut.

»Aber sie waren da! Sie haben gefragt! Sie haben mich mitgenommen! Und immer weiter gefragt!«

»Es tut mir leid. Aber keiner glaubt das, ganz ehrlich«, sagt Isi, und die Küchenbohnen stimmen allesamt zu, versichern, dass niemand so etwas über ihn denken würde. Aber die Trostversuche funktionieren nicht, die Norkauer übernehmen erneut, was bedeutet, dass kein vernünftiges Wort mehr aus ihm herauszukriegen ist. Stattdessen folgt eine Panikattacke mit viel Geschrei und wildem Umsichschlagen, bis eine der Köchinnen Dr. Berg, den Internisten aus Hag, verständigt. Dr. Berg kennt Wilhelm Forsters schwierige Zustände schon seit vielen Jahren und verpasst ihm eine Beruhigungsspritze. Danach fährt er ihn nach Hause.

In der Nacht kann Isi lange nicht einschlafen. Zum ersten Mal seit Wochen hätte sie gern mit ihren Eltern telefoniert. Aber sie weiß auch, dass das nichts gebracht hätte, weshalb sie es gelassen hat. Wie schon so oft. Und dabei mag sie ihre Eltern. Man kann nichts gegen sie sagen. Sie haben Isi nie schlecht behandelt, haben einen guten Geschmack und sind nicht übertrieben streng. Es sind liebevolle Menschen und bestimmt noch bessere Christen, aber Leute wie Isi und ihre Freunde verstehen sie nicht.

Manchmal ist es so, als seien sie selbst nie jung gewesen, hätten nie nach einer rauschhaften Nacht die Kloschüssel umarmt, nie in Mathe eine Sechs geschrieben, nie aus Liebeskummer mit dem falschen Jungen geknutscht, nie in klaren Nächten auf dem Gras gelegen und die Sterne gezählt, nie geweint, bis sie Schluckauf bekamen, nie so gelacht, dass ihnen die Tränen links und rechts heruntergelaufen sind.

Isis Eltern haben, glaubt sie, immer alles richtig gemacht. Deswegen kann man sie nicht um Rat fragen, wenn man selbst das Gefühl hat, ganz viele Dinge falsch zu machen.

Salbrunn, 23:00 Uhr
Das richtige Kind Oliver

Auch Oliver kann nicht schlafen, allerdings aus anderen Gründen als Isi. Ihm ist schlecht, und immer wenn ihm nachts schlecht ist, sieht er seltsame, verwirrende Dinge. Riesige Blumen, beängstigend geschminkte Clowns, die Gesichter seiner Familie, aber irgendwie unkenntlich, mit vergrößerten Nasen und winzigen Augen. Er weiß, dass er sich unter Umständen übergeben muss, und hofft, dass es nicht so weit kommt. Wenn er einschläft, passiert es vielleicht nicht.

Er macht die Augen zu und dämmert beinahe weg, dann schreckt er plötzlich hoch.
Hey Frosch.
Er ist zusammengezuckt, weil die Stimme wie aus dem Nichts kam.
Hey Frosch. Glück gehabt.
Das ist am Nachmittag passiert, und vielleicht ist ihm ja deshalb so übel. Er hat nicht aufgeschaut, ist einfach weitergegangen in seinem Kapuzenmantel. Aus seinem Rad war die Kette gesprungen, er musste es schieben.
Jemand hat gelacht.
Dann hat Oliver ein Geräusch gehört, als wäre etwas geplatzt, und dann noch mal das gleiche Geräusch, und jetzt glaubt er zu wissen, was es war.
Ein Schuss.
Aber das ist nicht möglich, Schüsse im Fernsehen klingen ganz anders, viel lauter und satter und aggressiver. Nicht so alltäglich, fast banal.
Oliver weiß nun, dass er aufstehen muss, und zwar schnell, bevor es in seinem Zimmer eine Bescherung geben wird. Er macht das Licht an, springt auf und rennt ins Bad.

Später in der Nacht liegt er wieder zugedeckt im Bett. Seine Mutter sitzt bei ihm, sie lächelt ihn an und hat ihm einen feuchten Lappen auf die Stirn gelegt. Sein Bauch ist leer, fühlt sich aber immer noch voll an, so als müsste er sich von etwas befreien. Er tut auch weh, alles tut Oliver weh. Er ist froh, dass seine Mutter hier ist, nichts kann ihm passieren.
»Ist irgendwas?«, fragt sie.
»Nein.«
»Wirklich nicht?«
Oliver denkt nach. Seine Mutter kann sehr hartnäckig

sein, wenn sie glaubt, dass man ihr etwas verschweigt. Etwas muss er ihr bieten.

»Der Jo«, sagt er.

»Der Jo Schön? Was ist mit ihm?«

»Er will nicht mehr mit mir Fußball spielen.« Und das ist ja auch wahr. Er hat seinen besten Freund verloren.

»Das tut mir so leid«, sagt seine Mutter und streicht ihm das verschwitzte Haar aus der Stirn.

»Warum will er nicht mehr mit mir Fußball spielen?«

»Er ist furchtbar traurig wegen seiner kleinen Schwester. Er vermisst sie. Du musst ihm ein bisschen Zeit geben.«

»Wie lange?«, fragt Oliver. Aber die Antwort hört er nur noch sehr undeutlich, denn er ist auf einen Schlag entsetzlich müde. In der nächsten Sekunde fallen ihm die Augen zu, und er schläft ein. Seine Mutter verlässt leise das Zimmer. Sie denkt nicht über das nach, was so naheliegend ist: die große Ähnlichkeit ihres Sohnes mit der kleinen Annika. Die Möglichkeit einer Verwechslung. Sie kann diese schreckliche Erkenntnis einfach nicht zulassen.

Am nächsten Morgen wird es Oliver besser gehen. Die Erinnerung an den Vorfall wird sich in eine Ecke seines Gehirns zurückziehen, sich eine feste Plane überziehen und dort viele Jahre lang gut versteckt liegen bleiben. Sie wird dort verstauben wie auf dem Speicher eines vergessenen Hauses.

Das Rad ist wieder heil. Es wird sein, als wäre nichts geschehen.

Er wird also niemandem von der Begegnung erzählen können. Das macht auch nichts, Oliver könnte die Stimme ja ohnehin niemandem zuordnen. Sie war raunend und geheimnisvoll, wie aus einer anderen Welt, und kam aus den

Blättern der Bäume, die seinen Nachhauseweg flankierten.
Sie hatte keinen Körper, keine Seele.
  Schwerelos wie ein Gedanke.
  Und vielleicht hat er sich alles sowieso nur eingebildet.

Donnerstag, 21. Oktober 1981
Thalgau, 20:45 Uhr
PK Karin Hieronymus, PHK Thomas Bergmüller

Nach mehreren intensiven Gesprächen und Karins todernst gemeinter Drohung, augenblicklich Schluss zu machen, wenn er sich ab sofort nicht auch vor anderen zu ihr bekennt, hat sich Thomas nun doch entschieden: Er und Karin sind nun ein Paar, das seine Gefühle füreinander nicht mehr verbirgt. Sie fahren morgens zusammen zur Dienststelle und abends zusammen heim. Heim bedeutet: Karins Zweizimmerwohnung. Thomas hat sein Appartement behalten, aber eigentlich nur noch pro forma und weil sich Karin verbeten hat, dass er seine Wäsche in ihre Waschmaschine stopft.

Sie sind heute spät dran. Es gab mehrere Besprechungen und weitere Zeugenvernehmungen, doch weitergekommen sind sie nicht. Der bislang einzige wirkliche Verdächtige heißt Karl Leitmeir. Er hat nach wie vor kein Alibi, aber mit verdächtiger Hingabe versucht, sich eines zu beschaffen. Außerdem hat er Schulden im sechsstelligen Bereich. Plus der Freund mit ebenfalls einschlägigem Lebenslauf, der Leitmeir geholfen haben könnte. Plus der Depp, der seine belastende Aussage zwar wieder zurücknahm, nachdem er Thomas und seine Kollegen stundenlang kreuz und quer durch den Traubenhain gescheucht hat. All das ergibt in der Summe massenhaft Verdachtsmomente. Aber eben keine Beweise, die eine Verhaftung rechtfertigen würden. Dazu kommt die spezielle Persönlichkeit Leitmeirs, der so schwer zu fassen ist wie ein glitschiger Fisch.

»Er lügt, wenn er den Mund aufmacht«, sagt Thomas, während er in den Kühlschrank schaut, der bei Karin immer so erfreulich gut sortiert ist. Heute ist der Anblick allerdings enttäuschend. Es gibt ein wenig Aufschnitt, einen Rest Butter und einen Blumenkohl, der nicht mehr ganz frisch aussieht. Karin sitzt am Küchentisch, ähnlich schlapp.

»Mhm«, sagt sie.

Thomas schließt den Kühlschrank und setzt sich ihr gegenüber. »Hast du noch irgendwo eine Scheibe Brot für einen hungrigen Wanderer?«, fragt er.

Für Sekunden kommt der alte Thomas heraus, der mit dem Schalk im Nacken, der, in den sich Karin verliebt hat. Was nichts daran ändert, dass er auch hätte einkaufen können, anstatt ganz selbstverständlich anzunehmen, dass sie das erledigt.

»Wie wär's, wenn du uns zur Abwechslung mal ein schönes Abendessen zauberst?«, fragt Karin.

Thomas grinst, denn natürlich weiß Karin, dass er außer Spiegeleiern und Spaghetti mit Tomatenketchup noch nie etwas zu Wege gebracht hat, das etwas Genießbarem auch nur von ferne ähnelt.

»Touché«, sagt er, einen Begriff, den sie beide zum ersten Mal bei einem ihrer gemeinsamen Fernsehabende gehört haben. Ein französischer Schwarz-Weiß-Film mit einer komplizierten Handlung, wunderschönen Darstellern und gestelzten Dialogen. Seitdem ist Touché ein Codewort in ihrer Beziehung. Touché kann alles Mögliche heißen, von *Tut mir Leid* über *Du hast ja recht* bis *Nerv mich nicht, ich bin zu müde für Diskussionen.*

Karin lacht nicht. Sie schweigt mit versonnenem Gesichtsausdruck, das zarte Kinn ruht auf ihrem Handteller, die Augen sind halb geschlossen. Thomas ist leicht alarmiert. Manchmal schweigt Karin nur so, ohne besonderen Grund, und dann will sie in Ruhe gelassen werden. Aber es gibt auch Situationen, da möchte sie unbedingt gefragt werden, warum sie denn so still sei, und ist todbeleidigt, wenn man es nicht tut.

»Karin?«

Keine Antwort. Die Lampe über dem Küchentisch wirft einen abgezirkelten Kreis auf die Tischplatte. Karin sitzt außerhalb des Kreises, er kann ihr Gesicht nur schemenhaft erkennen. Plötzlich steht sie auf und geht an ihm vorbei ins Wohnzimmer. Thomas grübelt immer noch, als sie wieder zurückkommt. In der Hand hält sie ein paar lose Blätter und legt sie vor ihn hin. Es sind kopierte Aktennotizen.

»Wir dürfen so was nicht mit heimnehmen«, sagt er vorwurfsvoll.

»Schau mal drauf! Es geht um die Beschichtung der Kistenabdeckung.«

»Kenn ich! Hab kein Wort verstanden.«

»Du hast es überflogen, stimmt's? Wie wir alle! Weil es keiner wirklich kapiert hat.«

»Hast du's vielleicht kapiert?«

»Mir geht es um was anderes. Lies es bitte noch mal. Und dann sag mir, was dir auffällt.«

»Karin, es ist sauspät. Wir müssen morgen früh raus, können wir nicht...«

»Ich will jetzt wissen, was du denkst.«

»Sag mir, was ich denken soll, dann denk ich's.«

Karin verdreht die Augen.

»Lies«, sagt sie und klopft mit dem Zeigefinger auf eine Stelle.

Thomas, der keine Ahnung hat, worauf Karin hinauswill, liest laut vor: »›Bei dem Bitumen handelt es sich um ein geblasenes Bitumen mit den Werten von zirka 100/25...‹ Geblasenes Bitumen 100/25! Wer bläst denn Bitumen?«

»Ist doch egal! Lies weiter!«

»›Das Bitumen hat einen Füllstoffanteil, der aus Opal-CT, Quarz und Dolomit besteht. Weiterhin wurde auch Kieselgur nachgewiesen. Der aus dem Bitumen herausgefilterte Füllstoff wurde zur weiteren Untersuchung an die Bundesanstalt für Geowissenschaften gesandt. Dort wurde festgestellt, dass die Kieselgur marinen Ursprungs ist. Dies bedeutet, dass sie nicht aus Deutschland, Frankreich oder Island stammen kann. Der Gutachter ist der Meinung, dass sie möglicherweise aus den USA ist...‹«

»Okay. Jetzt die nächste Seite. Da, wo ich unterstrichen hab.«

»›Aufgrund der geschilderten Sachlage wurde mit allen erfassbaren Firmen, die mit Kieselgur handeln, Kontakt aufgenommen. Die für die Abdeckung der Kiste verwendete Kieselgur wird von keiner dieser Firmen als Füllstoff für Bitumen verwendet, weil sie zu teuer ist.‹«

»Halt«, sagt Karin.

Thomas schaut auf. »Und?«, fragt er. Aber er versteht jetzt sehr wohl, was Karin meint.

»Thomas! Wie soll ein Typ wie Karl Leitmeir an ein Bitumen herankommen, das in Deutschland nirgendwo erhältlich ist?«

23:45 Uhr
Täter zwei

Drei Stunden später wälzt sich Täter zwei aus dem Bett und zupft sich eine Zigarette aus der Schachtel. Dann latscht er verpennt in die Küche, um sich ein neues Bier zu holen. Es zischt und sprudelt, als er den Korken routiniert an der Kante des Küchentischs abschlägt. Vermutlich ist die Flasche beim Transport zu stark geschüttelt worden. Bier tropft auf den Boden, was Täter zwei nicht beachtet. Aufgrund permanenter Zufuhr von Müll, Nässe und Staub ist der Linoleumbelag ohnehin schon fast hinüber. Außerdem gibt's noch genug Bier. Ein halb voller Kasten steht unter dem Fenster.

In der Küche schaut es schrecklich aus. Aber das erkennt er nur in seinen wenigen nüchternen Momenten, also meistens dann, wenn er aus der Firma kommt, wo ordentlich gefegt wird, jedes Werkzeug an seinem Platz hängt und jeder Handgriff seine Funktion hat. Dann merkt er den Kontrast zu seinem eigenen Chaos und leidet ein paar Minuten, bevor sich die Wirkung des daraufhin rasch konsumierten Alkohols wie ein Trostpflaster auf Magen und Seele legt.

Inzwischen fühlt er sich nur noch in der Firma wohl. Das äußert sich in einem geradezu streberhaften Fleiß. Er meldet sich sogar freiwillig für Überstunden. Alles ist besser, als daheim zu hocken, in einem Zuhause, das sich längst nicht mehr wie ein Heim anfühlt. In der Firma kann er Witze mit Kollegen machen und seinen Job erledigen, den er nüchtern wie betrunken aus dem Effeff beherrscht.

Er muss nicht nachdenken.

Niemand merkt, wie ihm zumute ist. Man kümmert sich nicht umeinander, man redet nicht über Sorgen und Probleme. Keiner tut das. Jeder ist sich selbst der Nächste.

Täter zwei schaut auf das Tohuwabohu, welches ihm seltsam fremd erscheint, als hätte ein böser Geist all das verschuldet: das schmutzige Geschirr in der Spüle und auf den Arbeitsplatten, die leeren Bierflaschen auf dem Boden, den klebrigen Mix aus verschüttetem Kaffeepulver, alten Chips und Milchresten auf dem Küchentisch. Sein Bett wurde seit Wochen nicht mehr frisch bezogen, von seinen Klamotten wäscht er nur noch die beiden Arbeitsoveralls, die ihm die Firma gestellt hat.

Die Firma ist wichtig. Sie ist alles, was er noch hat. Dort läuft es wie geschmiert, hier geht alles den Bach herunter. Seit Wochen hält er seine Mutter davon ab, ihn zu besuchen, weil sie beim Anblick dieses Desasters vermutlich einen Herzkasper kriegen würde. Aber auch er besucht sie nicht mehr, obwohl sie kränkelt und Hilfe braucht. Sollen sich doch seine Schwestern kümmern. Ihm ist das so was von egal.

Ab und zu geht er mit Kollegen abends einen trinken. Wenn sie genug intus haben, versuchen sie, die Kellnerin anzubaggern, eine Achtzehnjährige mit strohblonden Haaren und rosiger Haut, die Tochter der Wirtsleute. Er hatte im Vergleich zu den anderen immer die besseren Karten – fast wäre zwischen ihnen beiden auch mal was gelaufen –, aber das scheint ihm eine Ewigkeit her zu sein. Seit einiger Zeit macht er das Theater nur noch mit, um nicht dumm aufzufallen.

Nicht dumm auffallen, das ist jetzt seine Devise, dem sich alles andere unterzuordnen hat. Ansonsten interessiert ihn nichts mehr. Keine Mädchen, keine Freunde, schon gar nicht seine Familie. Alles ganz weit weg. Täter zwei fühlt sich wie auf einer Rutschbahn in eine endlose Finsternis. Er gleitet immer weiter in die Tiefe, ohne es aufhalten zu können, und manchmal wird ihm schwindlig dabei. Zumindest weiß er jetzt, wie er sich die Hölle vorzustellen hat. Sie ist nicht von Feuern hell erleuchtet, sondern dunkel wie eine mondlose Nacht und voller wispernder Stimmen.

Manchmal hört er das Wimmern eines Kindes in dem hasserfüllten Chor, und dann muss er, so wie heute Nacht, aufstehen und trinken. Zwei, drei Bier reichen mittlerweile nicht mehr aus, das eine oder andere Stamperl Birnenschnaps muss zusätzlich geleert werden. Irgendwann, so gegen zwei, drei Uhr morgens, erreicht er die nötige Bettschwere. Manchmal taumelt er dann in sein Schlafzimmer und lässt sich mit einem Seufzer der Erleichterung auf das vergilbte Laken fallen. Oft schläft er aber auch in der Küche ein, unter der nackten Sechzig-Watt-Glühbirne.

Ein paar Stunden hat er dann Ruhe. Erst gegen Morgen, kurz bevor um halb sechs die drei Wecker Sturm klingeln, kommen die Albträume. Sie sind voller verrückter Farben und ziehen ihn hinein in einen Strudel. Der strenge Pfarrer kommt darin häufig vor, und vor allem seine verstorbene Großmutter, die ihn als Kind mit Gulaschsuppe und Schokoplätzchen vollgestopft, aber nie gelacht hat. In seinen Träumen ist die Omi wieder lebendig und beschwert sich mit ihrer brüchigen Altfrauenstimme, dass sie niemand lieb hat.

Aber du hast doch auch niemanden lieb gehabt!
Dich! Dich habe ich lieb gehabt!
Das habe ich nicht gemerkt.
Weil du böse bist. Böse Menschen merken nicht, wenn man sie lieb hat.

Das Kind spielt in den Träumen keine Rolle. Aber ein klaftertiefes Loch, in das er fällt und fällt und fällt, bis ihm die Luft wegbleibt und er mit einem Seufzer aufwacht, der sich anhört wie panisches Schluchzen.

Montag, 8. Dezember 1981
Hag, Internat, 19:30 Uhr
Patricia

Patricia, die Schottin mit der deutschen Mutter, ist seit knapp zwei Monaten im Internat und fühlt sich immer noch einigermaßen fremd. Was nicht nur daran liegt, dass sie praktisch kein Deutsch spricht. Es ist auch die Atmosphäre dieser Boarding School, die überhaupt keine Ähnlichkeit mit entsprechenden schottischen Einrichtungen hat. Die Schüler, das hat ihr der Rektor erklärt, sollen sich hier so frei wie möglich fühlen, auch wenn selbstverständlich nicht alles erlaubt sei. Das pädagogische Konzept beruhe, so dozierte der Rektor an Patricias zweitem Tag in seinem lückenhaften Englisch, vor allem auf innerem Engagement, weniger auf äußeren Zwangsmaßnahmen. »Nicht nur für die Schule, auch für das Leben lernen wir – *Non scholae sed vitae discimus.*« Das stehe nicht ohne Grund über dem Haupthaustor, sondern sei tatsächlich die große Idee dahinter. Hag am See solle nicht nur Lernort, sondern auch Heimat sein, präzisierte der Rektor und sah sie erwartungsvoll an.

Okay, sagte Patricia. Sie saß vor seinem massigen Schreibtisch, die Beine gerade, die Hände in ihrem Schoß gefaltet. Sie trug einen grauen Rock und eine weiße Bluse, obwohl sie bereits festgestellt hatte, dass erstaunlich viele Mitschüler in Jeans und T-Shirt herumliefen. Selbst im Unterricht! Undenkbar an ihrer alten Schule. Gehörte das auch zum pädagogischen Konzept, dieses schlampige Äußere?

Sie traute sich nicht zu fragen. Ihr Blick fiel auf einen bronzefarbenen, beängstigend voluminösen Briefbeschwe-

rer in Form eines Löwenkopfs, der sie anzustarren schien. War es überhaupt ein Briefbeschwerer und nicht eher eine Skulptur? Der Rektor wirkte ganz klein dahinter. Patricias Gedanken wanderten woandershin, erst die trockene Stimme des Rektors brachte sie zurück ins Hier und Jetzt.
Did ju anderständ?
Well, yes, I think I did.
Fein. Gut Lack!

Zum Glück hat Patricia schon am dritten oder vierten Tag Chris kennengelernt. Chris war zwei Jahre lang auf einer internationalen Schule in Connecticut gewesen und spricht deshalb fließend Englisch. Seit gut zwei Wochen sind sie ein Paar. Das geht hier offenbar sehr schnell. Man spaziert gemeinsam im Wald herum, küsst sich in der Dämmerung, und – zack – ist man zusammen. Hat Sex. Heimlich natürlich, im Zimmer von Patricia, das sie immer noch für sich allein hat. Da Sex selbst im freizügigen Hag am See nicht erlaubt ist – schon gar nicht auf den Zimmern –, stellt man einen Stuhl vor die Tür und stapelt darauf so viele Bücher, bis die Klinke blockiert ist. So können weder Lehrer noch Mitschüler stören.

Einmal waren sie auch bei ihm, sein Mitbewohner Eberhard war anderweitig unterwegs. Im Bücherregal stand eine umfangreiche Sammlung aller möglichen Comics von *Micky Maus* über *Donald Duck* bis zu einer Reihe, die sie nicht kannte und die sich *Clever & Smart* nannte. Ansonsten herrschte die übliche Unordnung eines Jungszimmers.

Für Patricia ist all das in Ordnung. Sie stellt sich nicht die Frage, ob sie wirklich unsterblich in Chris verliebt ist. Er ist freundlich, liebevoll, fürsorglich, intelligent, hat einen durchtrainierten Körper und sieht gut aus. Ein bisschen wie

Keith Carradine, wenn man von den kurzen Haaren absieht, schreibt sie ihren Freundinnen in Schottland.

Sie hat keine Vorstellung von seiner Position im Internat, weil er seine Freizeit bisher fast ausschließlich mit ihr verbracht hat. Außerdem gilt für Patricia eine Sonderregelung. Sie darf alle Wochenenden (und nicht nur jedes dritte wie die anderen) außerhalb des Internats verbringen, bei ihrem Onkel in München, der dort als Regisseur und Drehbuchautor arbeitet. Der Onkel holt sie jeden Freitagnachmittag ab und bringt sie Sonntagabend wieder zurück. Sie hat also keine Ahnung, was Chris an den Wochenenden ohne sie so treibt. Sie fragt ihn auch nicht danach.

An diesem Abend werden sie allerdings nicht nur zu zweit sein. Sie werden, das hat Chris ihr bereits mittags angekündigt, mit Freunden »jagen gehen«.

Hunting?
Yes.
What exactly does that mean?
You'll see.

Dabei lächelte er geheimnisvoll, und sie lächelte zurück.

Sie treffen sich nach dem Abendessen auf der Haupthaustreppe. Zwei weitere Jungen sind dabei. Einer ist in ihrer Klasse, der elften, und heißt Markus. Der andere ist Chris' Zimmergenosse Eberhard. Er sieht so aus, wie sich Patricia einen Eberhard vorstellt. Dicke Brillengläser, blasses Gesicht mit runden Backen, etwas übergewichtig – definitiv kein Sportler, eher ein Stubenhocker. Sie ist überrascht, dass sich Chris mit jemandem wie ihm abgibt, aber die beiden scheinen ziemlich eng zu sein.

Zu viert lösen sie sich aus dem Pulk schwatzender, lachender, sich rempelnder Schüler und schlendern durch ein kleines Waldstück Richtung Sportplatz. Sie kennt den Weg bereits; Chris liebt es, nachmittags im Traubenhain spazieren zu gehen. Gerne stundenlang. Patricia findet, dass diese *Walks* eher Gewaltmärschen ähneln, aber in der Regel macht sie mit.

Jetzt allerdings ist es dunkel und kalt.

Chris und Eberhard gehen zu zweit voraus. Normalerweise findet sich Chris auch ohne Taschenlampe zurecht, aber diesmal hat er eine dabei. Patricia folgt dem starken Lichtstrahl, der über Zweige, Wurzeln und Blätter huscht. Sie denkt an nichts, aber etwas in ihr hofft, dass dieser seltsame Abend bald vorbei sein wird. Chris und Eberhard unterhalten sich leise, fast flüsternd, es scheint ein intensives, irgendwie wichtiges Gespräch zu sein, während Patricia und Markus schweigend hinterherlaufen.

Schließlich gelangen sie auf eine kleine Lichtung. Die Luft ist feucht und klamm. Chris stellt die Taschenlampe auf einen Baumstumpf. Ihr weißer Strahl führt nun nach oben, in die Wipfel und darüber hinaus. Patricia hört einen Schuss und fährt zusammen.

»No«, sagt sie.

»Come on«, sagt Chris. Er hat die Taschenlampe wieder in der Hand und leuchtet Eberhard und dann einen Baum an. Eberhard hat eine Pistole in der Hand und schießt auf den Baum. Der Stamm splittert. Eberhard nimmt nun die Taschenlampe aus Chris' Hand und gibt ihm die Pistole. Chris schießt. Dann will er Patricia die Waffe geben.

»No«, sagt sie.

»Why not?«

»I don't like weapons.«

»Why, come on, just try, that's fun.«

Patricias Vater und ihre beiden älteren Brüder sind Jäger. Sie ist also nicht sonderlich schockiert. Aber sie selbst mag nicht schießen, mochte es noch nie. Sie verschränkt die Arme über ihren Dufflecoat und schüttelt den Kopf. Erst später wird sie erfahren, dass der harmlos und schüchtern wirkende Eberhard mehrere Waffen besitzt. Darunter noch schwerere Kaliber als diese Pistole. Viele Schüler wissen das, verraten ihn aber nicht. Einige glauben sogar, gesehen zu haben, dass Eberhard seine Pistole mit in den Unterricht nimmt, festgeklemmt in den Gürtel seiner schlecht sitzenden Gabardinehose, verdeckt von seiner biederen Wildlederjacke.

Polizeidienststelle Glauchau, 19:40 Uhr
PK Streich

Streich schreibt seine letzte Aktennotiz des Tages. Es geht um einen grün ummantelten Klingeldraht, der im Traubenhain zehn Meter neben dem Seeweg zwischen Hag und Salbrunn gefunden wurde. Der Draht zog sich etwa fünfzig Meter durch Bäume und Sträucher. Ein Zeuge hatte die Sonderkommission darauf aufmerksam gemacht, und Streich war mit einem Kollegen hingefahren.

Dann hatten sie hin und her überlegt, ob der Draht etwas mit dem Fall zu tun haben könnte. Zufälligerweise waren mehrere Anwohner des Traubenhains anwesend gewesen. »Sie gaben zu Protokoll, dass hier häufig spielende Kinder unterwegs seien«, schreibt Streich. »Es sei also sehr unwahrscheinlich, dass dieser Draht überhaupt eine Bedeutung habe.« Weshalb er und sein Kollege zunächst davon abgesehen hätten, den Draht zu konfiszieren, und sich dazu entschlossen hätten, »erst weitere Weisungen einzuholen«.

Punkt. Gezeichnet: PK Streich.

Was Streich nicht schreibt: Das Wetter war gottserbärmlich schlecht, es schüttete und hatte vielleicht neun, zehn Grad. Streich fror wie ein Schneider und hatte außerdem seinen Schirm vergessen. Eigentlich wollte er nur in die stickige Heizungswärme seines Büros zurück. Dazu kam: Er und sein Kollege hätten sich erst einmal eine Leiter besorgen müssen, um überhaupt an die Stelle zu gelangen, wo der Draht befestigt war. Das wäre mit Aufwand verbunden gewesen. Weshalb es ihnen beiden ganz gut in den Kram passte, dass Zeugen die Sache mit den Kindern erwähnten und auf diese Weise das Ganze kleinredeten.

Doch sollte einer der Verantwortlichen der Meinung sein, dass dieser Draht von Bedeutung sei, bliebe ihnen natürlich nichts anderes übrig, als ihn zwecks Untersuchung abzunehmen. Die Entscheidung liegt nun bei den Vorgesetzten der Sonderkommission, und Streich ist erleichtert, dass er endlich heimgehen kann.

So landet die Aktennotiz neben vielen anderen auf dem Schreibtisch der verantwortlichen Sachbearbeiter. Wird dort gelesen und vergessen. Weil: ein Draht, den vermutlich spielende Kinder angebracht haben. Was soll der schon groß zu bedeuten haben?

Hag, Internat, 21:40 Uhr
Isi und Jakob

Isi und Jakob liegen nackt auf Isis Bett und flüstern verliebtes Zeug. Seit zwei Wochen sind sie zusammen. Isi hat sich Olivers Bruder Jakob ausgesucht, und Jakob konnte erst nicht glauben, dass sie tatsächlich *ihn* meinte. Dann allerdings hat er sich in diese Beziehung mit ganzem Herzen und allen Sinnen hineingestürzt. Morgens wacht er auf und ist glücklich, nachts schläft er mit einem Lächeln ein. Seine Gefühle für Isi sind so stark, dass er sich beherrschen muss, um nicht auch noch den ganzen Tag lang zu grinsen wie ein Idiot. Außerdem will er Isi nicht erschrecken. »Glück und Glas, wie leicht bricht das« – ein saublöder Spruch aus dem Poesiealbum in der ersten Klasse, aber in den letzten Tagen geht er ihm ständig durch den Kopf.

Glück und Glas. Eine Alliteration, wie sie in der Deutschstunde gelernt haben. Alliterationen wurden wahrscheinlich erfunden, weil sie dieselbe Wirkung wie ein Ohrwurm haben. Das haben sie in Deutsch nicht gelernt, das erlebt Jakob am eigenen Leib.

Isi weiß, dass sie hier nicht ewig so liegen können. In einer Viertelstunde wird ihre Zimmergenossin Sophie zurückkommen. Sie richtet sich auf.

»Ist was?«, fragt Jakob und legt seine Hand auf ihren Rücken.

»Wir müssen aufstehen.«

»Nee!«

»Doch. Sophie kommt gleich.«

»Na und?«

»Depp!«

»Deppin!«

»Witzig!«

Das zieht sich so hin, und schließlich ist es allerhöchste Eisenbahn. Sophie ist so gut wie immer pünktlich, und Isi steht in ihrer Schuld, weil sie ihr das Zimmer schon mindestens viermal ohne Protest überlassen hat.

Sie stehen auf und ziehen sich hastig an. Isi entfernt den Bücherstapel vom Stuhl unter der Klinke, schüttelt ihre Tagesdecke aus und wirft sie auf das zerwühlte Bett. Jakob öffnet das Fenster und wedelt es hin und her.

Zwei Minuten später stehen sie unten vor der Tür des Föhrenhauses, wollen sich verabschieden und können sich aber doch nicht trennen. Also begleitet Isi Jakob das kurze Stück bis zu seinem Fahrrad. Es steht neben der Treppe zum Haupthaus. Sie gehen langsam, eng umschlungen. Der erleuchtete Vorplatz ist leer.

»Hör zu«, sagt Isi.

»Ja«, murmelt Jakob in ihre Haare.

»Ich muss dir was sagen.«

Jakob bekommt einen Schreck. Will sie Schluss machen? Glück und Glas... Nein. Nein! Das ist unmöglich, dann wären die letzten Stunden anders verlaufen. Wobei: Man weiß nie, was in einem anderen Menschen vorgeht. Er kennt ja nicht einmal sich selbst genau.

»Was denn?«, fragt er und kann nicht verhindern, dass seine Stimme zittert. Nur ganz leicht, aber trotzdem. Jakob will cool sein, aber Coolness hat nichts mit Liebe zu tun, und lieben will er auch.

Beides zusammen geht nicht.

Isi holt tief Luft, bringt aber kein Wort heraus.

»Was?«, fragt Jakob. Sie haben sich mittlerweile auf das Mäuerchen gesetzt, das den Vorplatz einrahmt.

»Ich war... Ich hatte was mit Chris.«

»Chris? Kung-Fu-Chris? Mit dem warst du zusammen?«

»Ja. Also nicht zusammen. Es war eher so... Keine Ahnung.«

»Wow. Wusste ich nicht.« Er will nicht ausgerechnet in diesem Moment etwas gegen Chris sagen, aber eigentlich findet er ihn *strange* mit seinen kurzen Haaren, seinem Kampfsport und überhaupt seinem militärischen Gehabe.

»Das wusste keiner«, sagt Isi. »Ich wollte nicht, dass es einer weiß.«

»Okay. Und... äh... jetzt?«

Isi sieht ihn von der Seite an. »Na, jetzt bin ich mit dir zusammen. Oder nicht?«

Jakob seufzt, ohne es zu merken. Die Erleichterung macht ihn fast schwindelig. »Was mich betrifft – ja«, sagt er, und eine sehr helle Sonne beginnt in ihm zu strahlen. Am liebsten wäre er gerade allein und würde etwas völlig Verrücktes tun, etwas ganz und gar Uncooles, wie zum Beispiel auf und ab zu hüpfen.

Er versucht, Isi in den Arm zu nehmen, doch sie entzieht sich ihm. »Ich muss dir noch was sagen.«

»Okay.«

»Chris hat... Er hat eine Pistole. Oder einen Revolver. Ich kenn mich da nicht aus.«

»Chris? Echt?« Jakob ist verblüfft, er kennt nur die Gerüchte über Eberhard, der seine Pistole angeblich sogar in den Unterricht mitnimmt. Die Waffe, so heißt es, hat er von seinem Vater.

»Er hat sie mir gezeigt.«

»Wow!«

»Und dann... Ich war auf seinem Zimmer, ein- oder zweimal. Und dort hat er diese Comics.«

»Welche Comics?«

»Alle möglichen. Eine richtige Sammlung. Bücher und Hefte. Eine Serie heißt *Clever & Smart*.«

»Und?«

»*Clever & Smart*... Die haben sie bei dem toten Kind in der Kiste gefunden.«

Februar 2011
Julia Neubacher, Journalistin

Vierzehnter Verhandlungstag. Heute sagt die Leiterin des Sachgebiets Phonetik des LKA als Sachverständige aus. Sie heißt Dr. Marion Stadler, eine kleine stabile Frau Anfang vierzig mit kurzen, grau melierten Haaren, gesunder Gesichtsfarbe und leichtem, aber hörbarem bayerischem Zungenschlag. Sie trägt ein gut geschnittenes blaues Kostüm und hohe Pumps, aber bei ihrem Anblick denkt man trotzdem sofort an Trachtenjanker, Karobluse und Bergschuhe. Ihre Bodenständigkeit nimmt sofort für sie ein. Man glaubt ihr alles. Sie gehört zu den Menschen, die selbst einen Stein überzeugen könnten.

Schlecht für Leitmeirs Verteidigung. Schlecht auch für Martin, der ihr jede Expertise abspricht.

Es geht um das Tonbandgerät, das bei einer Hausdurchsuchung bei den Leitmeirs im Herbst 2007 gefunden wurde – der Cold Case Leitmeir wurde zu diesem Zeitpunkt wieder aufgerollt – und das Karl Leitmeir angeblich kurze Zeit vorher auf einem Flohmarkt gekauft hatte. Einerseits konnte sich auf dem Flohmarkt niemand an ihn als Käufer erinnern. Andererseits war bei der ersten Hausdurchsuchung 1981 bereits ein anderes Tonbandgerät in seinem Besitz gefunden geworden, das der Tat nicht zugeordnet werden konnte.

Dieses Gerät, ein Grundig TK 248, gilt als eines der entscheidenden Indizien, auf die sich die Anklage stützt. Hatte es der Radio- und Fernsehtechniker Leitmeir – seine Version – tatsächlich erst 2007 gekauft, um es auf Vordermann zu bringen und anschließend an einen Liebhaber alter Aufnahmetechniken weiterzuverscherbeln, oder befand es sich – die Version der Staatsanwaltschaft – schon viel länger in seinem Besitz, nämlich mindestens seit dem Jahr 1981? Wurden also von diesem Gerät die Erpresseranrufe aufgenommen, wie Dr. Stadler annimmt? Und wenn ja, warum hat Leitmeir es nicht längst entsorgt?

Zweifelsfrei herausfinden lässt sich das nicht mehr – wie so vieles in diesem Prozess. Dennoch ist die Staatsanwaltschaft regelrecht verliebt in den Grundig TK 248. Dr. Stadlers Aussage ist also extrem wichtig. Wenn nicht sogar von ausschlaggebender Bedeutung.

Laut der Gutachterin weist der Aufnahmekopf eine leichte Schrägstellung auf, wodurch der elektrische Strom, der durch den Kopfspalt fließe, die beiden Kanäle leicht zeitversetzt erreiche. Dies habe – in Kombination mit der Abstrahlcharakteristik des linken Frontlautsprechers dieses Grundig-Geräts, über die Dr. Stadler ebenfalls ausführlich referiert – gerade die Dämpfung der Frequenz bewirkt. Was ein Grund gewesen sei, weshalb das Signal so untypisch dumpf geklungen habe.

Sie demonstriert das anhand des Geräts, spielt die Tonfolge mehrfach ab und erläutert dabei ihre Erkenntnisse bis ins Detail. Es fallen eine Reihe Fachausdrücke – Pausenmagnet, Friktion, Sinusschwingungen, Interferenzen. Weshalb in diesem Gerichtssaal wahrscheinlich niemand beurteilen kann, ob sie richtigliegt, außer einem weiteren Experten, nämlich Nebenkläger Martin Schön, Musiker und Tonmann. Der sich zum zweiten Mal seit Beginn des Prozesses zu Wort meldet und Stück für Stück die Argumentation der Expertin auseinandernimmt.

Martins Begründung, dass die Fehlstellung des Aufnahmekopfs vermutlich bloß mit dem Alter des Geräts zu tun habe, kenne ich schon. Neu ist mir, dass die Obertöne laut ihm in Stadlers zugrunde gelegtem Vergleichssignal nicht mit der Tätertonfolge übereinstimmen. Frau Stadler bestreitet das nicht, meint aber, dass eine Veränderung der Obertonstruktur durch Überspielen durchaus möglich sei. Dabei verschränkt sie die Arme und lächelt auf ihre gemütliche und ein wenig hinterfotzige Art. Nein, widerspricht

Martin, und es fällt ihm sichtlich schwer, höflich zu bleiben, genau das sei eben gerade nicht möglich. Es folgt eine langwierige Diskussion unter anderem über geradzahlige und ungeradzahlige Obertöne, mit der nun endgültig sämtliche Anwesenden überfordert sind.

Mich selbstverständlich eingeschlossen.

Der Vorsitzende Richter beendet das, bevor der Rest des Publikums einnickt, indem er der Sachverständigen für ihren erhellenden Vortrag dankt. Leitmeirs Verteidiger grätscht hinein und fragt, ob sie denn ausschließen könne, dass es sich bei diesem Beweisstück um das falsche Gerät handle.

»Nun«, sagt Dr. Stadler, »das kann ich nicht.«

Das Publikum wacht wieder auf. Überraschtes Gemurmel.

»Natürlich nicht«, ruft Martin von seiner Nebenklägerbank und zieht sich prompt eine Rüge des Vorsitzenden Richters zu.

Dr. Stadler lässt sich von dem Zwischenruf nicht beeindrucken, aber dennoch wirkt sie nicht mehr ganz so sicher wie am Anfang der Vernehmung. »Ich gehe von einer Wahrscheinlichkeit aus«, sagt sie. »Ich gehe davon aus, dass es sich bei diesem Gerät wahrscheinlich um eines der Geräte gehandelt hat, die für den Zusammenschnitt der Erpresseranrufe verwendet wurden. Die Ähnlichkeit ist frappierend. Ich kann mir nicht vorstellen, dass es noch viele andere Geräte gibt, die ein ähnliches Ergebnis hervorbringen.«

Leitmeirs Verteidiger meldet sich erneut zu Wort. »Wie wahrscheinlich ist denn Ihr *wahrscheinlich*? Würden Sie sagen ›mit hoher Wahrscheinlichkeit‹? Oder ›mit an Sicherheit grenzender Wahrscheinlichkeit‹?«

»Ich kann Ihnen keine Prozentzahl nennen, aber ich kann Ihnen sagen, dass *wahrscheinlich* ein Prädikat ist, das ich sehr selten vergebe. *Möglich* ja, *wahrscheinlich* nein. Vielleicht lesen Sie sich einfach noch einmal mein Gutachten durch, in dem ich meine Auffassung in allen Einzelheiten und so verständlich wie möglich begründe. Wenn Sie das nicht überzeugt, bin ich gern bereit, es ein zweites Mal vor diesem Gericht zu erklären.«

»Das sollte wirklich niemand von Ihnen verlangen«, sagt der Verteidiger und wischt sich mit übertriebener Geste imaginären Schweiß von der Stirn.

Gelächter im Publikum, steinerne Mienen auf der Richterbank. Der Vorsitzende Richter entlässt die Gutachterin und gibt den neuen Verhandlungstermin bekannt.

Abends treffe ich mich mit Martin in der Pizzeria in der Nähe seiner Augsburger Wohnung. Er bestellt nur ein Bier, ich Spaghetti aglio e olio und ein Glas Rotwein.

»Hast du schon gegessen?«, frage ich.

Er schüttelt den Kopf. »Ich krieg nichts runter.«

»Komm«, sage ich. »Du hast schon wieder abgenommen, du brauchst was auf die Rippen.«

»Musst du gerade sagen.«

Wir sind uns in den letzten Monaten nähergekommen, aber vor allem auf der Sachebene. Also bleibt nur dieser schnoddrige, fast kumpelhafte Ton, um sich der gegenseitigen Zuneigung und Solidarität zu versichern. Ohnehin muss ich aufpassen, dass diese Beziehung von meiner Seite aus nicht zu freundschaftlich wird und damit meine journalistische Unabhängigkeit gefährdet. Deshalb bin ich gerade nervös, denn ich ahne, was Martin von mir erwartet, warum er sich heute mit mir treffen wollte. Es geht um den Kampf zwischen der Gutachterin Dr. Stadler und dem Tonexperten Martin Schön – und eine Seite drei in meiner Zeitung.

Die werde ich ihm aber nicht liefern können. Ich habe einen Bericht geschrieben, der morgen erscheinen wird, aber er ist auf Anweisung des Chefredakteurs kurz ausgefallen. Einen weiteren Artikel wird es erst einmal nicht geben.

Bier und Wein werden serviert, wir heben nur kurz die Gläser und trinken. Martin ist blass und wirkt so aufgebracht, wie ich ihn noch nie erlebt habe. Normalerweise zeigt er eine geradezu überirdische Gelassenheit. Ich habe das mal bei einem unserer Hintergrundgespräche angesprochen, und in einer seiner seltenen Anwandlungen von Vertrauensseligkeit hat er mir erzählt, dass er einen Coach beschäftigt.

Einen ... Coach?

Ja, nicht aus einer inneren Not heraus, sondern als Prophylaxe. Wie ein Sportler, der fit sein will für das, was ihn erwartet.

Das klingt sehr ... hm ... abgeklärt. Was war mit deinen Eheproblemen vor dem Prozess?

Ich hatte Probleme, wie viele andere auch, aber um die ging es nicht.

Sondern?

Ich wusste, dass ich seelisch fit sein muss. Nicht nur weil hier mein Familienschicksal verhandelt wird, sondern auch weil es auf eine fragwürdige Weise verhandelt werden wird. Mit einem Tonbandgerät!

Konnte der Coach dir helfen?

Mit seiner Hilfe hab ich mir sozusagen einen Extraraum in meinem Kopf eingerichtet, den ich betreten, aber aus dem ich auch wieder heraustreten kann.

Das hat funktioniert?

Ja, mein Therapeut ist Jude. Mit seinem Familienhintergrund kann er mir die Mechanismen von Gewalt, Reaktion und Langzeitwirkung auch in die nächsten Generationen aufzeigen. Das ist für mich sehr wertvoll. Ich kann deshalb gut mit den Horrorszenarien umgehen und ihnen einen Platz in meinem Kopf zuweisen.

Wow. Kann ich die Nummer deines Therapeuten haben?

Ich schäme mich noch heute für diesen billigen Witz. Ich habe eine Trennung zu verarbeiten, nicht den Mord an meiner Schwester. Vielleicht wurde mir erst jetzt klar, was auf Martin lastet. Wie drückend die Verantwortung ist. Wie tapfer er sich ihr stellt.

»Weiß deine Familie eigentlich, wie schwierig das alles für dich ist?«

»Schwierig, wieso?«

»Du bist gezwungen, dich mit einer Tragödie neu zu befassen, die eure ganze Familie verändert hat. Du darfst nicht vergessen. Das ist doch eine wahnsinnige Belastung.«

Er antwortet nicht. Ganz offensichtlich will er darüber nicht reden. Jedenfalls nicht jetzt. Vielleicht nie. »Was wirst du schreiben?«, fragt er stattdessen.

Ich schiebe mir eine Gabel fettiger Nudeln in den Mund, bevor ich antworte. Im Gegensatz zu Martin bin ich völlig ausgehungert. »Der Artikel ist natürlich schon geschrieben«, sage ich schließlich. »Er erscheint morgen.«

»Wie viel Platz hast du bekommen?«

»Sechsundsiebzig Zeilen.«

Ich sehe seine Enttäuschung. Meine zwei ersten Berichte waren mehr als dreimal so lang. Eben jeweils eine Seite drei mit Fotos und eingeklinktem Kasten.

»Das ist nicht lang«, sagt er nachdenklich.

»Lang genug, Martin, und schon dafür musste ich kämpfen. Okay?« Das klang vermutlich eine Spur gereizt, und es tut mir sofort leid. Andererseits ist es so, dass der Fall Annika S. nicht meine einzige Baustelle ist. Es gibt mittlerweile weitere Verfahren, die ich als Gerichtsreporterin begleite, und ich habe auch sonst eine Menge zu tun. Wahnsinnig viel, um genau zu sein; Überstunden ist mein zweiter Vorname. In meiner Zeitung wurden Stellen gekürzt und frei gewordene nicht neu besetzt. Wir alle müssen doppelt so viel arbeiten wie früher und haben Angst um unsere Jobs. Ich bin nicht in der Position, meinem Chefredakteur Bedingungen zu stellen.

»Das war ein unheimlich wichtiger Prozesstag, vielleicht der allerwichtigste. Das Tonbandgerät ist das Hauptindiz der Anklage«, erklärt Martin.

»Das weiß ich, und das habe ich auch herausgestellt. Ebenso, dass du im Gerichtssaal mit der Sachverständigen diskutiert hast und wie ungewöhnlich es ist, dass sich überhaupt ein Nebenkläger zu Wort meldet. Mit einem Foto von Dr. Stadler und einem von dir ist es immerhin fast eine halbe Seite.«

»Ich stehe neben dieser ...«

»Sag jetzt nicht Schnepfe!«

»Schnepfe?«

»Oder blöde Kuh oder so was.«

»Wieso sollte ich so was sagen?«

»Weil du dich ärgerst?«

»Ich ärgere mich nicht!«

»Natürlich tust du das. Du bist stocksauer.«

»Ich ärgere mich nicht, ich bin fassungslos. Das Urteil ist doch schon so gut wie gefällt. Sie haben nicht einmal das Gegengutachten des Verteidigers zugelassen.«

»Martin, so läuft das eben. Richter sind auch nur Menschen, Staatsanwälte haben ihre Verbindungen, und dabei kommt die Gerechtigkeit manchmal zu kurz. Und selbst wenn du jetzt auf *mich* sauer wirst, ich hatte schon den Eindruck, dass die Stadler weiß, wovon sie spricht.«

»Weil du dich nicht auskennst. Genau wie alle anderen im Gerichtssaal.«

»Ich weiß. Deshalb ist der Artikel ja kürzer ausgefallen. Ich konnte nur das den Lesern erklären, was ich selbst verstanden habe.«

»Du hättest mich vorher fragen können!«

»Das hab ich doch! Ich kann den Lesern keine musiktheoretische Abhandlung liefern, die steigen mir nach den ersten drei Zeilen aus! Vielleicht druckt die *Süddeutsche* was Längeres, die können sich das eher erlauben.«

»Ich verstehe.« Er sieht deprimiert aus.

Ja, ich arbeite für eine Boulevardzeitung, da gelten nun einmal andere Regeln.

»Was ist eigentlich dein Problem?«, frage ich, weil es jetzt auch schon egal und die Stimmung ohnehin auf dem Nullpunkt ist. Meine Nudeln sind aufgegessen, das Glas Wein ist leer. Ich will nach Hause. Martin zuliebe habe ich ein Date mit meinem Kollegen Lutz sausen lassen. In den vergangenen Monaten haben wir uns häufiger gesehen. Es blieb bei flirtigem Geplänkel, wir gehen essen, ins Kino, in Bars, küssen uns, haben aber noch keinen Sex. Möglicherweise wäre heute der Abend gewesen...

Aber das kann ich Martin unmöglich erzählen. Überhaupt dürfte ich ihm aus professionellen Gründen gar nichts von mir erzählen. Ich bin Journalistin, nicht seine beste Freundin, auch wenn er mittlerweile zumindest ein paar Eckdaten weiß. Wenn mich etwas sehr beschäftigt, kann ich nicht anders, als es herauszulassen. Ich habe ihm zum Beispiel in einer schwachen Minute von meiner Trennung von Jonas erzählt und auch einmal von den Schwierigkeiten mit einem Kollegen, der versucht, mich auszubremsen. Martin hört sich dann aufmerksam an, was gern in eine endlose Tirade meinerseits ausartet, und schaltet anschließend in eine Art Ratgebermodus à la »Wie fühlst du dich damit?« oder »Was macht das mit dir?«.

Mir wird dann immer klar, dass es auch einen anderen Martin gibt, nicht nur den besessenen Nebenkläger im Dienste seiner traumatisierten Familie. Einer, der nicht umsonst unterrichtet, statt hauptberuflich Musik zu machen. Einer, dem es Freude bereitet, Menschen etwas beizubringen.

»Ich habe noch eine Anfrage von RTL bekommen. Und von SAT.1«, sagt Martin und trinkt einen Schluck von seinem mittlerweile sicher schal gewordenen Bier.

Ich seufze und bestelle ein weiteres Glas Wein.

»Das war klar. Willst du das wirklich machen? Vor dem Urteil?«

»Ich weiß noch nicht.«

»Ich glaube, dass du damit warten solltest. Es würde schlecht ankommen, wenn du jetzt in so einer Sendung an die Öffentlichkeit gehst.«

»Hast du schon gesagt.«

»Es ist deine Entscheidung. Ich sage nur, wie das vor Gericht aussehen wird. Du und Leitmeir, ihr habt eh nicht die besten Karten. Abgesehen davon kann er es trotzdem gewesen sein. Die Tatsache, dass das mit dem Tonbandgerät nicht funktioniert, spricht nicht gegen ihn.«

»Und was bitte spricht für ihn?«

»Alles Mögliche! Er ist ein Arschloch und ein Bastler. Wenn nicht er, wer dann?«

»Es gibt mindestens einen zweiten Täter.«

»Ja, und das Gericht weiß auch wer. Wolfgang Deweleit. Aber sie haben nicht genug in der Hand, um ihn vorzuladen.«

»Eben!«

»Aber das heißt doch nicht, dass die beiden es nicht gewesen sind! Sondern nur, dass sie es ihnen nicht beweisen können!«

»Ich will ein richtiges Urteil! Eins, das auf Fakten basiert! Keine Farce!«

»Dann tritt nicht im Fernsehen auf. Noch nicht. Damit machst du dich unglaubwürdig!«

»Bisher spreche ich nur mit dir. Und du weißt, warum.«

»Ich versuche mich zu erinnern. Aber es ist dreißig Jahre her, und ich war damals in einer superschlechten Verfassung. Du musst Geduld mit mir haben.«

»Das hab ich. Aber nach dem Urteil ist es zu spät.«

»Das ist mir klar.«

»Der Richter und die Staatsanwaltschaft haben fast alles, was sie brauchen. Wenn das so weitergeht...«

»Ich geb mir Mühe.«

Eigentlich wollte ich nach diesem Gespräch Lutz anrufen. Aber als ich im Auto sitze und durch den Regen nach Hause fahre, bricht alles über mir zusammen.

Diese verdammten Erinnerungen. Ich will sie nicht. Sie werfen mich zurück.

Ich bin wieder dick.

Ich habe wieder Pickel.

Ich bin wieder allein.

Mittwoch, 4. November 1981
Polizeidienststelle Glauchau, 9:40 Uhr
LKA-Sachbearbeiter Peter Bock,
Sonderkommission Annika

Kriminalrat Schweiberer hält eine Rede. Die ist nicht unbedingt erforderlich, weil sich der Sachbearbeiter des LKA, Peter Bock, auch selbst vorstellen könnte. Es ist allerdings so, dass sich Schweiberer angesichts der LKA-Expertenschwemme in den letzten Wochen ein wenig überflüssig fühlt, weshalb er mittlerweile so gut wie jede Gelegenheit wahrnimmt, das Wort zu ergreifen.

Er berichtet also blumig von der fieseligen Kleinarbeit »unserer geschätzten Kollegen vom Landeskriminalamt«, was Machart und Datierung der Erpresserbriefe betrifft. Für seine Verhältnisse deutet er nur sehr zart an, dass das seiner Meinung nach durchaus hätte schneller gehen können. Der Sachbearbeiter versteht dennoch und macht ein finsteres Gesicht. Überhaupt ist die gesamte LKA-Belegschaft, die sich in Glauchau die Klinke in die Hand gibt, von deprimierender Humorlosigkeit. »Die gehen zum Lachen in den Keller«, witzelt Schweiberer gern, sofern keiner vom Landeskriminalamt anwesend ist.

Was selten der Fall ist.

Die Sonderkommission wird seit dem Auffinden Annikas von zwei LKA-Beamten geleitet, die zwar aus demselben Stall stammen, sich aber offensichtlich trotzdem nicht grün sind. Der eine setzt nach wie vor auf Karl Leitmeir als Täter, der andere würde die Ermittlungen zwecks absehbarer Erfolglosigkeit am liebsten einstellen. Ansonsten wechseln sowohl Ermittler als auch Zuständigkeiten ständig. Polizisten fremder Dienststellen werden herbeordert, andere werden abgezogen und müssen vorher ihre Nachfolger schriftlich auf den neuesten Stand bringen. Was naturgemäß Aktenmaterial en masse produziert. Die Soko erstickt förmlich in Papier, und das, denkt Thomas Bergmüller manchmal, führt nur dazu, dass letztlich kaum noch einer durchblickt.

Oder bis sie die Täter doch noch finden.

Thomas, der neben dem unermüdlich schwadronierenden Schweiberer sitzt und hofft, dass Letzterer recht bald zum Ende kommt, glaubt im Moment nicht mehr daran. Schon jetzt, denkt er, weiß die linke Hand nicht mehr, was die rechte tut. So viele Zeugen wurden vernommen und ergebnislos entlassen, so viele Verhörprotokolle wurden in Leitz-Ordnern abgeheftet und der Vergessenheit überantwortet. Und ihr Hauptverdächtiger, das miese, fiese Schlitzohr Karl Leitmeir, dessen Vernehmungen anfangs zu schönsten Hoffnungen Anlass gaben, macht keine Anstalten, die für eine Anklage notwendigen Beweise zu liefern. Dazu kommt noch die hochnotpeinliche Panne mit dem Pseudozeugen Grasmann.

Da war's!

Nein, Herr Grasmann, da war's auch nicht!

Aber wo denn dann?

Das müssen Sie uns doch sagen können!

Ich versuch's ja!

Wir laufen jetzt hier seit Stunden herum, wissen Sie überhaupt, wo wir sind?

...

Herr Grasmann?

I woaß nimmer!

Bitte was?

I find's nimmer. Des is ja scho an Monat her. Heit schaut des ois ganz andas aus!

Laut Ihrer Aussage haben Sie hier über mehrere Tage stundenlang gegraben. Da haben Sie den Tatort doch auch jedes Mal gefunden!

I brauch a Bier!

Wenn Sie uns die Stelle zeigen, bekommen Sie Bier, Leberkäs und alles, was Sie wollen.

I würd ja gern!

Und dann plötzlich die Nummer, er habe sich den ganzen Scheiß nur ausgedacht. Nachdem extra Taucher angefordert worden waren, um im See nach dem Spaten zu suchen, den Grasmann angeblich nach getaner Arbeit hineingeworfen hatte.

Kein Spaten. Kein Zeuge. Kein Mittäter. Sie haben zwei Tage mit einem Idioten verschwendet, der sie an der Nase herumgeführt hat.

Und sie machen weiter Überstunden. Und sie treten weiter auf der Stelle.

Schweiberer setzt sich irgendwann tatsächlich wieder hin und erteilt Peter Bock das Wort, einem dicken Mann Mitte fünfzig, der mit seinem altmodischen schwarzen Anzug und dem weißen Hemd ein bisschen an Oliver Hardy erinnert.

Bock steht auf und räuspert sich umständlich. Dann erklärt er auf trockene Beamtenart, was die Recherchen ergeben haben (»Bitte werfen Sie nun einen Blick auf Seite fünf Ihrer Unterlagen«):

Erpresserbrief 1
Hilfsmittel: Kuvert, weiß, DIN lang, selbstklebend, Vollflächeninnendruck, Adresse mit Schreibmaschine,

Schrifttyp »pica cubik«, ungeübter Schreiber. Briefaufgabe am 16. 9. 81 nach 18 Uhr in Thalgau.

Brief: Schreibblock, handelsüblich, DIN A4 kariert mit Kopfleimung, Klebstoff Pattex, ausgeschnittene Buchstaben aus Bild am Sonntag, Bild, AZ, TZ, Funk Uhr. *Jede Schriftreihe ist mit 19 mm Tesafilm überklebt. Die Buchstaben des ersten Drohbriefs stammen zum großen Teil aus den genannten Zeitungen und Zeitschriften vom 24. und 25. 5. 81.*

24. und 25. Mai? Das ist eine Überraschung. Dass es sich bei der Entführung um keine spontane Aktion handeln konnte, dass sie sorgfältig geplant werden musste, versteht sich angesichts der komplizierten Ausführung zwar von selbst. Aber Ende Mai – das ist doch einigermaßen früh.

Was haben die Entführer dann die folgenden Monate gemacht?

»Kann es sein, dass die Entführer – sagen wir im Juli oder Anfang August – einen Stapel alter Zeitungen vom 24. und 25. Mai gefunden haben und die hergenommen haben?«, fragt Thomas. Er stellt sich einen Haufen Altpapier vor, den die Täter nach den richtigen Buchstaben durchgefieselt haben. Was für ein überflüssiger Aufwand, denkt er plötzlich. Warum haben sie nicht einfach die Schreibmaschine benützt, mit der sie das Kuvert beschriftet haben, und sie danach entsorgt? (Fast überflüssig zu erwähnen, dass weder bei Leitmeirs noch bei Deweleits eine Schreibmaschine gefunden wurde, die für das Beschriften des Kuverts infrage gekommen wäre.)

»Natürlich ist das möglich, und wir haben das auf dem Schirm«, sagt Bock, sichtlich sauer, dass Thomas ihm vorgegriffen hat. Die vom LKA sind da sehr empfindlich. »Noch etwas ist bemerkenswert«, fährt Bock fort. »Wenn Sie sich nun die Tabelle auf den Seiten sieben und acht mit den Buchstaben, den Daten und den jeweiligen Veröffentlichungen genauer anschauen, werden Sie feststellen, dass die aufgeklebte Telefonnummer der Familie des Opfers aus der *Abendzeitung* vom 16. September stammt. Die Telefonnummer wurde also nachträglich, nämlich unmittelbar vor der Absendung des Erpresserbriefs, eingefügt.«

Nach einer kurzen Pause sagt Schweiberer: »Hab ich mir doch gedacht. Das Mädchen war ein Zufallsopfer.«

»Vielleicht haben sie die Telefonnummer vorher nicht gekannt?«, wendet Streich ein.

»Schmarrn«, sagt Thomas und handelt sich damit einen bösen Blick des Kollegen ein. »Die Familie steht im Telefonbuch. Wenn sie die Annika von Anfang an im Auge gehabt hätten, hätten sie auch gleich die Telefonnummer nachschauen können.«

»Kommen wir zum zweiten Brief«, sagt Peter Bock.

Erpresserbrief 2
Hilfsmittel: Kuvert, weiß, DIN lang mit Selbstklebeverschluss, Vollflächendruck. Adresse mit Buchstaben aus Zeitungsartikel vom 18. 9. 81 geklebt. Aufgegeben am 18. 9. in unbekanntem Briefkasten der Stadt München.
Brief: Schreibblock kariert, handelsüblich, nicht die gleiche Qualität wie Brief 1, Klebstoff Pattex, Zeilen überklebt mit Tesaband 12 mm. Buchstaben aus Bild am Sonntag, Bild, AZ, TZ, Funk Uhr *von 7. 6. 81 bis 18. 8. 81.*

»Wie Sie sehen«, sagt Bock, »ist dieses Kuvert im Gegensatz zum Kuvert des ersten Briefs mit Zeitungsbuchstaben beklebt. Und alle stammen aus tagesaktuellen Zeitungen. Es wurden auch mehrere Fingerabdrücke gefunden, darunter zwei von Stephan Schön. Die anderen sind entweder nur Teilabdrücke, die uns nicht weiterhelfen, oder Fingerabdrücke von Postangestellten. Es gilt also das Gleiche wie für den ersten Brief: nichts Verwertbares.«

»Da hat jemand sehr aufgepasst«, kommentiert Schweiberer.

»Das kann man so sagen. Das Problem sind die Fernsehkrimis. Jeder Möchtegernkriminelle weiß heutzutage, dass man keine Fingerabdrücke hinterlassen darf. Die Täter haben vermutlich Gummihandschuhe getragen. Selbst Speichelspuren konnten wir nicht feststellen. Sowohl die Briefmarken als auch die Klebebänder der Kuverts sind selbstklebend. Wir haben allerdings die Kiste noch einmal auf Spuren untersucht. Wir haben zwar keinen weiteren Fingerabdruck gefunden, aber ...« – Peter Bock macht eine Kunstpause, um das Folgende wirken zu lassen – »... ein zirka zehn Zentimeter langes, glattes, schwarz gefärbtes Haar, mutmaßlich ein Frauenhaar.«

Ein Frauenhaar, schwarz gefärbt.

Thomas Bergmüller denkt nach. Karl Leitmeirs Frau ist blond gefärbt, der dunkel nachgewachsene Ansatz ist maximal zwei Zentimeter lang. Die Frau von Leitmeirs möglichem Komplizen Deweleit hat rötliche Locken. Ob sie gefärbt sind, kann er nicht beurteilen, aber schwarz sind sie nicht. Leitmeir selbst hat dunkelbraune Locken, die aussehen wie gebogener Draht, und Deweleit eine Glatze mit braunem Resthaar. Grasmann, ihr fantasievoller Ex-Belastungszeuge, hat ebenfalls eine Glatze mit blondem Resthaar.

Er seufzt.

Schweiberer fragt ihn, wie es mit der Haarpracht bei den Verdächtigen aussieht. Thomas schüttelt nur den Kopf.

»Keiner dabei?«

»Da passt nix«, erwidert Thomas.

Einer aus der Sonderkommission – sie werden nie erfahren, wer – wird dieses Detail an die Presse durchstechen. Weshalb es am nächsten Tag in der *Bild* und am übernächsten in der *Abendzeitung* stehen und es anschließend sogar in die Regionalnachrichten schaffen wird.

Das eine gefärbte Frauenhaar. Eine heiße Spur. Die schnell erkaltet, weil sie nirgendwohin führt.

In der Pause gesellt sich Karin Hieronymus zu Peter Bock. Bock steht allein neben den Parkplätzen der Dienststelle und verzehrt eine Semmel mit Streichwurst, die so riecht, wie Streichwurst eben riecht. Karins Magen hebt es bei diesem penetrant würzig-fleischigen Aroma, und dabei fällt ihr ein, dass sie noch nicht gefrühstückt hat.

»Ich habe eine Frage«, sagt sie und versucht, flach zu atmen. Peter Bock wirkt nicht so, als sei er begeistert über die Unterbrechung seines Brotzeitrituals. Karin beschließt trotzdem, das mit vollem Mund genuschelte »Hm?« als Antwort durchgehen zu lassen.

»Es geht um das Bitumen, mit dem die Abdeckung der Kiste beschichtet war.«

Peter Bock kaut und schluckt. Dann sagt er: »Dazu kommen wir doch gleich.«

»Konnten Sie etwas herausfinden?«

Bock lässt seine halb gegessene Semmel sinken und schaut ins Weite, über die parkenden Autos hinweg in den grauen Himmel. »Sie sind ganz schön ungeduldig«, erklärt er schließlich. »Ich habe keine Lust, das Gleiche zweimal zu erzählen.«

»Tut mir leid.« Karin fröstelt in der kalten Herbstluft, die Peter Bock nicht das Geringste auszumachen scheint. »Ich bin einfach nur ...«

»Neugierig?«

»Sind wir Frauen das nicht alle?«

Peter Bock probiert ein Lächeln und entblößt dabei sehr lange, ein wenig gelbliche Zähne. »Ich kann Ihnen zumindest jetzt schon sagen, dass wir über den bundesdeutschen Dachdeckerverband sämtliche Firmen angefragt haben, die mit Bitumen arbeiten. Es gab keinen Treffer.«

»Das heißt?«

»Na, was ich gesagt habe. Keine der angefragten Firmen arbeitet mit einer Bitumensorte, die marine Kieselgur enthält.«

»Haben alle Firmen geantwortet?«

»Alle, die wir angeschrieben haben, haben sich gemeldet. Sie waren sehr hilfsbereit.«

»Kann es aber sein, dass es Firmen gibt, die nicht Mitglied in diesem Dachdeckerverband sind und mit diesem Bitumen arbeiten?«

Peter Bock seufzt und wirft den Rest der Semmel in einen Abfalleimer neben dem Eingang zur Dienststelle, als hätte Karin ihm endgültig den Appetit verdorben.

»Kann ich mir nicht vorstellen«, sagt er und wischt sich mit der Papierserviette den Mund ab, die er anschließend in die Tasche seiner verschossenen Gabardinehose stopft. »Vielleicht experimentiert jemand damit im stillen Kämmerlein. Das ist die einzige Möglichkeit, die mir einfällt.«

»Aber dafür müsste er ja erst mal an diese Kieselgur herankommen, stimmt's?«

»Das es unseren Ermittlungen zufolge in Deutschland nicht gibt. Er bräuchte eine Bezugsquelle aus Übersee.«
»Das ist ein Problem.«
»Gut erkannt, PK Hieronymus.«

20. November 1981
Hag, Internat, 20:30 Uhr
Sophie, Chris, Eberhard und andere

Sophie ist ein bisschen verliebt in Chris, hütet sich aber, das zu zeigen, denn sie weiß, das würde alles kaputtmachen. Sie ist ein schüchternes Mädchen, das Pickel auf der Stirn hat und ein bisschen Übergewicht. Chris, für den ein definierter Körper alles ist, wird sich niemals für sie interessieren. Also nicht so, wie Sophie es sich wünscht. Außerdem hat er jetzt eine Freundin. Patricia, die Schottin, ist vermutlich so, wie Chris sich eine ideale Partnerin vorstellt. Hübsch, pickelfrei, blond, schlank, alles andere als schüchtern und sehr sportlich. Patricia spielt Hockey und ist eine der Besten ihres Teams. Damit kann jemand wie Sophie nicht konkurrieren, die X-Beine und zwei linke Hände hat.

Doch immerhin ist Chris, im Gegensatz zu manch anderen Mitschülern, sehr nett zu ihr. Er schätzt ihre Intelligenz und lobt ihren »männlichen Verstand«, womit er vermutlich meint, dass Sophie gut in naturwissenschaftlichen Fächern ist, was bei den meisten anderen Mädchen nicht zutrifft. In seiner Gegenwart fühlt sie sich sicher. Sie vertraut ihm. Er grenzt sie nicht aus, sondern bezieht sie ein. Er würde ihr nie hässliche Namen hinterherrufen oder auf Holzpulten im Physiksaal den Schriftzug »Sophie is a whore« hineinkratzen – ewig sichtbar, eine ständige Qual –, nur weil sie einmal mit dem falschen Jungen herumgeknutscht hat und sich anschließend geweigert hat, mit ihm zu schlafen.

Wieso sie deshalb eine Hure sein soll, ist nicht wirklich einleuchtend, aber Schikane folgt ja nicht unbedingt einer zwingenden Logik. Wer sich quälen lässt, wird gequält. Wer nicht viele Freunde hat, wird gemieden. Sophie hat außer Isi und Chris wenig Freunde – eigentlich gar keine, um genau zu sein. Mit Isi versteht sie sich zwar sehr gut, aber Isi ist meistens zu beschäftigt, um sich mit ihr abzugeben. Seitdem sie sich in Jakob verliebt hat, blockieren die beiden außerdem jeden zweiten Abend das gemeinsame Zimmer und machen Sophie noch heimatloser, als sie sich ohnehin schon fühlt.

Also ist sie froh, dass es Chris gibt. Denn wenn er nicht gerade mit Patricia zusammen ist, ist sie bei ihm willkommen. Das gilt besonders für die Wochenenden, die Patricia glücklicherweise nie im Internat verbringt. So gesehen kann Sophie trotz ihrer stets glimmenden Eifersucht froh sein, dass Patricia Chris' Auserwählte ist.

Heute ist Freitag. Patricia wird vor Sonntagnacht nicht zurückkommen. Isi und Jakob haben sich für halb neun angekündigt, was bedeutet, dass Sophie vorher unbedingt weg sein muss. Allein die Vorstellung, dass da zwei Leute ungeduldig auf ihren Abgang warten, um sich anschließend aufeinander zu stürzen, ist einfach zu demütigend. Weshalb sie schon oft die Tatsache verflucht hat, dass Jakob als Externer kein eigenes Zimmer hat. Immer muss ihres herhalten.

Um 20:20 Uhr verlässt Sophie das Föhrenhaus und geht hinüber ins Eichenhaus. Sie stößt die angelehnte Haustür auf und läuft über die knarzende Holztreppe hoch in den zweiten Stock, wo Chris sein Zimmer mit Eberhard teilt. Sollte er nicht da sein, wäre das blöd. Die Bibliothek könnte eine Alternative sein, wird aber gerade renoviert. Im Notfall müsste sich Sophie, mit einem Buch bewaffnet, in den Gemeinschaftsraum begeben, wo sich in der Regel eine Horde von Fröschen um den einzigen Flipper und den Tischtennistisch streitet.

Frosch wird man in Hag am See bis zur siebten Klasse genannt, und Sophie ist in der zehnten. Wer sich in ihrer Jahrgangsstufe außerhalb von Schulveranstaltungen mit Fröschen abgibt, zeigt, dass er untendurch ist. Es muss nur irgendein Trupp aus ihrer Klasse ausgerechnet heute dem Gemeinschaftsraum einen Überraschungsbesuch abstatten und sie dort mutterseelenallein unter den viel Jüngeren entdecken: Was ihr dann in den drauffolgenden Tagen blühen würde, malt sie sich lieber nicht aus.

Als letzte Möglichkeit bliebe ein stundenlanger Spaziergang in der Dunkelheit, die Sophies Einsamkeit gnädig kaschieren würde. Doch dafür ist es heute eigentlich zu kalt und zu windig. Dennoch hat sich Sophie vorsichtshalber warme Sachen mitgenommen. Ist Chris da, kann sie sie bei ihm deponieren. Wenn nicht, wird sie sich wenigstens nicht erkälten und kann sogar etwas gegen ihre überzähligen Kilos tun.

Es ist alles eine Frage des Willens, Sophie!
Chris...
Ich weiß das!
Na ja...
Du schaffst das!
Vielleicht.

Aber sie weiß, dass sie es im Moment nicht schaffen wird. Einsamkeit macht hungrig, und in Sport war sie von Anfang an eine Null. Das ist ein schwacher Trost, aber immerhin einer: Es ist im Grunde egal, wie viel sie wiegt, weniger Gewicht würde nichts ändern. Dazu kommt, dass ihre Eltern ihr dauernd Süßigkeiten schicken, weil sie ein schlechtes Gewissen haben. Nach einem unerwartet üppigen Erbe in diesem Frühjahr haben sie Sophie in aller Eile hierhin abgeschoben, weil sie ihr Leben genießen wollen, bevor das

Alter sein hässliches Haupt erhebt. Etwa so haben sie sich ausgedrückt, bevor ihre Mutter das Internatsleben in leuchtenden Hanni-und-Nanni-Farben schilderte und Sophie verstand, dass Widerstand zwecklos sein würde. Zurzeit sind ihre Eltern in Indien bei einem Guru. In den Weihnachtsferien, so wurde ihr bereits angedroht, würden sie Sophie dorthin mitnehmen, damit sie ihre pubertäre Verklemmtheit verlöre.

Ihre Eltern sind beide schlank und schön und begeisterungsfähig. Von Verklemmtheit keine Spur. Sie spürt deren Enttäuschung über ihr Aus-der-Art-Geschlagensein und teilt keineswegs deren optimistische Überzeugung, dass ein paar orgiastische Massenveranstaltungen, von ihren Eltern ehrfürchtig *Encounter* genannt, ihre Schüchternheit heilen könnten.

Schon im ersten Stock hört sie »This Is The End« von den Doors. Ihr fällt ein Stein vom Herzen, denn das bedeutet, dass Chris auf seinem Zimmer ist. Er liebt diesen Song, seitdem er den Film *Apocalypse Now* das erste Mal gesehen hat. Mittlerweile war er schon drei- oder viermal drin. Seine Augen leuchten, wenn er von ihm erzählt. Wahnsinn: Martin Sheen als Captain Willard auf der Suche nach dem angeblich verrückten, jedoch in Wahrheit ungemein klarsichtigen Colonel Kurtz, gespielt von Marlon Brando, der sich mitten im Dschungel Kambodschas ein eigenes Reich aufgebaut hat, bestehend aus abtrünnigen amerikanischen Soldaten und vietnamesischen Montagnards. Sophie weiß nicht, was Montagnards sind, hat aber nie nachgefragt, denn wer fragt, bekommt eine Antwort, und die artet bei Chris oft in einem Vortrag aus.

Der Song endet, und gleich danach folgt Richard Wagners »Walkürenritt«, unterlegt vom Dröhnen der amerikanischen Kampfhubschrauber, die einen Angriff auf ein vietnamesisches Dorf fliegen. Sophie klopft und macht nach ein paar Sekunden einfach die Tür auf, weil die Musik so ohrenbetäubend ist, dass sie ohnehin niemand hören würde. Eberhard und Chris sitzen auf ihren gegenüberstehenden Betten, Eberhard aufrecht in seiner braunen Wildlederjacke, die Hände in den Taschen und mit seinem üblichen, leicht unbehaglichen Gesichtsausdruck hinter der dicken Brille. Chris hat die Augen geschlossen und wiegt sich im Takt. Als er die Tür hört, winkt er Sophie hinein.

Neben Eberhard liegt ein grünes Ding. Sophie lässt sich neben Chris nieder und begrüßt Eberhard mit einem Nicken. Sie wartet, bis das Stück vorbei ist (es endet, das weiß sie von Chris, sobald das vietnamesische Dorf mit allen Bewohnern in Grund und Boden gebombt wurde). Eigentlich gilt *Apocalypse Now* als Antikriegsfilm, aber manchmal hat Sophie den Verdacht, dass er Leute wie Chris eher zum Gegenteil animiert. Chris besitzt militärische Tarnkleidung und hat Sophie bereits ein paarmal in den Wald mitgenommen, um ihr zu zeigen, wie man sich für eventuelle Feinde unsichtbar macht.

Sophie hat sich bei dieser Expedition nicht sonderlich geschickt angestellt. Außerdem fand sie das ganze Brimborium lächerlich. Warum sollte man sich freiwillig unter einem Blätterhaufen verstecken, wo man Mückenstiche und Zeckenbisse riskierte, wenn doch weit und breit kein Feind im Anmarsch war? Anschließend haben sie also über die Notwendigkeit diskutiert, sich solche Techniken überhaupt anzueignen. Sophie war der Meinung, dass sie überflüssig seien, Chris orakelte über das Trügerische des aktuellen Pseudofriedens und sah sie dabei bedeutungsvoll an, als ob er etwas wisse, das so geheim sei, dass er nicht darüber sprechen könne. Sophie kannte das schon. Fragte man nach, kam außer mysteriösen Andeutungen nichts, schon gar nichts Greifbares.

Man muss vorbereitet sein.
Worauf denn?
Krieg natürlich.
Der nächste Krieg wird mit Pershing II, Cruise Missiles und SS-20-Raketen geführt. Zigfacher Overkill. Da nützen deine Übungen auch nichts.
Und was wird nach dem Atomkrieg sein?
Na, Wüste. Leere. Berge von Leichen. Kein Leben mehr, nirgends.
Es gibt immer Überlebende, Sophie. Immer. Und dann muss man bereit und in der Lage sein, sich zu verteidigen.
Vor den Überlebenden?
Ja sicher. Es werden nicht nur die Guten überleben.

»Was ist das?«, fragt Sophie. Sie deutet auf das grüne Ding, ein ummantelter Draht, wie sie feststellt. Sie beugt sich vor und will ihn in die Hand nehmen.

»Lass das liegen!«

Das ist Chris, und seine Stimme klingt hart und unfreundlich, so wie Sophie ihn gar nicht kennt. Sie schreckt zurück und entschuldigt sich sofort, was, wie ihr zu spät einfällt, Chris nicht ausstehen kann. Auch jetzt sagt er gereizt: »Du musst dich nicht dauernd entschuldigen.« Sophie merkt, dass er mit aller Kraft versucht, sich zusammenzunehmen. Selbstbeherrschung ist ihm sehr wichtig. Wer seine Gefühle im Griff hat, kann jeden Gegner schlagen, glaubt Chris.

Jetzt nimmt er das Ding in die Hand, wiegt es scheinbar unschlüssig und wirft es in Sophies Schoß. Es sieht aus wie eine sehr dünne, zusammengerollte Schlange. Erstaunlich schwer, stellt sie fest. Keine Ahnung, was sie damit anfangen soll. Irgendwie scheut sie sogar davor zurück, es zu berühren.

»Was ist das?«

Chris grinst und wird dann plötzlich ernst. »Was denkst du?«, fragt er, als würde es ihn wirklich interessieren.

»Sieht aus wie ein – Telefondraht?«

»Nicht schlecht.«

»Wieso nicht schlecht? Was wollt ihr damit machen?«

»Kommunikation.«

»Was meinst du damit?«

»Egal, vergiss es.« Chris beugt sich vor und nimmt ihr das Ding wieder weg. »Wir lassen das jetzt verschwinden«, sagt er an Eberhard gewandt, und Eberhard springt auf wie ein folgsamer Soldat. Chris reicht ihm den Draht, und Eberhard verstaut ihn irgendwo unter seinem Schreibtisch. Chris sieht ihm dabei zu mit einem nachdenklichen, fast traurigen Ausdruck, den Sophie nicht deuten kann. Es ist jetzt sehr still. Eberhard dreht die Kassette um, schiebt sie in den Rekorder und will die Starttaste drücken, aber Chris hebt die Hand.

»Keine Musik jetzt«, sagt er.

»Okay«, sagt Eberhard.

»Isi hat sich die Haare schwarz gefärbt«, sagt Chris, und seine Stimme klingt dumpf und gleichzeitig merkwürdig dringlich, als wollte er Eberhard und Sophie auf eine unglaublich wichtige Tatsache hinweisen.

»Getönt«, verbessert Sophie.

»Weißt du, wann sie das gemacht hat?«

»Nein.« Sophie überlegt. »Ich glaube, sie kam schon so aus den Ferien zurück.«

»Wo war sie in den Ferien?«

»In München, glaube ich. Also bei ihren Eltern.«

»Nicht verreist?«

»Ich glaub nicht. Ihre Eltern verreisen nicht viel. Die müssen irgendwie sparen oder so.«

Chris fragt sie manchmal über Isi aus, ganz beiläufig, als wären die Antworten nicht wichtig. Sophie hatte ihn früher im Verdacht, in Isi verliebt zu sein, und manchmal hat sie befürchtet, dass er nur deshalb mit ihr befreundet ist.

Aber nun hat er doch Patricia, oder nicht? Wieso interessiert er sich für Isis Haarfarbe?

»Das hat sie doch gar nicht nötig«, sagt Chris währenddessen vorwurfsvoll, als hätte Sophie Isi dazu veranlasst.

»Wer? Isi?«, fragt sie.

»Sie hat doch dunkle Haare! Wieso färbt sie die schwarz?«

»Das wäscht sich wieder raus.«

»Ja, aber jetzt ist es drin!«

Sophie würde am liebsten gehen, obwohl das bedeuten würde, dass sie noch eine halbe Stunde bis zur Bettgehzeit allein rumbringen müsste, aber Chris fixiert sie auf eine Weise, die ihr ein wenig Angst macht. So als würde er einerseits ganz tief in sie hineinsehen, genau dorthin, wo ihre Ängste sitzen. Und andererseits durch sie hindurchschauen, als wäre sie vollkommen unwichtig.

Nicht existent in seiner Welt.

Sie schafft es nicht, aufzustehen. Eine halbe Ewigkeit vergeht, Chris und Eberhard tuscheln. Und trotzdem bleibt sie sitzen. Erst das Läuten der Uhr befreit sie aus ihrer Erstarrung. Sie stolpert zur Tür, ohne sich zu verabschieden. Keiner hält sie auf.

Sophies Kontakt zu Chris endet nach diesem Abend für immer. Sie werden kaum noch miteinander reden, sich weitgehend ignorieren, als wären sie nie befreundet gewesen. Und doch wird Chris' Einfluss etwas bewirken. Nach einem halben Jahr wird Sophie zehn Kilo abgenommen haben. Ihre Pickel werden verschwunden sein, und sie wird sich zum ersten Mal verlieben und zurückgeliebt werden.

Alles, was davor gewesen ist, wird jahrzehntelang wie ausgelöscht sein.

Februar 2011
Julia Neubacher, Journalistin

Als mich meine erste Liebe in Hag am See verließ, steckte ich mitten in den Abiturvorbereitungen. Florian ließ mich sitzen, plötzlich war ich nach drei Jahren Beziehung wieder allein. Und alle wussten sofort Bescheid, weil er vor seinen Freunden über mich ablästerte, als hätte ich mich getrennt und nicht er (natürlich erfuhr ich davon; Internate sind die Klatschbörsen schlechthin). Ich sei egoistisch, behauptete Florian meinen indiskreten Zuträgern zufolge. Ich lebe in meiner eigenen Welt, zu der niemand Zutritt hätte, und betrogen hätte ich ihn außerdem.

Man könne mir nicht vertrauen.

Ich stellte mir vor, wie die anderen zustimmend nickten und ihrerseits Beispiele für meinen Egoismus und meine Treulosigkeit beisteuerten, und keiner fragte, warum Florian es denn dann so lange mit mir ausgehalten und mir außerdem meinen *einzigen* Seitensprung verziehen hatte.

Drei Jahre sind in dem Alter eine halbe Ewigkeit. So schlimm konnte ich also gar nicht gewesen sein.

Aber das war egal. Florian war unglaublich beliebt, und ich demzufolge nun Persona non grata, mit der sich keiner mehr sehen lassen wollte. Das warf alles um, was ich mir in dieser Zeit mühsam aufgebaut hatte. Keine einzige Freundschaft überlebte, als ich mit dem zweitschlechtesten Abitur der Klasse Hag am See verließ – schlank, ohne Pickel, aber wieder am absoluten Nullpunkt angelangt. Nach einem Heulanfall bei der Abiturfeier – natürlich ein Desaster, ich saß die ganze Zeit allein herum – beschloss ich, Sophie sterben zu lassen. Während die anderen noch tanzten und tranken, hockte ich in meinem zu räumenden Zimmer neben meinen gepackten Koffern und verliebte mich in die Idee, mich fortan Julia zu nennen.

Das war weniger dramatisch, als es sich anhört, denn Julia ist mein zweiter Vorname. Aber trotzdem ist es ein Einschnitt, den Rufnamen zu ändern. Als Julia fing ich von vorne an, begann zu studieren, machte meinen Abschluss, schaffte die Aufnahmeprüfung auf die Journalistenschule, suchte mir neue Freunde, neue Liebhaber und übte mich im Vergessen. Die dreieinhalb Jahre davor wurden auf diese Weise zum unwichtigsten Intermezzo in meinem Lebenslauf.

Oh ja, das geht.

Es hat allerdings Jahre gedauert, bis ich so weit war. Bis ich nicht mehr jeden Mann für Florian bezahlen ließ, bis ich überhaupt in der Lage war, Freundschaften zu pflegen, mich zu verlieben. Ich wurde eine andere. Eine Julia eben. In Maßen stark, in Maßen selbstbewusst, humorvoll, manchmal zynisch und erfreulich erfolgreich.

Vielleicht versteht also irgendjemand da draußen, warum ich mich *auf gar keinen Fall* an meine Internatszeit erinnern wollte. Ich verbrachte dort die ersten sechs Monate als Niemand, wurde schließlich ein Jemand und endete wieder als Niemand. Das ist ein Niemand zu viel.

Es ist der letzte Verhandlungstag vor dem Urteil. Heute werden die Plädoyers gehalten. Oberstaatsanwältin Heisterkamp ist in ihrem Element. Sie redet fast druckreif, und sie argumentiert geschickt. Gleich zu Anfang kommt sie darauf zu sprechen, dass es keine Beweise gibt, auch keine forensischen. »Niemand hat die Entführung der zehnjährigen Annika beobachtet. Die DNA konnte nicht mit dem Angeklagten in Verbindung gebracht werden: Ja, es handelt sich um einen klassischen Indizienprozess, und das ist immer ein Problem.«

Dann aber – als ob sie Letzteres nie zugegeben hätte – rekapituliert sie den gesamten Ablauf der Planung und der Entführung wie einen hieb- und stichfesten Tatsachenbericht. Dass Leitmeir und sein Komplize die Tat bereits im Frühjahr in Angriff genommen hätten, ersichtlich aus der Tatsache, dass die Buchstaben und Worte des ersten Erpresserbriefs fast vollständig aus mehreren Zeitungen mit Erscheinungsdatum Ende Mai bestehen. Dass Leitmeir und sein Komplize die kleine Annika »monatelang observierten und dann zum Schluss kamen, sie auszuwählen«. Dabei verschweigt sie zum einen, dass die Telefonnummer als einziges Element erst nach der Entführung auf den Erpresserbrief geklebt wurde, was den Schluss nahelegt, dass Annika bestenfalls ein Zufallsopfer war. Und zum anderen, dass Annika erst seit Anfang Juli 1981 jeden Dienstagnachmittag zur Turnstunde nach Hag fuhr. Also mehr als einen Monat nachdem das Verbrechen laut Heisterkamp geplant worden war, und insgesamt bloß viermal vor den großen Ferien, in denen das Turnen natürlich nicht stattfand.

Ansonsten wird alles, was gegen Leitmeir als Täter spricht, kleingeredet, wegargumentiert. Die zweifelhafte Aussage des Alkoholikers Grasmann – die Staatsanwaltschaft schenkt ihr trotzdem Glauben, weil es damals auch Ermittler gegeben habe, die seinen Geisteszustand als stabil einschätzten. Was das Hauptindiz – das Tonbandgerät – betrifft, folgt die Staatsanwaltschaft ebenfalls zu hundert Prozent den Ausführungen der Sachverständigen Dr. Stadler, als hätte Martin Schön ihre Thesen nicht wenigstens zum Teil widerlegt.

Auch das von Leitmeirs Verteidiger mehrfach geäußerte Argument, dass Annika Schön als Opfer ungeeignet war, weil ihre Eltern gar nicht vermögend genug waren, um die Erpressersumme aus eigener Tasche bezahlen zu können (und deshalb die Polizei einschalten mussten – etwas, das ihnen die Entführer in ihren Briefen ausdrücklich untersagt hatten), wischt die Heisterkamp vom Tisch. »Wir sind überzeugt davon, dass Annika von Anfang an im Fokus der Täter stand. Annika fuhr jeden Dienstag in die Turnstunde nach

Hag und abends wieder zurück. Die Täter haben sie dabei beobachtet. Sie war aus ihrer Sicht das ideale Opfer.«

Alles andere wäre vermutlich zu kompliziert.

Dass Leitmeir die Tat nicht allein begangen haben kann, weil dafür die Kiste viel zu schwer war, räumt die Heisterkamp immerhin ein. Aber wer ist der Komplize? Wolfgang Deweleit, der den Ermittlungen zufolge als Einziger infrage käme, aber nicht aussagen musste, weil die Indizien nicht ausreichten?

Warum reichten sie dann bei Leitmeir?

Fragen, die sich aufdrängen, die die Oberstaatsanwältin aber nicht beantwortet, obwohl sie in ihrem Plädoyer explizit von einem zweiten Täter ausgeht. Und dennoch – jemand, der nicht bis in die Details mit dem Fall vertraut ist, würde ihr jedes Wort glauben. Vieles klingt so verdammt überzeugend. Leitmeir war – »das konnten wir beweisen« – schon vor der Entführung kriminell in Erscheinung getreten. Es gab mehrere Zeugen, die ihn belasteten. Er hatte kein Alibi, aber versucht, sich eines zu beschaffen. Er war zwar schon damals übergewichtig, aber körperlich fit, und er galt als extrem versierter Handwerker und Techniker. Zudem hatte er hohe Schulden, war intelligent genug für die Planung solch einer Tat und alles andere als ein netter Mensch. Noch einmal wird der steifgefrorene Hund aus der Tiefkühltruhe beschworen (und eine vielsagende Kunstpause gemacht, als das Publikum stöhnt bei der Vorstellung eines treuen Tieres, das unschuldig leiden und sterben musste, bloß weil sein Halter schlechte Laune hatte).

Gleich danach kommt die Heisterkamp zum Schluss ihrer – man muss es zugeben – glänzenden Performance. »Ich möchte mir nicht vorstellen, was dieses Verbrechen der Familie Schön angetan hat«, sagt sie und wendet sich nun direkt an Martin, der sich standhaft weigert, ihren warmherzigen Blick zu erwidern. »Ich spreche bewusst nicht nur von dem kleinen Mädchen, dessen Leben auf so grausame Weise beendet wurde. Ich spreche auch von ihren Angehörigen, deren gesamte Existenz aus den Angeln gehoben wurde. Der viel zu frühe Tod eines Kindes ist für Eltern und Geschwister immer ein Trauma, das noch jahrelang fortwirkt. Ein zu früher Tod unter solchen Umständen, wie wir sie hier verhandeln mussten, wirkt wie Sprengstoff. Ihr Vater ist im Verlauf dieses Prozesses gestorben, wofür ich Ihnen, Herr Schön, mein herzliches Beileid aussprechen möchte. Doch worauf ich hinauswill: Diese Familie, meine Damen und Herren, hohes Gericht, hat trotz der entsetzlichen Umstände zusammengehalten. Dafür zolle ich Ihnen als Vertreter dieser Familie den allergrößten Respekt. Und lassen Sie mich noch eine persönliche Anmerkung anfügen: Ich werde nie ermessen können, wie schlimm das alles für Sie war. Es tut mir entsetzlich leid, dass Sie all das noch einmal durchleben mussten.«

Im Publikum ist ein einzelner Schluchzer zu hören.

Die Heisterkamp macht eine achtungsvolle Pause, bevor sie die Höchststrafe fordert – lebenslänglich, allerdings ohne Sicherheitsverwahrung. Dann setzt sie sich wieder hin.

Leitmeirs Verteidiger steht nach einem Nicken des Vorsitzenden Richters auf. Sein Plädoyer ist in Ordnung, aber nicht annähernd so kraftvoll und überzeugend wie das der Vorrednerin. Er bestreitet die Glaubwürdigkeit des damaligen Zeugen Grasmann und die Relevanz des Tonbandgeräts und begründet beides ausführlich. Er weist das Gericht auf die übrigen eklatanten Lücken in der Beweisführung hin. Er sagt: »Beweisführung – Entschuldigung, verehrte Anwesende, da habe ich mich versprochen: Es gibt ja gar keine Beweise. Nicht einen einzigen. Ich möchte das Gericht bitten, das zu berücksichtigen.«

Aber seine Argumente verfangen nicht. Weder beim Publikum noch beim Gericht. Das große Problem ist möglicherweise Leitmeir selbst, seine massige Erscheinung, der dichte Bart über dem groben Gesicht, seine unangenehme Stimme, seine zur Schau getragene Selbstsicherheit, die dreist und anmaßend wirkt. Auch wenn er das Verbrechen nicht begangen haben sollte – zutrauen würde es ihm jeder. Er erweckt keine Spur von Mitleid oder Empathie. Jeder im Gerichtssaal würde ihm die Gefängnisstrafe gönnen – wenn nicht für eine Entführung, in der der Tod des Opfers »leichtfertig in Kauf genommen wurde«, wie es die Heisterkamp formuliert hat, dann eben für irgendetwas anderes. Verdient hat er es auf jeden Fall, im Knast zu verrotten. So denkt hier bestimmt mindestens jeder Zweite.

Eine Woche später schließt sich das Gericht der Staatsanwaltschaft vollumfänglich an, auch was das Strafmaß betrifft. Lebenslänglich ohne Sicherheitsverwahrung. Das läuft auf fünfzehn Jahre hinaus.
Karl Leitmeir wird in Handschellen abgeführt.
Der Prozess ist zu Ende.
Diesmal gibt es wieder eine Seite drei. Auch die anderen Zeitungen werden sich nicht lumpen lassen, vor allem da Leitmeirs Verteidiger vor den Medien ankündigt, in Revision zu gehen. Leider klingt dieser markige Satz zwar kämpferisch, ist aber lediglich eine Absichtserklärung. Eine Revision muss vom Bundesgerichtshof zugelassen werden. Das kann ewig dauern. Häufig weist der BGH den Antrag schon bei der Eingangsprüfung als unbegründet ab. Abgesehen davon haben neun von zehn Revisionen ohnehin keinen Erfolg.

Abends um zehn treffe ich mich zum vermutlich letzten Mal mit Martin in der Augsburger Pizzeria. Ich weiß, dass ich ihn bitter enttäuscht habe, und würde deshalb am liebsten nicht hingehen, aber ich weiß auch, was ich ihm schuldig bin. Eine Erklärung, weshalb ich keine Hilfe war.
Keine sein konnte.
Martin sitzt bereits vor seinem Bier, als ich den unattraktiven Gastraum betrete. Es riecht nach feuchtem Holz, verbranntem

Pizzateig und Alkohol. Wie üblich sind nur wenige Tische besetzt. Ich frage mich zum x-ten Mal, wie sich dieser Laden eigentlich über Wasser hält. Geldwäsche?

»Hi«, sage ich betont munter und lasse mich ihm gegenüber nieder.

Martin nickt mir zu. Die Kellnerin bringt meinen üblichen Rotwein und fragt, ob wir noch etwas bestellen wollen, die Küche schließe demnächst. Ich schüttle den Kopf. Ich habe nach der Urteilsverkündung mit Lutz zusammengegessen, wir haben uns die Köpfe heißgeredet über den Prozess, und nach diesem Treffen werde ich zu ihm fahren und bei Lutz übernachten: Ich will, dass Lutz ein Teil meines Lebens wird, und mittlerweile habe ich das Gefühl, dass er das auch will.

Ich bin also einerseits enttäuscht über den Ausgang des Prozesses, andererseits aber auch sehr, sehr glücklich und ein bisschen ängstlich. Beides gehört in meinem Leben zwingend zusammen. Glück inklusive der Angst, es zu verlieren. So ist meine Stimmung gerade: ein Mix aus den unterschiedlichsten Gefühlen.

Eine fette Prise schlechtes Gewissen ist auch dabei.

Martin schiebt einen Stapel Blätter zu mir herüber.

»Lies das«, sagt er.

»Jetzt?«

»Wann denn sonst?«

»Das sind mindestens zwanzig Seiten, und ich hab meine Brille vergessen. Sag mir doch einfach, was da drinsteht.«

Martin schaut mich nur an.

»Okay«, sage ich seufzend, wühle in meiner Tasche, finde doch noch meine Lesebrille und vertiefe mich in einen Vernehmungsbericht, verfasst in der üblichen langweiligen Bürokratensprache, die nicht die geringsten Rückschlüsse zulässt auf die Stimmung während des Verhörs.

Er ist datiert auf den 24. Juni 1983, anderthalb Jahre nach der

Entführung. Befragt werden zwei Schüler, die der Polizei einen grün ummantelten Draht ausgehändigt haben. Allerdings erst nachdem die Polizei eine Hausdurchsuchung im Landerziehungsheim Forster angekündigt hat.

Der knapp hundertvierzig Meter lange Klingeldraht, so der Bericht, sei Polizisten bereits kurz nach dem Auffinden Annika Schöns aufgefallen. Er war um einen Baum herumgewickelt, zog sich etwa hundert Meter weit den Weg durch den Traubenhain entlang und endete an einem anderen Baum, um den er ebenfalls gewickelt war. Da einige Anwohner darauf hinwiesen, dass in diesem Teil des Traubenhains viele Kinder spielten, meldeten die Beamten zwar den Draht ihren Vorgesetzten, maßen ihm aber keine allzu große Bedeutung bei.

Ein Fehler, wie irgendein Ermittler irgendwann erkannt haben muss. »In Wirklichkeit scheint der Draht in unmittelbarem Zusammenhang mit der Entführung zu stehen und diente vermutlich als Warnanlage. Er war in einem Abstand von etwa zehn Metern parallel zum Seeweg gespannt, sodass man vom südlichen Ende in Richtung Hag und vom nördlichen Ende in Richtung Salbrunn schauen konnte. Durch den Draht war es daher möglich, den Seeweg in beide Richtungen zu kontrollieren und sich zu signalisieren, wenn die Luft rein war. Dazu musste allerdings an jedem Ende der Warnanlage eine Person stehen, was auf mindestens zwei Täter hindeutet.«

Die Schüler Christian Brockmann und Eberhard Klein gaben zu Protokoll, den Draht »im April 1982« im Traubenhain entdeckt zu haben, nachdem sie »einer Eule nachgejagt« seien. Sie hätten dann den Draht abgenommen, ins Internat gebracht und im Beisein einer schottischen Gastschülerin namens Patricia Armstrong und einer regulär internen Schülerin namens Sophie Neubacher auf dem Sportplatz ausgerollt, anschließend wieder aufgerollt und in Eberhard Kleins Zimmer in einer abschließbaren Kassette deponiert. Einen überzeugenden Grund hätten sie für diese sonderbare Aktion nicht angegeben, und die Beamten schienen auch nicht allzu eifrig nachgefragt zu haben.

»Patricia Armstrong konnte nicht ausfindig gemacht werden; eine Anfrage an schottische Kollegen verlief ins Leere. Auch Sophie Neubacher konnte nicht vernommen werden, sie hat laut Auskunft der Schule im Mai 1983 Abitur gemacht und befindet sich laut Auskunft ihrer Eltern seit Mitte Juni auf einer halbjährigen Reise in Südamerika.«

Ich werde blass, das spüre ich.

»Es besteht allerdings kein Grund, den Aussagen Christian Brockmanns und Eberhard Kleins zu misstrauen ... Nach Aufnahme ihrer Personalien und ihrer Versicherung, jederzeit für Nachfragen zur Verfügung zu stehen, wurden die Zeugen Christian Brockmann und Eberhard Klein entlassen ...«

Verdammt.

Chris, Eberhard und der grüne Draht damals auf meinem Schoß. Aber doch nicht erst im Jahr 1982, sondern viel, viel früher. Kaum einen Monat nachdem Annika gefunden worden war, irgendwann im November 1981. Und an die Sache mit dem Abrollen des Drahts auf dem Sportplatz kann ich mich überhaupt nicht erinnern.

Ich bin absolut sicher, dass ich nicht dabei war.

»Scheiße«, sage ich. »Woher hast du das?«

»Wer ist Sophie Neubacher? Deine Schwester? War die auch auf dieser Schule? Warum hast du mir das nicht gesagt?«

Ich hole tief Luft. »Nein, das bin ich.«

»Du? Du??«

»Sophie ist eigentlich mein Rufname, aber dann habe ich mich für Julia, meinen zweiten Namen, entschieden.«

Martin fährt sich durch seine dicken, dunklen Haare, ziemlich grob, als wollte er sie sich ausreißen. Dann nimmt er plötzlich sein Glas Bier, trinkt es in wenigen Schlucken leer und winkt mit einer fast ausgelassenen Handbewegung der Kellnerin. »Ich muss mich betrinken«, sagt er.

»Hör auf«, sage ich. Martin betrinkt sich nie, das ist nicht sein Stil. Die Kellnerin kommt, er bestellt sich ein zweites Bier und einen Schnaps. »Du noch einen Wein? Natürlich, oder? Einer mehr geht bei dir doch immer!«

»Nein, danke.«

»Ach, komm schon!«

»Nein!«

»Wann bist du deshalb vernommen worden?«

»Gar nicht! Das schwöre ich! Kein Mensch hat mit mir geredet!«

Eine Pause entsteht. Mein Kopf fühlt sich vollkommen leer an. Ich habe irgendwas versäumt, aber mir fällt nicht ein, was.

»Der siebzehnte Verhandlungstag«, sagt Martin schließlich, als sein Bier vor ihm steht. Er schüttet die Hälfte runter, als wäre es nichts, wischt sich den Mund ab und stellt das Glas mit einem Knall auf den Holztisch.

»Was war da?«, frage ich.

»Am siebzehnten Verhandlungstag wurde die Sache mit dem Draht verhandelt. Du warst nicht da. Warum nicht?«

»Weiß ich doch jetzt nicht mehr, das ist Monate her! Ich hatte keine Ahnung von Chris und Eberhard, in den Akten stand nur, dass es sich um zwei Schüler handelt! Kein Wort von Hag am See!«

»So ein Zufall. Komisch, dass ich dir nicht glaube.«

»Martin...«

»Dir war bekannt, dass an diesem Tag genau dieser Komplex verhandelt werden würde.«

»Kann sein, aber... wahrscheinlich konnte ich einfach an dem Tag nicht. Wie an vielen anderen Prozesstagen auch. Ich war nicht immer da.«

»Tja«, sagt Martin und kippt seinen Schnaps. »Wenn ich das

hier...« – er deutet auf die Loseblattsammlung vor mir – »... wenn ich das hier früher gehabt hätte, wäre ich hingegangen.«

»Du warst auch nicht da?«

»Die Namen hatte ich nicht, und meine Tochter war krank. Deshalb konnte ich an dem Tag nicht kommen. Ich hab's erst gestern gekriegt.«

»Diese Papiere? Von wem?«

»Das ist egal. Also war ich nicht da. Und du auch nicht.«

»Ja, das haben wir jetzt geklärt. Beruhig dich mal.«

»Du weißt, warum ich mit dir geredet habe. Und nur mit dir. Du warst in diesem Internat, das hast du mir gesagt, und das hat mich überzeugt. Ich dachte, du erinnerst dich an etwas, oder du oder einer deiner Mitschüler hat vielleicht etwas gesehen...«

»Ja. Aber das ist nicht so einfach.«

»Du hast immer gesagt, du würdest versuchen, dich zu erinnern, aber von dir ist nie etwas gekommen außer irgendwelchen belanglosen Anekdoten. Stattdessen hast du durch mich deine Position in der Zeitung verbessert. Und jetzt erfahre ich...«

»Ich wusste das nicht mehr! Ich wusste das wirklich nicht mehr, ich schwör's dir! Es ist fast dreißig Jahre her!« Die Kellnerinnen stehen an der Bar und sehen zu uns rüber. Ich höre auf zu schreien und leere mein Glas Wein.

»Was wusstest du nicht mehr? Die Sache am Sportplatz?«

»Da war ich nie.«

»Wie, nie?«

»Natürlich war ich früher am Sportplatz. Aber nicht mit Chris und Eberhard. Ich hab diesen Draht nie ausgerollt gesehen. Das stimmt einfach alles nicht. Zu dem Zeitpunkt war ich auch schon längst nicht mehr mit Chris befreundet.« Das zweite Glas Wein wird gebracht, mit der halbwegs freundlichen Ermahnung, bitte leiser zu sprechen. Die Kellnerin hat einen harten Akzent, eher osteuropäisch als italienisch. Ich lächle sie an.

Dann nehme ich einen Schluck.

Dann erzähle ich Martin die Geschichte mit dem grünen Draht. So wie sie in meiner Erinnerung wirklich abgelaufen ist.

Zu spät, klar. Die Sache ist gelaufen. Es wird keine Revision geben, weil es keine Formfehler gegeben hat, die eine Revision erst möglich machen würden. Das Gericht hat in dieser Hinsicht sauber gearbeitet, das hat selbst Leitmeirs Anwalt in einem Hintergrundgespräch heute Nachmittag zugegeben.

Abgesehen davon haben Chris und Eberhard den Draht bei der Polizei abgeliefert, die Begründung, weshalb er in ihrem Besitz war, wurde ihnen geglaubt.

Kein neuer Ermittlungsansatz in Sicht, Ende der Geschichte.

Oder?

TEIL DREI

13. August 2019
Neun Jahre nach der
Verurteilung Karl Leitmeirs
Julia Neubacher-Vogt, Journalistin

Ein heißer Sommertag in der Redaktion. Mein Festnetztelefon klingelt zum ungefähr fünfhundertsten Mal, ich werfe einen kurzen Blick aufs Display: eine unbekannte Mobilnummer. Ich hebe nach kurzem Zögern ab und sage meinen Namen.

Es ist Martin. Neun Jahre später.

Ich bin so überrascht, dass mir die Worte fehlen. Dann sage ich: »Wow. Wie geht's dir?«

»Gut. Und dir?«

»Auch gut, danke. Sehr gut«, füge ich hinzu.

»Du bist verheiratet?«

»Woher weißt du das?«

»Na, der Doppelname unter deinen Artikeln?«

»Stimmt, ja.« Ich muss lachen. »Ja, seit letztem Jahr. Mit Lutz«, füge ich hinzu, obwohl ich nicht glaube, dass Martin sich an ihn erinnert.

»Herzlichen Glückwunsch.« Das klingt ehrlich, auch wenn ich weiß, dass er natürlich nicht deswegen anruft. Es gab mehrere Beiträge über ihn und den seiner Ansicht nach unaufgeklärten Fall. Es gab Auftritte in Talkshows, sogar Sondersendungen. Über ihn. Über Annika. Und über gewisse Mitschüler in Hag am See, die er verdächtigt. Ich habe mich all die Jahre rausgehalten.

Will ich das weiterhin tun? Es ist komisch, aber irgendetwas gibt mir das Gefühl, als hätte ich nur auf seinen Anruf gewartet. Ich atme hastiger und tiefer, mein Herz klopft: Ich bin aufgeregt, aber auf eine gute Art.

Schließlich frage ich ganz direkt: »Warum rufst du mich an?«
Er sagt: »Vielleicht können wir uns mal treffen.«
»Du bist – du bist nicht mehr sauer auf mich?«
Er antwortet nicht. Es ist so still, als wäre die Verbindung abgebrochen.
»Martin?«
»Ich war nie sauer auf dich.«
Das stimmt zwar nicht, aber ich bin trotzdem erleichtert.
Und ja. Ja! Ich will mich mit ihm treffen. Auch wenn ich keine Ahnung habe, wohin mich das führen wird.

September 2019
Julia Neubacher-Vogt

Martin und ich treffen uns in einem Café in Augsburg am Stadtmarkt.

Wir haben uns upgedatet. Martin ist zum zweiten Mal und diesmal, wie er andeutet, sehr glücklich verheiratet. Er ist nach wie vor Lehrer, an derselben Schule wie vor zehn Jahren. Ich erzähle ein bisschen von mir und Lutz, der nun stellvertretender Chefredakteur eines People-Magazins ist.

Schließlich kommt eine Frau an den Tisch, die ich in ihrem schwarzen Kleid zuerst für die Bedienung halte. Weshalb ich ziemlich verblüfft bin, als Martin aufsteht und sie mit Küsschen links und rechts begrüßt.

Ist das seine Frau? Sie sieht viel jünger aus als er, höchstens wie Mitte dreißig.

Nein. Seine Frau begrüßt man anders.

»Das ist Barbara Brandt«, sagt Martin. Der Name kommt mir irgendwie bekannt vor. Ich lächle und stelle mich meinerseits vor.

»Setz dich«, sagt Martin freundlich, ja herzlich zu der Frau in Schwarz.

Wer ist sie? Auch eine Journalistin? Nach den üblichen »Ist-es-nicht-wahnsinnig-heiß-heute«-Präliminarien erfahre ich, dass Barbara Brandt keine Journalistin, sondern Altphilologin mit Doktortitel ist. Ihr Schwerpunkt seit der Promotion, erzählt sie munter, sei Textkritik, Paläografie, Überlieferungsgeschichte, Lexikografie, und das alles mit medizinischen Texten aus der Antike und dem Mittelalter.

»Aha«, sage ich und beschließe, diese Begriffe später zu googeln, um nicht dazustehen wie eine Idiotin. Währenddessen berichtet Frau Brandt, dass sie hier nur ihre Mutter besuche, aber eigentlich in London lebe, dort an der Uni angestellt sei und sich mit Sprachanalysen, Durchdruckspuren, Autorenbestimmung und Grafologie beschäftige.

»Also, wie kam ich zu dem Fall«, fährt Barbara Brandt fort und sieht mich zum ersten Mal aufmerksam an, als könnte ich ihr diese offenbar rhetorisch gestellte Frage beantworten.

»Welcher Fall?«, frage ich zurück, und plötzlich dämmert es mir.

Ein Zitat von ihr in einem ausführlichen Magazinartikel, den ich über Annika Schön gelesen habe. Barbara Brandt war diejenige, die Martin beauftragt hatte, die Erpresserbriefe zu analysieren. Wenn ich mich recht erinnere, hatte sie zum einen Durchdruckspuren analysiert, die einer mathematischen Figur aus der Stochastik – Lehrstoff der zwölften Klasse – ähnelten. Und zum anderen Machart und Formulierungen der Erpresserbriefe, die nach ihren Ergebnissen nicht von Erwachsenen verfasst worden seien.

Also nicht von Leitmeir und Konsorten. Sondern eventuell von Schülern. Meinen Mitschülern?

»Barbara hilft mir. Nicht nur, was die Erpresserbriefe betrifft. Sie hat unglaublich viel herausgefunden«, sagt Martin.

»Wow«, sage ich.

Ich lege mein Mobiltelefon mit der Aufnahme-App auf den Tisch. Barbara entpuppt sich als Goldgrube. »Was ich da mit den Briefen gemacht habe, diese Analyse, das ist Standard, eine Fingerübung«, sagt sie. »Eigentlich wäre das Aufgabe der deutschen Behörden gewesen. Wieso die das nicht getan haben, ist mir ein Rätsel. Mir ist auch ein Rätsel, wieso man keine Sprachanalyse von Leitmeir gemacht hat. Die hätte ihn nämlich entlastet.«

»Warum?«

»Hoher elaborierter Wortschatz, über den Leitmeir nicht verfügt. Korrekte Silbentrennung trotz der absichtlich eingestreuten Fehler. Die Briefe sind außerdem viel zu lang. Hast du schon mal versucht, ein Blatt Papier mit so vielen unterschiedlichen Silben aus unterschiedlichen Medien zu bekleben?«

»Nein«, sage ich.

»Das dauert Stunden, wenn nicht einen ganzen Tag. Warum sollten Täter sich so viel Mühe machen, wenn ein einziger Satz vollkommen ausreichen würde?«

»Ja, warum?«, frage ich.

»Da hat sich jemand verspielt. Sich verliebt in die Idee, das perfekte Verbrechen zu planen. Dazu kommt: keine Ahnung vom richtigen Leben. Auch das weist auf junge Täter.«

»Zum Beispiel?«

»Kein Erwachsener würde auf einem Kuvert die Berufsbezeichnung des Empfängers angeben, es sei denn, der Inhalt des Briefs bezieht sich darauf.« Wir gehen gemeinsam die Kopien der Erpresserschreiben durch, die sie mitgebracht hat. Sie zeigt mir das getippte Kuvert, auf dem der Adressat Stephan Schön als Lehrer bezeichnet wird. »Für einen Schüler ist das aus naheliegenden Gründen relevant, für einen Erwachsenen überhaupt nicht. Der würde nie einen Brief auf diese Weise adressieren. Es gibt so viele Hinweise. Warum ist ihnen keiner nachgegangen?«

»Sie waren im Internat«, sage ich.

»Wer?«, fragt Martin.

»Na, die Polizei.«

»Davon hast du damals nichts erzählt.«

»Habe ich wohl.« Und das stimmt. Wenigstens daran hatte ich mich nämlich erinnern können. »Sie waren bei uns und haben Fingerabdrücke der älteren Schüler und der Lehrer abgenommen.«

»Davon steht aber nichts in den Akten.«

»Du hast ja auch nicht alle, oder? Jedenfalls war es so. Die Fingerabdrücke wurden abgenommen und aus Datenschutzgründen gelöscht, weil kein Treffer darunter war.«

»Und wie kommt es, dass die Polizei 1983 noch einmal im Internat ermittelt hat?«, fragt Martin.

»Du meinst, wegen dem Klingeldraht?«

»Der Draht wurde ihnen bei der Gelegenheit von den Schülern freiwillig ausgehändigt. Von dem wussten sie gar nichts. Die Frage ist also: Warum kamen sie überhaupt ins Internat? Warum ausgerechnet zu diesem Zeitpunkt? Wer hat sie verständigt?«

»Du meinst, jemand hat sie angerufen?«

»Anderthalb Jahre später tanzen die ohne konkreten Anlass da wieder an? Natürlich hat sie jemand angerufen! Das war doch nicht die Idee der Polizei!«

Jemand muss der Polizei einen Hinweis gegeben haben. Aber wer soll das gewesen sein? Ich habe keine Ahnung. Und mir auch nie Gedanken darüber gemacht.

»Du verdächtigst immer noch Eberhard und Chris?«, frage ich. »Bloß wegen diesem komischen Draht?«

Barbara und Martin sehen sich an. »Natürlich nicht nur deswegen«, sagt Martin.

Abends setze ich mich an den Laptop und google ein Material namens Bitumen.

Bitumen und amerikanische Kieselgur.

Das ist wirklich, wirklich merkwürdig.

Anfang Juni 1981
Hag, Internat, 20:00 Uhr
Isi, Chris, Eberhard

Isi wartet darauf, dass Chris Zeit für sie hat. Sie liegt bäuchlings auf seinem Bett und liest Meldungen aus aller Welt in der *Abendzeitung* von letzter Woche, die sie auf einem Zeitungsstapel neben der Tür gefunden hat. Eberhard Gienger, frischgebackener Europameister am Reck, freut sich über seinen fulminanten Sieg. Interview auf Seite dreiundzwanzig im Sportteil. Bei einer Übung an der Küste von Florida stürzte ein Flugzeug vom Typ EA-6B Prowler auf das Deck des Flugzeugträgers *Nimitz*. Vierzehn Menschen starben, fünfundvierzig wurden verletzt. Das glückliche Ende der Geiselnahme in einer Bank in Barcelona wirft Fragen auf.

Chris ist weiterhin beschäftigt und beachtet sie nicht. Eberhard und er sitzen mit dem Rücken zu Isi an Chris' Schreibtisch und fummeln an etwas herum.

Sie kichern.

Isi steht auf und beugt sich über die beiden. Sie kratzen Buchstaben in irgendwas Schwarzes, ein Brett oder einen Kasten.

»Was macht ihr da?«, fragt Isi und überlegt sich, ob sie nicht einfach wieder gehen soll. Chris ist irgendwie... schräg drauf, und das nervt sie. Gleichzeitig zieht sie etwas zu ihm hin. Obwohl er so still und gelassen auftritt, strahlt er etwas aus. Etwas Dramatisches. Vielleicht liegt das an seinen Endzeitvisionen, die er immer wieder äußert, in ruhigem Tonfall, als sei der bevorstehende Weltuntergang eine Tatsache und ohnehin nicht mehr abzuwenden.

»Was macht ihr da?«, fragt Isi.

Chris schaut hoch und grinst. »Rate mal!«

Eberhard sagt nichts, nur sein Nacken unter den mausfarbenen Locken rötet sich. Unter Isis Blick scheint er beinahe zu schrumpfen, so schrecklich schüchtern ist er. Isi betrachtet seinen dicklichen Rücken unter dem blauen T-Shirt, seine weichen weißen Handgelenke. Der Kontrast zu Chris' gebräunten, definierten Armen, seinen sehnigen, kraftvollen Händen könnte nicht größer sein.

Chris langt scheinbar beiläufig nach hinten, berührt Isis Unterarme, und es durchfährt Isi wie ein elektrischer Schlag. Plötzlich ist Eberhard weg, und Isi sitzt auf Chris' Schoß, spürt seine muskulösen Oberschenkel. Alles an ihm ist hager und kantig, es gibt nichts Überflüssiges an seinem Körper, doch seine Lippen sind weich, und seine Haut fühlt sich an wie Seide.

Isi war schon öfter verliebt, aber mit Chris ist es vollkommen anders. Sie will ihn, ohne in ihn verliebt zu sein. Oder vielleicht ist sie es doch, aber nur manchmal. Ihre Gefühle schwanken zwischen Leidenschaft und leidenschaftlicher Abneigung, und letztlich kommt sie nicht von ihm los.

Chris hebt sie hoch, als würde sie überhaupt nichts wiegen. Sie legt die Arme um seinen Hals, und er bettet sie vorsichtig auf die ein wenig muffige Patchworküberdecke.

Später gehen sie am See spazieren, eng umschlungen, unterhalten sich leise.

»Warum bist du mit Eberhard befreundet?«, fragt Isi. Diese Frage fällt ihr nicht leicht, wie ihr erst im Nachhinein bewusst wird, andererseits weiß sie gar nicht genau, was daran nicht in Ordnung sein soll. Aber es *muss* etwas daran nicht in Ordnung sein, denn Chris' Körper verhärtet sich plötzlich, und er nimmt seinen Arm weg. Eine Weile, die Isi endlos vorkommt, laufen sie nur so nebeneinander her.

Schließlich, sie hat schon gar nicht mehr damit gerechnet, antwortet Chris dann doch. Er sagt mit einem seltsam fragenden Unterton: »Er braucht jemanden, der ihn in die Spur bringt.«

»In die Spur? Meinst du jemanden, der ihm hilft?«

»Nein. Viel mehr.«

»Was denn?«

»Das verstehst du nicht. Jemand muss ihm Mut machen. Kraft geben.«

»Und das musst du sein? Wieso denn?«

Chris bleibt stehen und dreht sich zu ihr um. Sie kann sein Gesicht nicht sehen, es ist zu dunkel, aber sie hört seine Stimme, klar und bestimmt: »Sonst tut es keiner. Wenn ich es nicht tue, bleibt er unsichtbar.«

»Und was wäre dann?«

Schweigen. Schließlich: »Ich bin für ihn verantwortlich. Das ist einfach so.«

19. November 2019
Isi und Sophie/Julia

Wir sitzen in Isis Wohnung in Hamburg-Eppendorf. Sie ist groß und hell, mit Stuck an der Decke und erstaunlich leer, als wäre Isi gerade erst eingezogen. Sie hat mir Bilder ihrer vier erwachsenen Kinder gezeigt und mir erzählt, dass bereits ein Enkelkind unterwegs ist. Sie ist so schön wie damals, obwohl ihre Haare kurz und grau sind und sie ein paar Kilo zugenommen hat. An der Wand hängen Gemälde in wilden, expressionistischen Farben. Ihr Mann Jakob – ja, es ist der Jakob, wegen dem ich damals, als ich noch Sophie hieß, fast jeden Abend das Zimmer verlassen musste –, also Jakob ist Maler. Isi sorgt als Architektin für den Lebensunterhalt. Sie hat viel zu tun, der Bauboom hat ihrem Büro viele Aufträge eingebracht.

Ich habe eine Odyssee hinter mir. Patricia Armstrong, die Gastschülerin in Hag am See, wurde von Martin und Barbara ausfindig gemacht, das war also vergleichsweise leicht. In einem Skype-Gespräch bestätigte sie, dass Eberhard und Chris im Wald mit Waffen hantiert hatten und sie zum Schießen animieren wollten. Ein Klassenkamerad von ihr fügte später hinzu, dass Eberhard regelmäßig eine Pistole in den Unterricht mitnahm.

Auch Isi erinnert sich an viel. Daran, dass Chris eine Waffe hatte. An seine merkwürdigen Prepper-Allüren. Und jetzt an die Sache mit dem schwarzen Brett. Oder Kasten. Oder was immer.

Andere Befragte haben Gedächtnislücken so breit wie der Mississippi. Gut, es ist bald vierzig Jahre her. Und weiß ich noch so genau, was 1981 passiert ist?

Eben nicht.

Ich frage Isi nach dem schwarzen Ding. Sie weiß nicht mehr, was es war.

»Das Wort ›töten‹ aus dem ersten Erpresserbrief stammt aus der Meldung, an die du dich erinnerst. Die Meldung über den Banküberfall in Barcelona«, sage ich.

»Was?«

»War da irgendein Wort ausgeschnitten? Also nicht irgendein Wort, sondern das Wort ›töten‹?«

»Puh. Weiß ich nicht. Glaub ich nicht. Ich kann mich nur noch an diese Meldung erinnern, weil meine Patentante in Barcelona gelebt hat. Ich hab sie damals gleich danach angerufen.«

»Die Geiselnahme fand am 24. Mai 1981 statt. Und das Wort ›töten‹ stammt aus einer Meldung dazu. Die Täter haben dieses Wort ausgeschnitten.«

»Echt?«

»Ja.«

»Krass. Daran kann ich mich nicht erinnern.«

»Denk doch noch mal nach.« Ich bin nervös und versuche, es nicht zu zeigen.

Ich habe Monate aufreibender Recherche hinter mir. Chris ist nicht erreichbar. Er hat einen LinkedIn-Eintrag, jedoch ohne Foto, ohne Telefonnummer, nur mit einer E-Mail-Adresse. Über eine Bekannte von ihm habe ich eine Festnetznummer bekommen – abgemeldet. Ich weiß, in welcher Stadt Chris wohnt, aber eine Adresse ist nicht herauszubekommen. Auf E-Mails antwortet er nicht. Vielleicht hat er mittlerweile einen anderen Account.

Das gleiche Problem mit Eberhard, mit dem Unterschied, dass er so vollkommen von der Bildfläche verschwunden ist, als hätte er nie existiert. Es gibt keine Telefonnummer, keine E-Mail-Adresse, nur eine Adresse seines Vaters. Dort war er zumindest früher gemeldet, aber niemand hatte mir die Tür geöffnet, als ich dort klingelte. Einen von mir dort eingeworfenen Brief hat er nicht beantwortet. Nachbarn scheinen ihn nicht zu kennen. Lebt er überhaupt noch? Und wenn ja – wo?

Verdächtig? Wie man's nimmt. Man muss bedenken, dass es bereits viel Presse zu dem Fall gegeben hat. Chris und Eberhard stehen, ohne dass jemand ihre Namen direkt genannt hat, schon länger im Fokus der Medien. Geäußert haben sie sich nie. Natürlich kann es sein, dass sie sich gestalkt fühlen und sich deshalb nirgendwo zu Wort melden. Ein Beweis für ihre Schuld ist das nicht, nicht einmal ein belastbares Indiz. Aber wenigstens ein einziges Mal hätten sie als Unschuldige doch an die Öffentlichkeit gehen können.

Oder nicht?

Es gibt andere Merkwürdigkeiten. Ich werde von einer Reihe dubioser Hobbyermittler kontaktiert, die mir irre Verschwörungstheorien unterbreiten. Ich stoße auf geschlossene Facebook-Gruppen, die sich seit Jahren mit dem Fall befassen, jeden Hinweis abklopfen, auf abseitigste Lösungen kommen, die aber letztlich nie irgendwohin führen.

Und dennoch: Stück für Stück habe ich immer mehr erfahren. Schritt für Schritt glaube ich, mich der Sache zu nähern. Das Puzzle ist löcherig, viele Teilchen fehlen, aber ganz langsam entsteht ein Bild.

Isi fragt mich, warum ich mich so auf Chris und Eberhard eingeschossen habe. Ich entscheide mich für die Kurzfassung. »In den Akten von 1981 steht, dass die Abdeckung der Kiste mit Bitumen beschichtet war, allerdings mit einer Sorte, die hierzulande nirgendwo verkauft wird. Sie enthält marine Kieselgur, die es vor allem in den USA gibt.«

»Aber nicht hier?«

»Nein.«

»Und?«

»Eberhards Vater hatte eine Firma in der Nähe des Internats, die unter anderem Schul- und Sportanlagenmarkierungen hergestellt hat. Viele solcher Farben enthielten damals Bitumen.«

»Und?«

»Eberhards Vater war unter anderem Industrielobbyist und international unterwegs. In seiner Firma wurde viel experimentiert, mit unterschiedlichen Materialien. Kann also sein, dass er diese Kieselgur aus den USA bezogen hat. Die Polizei hatte die Firma nicht im Blick gehabt, weil sie vor allem Dachdeckerbetriebe angeschrieben hat, die in einem Verband zusammengeschlossen waren. Da kam natürlich überhaupt nichts dabei heraus.«

»Dachdecker arbeiten mit Bitumen«, sagt Isi nachdenklich.

»Aber eben nicht nur die«, antworte ich.

Isi denkt nach, schüttelt den Kopf. »Du glaubst wirklich, dass Eberhard ... Ich meine: Eberhard! Mit seinen Aschenbechern vor den Augen. Ich bitte dich!«

»Vielleicht war ja Chris dabei. Du sagst doch, dass er sich wie ein Mentor benommen hat.«

»Niemals!«

»Wieso niemals?«

»So war er nicht. Das ist nicht Chris! Die Eltern haben Geld, er ist gut mit ihnen klargekommen, der hatte das nicht nötig!«

»Aber ...«

»Niemals!«

»Was heißt das? Kannst du ihm ein Alibi geben?«

Isi zögert. »Nein«, sagt sie schließlich. »Aber ich weiß, dass er so etwas nicht tut. Und wann soll er das Ganze denn vorbereitet haben? Er war doch in den Sommerferien nicht in Hag. Er war mit seinen Eltern in den USA.«

Ich überlege. »Ist es möglich, dass er etwas weiß?«

»Das kann ich mir eher vorstellen. Eberhard war ihm wichtig. Er hätte ihn niemals verpfiffen.«

Wir kommen schließlich zum schwarzen Kasten, von dem sie mir berichtet hat, den sie aber nicht genauer beschreiben kann. In der Kiste, in der Annika Schön sterben musste, befand sich ein

schwarzes Radio, und in dieses Radio waren Buchstaben eingeritzt.
»War der schwarze Kasten vielleicht ein Radio?«

»Weiß ich nicht.«

»Weißt du noch, was die da reingeritzt haben?«

»Nee.«

»Buchstaben?«

»Vielleicht.«

Ich nehme meinen Laptop und zeige ihr eine Kopie aus den Akten mit dem unscharfen Foto von dem Radio. Die Buchstabenkombination kann man aber gut lesen: KU/MD.

»Sah der Kasten so aus, Isi?«

»Puh. Glaub nicht.«

»Und die Buchstaben?«

»Sagt mir gar nichts. Was sind das für Buchstaben?«

Ich erkläre ihr Martins kühne Theorie. Er geht von einer sogenannten Caesar-Verschlüsselung aus. Das ist die einfachste denkbare Codierung. Man nimmt das Alphabet und verschiebt die jeweiligen Buchstaben nach Absprache mit dem Empfänger um mehrere Stellen nach vorn oder nach hinten. Würde man zum Beispiel drei Stellen nach vorn vereinbaren, wäre Isis Initial – 1. J, 2. K, 3. L – ein L. Und so weiter.

Man könnte es aber auch etwas komplizierter angehen. Verspielter sozusagen. Dann würde man beispielsweise die Buchstaben H und S – so wie **H**ag am **S**ee – der Codierung zugrunde legen. H ist der achte Buchstabe des Alphabets, S der neunzehnte. Initial des Vornamens Chris: acht Buchstaben nach vorn, zweites Initial des Nachnamens Brockmann zwölf Stellen nach vorn: Aus CB wird KU. Auch bei Eberhard Klein würde das funktionieren. Aus EK würde MD.

»Das ist doch absurd!«

Aber ich sehe, dass sie staunt.

»Der ganze Fall ist absurd, Isi. Völlig verrückt.«

Wir schweigen eine Weile.

»Ich hatte keine Ahnung, dass du was mit Chris hattest«, sage ich schließlich.

»Das war Absicht. Keiner wusste das. Mir war das irgendwie peinlich. Chris war cool, aber auch schräg.«

»Er war eine Zeit lang mein einziger Freund. Wahrscheinlich bloß deshalb, weil ich mit dir auf einem Zimmer war.« Gut, dass ich das damals nicht wusste. Damals hätte ich darunter gelitten, heute ist es mir egal.

Jakob kommt nach Hause. Er grinst wie ein Frischverliebter, als er seine Frau sieht, und ich freue mich ganz echt und ehrlich für die beiden.

Jakob erkennt mich nicht auf Anhieb, und das nehme ich als Kompliment. Als Isi mich ihm vorstellt, wirkt er verblüfft. Als ich ihm erzähle, warum ich hier bin, erst recht.

Er setzt sich aufs Sofa neben seine Frau, und ich bilde mir ein, dass er ein bisschen blass geworden ist.

»Was ist?«, frage ich.

»Sag's ihr«, fordert Isi ihn auf.

»Was?«

»Das weißt du genau. Sag's ihr!«

Und so erfahre ich von Jakobs Verdacht, dass es sich bei Annika Schön um das falsche Kind gehandelt haben könnte. Er zeigt mir alte Fotos von seinem jüngeren Bruder Oliver, und ich sehe ein mageres, fast zartes blondes Kind. Auch Annika Schön war sehr schlank, sie hatte sehr kurze blonde Haare, ein jungenhafter Typ.

»Unsere Eltern hätten genug Geld gehabt«, sagt Jakob. »Tanja und ich haben immer gewusst, dass es vielleicht Oliver war, den sie wollten.«

»Tanja?«

»Meine ältere Schwester. Die war auch im Internat, aber vor deiner Zeit.«

»Habt ihr jemals mit euren Eltern darüber gesprochen?«
»Spinnst du?«
»Wieso?«
»Sie haben Annika gekannt! Die Vorstellung, dass sie für Oliver gestorben ist... Damit hätten sie nicht umgehen können.«
»Was ist mit Oliver? Weiß er Bescheid?«
»Vor ein paar Jahren haben Tanja und ich es ihm gesagt. Er war am Boden zerstört. Wir haben gedacht, ihm sei das klar. Aber er hatte keine Ahnung. Ein zehnjähriger Junge vergleicht sich nicht mit einem gleichaltrigen Mädchen.«
»Hast du seine Nummer? Meinst du, er würde mit mir reden?«
»Weiß nicht. Probier's einfach. Er ist übrigens auch Journalist, in Berlin.«

Ein paar Stunden später sitze ich auf dem Flughafen und öffne meine Skype-Chats. Heute früh habe ich Barbara Brandt und Martin Schön gefragt, wie sie auf die Firma von Eberhards Vater gekommen sind. Barbaras Antwort aus London: »Martin fiel auf, dass einer der beiden Schüler, die 1983 von der Polizei vernommen wurden, aus einem Ort in der Nähe des Internats stammte und dass es dort eine Firma für Schul- und Sportanlagenmarkierungen gab. Es handelt sich um Eberhard Klein. Der Besitzer des Betriebs war Eberhards Vater. Ich habe dann weiter recherchiert. Die Lacke waren professionell gespritzt, von jemandem, der sich damit auskannte. Es handelte sich also um ein mittelständisches Unternehmen mit mindestens einem ausgebildeten Lackierer. Die Kiste könnte eine Transportkiste sein, die Pressspanabdeckung oben drüber aber gehörte ganz sicher nicht dazu. Sie war hastig zusammengenagelt.«

Martin fügt hinzu: »Dieses Brett, mit dem man mit mariner Kieselgur experimentierte, wurde sicher aus dem Betrieb entwendet – und dann hat jemand daraus die Kistenhaube gebastelt. Dabei dürfen wir nicht vergessen, dass das Brett nicht nur mit Bitumen, sondern auch mit Silberbronze lackiert worden war.«

Barbara: »Beim Bitumen und bei der Silberbronze handelt es sich um einen Eigenmix, denn es gab diese Lacke nicht zu kaufen. Die Zusammensetzung dieser Lacke ist auffällig, weil sie sehr wenige Zutaten beinhalten. Das Lösungsmittel in der Silberbronze ist zum Beispiel reines Polystyrol. Damals wurden Lacke überwiegend von Chemiegiganten wie BASF und Ciba-Geigy entwickelt, sie hatten eine ausgefeilte Zusammensetzung. Es hat also jemand die Lacke selbst zusammengerührt. Sie waren zu gut, um aus einem Hinterhof zu kommen, aber nicht gut genug, um ein Nebenprodukt von den Chemiekonzernen zu sein. Jetzt stellt sich die Frage, weshalb ein Betrieb solche Lacke entwickeln sollte. Es ging um eine Nische, in der sich die Entwicklung noch lohnte. Es war auch genug Geld da, denn als Füllstoff wurde ja eine hochwertige Kieselgur benutzt.«

Martin: »Eberhards Vater war viel in den USA unterwegs. Von daher könnte er es bezogen haben. Das System Bitumen-Aluminiumbronze wird, wie wir heute wissen, nicht nur von Dachdecker-, sondern eben auch von Firmen für Schul- und Sportanlagenmarkierungen verwendet.«

Barbara: »Südlich des Odenwalds gab es nur eine Firma, die etwas in dieser Richtung entwickelt hat, und das war die von Klein. Deren Lacke haben zwar nicht dieselbe Zusammensetzung wie jener auf dem Deckel, aber dieselbe Handschrift: grobe, einfache Zusammensetzungen für einen klar definierten Zweck. Bei den von Kleins Firma vorgenommenen Markierungen werden Bitumen und Silberbronze übereinander verwendet, es würde also Sinn ergeben, beides entsprechend zu testen.«

Meine Maschine nach München hat Verspätung. Ich will nicht untätig am Gate herumsitzen und rufe Jakobs Bruder Oliver an. Er bestätigt, dass Jakob ihm von dem Verdacht berichtet hat, dass er das anvisierte Opfer gewesen sein könnte.

Ich frage: »Wie war das für dich?«

Er antwortet: »Na ja. Schrecklich. Vielleicht kann ich mich deshalb kaum an diese Zeit erinnern.«

»Ist das so?«

»Ja. Da ist ein Loch.«

Längeres Schweigen. Mein Flug wird aufgerufen, und ich stehe auf, mit dem Handy ans Ohr gepresst. Dann sagt Oliver zögernd, dass er in letzter Zeit Träume habe, in denen er bedroht werde.

»Bedroht?« Ich stelle mich in die Schlange vor dem Boarding-Schalter.

»Ja. Aber mehr kann ich dir dazu nicht sagen. Es ist nur so ein diffuses Gefühl.«

»Ich verstehe.«

»Eigentlich will ich mich damit nicht weiter beschäftigen. Sollte es so gewesen sein, kann ich nichts dafür.«

»Natürlich nicht.«

Wieder Schweigen. Dann: »Ich habe damals meinen besten Freund verloren.«

»Wirklich? Wen denn?«

»Den Bruder von Annika. Jo wollte danach nichts mehr mit mir zu tun haben.«

»Das tut mir sehr leid.«

Ich lege meine Bordkarte auf den Scanner und will mich gerade verabschieden, da sagt Oliver überraschend: »Komm nach Berlin, sobald du kannst. Vielleicht fällt mir in den nächsten Tagen doch noch was ein.«

Anfang Mai bis Ende Juli 1981
Hag, Internat
Eberhard

Eberhard, findet Chris, braucht ein neues Projekt. Eberhard weiß nicht so recht. Er hat soeben eine Facharbeit in Bio über den Traubenhain, dessen Flora und Fauna, fertiggestellt. Die war mit viel Aufwand verbunden, und eigentlich reicht es ihm jetzt. Andererseits war ihm Chris dabei eine große Hilfe. Er hat Eberhard immer wieder motiviert. Ist mit ihm kreuz und quer durch den Traubenhain gelaufen, ja teilweise sogar gekrochen, um selbst kleinste Lebewesen unter totem Laub aufzufinden und zu analysieren.

Chris' engster Freund heißt eigentlich Jens, zwischen die beiden passte früher kein Blatt Papier. Mit Jens machte er ausgedehnte Waldläufe und trainierte fast täglich Kung-Fu. Jens hat wie Chris einen Sinn für apokalyptische Visionen über das gewaltsame Ende der Zivilisation, und sie können stundenlang darüber räsonieren, wie man sich absichert, welche Lebensmittel man wo versteckt – wie man in einer Welt zurechtkommt, wo überall Gefahren drohen und in der plötzlich wieder das Faustrecht gelten wird. Aber Jens steckt jetzt mitten in den Abiturprüfungen und hat kaum noch Zeit. Seitdem konzentriert sich Chris verstärkt auf Eberhard, der früher zwar auch schon oft dabei war, aber eher als Mitläufer und Waffenlieferant.

Eberhard kann Jens nicht ersetzen, das ist ihm klar. Die beiden sind wie Zwillinge. Jens ist mindestens so wild im Herzen wie Chris und genauso sportlich und ehrgeizig. Eberhard ist weder das eine noch das andere. Aber immerhin kann er gut schießen, und das gefällt Chris. Und natürlich auch, dass Eberhard ihm eine Smith & Wesson Model 36 Chiefs Special Classic .38 geschenkt hat, das gleiche Modell, das Eberhard selbst im Unterricht immer dabeihat, versteckt unter seinem braunen Blouson. Die kurzläufigen, angenehm handlichen Revolver aus der Classic-Serie wurden 1950 zum ersten Mal gefertigt und gehören zu den berühmtesten Waffen der Welt, erklärte Eberhard dem staunenden Chris. Sammler legten dafür jetzt schon eine Menge Geld hin. Das weiß Eberhard von seinem Vater, der ein hohes Tier ist und Beziehungen überallhin pflegt, vor allem aber zur Landesregierung und deren vierschrötigem Ministerpräsidenten. Eberhard bewundert seinen Vater und hasst ihn gleichzeitig. Sein Vater hat ein grobes Wesen und eine lockere Hand und manchmal eine etwas seltsame Vorstellung von guter Erziehung.

Wenn Eberhard nicht so spurte, wie sein Vater sich das vorstellte, sperrte er ihn beispielsweise nach einer Tracht Prügel in den elterlichen Kleiderschrank, einem massiven Möbelstück aus dunklem Holz. Dort musste Eberhard dann manchmal Stunden im Dunkeln verbringen. Zwischen den Kleidern hingen Säckchen mit getrocknetem Lavendel gegen Motten – den muffigen Geruch hat er immer noch in der Nase. Er durfte sich nicht rühren, weil der Schrank angeblich ein Erbstück der Großeltern selig war. Wehe, er wäre kaputtgegangen!

Vor Kurzem hat er Chris relativ nüchtern von dieser absonderlichen Strafe erzählt. Chris war so entsetzt, dass Eberhard fast bereut hat, so offen gewesen zu sein.

»Das ist furchtbar.«

»Na ja. Lange her.«

»Das ist egal, Ebi! Solche Gestapomethoden können einen Menschen vernichten! Das ist wie ein Gift.«

»Halb so schlimm, also...«
»Du musst dagegen angehen!«
»Angehen? Wie denn? Es ist nun mal passiert.«
»Du musst das Gift aus deinem System rauskriegen.«
»Und wie soll das gehen?«

Anschließend hat Chris ihm einen Vortrag gehalten, der im Wesentlichen darauf hinauslief, seinen Vater mit dessen eigenen Waffen zu schlagen, was angesichts der Dinge quasi wörtlich zu verstehen war.

»Ich kann doch meinen Vater nicht erschießen!«
»Du sollst nur deinen Standpunkt verdeutlichen. Den Spieß umdrehen. Dich wehren. Diese Gewalterfahrung so transformieren, dass sie dich stärker macht.«
»Und was soll ich tun?«
»Eine kleine Drohung. Das würde schon reichen. Er soll wissen, was er dir angetan hat. Du wirst sehen, wie befreiend das wirkt!«

Natürlich hat Eberhard nicht vor, seinen Vater zu bedrohen. Wie sollte das auch gehen? Sein Vater würde ihn für verrückt erklären und einweisen lassen. Außerdem liegen die geschilderten Vorfälle ja schon mehrere Jahre zurück. Heute würde der Schrank unter Eberhards Gewicht zusammenbrechen. Er will sich nicht rächen, versucht er, Chris zu erklären. Er will unabhängig werden. Sein Vater soll keine Macht mehr über ihn haben.

Und während er das ausspricht, weiß er, dass das tatsächlich die Lösung seiner Probleme wäre. Der Geist seines physisch meist abwesenden Vaters sitzt ihm im Genick wie ein Dämon. Er muss ihn abschütteln, um sich aufrichten und atmen zu können.

Chris stimmt ihm zu und fängt wieder an mit dem neuen Projekt, das Eberhard nach Abschluss der Facharbeit angeblich brauche. Aber vielleicht, denkt Eberhard plötzlich, gilt das ja vor allem für Chris. Jens ist nicht mehr verfügbar, und Chris sehnt sich nach einer Aufgabe, die ihm den Verlust erträglich macht.

Hag, Internat
Chris

Chris hat ein Buch über Gestalttherapie gelesen, und da er ein Mensch ist, der sich schnell für Ideen begeistert, würde er sein neues Wissen gerne anwenden. Gestalttherapie, wie Chris es nach der Lektüre versteht, heißt unter anderem, vom Gehirn in den Körper zurückzugehen. Also nicht nur zu denken und zu reden, wie es viele Therapeuten und Psychoanalytiker tun, sondern das Denken ins Handeln zu transformieren. Und das entspricht nicht nur Chris' Erfahrung, sondern ebenso dem Zeitgeist.

»Verkopft« ist das Schlagwort dieser Ära. Niemand will verkopft sein, auch Chris nicht. Der Zeitgeist verlangt allerdings zudem die Herrschaft der Emotionen über den angeblich kalten, gnadenlos rationalen Verstand, und da folgt ihm Chris definitiv nicht.

Er unterwirft sich nichts und niemandem, er kämpft. Nicht nur körperlich, auch seelisch. Seine neue Challenge ist der bevorstehende Verlust von Jens. Jens wird in München studieren, und sie werden sich seltener oder gar nicht mehr sehen, während Chris noch zwei Jahre bis zum Abi vor sich hat. Zwei endlose Jahre, in denen er einsam sein wird, denn einen Ersatz für Jens wird es nicht geben. Niemand ist hier so drauf wie er. Wie sie beide. Niemand versteht sie. Die Mitschüler sind komplett verweichlicht. Sie albern herum, kiffen, saufen, haben wahllosen Sex, schauen nie über den Tellerrand hinaus. Niemand arbeitet an sich. Niemand sieht die Zeichen der Zeit, die ultimative Bedrohung durch zwei hochgerüstete Supermächte, die nur darauf warten, die Menschheit in die Steinzeit zu bomben.

Jens hat ihn verstanden, da war diese ganz tiefe Verbindung, aber Jens ist nicht mehr verfügbar. Und das ging so schnell. Chris macht dieser Verlust zu schaffen, der Schmerz ist weitaus größer als erwartet. Das ist ihm manchmal bewusst, und manchmal will er es nicht wahrhaben. Anhaltender Schmerz ist ein Symptom dafür, dass ein Mann sich nicht im Griff hat. Man muss durch ihn gehen und ihn anschließend hinter sich lassen, dann verwandelt sich Schmerz in Kraft.

Es gehe nicht darum, Gefühle zu leugnen, hat Chris Eberhard erklärt. Im Gegenteil, es sei wichtig, sie wahrzunehmen und richtig einzuordnen, dazu diene auch die Meditation vor einem Kampf. Entscheidend sei aber, ihnen nicht zu erlauben, das Zepter zu übernehmen. »Sonst machst du dich zum Sklaven deiner Triebe. Du musst aber der Chef bleiben.«

Eberhard nickt bei solchen Ausführungen eifrig, aber sein scheuer, ein wenig müder Blick sagt Chris einmal mehr, dass er noch nicht so weit ist, diese Erkenntnis umzusetzen.

Vielleicht nie sein wird.

Also denkt er sich etwas aus. Rituelle, symbolhafte Handlungen. Gestalten eben. Das Denken und Fühlen nach außen lenken, um auf diese Weise das Innenleben zu beeinflussen. Sie meditieren im Wald. Tanzen zu Trommelmusik. Machen Schießübungen, denn es gefällt Eberhard, dass er zumindest in dieser Disziplin besser ist als Chris. Chris wiederum zeigt Eberhard einfache Körperübungen, die ihn erden sollen.

»Die Erde ist deine Quelle der Macht.«
»Okay.«
»Sag es laut.«
»Die Erde...«
»Viel lauter!«
»DIE ERDE IST MEINE QUELLE DER MACHT!«
»Gut!«

Vieles mag wie Spielerei wirken. So ihre beiden Initialen in ein altes Radio zu ritzen und sich dafür eine Verschlüsselung auszudenken. Quasi Blutsbrüder. Einen Code, den nur sie beide kennen. Manchmal schreiben sie sich Nachrichten in diesem Code und deponieren sie an einer bestimmten Stelle neben dem Raucherpavillon. Niemand, der diese kryptischen Botschaften findet, könnte das Geringste mit ihnen anfangen. Das ist nicht nur eine faszinierende Vorstellung, das ist ein Training für härtere Zeiten, die kommen werden.

Chris und Eberhard werden ein Team. Das alles dient aus Chris' Sicht dem Ziel, Eberhard mutiger zu machen. Chris hat Jens verloren, aber nun immerhin eine wichtige Mission, eine Aufgabe. Eberhard soll seine Stärke spüren und seine Ängste verlernen. Er soll – auf seine ganz individuelle Weise natürlich – werden wie Chris. Aber die anvisierten Fortschritte stellen sich nur sehr langsam ein. In Chris' Gegenwart lebt Eberhard auf, ihm vertraut er. Sobald Chris nicht hinter oder neben ihm steht, schrumpft er und wird wieder so klein wie sein Nachname.

Sie diskutieren über dieses Problem, doch es bessert sich nichts. Keine Therapie scheint wirklich anzuschlagen. In diese Zeit fällt die Abiturfeier von Jens. Es gibt viele Partys innerhalb und außerhalb des Internats, und Chris ist immer dabei. Er vergisst Eberhard ein bisschen und feiert mit. Er merkt überrascht, dass es Spaß macht, Spaß zu haben.

Mehrere Wochen vergehen.

Es war anfangs eigentlich nur eine Übung. Ein Gedankenspiel. Das raffinierte Planen einer Entführung ohne jegliches Blutvergießen. Niemandem wird etwas passieren, aber Geld wird seinen Besitzer wechseln, um ein neues Leben zu ermöglichen. Keine Zwänge mehr. Das Kleben der Buchstaben aus Zeitungen und Zeitschriften, die sie sich in verschiedenen Kiosken gekauft haben, um keinen Verdacht zu erregen: zunächst nur eine Art Beschäftigungstherapie, allerdings eine extrem aufwendige. Zwei Abende brauchen sie, bis sie endlich mit dem ersten Brief fertig sind. Die zwei Millionen Lösegeld: bloß eine vage Vorstellung (so viel Geld!) ohne realen Hintergrund. Aber reizvoll. Mit einer Million Mark wäre man reich genug, um wirklich unabhängig zu sein. Mit einer Million Mark wäre man stark genug, um sich frei zu fühlen.

Das Geld, sagt Chris, sei ja nur ein Symbol. Später wird er glauben, dass er nie wirklich eine echte Entführung geplant habe. Aber für Eberhard wird aus dem Symbol eine fixe Idee, und Chris gefällt es anfangs, dass er sich so hineinsteigert. Endlich wird er munterer und mutiger. Sie laufen durch den Traubenhain, wägen in Chris' Zimmer, das er nun für sich alleine hat, jedes Für und Wider sorgfältig ab. Nur eine starke Fantasie, ein krasser Push fürs Selbstbewusstsein. Doch dann erreichen die akribischen Planungen einen Grad an Perfektion, dass sie unmerklich den Möglichkeitsstatus erreichen.

Punkt eins: Es sollte ein Mädchen sein, nicht älter als neun, zehn.

Punkt zwei: Es muss regelmäßig zu einer geeigneten Zeit – nämlich abends in der Dämmerung, tagsüber ist zu viel los – durch den Traubenhain radeln.

Punkt drei: Die Eltern müssen so viel Geld verfügbar haben, dass sie nicht gezwungen sind, die Behörden einzuschalten.

Punkt vier: Wer könnte dieses Mädchen sein?

Punkt fünf: Wo bringen sie sie unter?

Das ist die schwierigste Frage.

Sie wird vertagt.

Wieder vergehen Wochen der Vorbereitungen, die langsam zu konkret für eine Fantasie sind. Zwei Bäume werden so präpariert, dass sich jeweils eine Person hier verstecken kann. Die beiden Plätze sind sorgfältig gewählt, sie ermöglichen die Übersicht über einen großen Teil des Traubenhains. Ein Draht wird um diese Bäume gespannt, mit dem sich Person eins und Person zwei durch Klingeltöne verständigen können. Das ist notwendig, denn ein Walkie-Talkie wäre zu laut.

Der hundertvierzig Meter lange Draht ist der einzige Hinweis viele Wochen vor der Tat. Niemandem fällt er auf.

Punkt sechs ist das nächste Problem: Es gibt nur ein Kind, von dem sie ohne jeden Zweifel wissen, dass die Eltern wohlhabend genug sind und das außerdem zu ihnen bekannten regelmäßigen Zeiten gegen Abend auf seinem Fahrrad durch den Traubenhain fährt. Es ist allerdings kein Mädchen, sondern ein Junge.

Ein Junge, den sie kennen, der ihre Schule besucht. Er wäre das ideale Opfer. Allerdings aus naheliegenden Gründen auch wieder nicht.

Oder doch? Es würde ihm ja nichts passieren!

Im ersten Erpresserbrief steht allerdings »Tochter«. Diesen Schnipsel müsste man dann wieder rausnehmen und durch »Sohn« oder »Kind« ersetzen.

Rausnehmen? Wie löst man den Tesafilm ab, ohne das ganze Werk zu zerstören? Gar nicht, es funktioniert nicht. Man müsste komplett von vorne anfangen.

Ein weiterer Monat vergeht. Die Zeugnisvergabe steht vor der Tür, es muss das nachgeholt werden, was man bisher versäumt hat. Bald beginnen die Sommerferien. Chris überlegt, ob er Eberhard zu sich nach Hause einladen soll. Für Eberhard wäre das ideal. Alles, was er an Selbstbewusstsein gewonnen hat, könnten sechs Wochen mit seinen eigenen Eltern wieder kaputtmachen. Außerdem nimmt Eberhard diese ganze Entführungssache mittlerweile vielleicht etwas zu ernst. Chris ist ein wenig beunruhigt, vor allem weil er anfangs selbst die treibende Kraft war. Aber je näher die Ferien kommen, desto mehr verblasst die Idee in seinem Kopf.

Eberhard ist in den letzten Wochen aggressiver geworden, launischer, unberechenbarer. Manchmal schreit er ganz unmotiviert herum. Er hasst es zum Beispiel, wenn Chris sich nicht mit ihm beschäftigen will, sondern etwas mit anderen unternimmt. Früher hat er diese Eifersucht unterdrückt, jetzt fordert er laut und deutlich Chris' ungeteilte Aufmerksamkeit ein: Ein Zorn steckt in ihm, der herauswill. Chris ermutigt ihn einerseits dazu – war es nicht das, was er erreichen wollte? Dass Eberhard seine Gefühle wahrnahm und auslebte? –, andererseits fürchtet er manchmal, dass er vielleicht zu weit gegangen ist. Dass er etwas in Eberhard geweckt hat, was möglicherweise nicht mehr unter Kontrolle zu bringen ist.

Darüber hinaus hat Eberhard wieder begonnen zu rauchen, obwohl ihn Chris dazu animiert hatte, damit aufzuhören. Inzwischen raucht er sogar mehr als vorher. Wie eine Art Trotzreaktion.

Chris würde gern mit jemandem über all das reden, also vor allem über sein Experiment, das aus dem Ruder zu laufen droht. Aber den Lehrern kann man nicht vertrauen und den Mitschülern ebenso wenig. Und sein bester Freund Jens ist ganz woanders unterwegs.

Niemand hier würde ihn verstehen.

Chris' Eltern planen eine dreiwöchige Reise durch die USA. Freunde sollen dort besucht werden. Chris freut sich wie verrückt darauf, den ganzen Tag Englisch zu sprechen und vielleicht sogar in einem Trainingscamp seine Kampfsportleistungen aufzufrischen. Der schüchterne Eberhard mit seinem Schulenglisch würde sich dort nicht wohlfühlen. Und ja: Er wäre möglicherweise ein Klotz am Bein. Also fragt Chris ihn nicht. Überlässt ihn sich selbst. Sechs Wochen lang.

Anfang August bis
Mitte September 1981
Rothwinkel
Eberhard

Der geplante Urlaub in Italien wurde gestrichen, Eberhards Vater hat keine Zeit. Er ist nur noch unterwegs.

Ab und zu kommt er nach Hause, bleibt aber selten länger als ein, zwei Nächte. Wo und wie lange er sich jeweils aufhält, weiß Eberhard nicht, nur dass er häufiger in Übersee ist. Sein Vater belässt es bei augenzwinkernden Andeutungen. Für gewisse Leute in höheren Kreisen scheint er immer wichtiger zu werden. Jedenfalls ist er bester Laune und viel weniger aufbrausend als früher.

Eberhards Mutter fühlt sich meistens nicht wohl und verlässt tagsüber kaum ihr Zimmer. Manchmal trifft sie sich mit einer Freundin zum Kaffee. Geschwister gibt es keine, außer einem fünf Jahre älteren Bruder, der längst ausgezogen ist: Eberhard ist, wie eigentlich schon immer, auf sich allein gestellt. Das Wetter in diesem Sommer ist durchwachsen, mal heiß, mal kühl. Chris ist weit weg und das nahe gelegene Internat leer. Doch Eberhard hat einen neuen Freund gefunden, mit dem er wenigstens ab und zu ein Bier trinkt.

Der Freund heißt Gernot, nennt sich aber Gerry, weil er für die USA und besonders für Countrymusik schwärmt. Er arbeitet als Lackierer in der Firma seines Vaters und hat Eberhard angesprochen, als der dort nach dem Rechten sah. Das hat ihm sein Vater aufgetragen: Immer mal wieder nach dem Rechten zu sehen.

Die Firma läuft gut, allerdings ist sie mittlerweile Teil eines Konsortiums unterschiedlicher Unternehmen, dessen Verflechtungen Eberhard nicht mehr ganz durchschaut – sein Vater ist diesbezüglich einigermaßen überaktiv.

Eberhard ist gern in der Firma und fühlt sich dort wohl. Da sein älterer Bruder bislang nicht das geringste Interesse zeigt, in den Betrieb einzusteigen, wird ihn Eberhard vermutlich irgendwann übernehmen – und genauso behandelt man ihn auch. Als potenziellen Nachfolger seines Vaters. Höflich. Ehrerbietig. Selbst der Geschäftsführer buckelt in seiner Anwesenheit. Gerade dass er ihm nicht die Seiten umblättert, wenn Eberhard gewissenhaft die Bücher prüft.

Nur Gerry ist anders. Ein blonder Typ, der andere gern zum Lachen bringt und Eberhard das Gefühl gibt, gemocht zu werden, und zwar nicht nur als Sohn des Besitzers, sondern überhaupt. Also verbringen sie immer mehr Zeit miteinander. Beide haben Probleme mit ihren Vätern, das verbindet. Gerrys Vater war ein prügelnder Säufer, der mittlerweile einer Leberzirrhose erlegen ist. Eberhards Vater sperrte seinen Sohn in den Schrank.

»Was ist jetzt da besser?«, fragt Gerry grinsend, als sie beide schon ziemlich einen im Tee haben.

»Ohrfeigen gab's daheim schon auch«, antwortet Eberhard. Sie haben jeweils vier Halbe intus und sind nun zum Schnaps übergegangen.

»Aber nicht mit dem Gürtel!«, ruft Gerry.

»Wie? Ins Gesicht?«

»Mit der Schnalle«, bestätigt Gerry munter und zeigt Eberhard eine recht lange, gerötete Narbe auf der Stirn, die normalerweise von seiner blonden Tolle bedeckt ist. Eberhard staunt und bestätigt, was Gerry vermutlich hören will: dass dies noch schlimmer sei als der Schrank.

»Darauf einen Dujardin!«, ruft Gerry ausgelassen und kippt sein Stamperl weg. Später torkeln sie gemeinsam über die Straße zu Gerrys Wohnung gegenüber, die er Eberhard aber nicht zeigen will. Stattdessen setzen sie sich auf ein Mäuerchen neben der Einfahrt zur Tiefgarage. Gerry zündet sich schwankend eine Zigarette an und hält Eberhard die Schachtel unter die Nase. Beide rauchen einträchtig.

Gerry schweigt. Ab einer gewissen Menge macht ihn Alkohol nicht mehr lustig, sondern melancholisch. Dann sagt er entweder gar nichts mehr und schaut nur betrübt vor sich hin, oder er wird furchtbar gesprächig, bezeichnet Eberhard wieder und wieder als seinen allerallerbesten, im

Grunde sogar einzigen Freund und entwirft in der Folge düstere Szenarien seiner eigenen Zukunft. Eberhard weiß inzwischen, dass Gerrys Vater einen Haufen Schulden hinterlassen hat und seine Mutter darüber krank und depressiv geworden ist.

»Die werd ich nie abzahlen können.«

»Aber irgendwann werden einem die Schulden doch erlassen!«

»Unsere nicht. Der Papa hat sich überall Geld geliehen, die lassen uns nicht in Ruhe.«

»Wer ist denn die?«

»Meine zwei Onkel. Das sind Schläger, da war der Papa nix dagegen.«

»Oh.«

»Das muss ich alles abarbeiten.«

»Oh je.«

»Man müsst halt hier wegkommen.«

»Ja.«

»Weil, du weißt schon: Überall ist es besser als hier.« Gerry legt den Arm um Eberhard.

»Wahrscheinlich«, sagt Eberhard und meint das auch so, denn heute war einer dieser trüben Tage, die ihn daran erinnern, dass der Sommer bald vorbei ist und dann alles wieder von vorne losgeht. Er denkt an Chris, der sich, soweit er weiß, gerade in New York aufhält. Vielleicht werden sie auch im neuen Schuljahr Freunde bleiben, vielleicht wird sich Chris aber auch anders orientieren.

Und in letzterem Fall stünde Eberhard ein sehr einsames Jahr bevor. Darüber kann er mit Gerry nicht reden, das würde jemand wie er nicht verstehen, der hat ganz andere Sorgen. Wieder übermannt Eberhard die Sehnsucht, frei zu sein. Wieder ist da diese Wut, weil er es immer noch nicht geschafft hat. Wie soll sein verdammtes Leben weitergehen? Der alte Geizhals wird ihn nie an die Fleischtöpfe lassen, solange er lebt (und wie er seinen Vater kennt, ist der nicht so schnell totzukriegen). Also: Wie soll sein Leben weitergehen? Mit einer *Scheißbanklehre* nach der Schule? Als Nachfolger der Firma Klein & Co., immer mit dem Alten vor der Nase, der ihn keine einzige Entscheidung allein treffen lassen wird? Jahrzehntelang in einem hässlichen Kaff wie Rothwinkel zubringen zu müssen, wo der Hund begraben ist?

Es schüttelt ihn bei den Aussichten. Das ist kein Leben, das ist das reinste Grauen.

Das Allerwichtigste in Eberhards Augen zurzeit: Geld zu haben, viel Geld, das aber nur ihm allein gehört. Von dem niemand etwas weiß, auch nicht sein Vater.

Er lächelt versonnen bei dem Gedanken: irgendwo hinzugehen, wo ihn niemand kennt. Sehr weit weg von Rothwinkel sollte es auf jeden Fall sein, und dort könnte er ganz von vorn anfangen. Ohne seinen Vater im Kreuz und im Nacken. Frei wie ein Vogel, nicht gefangen wie eine Ratte im Käfig.

Das alles ist die Schuld von seinem Vater. Seitdem Eberhard durch Chris erfahren hat, wie schlecht er als Kind tatsächlich behandelt wurde, erstickt ihn der Hass. Manchmal fantasiert er davon, den direkten Weg zu gehen. Also keine langwierige Entführung planen, sondern ab ins elterliche Schlafzimmer, dem Alten ein Kissen auf das hässliche rote Gesicht pressen, den Revolver ziehen und abdrücken.

Paff!!

Dummerweise schläft die Mutter daneben. Aber selbst wenn nicht – Morde im Familienkreis werden, das hat er neulich aus dem Fernsehen erfahren, in der Regel ruckzuck aufgeklärt.

Am nächsten Tag hat Eberhard einen ziemlichen Kater und bleibt lange im Bett. Am Nachmittag hängt er so rum, weiß nichts mit sich anzufangen. Draußen regnet es. Sein Vater bezieht alle möglichen Zeitungen und Zeitschriften, die er nie liest. Eberhard holt sich den tagesaktuellen Stapel, der von dem Dienstmädchen immer auf dem Tisch neben dem Arbeitszimmer seines Vaters abgelegt wird. Er nimmt sich ein Blatt Papier und beginnt, Silben und Worte aus den Publikationen auszuschneiden. So entsteht der zweite Erpresserbrief.

Es ist und bleibt eine elende Fieselei. Man muss die richtigen Silben und Worte ja erst einmal finden. Eine Mordsarbeit. Kunstvolle Formulierungen sind da nicht drin, man kann froh sein, wenn das fertige Produkt einigermaßen verständlich wird.

Es ist ja ohnehin im Moment nach wie vor eine Spielerei. Chris, das hat er schon längst verstanden, ist raus aus der Geschichte, die sie sich gemeinsam ausgedacht haben. Sechs Wochen Sommerferien sind endlos lang, wenn man woanders ist. Da verändert sich viel. Man ist nicht mehr derselbe Mensch, wenn man zurückkommt. Man hat andere Ziele, andere Träume.

Aber Eberhard ist hier, nur zwanzig Kilometer von Hag am See entfernt. Für ihn bleibt die Zeit stehen.

Es muss etwas passieren, sonst kann er sich gleich eine Kugel in den Kopf jagen.

Ein paar Tage vergehen. An einem Freitag in der dritten Augustwoche trifft er Gerry. Sie trinken wieder Bier, und Eberhard sondiert behutsam, wie empfänglich Gerry für so eine Idee wäre. Das tut er auch, weil er in den Werkräumen der Firma eine stabile Transportkiste entdeckt hat.

Man könnte, erklärt er Gerry, die Kiste so umbauen, dass ein Kind darin Platz hätte. Man könnte sie derart präparieren, dass das Kind problemlos überleben würde. So wie vor ein paar Jahren bei der Oetker-Geschichte. Aber nicht so gnadenlos wie diese Entführer, die jede Bewegung mit Stromschlägen bestraften und das Opfer Richard Oetker zum Invaliden machten. Außerdem wurde Oetker in einer viel zu kleinen Kiste gefangen gehalten. Diese Quälerei ist unnötig, findet Eberhard, der sich noch genau an den engen, dunklen Schrank erinnert, in dem er selbst ein Gefangener war. Diese Kiste soll nicht eng und dunkel sein, sondern groß genug für ein Kind und mit einer Beleuchtung ausgestattet. Es kann sich bewegen, es wird Lebensmittel, Lesestoff und ein Radio geben.

Eine Entführung de luxe, sozusagen. Er mag auch die Vorstellung, dass die zwei Millionen in einem gelben Fiat 600 transportiert werden sollen. In der Comicreihe *Clever & Smart*, die Chris und Eberhard gern lesen, sind die Helden in einem Fiat unterwegs. Außerdem ist ein Fiat 600 schmal genug, um enge Waldwege befahren zu können. So könnte man die Verfolger von der Polizei mit ihren breiteren Gefährten abschütteln.

Die Transportkiste ist unbeschriftet, sie lässt keine Rückschlüsse auf Sender oder Empfänger zu – sie ist ideal. Er verliebt sich immer mehr in diese Idee. Sie ist mutig und grandios. Chris würde sie gefallen. Er stellt sich vor, wie er davon erzählt. Wie er es ohne Chris' Hilfe geschafft hat, sie umzusetzen.

Nun braucht er nur noch einen Komplizen.

Gerry ist erst vollkommen baff, dann, je mehr Alkohol fließt, hoch begeistert. Mit einer Million Mark könnte er seine fiesen Onkel auszahlen und hätte noch genug

Geld, um sich ganz woanders ein richtig schönes Leben zu machen. Irgendwo da, wo es warm ist und es ein Meer gibt.

Gerry ist ein guter Handwerker. Technisch versiert, ein Bastler. Zwei Nächte später treffen sie sich in der Firma und bauen das Sitzbrett ein, die Autobatterie für die Beleuchtung und zwei Rohre, damit das Kind atmen kann. Sie beschichten die Kiste mit einer wasserabweisenden Farbe, die sie im Baumarkt erstanden haben. Die zusätzliche zweite Abdeckung, die dazu dienen soll, an die Riegel der Kiste heranzukommen, ohne sich die Finger schmutzig zu machen, schneidet Gerry aus einem Pressspanbrett zu, das vorher probehalber mit Bitumen und Silberbronze besprizt worden war, um die Bindungsfähigkeit dieser Materialien zu prüfen, mit denen die Firma experimentiert. Sie waren nicht gut genug für die Zwecke der Firma, deswegen liegt das Brett auf dem Stapel mit anderen, die mit der nächsten Fuhre auf den Müll entsorgt werden sollen.

Man kann problemlos eines entwenden, niemand würde es vermissen. Weder Gerry noch Eberhard kommt auf die Idee, dass die Ermittler die Doppelbeschichtung chemisch untersuchen lassen werden. Dass sie sich diese unglaubliche Mühe machen werden.

Das Radio mit seinen und Chris' Initialen steuert Eberhard bei. Als Reminiszenz an ihre Freundschaft.

Aber zunächst mal geht es weiter.

Nun machen sich die umfangreichen Recherchen für Eberhards Facharbeit bezahlt – er kennt sich im Traubenhain aus wie in seiner Westentasche. Sie wählen einen Platz tief im Wald, an dem nicht gejagt wird und auch keine Spaziergänger unterwegs sind, es aber in der Nähe einen befahrbaren Weg gibt. Gerry nagelt eine primitive Leiter zusammen, um keine aus dem Betrieb klauen zu müssen, und nimmt sie mit in den Traubenhain. Gemeinsam graben sie das tiefe Loch, was tagelang dauert, und versenken die Kiste darin.

Noch immer ist es ein Spiel. Noch immer ist es nicht wahr. Noch immer können sie zurück. Sie besorgen sich Lachgas in Kapseln, die man für Sprühsahne verwendet. Sie versuchen, die richtige Dosis herauszufinden – sie wollen ihr Opfer ja nicht töten, es nur so lange betäuben, bis es in der Kiste sitzt.

Lachgas ist flüchtig, die Wirkung hält nicht lange an. Sie brauchen aber eine Betäubung, die nicht gleich wieder nachlässt. Natürlich wäre Chloroform besser, aber wie sollen sie auf legale Weise an diesen Stoff kommen? Sie probieren an sich selbst, wie das Lachgas funktionieren könnte. Sie bedenken nicht, dass die potenziell tödliche Dosis für ein zehnjähriges Kind viel niedriger ausfällt als für einen fast ausgewachsenen Mann.

Irgendwann glauben sie, dass nichts mehr schiefgehen kann. Sie haben alles so akribisch vorbereitet. Den Ort der Grabung, die Grabung, die Kiste mit allem Zubehör, die Masken, ihren Fluchtweg im Auto. Nun muss nur noch das richtige Kind zur richtigen Zeit des Weges kommen. An diesem sonnigen Tag am 15. September 1981, bevor das Wetter umschlägt. Besser wäre der nächste Tag, aber da soll es regnen. Der erste Schultag ist nicht ideal. Es finden, wenn überhaupt, nur einige wenige Nachmittagsaktivitäten statt, manche Werkstätten haben noch gar nicht geöffnet. Eberhard weiß also gar nicht, ob Oliver zur richtigen Zeit durch den Traubenhain radeln wird. Falls nicht, müsste man das Ganze auf die nächste Woche verschieben.

Nein. Das kommt aus verschiedenen Gründen nicht infrage.

Gerry und er beschließen jeder für sich: Sollte es doch regnen oder Oliver nicht erscheinen, oder sollten trotz der Tageszeit immer noch zu viele Leute unterwegs sein, oder, oder, könnte das ein Zeichen sein, die Entführung ganz sein zu lassen. Darüber sprechen sie aber nicht. Keiner will den anderen enttäuschen. Keiner will als Feigling dastehen. Sie sind beide hin- und hergerissen zwischen Euphorie und höllischer Angst. Sie fühlen sich wie auf dem Zehnmeterbrett kurz vor dem Sprung. In dem Wissen, dass sich das Wasser hart wie Stein anfühlen kann, wenn man aus dieser Höhe falsch aufschlägt.

Oder man gleitet mühelos ins tiefe Wasser, schießt nach oben und fühlt sich wie ein toller Hecht.

Der 15. September 1981 ist ein warmer Spätsommertag. Vielleicht hätte die Entführung Annika Schöns niemals stattgefunden, wenn es diesen einen schönen Tag nicht gegeben hätte.

Annika radelt in die Dämmerung. Aus der Entfernung sieht sie einen Baumstamm, der den Weg versperrt. Sie steigt ab, mit einem mulmigen Gefühl im Bauch. Plötzlich steht ein Mensch mit einer Maske vor ihr, der ihr schreckliche Angst macht. In der Hand hat er eine Pistole. Von hinten wird ihr etwas über den Kopf gestülpt. Sie atmet etwas ein, das ihr den Kopf vernebelt. Sie merkt vielleicht noch, dass ihre Beine nachgeben. Dann ist alles dunkel.

Eine Stunde später ist die Kiste verschlossen, der Grassamen gesät, sind die Fichten um die Lichtung festgesteckt. Erste Regentropfen fallen.

Gerry und Eberhard kämpfen sich zum Auto durch. Sie steigen ein, und Gerry fährt los. Eberhard lotst ihn über Schotterwege Richtung Staatsstraße, die zur B12 führt. Dann bleibt der Wagen stecken.

Es ist zum Aus-der-Haut-Fahren. Erst das falsche Kind, dann der plötzliche Regen, und jetzt drehen die Reifen mit einem enervierend lauten Summen durch. Auf gar keinen Fall, das wissen beide genau, dürfen sie den Wagen hier stehen lassen.

»Steig aus«, sagt Gerry nervös. »Du musst schieben.«

Eberhard klettert aus dem Auto, begibt sich nach hinten und schiebt. Eiskalte Tropfen fallen ihm in den Nacken. Sein Hemd ist bereits klatschnass. Gerry müht sich ab, der überdrehende Motor macht schauderhafte Geräusche, doch der Wagen gleitet immer wieder zurück in das Loch, das die Reifen in die nasse Erde schleifen.

Schließlich würgt Gerry den Wagen ab und steigt ebenfalls aus.

»So ein Scheiß«, sagt er. Er geht nach hinten und stellt sich neben Eberhard. Sie schauen mit finsteren Mienen in den Wald, der sie nicht freigeben will.

»Wir müssen hier raus«, sagt Eberhard.

»Weiß ich«, schnappt Gerry.

»Verdammt«, sagt Eberhard und dreht sich um. Ein Motor brummt, Scheinwerferlicht tastet sich durch Blätter und Zweige.

»Dreh dich um!«, zischt Gerry. »Die kommen an uns nicht vorbei!«

Und das stimmt hoffentlich. Eberhard dreht sich folgsam um und wartet ab. Er weiß nicht, um wen es sich handelt. Er kennt Martin Schöns Freund Hannes nicht, der über diese Abkürzung durch den Wald auf dem Weg nach Salbrunn ist. Wohl kennt Eberhard aber Hannes Ex-Freundin Saskia, die als externe Schülerin eine Klasse unter ihm ist. Gut, dass er keine Ahnung hat, dass Saskia als Beifahrerin in Hannes Wagen sitzt, der jetzt hektisch zurückstößt.

»Los«, sagt er. »Die kriegen wir.«

Und obwohl dieser Satz überhaupt keinen Sinn macht – es wäre völlig idiotisch, den Wagen zu verfolgen und damit die Aufmerksamkeit erst recht auf sich zu lenken –, er erfüllt seinen Zweck. Plötzlich schießt den beiden die Energie in sämtliche Muskelfasern, und kaum zehn Sekunden später ist das Auto befreit. Gerry fährt in einem Affenzahn bis zur Staatsstraße, überholt das Auto, schneidet es und fährt mit der gleichen überhöhten Geschwindigkeit weiter, wie im Rausch. Erst als sie schon kurz vor Rothwinkel sind, drehen sie wieder um. Die Begeisterung hat spürbar nachgelassen. Eben haben sie noch fast hysterisch gelacht, jetzt schweigen sie. Der Regen klatscht an die Windschutzscheibe, es ist mindestens zehn Grad kälter als noch vor einer Stunde.

Gerry fährt Eberhard nach Hag, wo er ihn in einer Seitenstraße absetzt.

»Bis morgen«, sagt er, während Eberhard seine nassen Sachen bis auf die Unterwäsche auszieht und in den Kofferraum stopft. Warum hat er nicht gleich an Kleidung zum Wechseln gedacht? Idiot!

»Bis morgen«, antwortet Eberhard. Er fühlt sich einigermaßen bescheuert, wie er da in der Kälte steht, in seinem Feinripphemd und den geblümten Boxershorts und den schlotternden weißen Beinen. »Du musst die Klamotten entsorgen, okay?«

»Ja, ja«, sagt Gerry.

»Auch deine! Da ist überall Erde und Matsch dran! Das ist total verdächtig!«

»Ja!«
»Sicher?«
»Jetzt hau endlich ab!«

Er muss irgendwie unbemerkt in sein Zimmer gelangen. Chris, mit dem er in diesem Schuljahr sein Zimmer teilen wird, ist noch nicht im Internat, er wird erst morgen früh eintreffen. Das war ein entscheidender Grund, weshalb es so wichtig war, dass die Entführung heute stattfand. Chris, das ist Eberhard klar, hätte versucht, ihn davon abzubringen.

Wie kommt er ins Eichenhaus, ohne dass ihn einer sieht? Er versteckt sich im Gebüsch an der Ecke, wo er die Tür gut im Blick hat. Um kurz vor zehn geht ein Schüler nach dem anderen rein. Es fehlen nur noch einige Jungs aus seiner Jahrgangsstufe, die müssen erst um halb elf ins Bett.

Um Viertel nach zehn schleicht sich Eberhard total durchnässt und frierend durch das knarzende Treppenhaus. Er hinterlässt Schmutzspuren auf dem dunkel gebeizten Holz, aber niemand bemerkt ihn. In seinem Zimmer atmet er auf, reißt sich seine Unterwäsche vom Leib und spült seine Schuhe unter dem Wasserhahn ab, die er anschließend auf die Heizung stellt. Duschen will er lieber nicht, das würde um diese Zeit auffallen. Er trocknet sich ab und schlüpft in sein frisch bezogenes Bett. Dann erst beginnt er zu denken, zu grübeln. Sie haben das falsche Kind. Wie kriegen sie verdammt noch mal raus, wie dieses Kind heißt?

Er erinnert sich an die Rufe im Wald. Annika. So lautet der Vorname. Aber das hilft ja nicht weiter. Sie brauchen den Nachnamen.

Er ist zu müde, um sich weiter damit zu befassen. Wenn sie den Nachnamen nicht erfahren, war alles umsonst. Dann war das Schicksal, beruhigt er sich.

Alles wird gut.

Er schläft ein, träumt unruhig, wacht auf, schläft wieder ein.

Wird alles gut?

Nicht ganz. Jemand hat ihn eben doch bemerkt. Er hat Eberhard durch eine halb offene Tür in seiner nicht gerade unauffälligen Aufmachung im Haus herumgeistern sehen und denkt sich seinen Teil.

Noch nicht gleich (Eberhard gilt sowieso als nicht ganz dicht). Aber im Lauf der nächsten Wochen.

Und Jahre. Und Jahrzehnte.

Am nächsten Tag hört Eberhard in aller Frühe die Nachrichten. Er fühlt sich einerseits euphorisch, andererseits panisch, eine explosive Mischung. Der genannte Wohnort Thalgau ist falsch, muss falsch sein. Was für Pfeifen! Kein Kind aus Thalgau würde abends durch den Traubenhain radeln!

(Und wenn doch?)

Aber immerhin wird der Name des Mädchens genannt.

Annika Schön.

Das ist gut. Andererseits ist Schön nicht gerade ein seltener Nachname. Was, wenn es in Salbrunn zwei oder noch mehr Schöns gibt?

Scheiße!

Er muss irgendwie ein Telefonbuch von Salbrunn finden, und zwar schnell. Hier gibt es keines, nur eines von Hag, und das liegt bei der Schulsekretärin, da kommt er nicht ran. Das Kind muss aus Salbrunn stammen, eine andere Möglichkeit gibt es nicht, redet er sich ein. Ein Kind, das abends radelt, fährt nach Hause, Schluss!

Oder zu einer Freundin in Salbrunn, und das Kind selbst lebt in Wirklichkeit in Hag?

Nein, nein, nein!

Er duscht mit den anderen Jungs, spricht mit niemandem, schwänzt die Morgenfeier, die wie jeden Morgen um halb acht im Vortragssaal stattfindet, und läuft durch den Regen zum Haupthaus. Hier, im Souterrain, befindet sich ein Münzfernsprecher, in einer Ecke vor dem Speisesaal, der im Moment noch zu ist. Durch den mittleren Spalt der geschlossenen Doppelschwingtür dringt Tageslicht, hört er die Küchenbohnen mit dem Geschirr klappern.

Er muss sich beeilen. Die Morgenfeier, eine Zwangsveranstaltung, bei der sich alle Schüler und Lehrer vor dem Frühstück treffen, dauert höchstens eine Viertelstunde. Er ruft Gerry an, der sich die nächsten Tage freigenommen hat. Gerry meldet sich verschlafen, seine Stimme klingt dumpf, als hätte er die ganze Nacht durchgesoffen.

Hoffentlich hat er das nicht!

»Gerry, hörst du mich?«

»Was?«

»Du musst zur Post in Salbrunn fahren, um die Telefonnummer von Annika Schön herauszufinden.«

»Hä?«

»Annika Schön! So heißt das Mädchen!«

»Mann, Ebi, bin total fertig.«

Eberhard schließt die Augen. Gerry hat viele Qualitäten, aber in anderer Hinsicht ist er nicht die hellste Kerze auf der Torte. Geduldig und mit gedämpfter Stimme – die Telefonzelle kann man zwar schließen, sie ist aber sehr hellhörig – erklärt ihm Eberhard, wie er den Namen erfahren hat und ganz generell die Dringlichkeit des Unterfangens. Schließlich kapiert Gerry und verspricht, sich sofort auf den Weg zu machen.

»Nicht sofort! So in einer Stunde.«

»Wie?«

»Gerry. Wenn du da als einer der Ersten auftauchst und dich auf das Telefonbuch stürzt, na, was passiert dann?«

»Weiß nicht, was denn?«

»Du machst dich verdächtig. Wenn du aber ein bisschen später aufkreuzt und ganz lässig...«

»Klar! Ganz lässig!«

»...ganz lässig danach fragst... Verstehst du?«

Pause, dann: »Hab's verstanden!«

Eberhard atmet auf. »Und wenn du die Nummer hast, dann rufst du da an und spielst den Jingle ab. Sonst nichts! Kapiert? Wenn's die falsche Nummer sein sollte, macht das dann nichts, okay?«

»Ja!«

»Aus einer Telefonzelle! Nicht von daheim aus!«

»Ja!«

»So wie ausgemacht! Kein Wort! Wehe, du sagst ein Wort! Und wenn's mehr Schöns als einen gibt, rufst du die alle an. Und immer nur den Jingle abspielen!«

»Jaha!«

»Bis nachher!« Eberhard legt auf, gerade noch rechtzeitig. Die Vorläufer der Schülerlawine sind bereits im Anrollen, er hört Lachen, Quatschen, Schritte. Einen Moment lang bleibt er in der Zelle, bis sich das Zentrum des Rudels an der Zelle vorbeidrängelt. Er öffnet die Tür und mischt sich hoffentlich unbemerkt darunter.

Was, wenn es den Namen Schön mehrmals gibt? Und sie nicht rauskriegen, wer wer ist? Nicht darüber nachdenken!

Eberhard setzt sich zu einem Schüler, der noch unbeliebter ist als er, und verzehrt schweigend seine beiden Wurstsemmeln. Der Kaffee aus den Blechkannen schmeckt wie üblich grauenvoll.

Zumindest das kann seine Mutter. Einen gescheiten Kaffee kochen. Und Sahne gibt's auch immer dazu.

Drei Stunden später brunchte Chris mit seiner Mutter in einem Münchner Café in der Maximilianstraße. Sie haben die letzten beiden Tage im Hotel Vier Jahreszeiten verbracht, als krönendem Abschluss grandioser Ferien. Chris ist gut drauf und optimistisch. Die letzten beiden Schuljahre ohne Jens wird er auch noch über die Bühne kriegen.

Ein Radiosender spielt Musik, schließlich kommen die Nachrichten und anschließend eine Meldung der Polizei, verlesen von einem Sprecher mit trockener Stimme und bayerischem Zungenschlag. »Vermisst wird die zehnjährige Annika Schön, die nicht, wie anfangs fälschlich gemeldet wurde, aus Thalgau stammt, sondern aus dem Ort Salbrunn. Das Mädchen war gestern um zirka 19:30 Uhr mit ihrem Fahrrad von Hag nach Salbrunn durch ein Waldgebiet unterwegs, kam jedoch nicht zu Hause an. Aktuell läuft die Suche nach dem Kind weiter. Das Fahrrad wurde ungefähr achthundert Meter von der elterlichen Wohnung entfernt aufgefunden. Annika Schön ist eins dreiundvierzig Meter groß, schmächtig und hat blonde, sehr kurze Haare. Sie trägt eine dunkelgrüne Cordhose, einen beigen Pullover, eine hellbeige Schafwolljacke und rotbraune Sandalen. Sachdienliche Hinweise nimmt die zuständige Polizeidienststelle in Glauchau oder jede andere Polizeidienststelle entgegen.«

Der Sprecher nennt die Telefonnummer der Polizeidienststelle in Glauchau. Anschließend kündigt ein anderer, wesentlich munterer Moderator »Oldies but Goldies« an. Während ein Stück von Chet Baker gespielt wird, bricht Chris der Schweiß aus, er wird blass.

»Das arme Mädchen, das ist ja schrecklich«, sagt seine

Mutter und beißt dessen ungeachtet mit Appetit in ein Croissant.

»Ja, schlimm«, antwortet er mechanisch.

»Ist was?«, fragt seine Mutter und tupft sich mit der Papierserviette die Krümel ab, damit der Lippenstift nicht verwischt.

»Nichts«, sagt Chris. Er betrachtet ihr schmales, gebräuntes Gesicht, registriert den besorgten Ausdruck und legt seine Breze auf den Teller.

»Ist dir schlecht? Du bist so ...«

»Nein.« Er steht auf, geht auf die Toilette des Cafés und setzt sich auf die Klobrille, den Kopf in die Hände gestützt.

Er ist schuld.

Oder nicht? Vielleicht löst sich ja noch alles in Wohlgefallen auf. Das Mädchen könnte sich verfahren haben, sich verletzt haben, irgendwo mit verstauchtem Fuß im Unterholz liegen ...

Nein. Niemand verfährt sich im Traubenhain. Und hätte sie sich verletzt, hätte man sie längst gefunden.

Mach dir nichts vor. Eberhard hat es getan.

In Chris' Darm beginnt es zu rumoren, sein Magen krampft sich zusammen. Er will sich nicht übergeben, bemüht sich, ruhig in den Bauch zu atmen.

Ein und aus. Ein und aus.

Eberhard hat es getan. Aber ohne Chris, das Mastermind, wäre es nicht passiert.

Er erhebt sich langsam, öffnet die Toilettentür, wäscht sich die Hände und sieht in sein weißes Gesicht, auf dem die Augenbrauen wie dicke schwarze Striche wirken. Als würden sie da gar nicht hingehören. Je länger er in den Spiegel schaut, desto mehr verschwimmen seine Züge, und schließlich ist es so, als ob ihn ein Fremder ansähe.

Er ist schuld. Nie, nie, nie wird er sich das vergeben, glaubt er. Aber Dinge ändern sich.

20. November 2019
Julia Neubacher-Vogt

Karin Hieronymus heißt nicht mehr so. Sie ist verheiratet und hat den Namen ihres Mannes Rolf angenommen. Mit Rolf hat sie vier Kinder und neun Enkel. Sie arbeitet seit vielen Jahren nicht mehr bei der Polizei.

»Nennen Sie mich einfach Karin«, sagt sie. »Und bitte – mein Nachname spielt keine Rolle.«

Es war schwierig, sie zu finden. Sie wohnt auf dem Land in einem alten Haus, das ihr Mann von seinen Eltern geerbt hat. Viel weiß gekalktes Holz, überall Blumen, amerikanisch breite Fensterbretter mit bunten Kissen drauf.

Wir setzen uns mit unserem Kaffee auf diese Kissen und schauen in den verwilderten Garten voller Herbstlaub.

»Was wollen Sie wissen?«, fragt Karin. Ich lege das Telefon zwischen uns und aktiviere die Aufnahme-App. »Machen Sie das aus«, sagt sie, »sonst sage ich kein Wort.« Ich nicke und stecke das Handy in die Jackentasche. Dort läuft es weiter. Ich will Karin nicht preisgeben, ich schütze meine Quellen immer, aber ich brauche den Beweis, dass dieses Gespräch stattgefunden hat.

»1983«, sage ich. »Was ist da passiert?«

»Eine Menge.« Karin lächelt.

»Sie wissen, was ich meine.«

»Was wollen Sie hören?«

»Alles. Bitte.«

»Dann müssen wir früher anfangen.«

»Okay. Wann?«

»Was ich Ihnen jetzt sage, steht in keiner Akte. Sie werden das nirgendwo verifizieren können, und falls jemand auf meinen Namen kommt: Ich habe Ihnen das nie erzählt. Ich werde alles abstreiten. Ich werde sagen, dass ich Sie nicht kenne, dass Sie sich das ausgedacht haben.«

»Okay.«

»Journalisten denken sich eine Menge aus.«

»Ich hab's verstanden.«

Karin holt tief Luft. Hält mir einen Teller mit vermutlich selbst gebackenen Schokoladenplätzchen hin. Ich nehme eines. Es schmeckt köstlich.

»Ich weiß das alles nur aus zweiter Hand. Von meinem Exfreund. Er war Polizist wie ich, aber ein höherer Dienstgrad.«

»Thomas Bergmüller?« Ich habe versucht, mit Bergmüller Kontakt aufzunehmen, er hat es abgelehnt, mit mir zu sprechen.

Sie nickt nicht, schüttelt nicht den Kopf. »Ein Freund«, wiederholt sie.

»Was hat er Ihnen erzählt?«

»Der Vater von Eberhard Klein ...«

»Einer der beiden Jungen, die Sie 1983 vernommen haben?«

»Ja. Josef Klein war ein enger Vertrauter des damaligen Ministerpräsidenten. Ein Industrieller, der zwielichtige Geschäfte eingefädelt hat. Irgendwas hatte er auch mit Bestechung zu tun und saß deswegen im Gefängnis.«

»Das ist bekannt«, sage ich und nicke ermutigend.

»Also, dieser Klein ... Er hat laut meinem Freund möglicherweise interveniert.«

»Wo?«

»Beim LKA. Es gab einen Anruf, nachdem wir die Fingerabdrücke von den Internatsschülern genommen hatten.«

»Von Klein persönlich?«

»Natürlich nicht!« Karin lächelt wieder, diesmal sehr amüsiert über meine Naivität. Dabei bin ich gar nicht naiv. Nur ist dieser Fall so verrückt, dass ich mir mittlerweile sogar vorstellen kann, dass Annika Schön von Aliens entführt wurde.

»Der Anruf kam vom LKA, und zwar von ganz oben. Es ging darum, sämtliche genommenen Fingerabdrücke der Internatsschüler zu löschen. Jemand hat meinem Freund gesagt, dass möglicherweise Klein diesen Anruf veranlasst hat.«

»Möglicherweise?«

»Sein Informant hat das vermutet. Klein war damals wirklich mächtig. Er kannte Leute beim LKA. Er hatte die richtigen Leute in den richtigen Machtpositionen in der Hand.«

»Die Fingerabdrücke wurden dann gelöscht?«

»Ja.«

»Ohne sie vorher mit dem Abdruck auf der Kiste zu vergleichen?«

»Das nehme ich mal an.«

»Das ist unglaublich.«

»Mein Freund hat mir das viel später erzählt, da war der Fall schon abgeschlossen. Keinen der Verantwortlichen hat es gekümmert. Deshalb taucht es in keiner Akte auf. Aber mein Freund sagt, es sei passiert, jemand von ganz oben habe da seine Finger drin gehabt, sein Informant sei glaubwürdig.«

»Unglaublich«, sage ich noch einmal.

»Nein, gar nicht so sehr. Schauen Sie, wir waren damals ja vor allem hinter Karl Leitmeir her. Wir waren so überzeugt, dass er es gewesen sein muss, und es war dermaßen frustrierend, dass wir ihm nichts beweisen konnten ... Wollen Sie noch einen Kaffee?«

»Nein, danke.« Ich würde gern rauchen, stattdessen nehme ich mir den vierten Keks. Nach diesem Treffen wird mir übel sein, aber das ist es mir wert. Ich beuge mich unauffällig vor, damit ich nicht nur Rauschen auf dem Band habe. »Also, nehmen wir an, dass das, was Ihr Freund erzählt hat, stimmt – dann bedeutet das doch, dass die Polizei spätestens ab diesem Zeitpunkt einen großen Bogen um Hag am See gemacht hat. Denn diese Anweisung betraf doch sicher nicht nur die Fingerabdrücke.«

»Die Kollegen haben von Anfang an nur sehr zögerlich ermittelt, wir wurden von den Chefs eher zurückgepfiffen als ermutigt. Das ist mir schon aufgefallen, und da wusste ich noch nichts von der Geschichte mit den Fingerabdrücken. Dabei grenzte Hag am See direkt an den Traubenhain, es gab einen Badesteg und ein Baumhaus mittendrin, die Schüler hielten sich tagsüber und nachts dort auf, sie hatten da regelrechte Lager... Ich hab das damals nicht verstanden. Aber dann hatten wir den Leitmeir am Wickel, und da ist das irgendwie untergegangen.«

»Worauf ich hinauswill«, sage ich.

»Ja?«

»1983 wurden zwei Schüler aus Hag am See von Ihnen und einem Kollegen vernommen, der mittlerweile verstorben ist. Vorher war die Polizei im Internat und hat genau die Durchsuchungen vorgenommen, die sie anderthalb Jahre vorher versäumt hatten. Sie haben sogar die hauseigene Schreinerei nach Spuren gecheckt...«

»Das stimmt.«

»Warum? Warum zu diesem Zeitpunkt?«

Karin zögert. »Steht das nicht in den Akten?«, fragt sie.

»Nicht in den mir zugänglichen. Nur dass diese Untersuchung stattfand und dass Christian Brockmann und Eberhard Klein im Rahmen dieser Untersuchung unaufgefordert einen schwarzen Kasten präsentiert haben, in dem sich ein grüner Klingeldraht befand.«

»Das stimmt.«

»Wer hat die Polizei benachrichtigt? Warum wurde plötzlich doch in diesem Umfeld ermittelt, nachdem das Internat quasi weiträumig gemieden wurde?«

»Wir – es hat einen Anruf gegeben.«

»Haben Sie ihn entgegengenommen?«

»Nein, ein Kollege.«

»Wissen Sie den Namen?«

Sie schüttelt den Kopf. Ich sehe, dass sie sich an den Namen erinnert, aber sie wird dazu nichts sagen.

»Wer hat angerufen?«

»Er war anonym.«

»Nun gibt es viele anonyme Anrufe. Würde die Polizei jedem nachgehen, hätte sie viel zu tun, stimmt's?«

»Das ist richtig.«

»Warum also die plötzliche Aktivität bei diesem Anruf?«

Karin sieht mich an wie jemand, der bereut, zu schnell zu etwas Ja gesagt zu haben.

»Bitte«, sage ich. »Die Polizei wird doch nicht wegen einem anonymen Anruf aktiv. Der muss doch von einer Person gekommen sein, die irgendwie Gewicht hat. Ein Lehrer? Der Rektor?« Ich erinnere mich an Kastenmeier. War er das?

Karin seufzt. »Das weiß ich nicht. Ich weiß nur, dass der Anrufer unglaublich viel gewusst haben muss. Gut, das hätte er auch aus der Zeitung haben können. Aber er hatte sich zumindest intensiv damit beschäftigt. Und dann hat er von einem Jungen erzählt, der in der Nacht vom 15. September in nasser Unterwäsche durch ein Haus geschlichen ist.«

»Was für ein Haus?«

»Irgendein Baumname mit E... Die hatten ja alle so Baumnamen in diesem Internat...«

»Eichenhaus?«, frage ich.

»Ja!« Ich überlege, wer der Hausvater vom Eichenhaus war. Es fällt mir nicht ein. Und dann doch. Kastenmeier. Der Rektor. Ich habe mit seiner Tochter gesprochen. Sie erzählte mir von merkwürdigen Telefonaten. Von Schülereltern, die sich gegen die Abnahme von Fingerabdrücken gesträubt hätten.

Mein Vater war richtig verzweifelt.

Warum?

Das hat er nicht gesagt. Er blieb sehr allgemein. Ein Vater hätte sich besonders aufgeführt, hat er gesagt.

Wer?

Leider – das wollte er uns nicht sagen.

Kastenmeier. Er ist bereits in den Neunzigerjahren gestorben. War er der Informant?

»Und?«, frage ich schließlich.

Karin sagt: »Jedenfalls hätte der Junge nicht nur Unterwäsche getragen, sondern völlig verdreckte und patschnasse Wanderschuhe. Nur drei Stunden nachdem das Mädchen verschwunden war.«

»Und der Junge hieß?«

»Das hat uns der Anrufer nicht mitgeteilt.«

»Okay.« Ich denke nach.

»Was passierte dann?«, frage ich, nachdem ich zu keinem Ergebnis gelangt bin.

»Wir kriegten einen Durchsuchungsbeschluss, und Kollegen waren dann vor Ort. Aber es kam nichts dabei raus. Wir waren ja viel zu spät dran. Und dann tauchten diese beiden Jungen auf und gaben uns diesen Draht. Wahrscheinlich weil sie befürchteten, dass wir ihre Zimmer durchsuchen und den Draht finden würden.«

»Eberhard Klein und Chris Brockmann?«

»Ja.«

»Sie haben anschließend beide vernommen.«

»Mit einem Kollegen, ja.«

»Was haben sie erzählt?«

»Dass sie den Draht im Sommer 1982 im Wald gefunden hätten, als sie auf der Jagd nach einer Eule waren.«

»Tagsüber?«

»Am Nachmittag.«

»Tagsüber sind keine Eulen unterwegs. Ist Ihnen das nicht aufgefallen?«

»Sie haben zwei Zeuginnen aufgeführt, denen sie den Draht auf dem Sportplatz gezeigt hätten...«

»Mit Patricia Armstrong habe ich gesprochen. Sie schwört, dass sie den Draht nie gesehen hat.«

»Damals konnten wir sie nicht finden. Es war eine Ausländerin, glaube ich.«

»Ja, eine Schottin. Auch die zweite Zeugin konnten Sie nicht befragen, weil sie in Südamerika unterwegs war. Die war ich.«

»Sie?«

»Ja. Mir haben Chris und Eberhard den Draht auch nicht am Sportplatz gezeigt. Das war schlicht gelogen.« Ich erzähle Karin nicht, dass ich den Draht schon viel früher gesehen habe. Was hätte das jetzt auch noch für einen Sinn?

Ich spüre, dass Karin mir entgleitet. Sie rutscht auf ihrem Kissen unruhig hin und her. Bevor sie mich höflich hinauskomplimentieren kann, muss sie mir noch eine Frage beantworten.

»Was hatten Sie für einen Eindruck von den beiden?«

»Das ist so lange her... Ich weiß das nicht mehr genau, ehrlich.«

»Bitte. Denken Sie nach. Haben Sie ihnen diese Story mit der Eule abgekauft?«

Karin denkt nach.

»Nein«, sagt sie.

»Nein?«

»Aber wir hatten nichts gegen sie in der Hand. Nur diesen Draht, von dem wir nicht mal wussten, ob der irgendwas mit der Tat zu tun hatte.«

»Später hat sich ja dann herausgestellt, dass es so war. Dass die Täter diesen Draht als Kommunikationsmittel benutzt haben müssen.«

»Das war später. Und später war zu spät.«

»Da hatte niemand mehr Interesse dran?«

»Die Sonderkommission war längst aufgelöst. Man hätte eine neue bilden müssen, und das hätte einen Rattenschwanz an Konsequenzen gehabt. Sie machen sich überhaupt keine Vorstellung, wie zäh solche behördlichen Vorgänge ablaufen, wenn es keinen aktuellen Anlass gibt. Und es war ja keine richtig heiße Spur. Bloß ein vager Verdacht. Die beiden Jungen hatten einen Draht in ihrem Besitz – na und? Ihnen nachzuweisen, dass sie ihn nicht gefunden, sondern benutzt haben – wie hätte das gehen sollen?«

»Ich weiß nicht«, sage ich, und das ist die Wahrheit. »Immerhin haben sie, was die Zeuginnen betrifft, vermutlich gelogen. Das hätten Sie in meinem Fall herausfinden können. Sie hätten sich bei mir melden müssen, als ich aus Südamerika zurückgekommen war. Ich hatte keine Ahnung von dieser Vernehmung. Sie hätten nicht lockerlassen dürfen.«

Karin seufzt. »Wir sind auch nur Menschen. Menschen machen Fehler.«

»Falls ein neues Gerichtsverfahren angestrengt werden würde – würden Sie aussagen?«

Karin lehnt sich an den Fensterrahmen. Sie schaut hinaus in den Garten, als sie mit sanfter, freundlicher Stimme ihr Fazit abgibt. »Vergessen Sie's. Der Tatbestand ist verjährt.«

»Aber im Fall neuer Indizien...«

»Es wird so oder so keinen weiteren Prozess geben. Niemals. Das wissen Sie so gut wie ich.«

Sonntag, 15. November 1981
Hag am See
Chris

Eberhard und Chris teilen sich ein Zimmer. Ihre Freundschaft besteht nach wie vor, allerdings ist sie nicht mehr ganz so eng. Chris ist abends oft unterwegs, er hat sich in Patricia Armstrong verliebt und verbringt fast seine gesamte Freizeit mit ihr. Eberhard ist manchmal dabei auf ihren langen Spaziergängen und manchmal nicht.

Chris denkt nicht mehr darüber nach, ob Eberhard Annika Schön entführt und ihren Tod verschuldet hat. Er spricht nie mit ihm über dieses *Ereignis*, es sei denn, andere sind dabei. Chris hat alles, was damit zusammenhängt, ganz tief in sich vergraben. Das *Ereignis* ist wie ein verkapselter Tumor. Wenn man nicht daran rührt, kann nichts passieren.

Hilfreich sind Gespräche mit Patricia. Sie kennt hier niemanden, spricht fast kein Deutsch, steht außerhalb. Sie ist die Einzige, mit der er mehrmals über die Tat spricht, ihr alles berichtet, was darüber in den Zeitungen steht. Ihr kann er seine Bestürzung zeigen, sie reagiert in ihrer Ahnungslosigkeit vollkommen unbefangen.

»Wow, that's horrible«, sagt sie in der Regel, wenn er davon anfängt, und ihr schönes Gesicht wird ganz ernst.

»Yeah, it's scary«, antwortet er dann. »I feel so sorry for the family.«

»Absolutely! I can't believe anybody would do such a thing.«

Chris sieht ihr bei solchen Gelegenheiten an, wie *sensitive* und *compassionate* sie es findet, dass ihm diese schreckliche Geschichte so nahegeht, obwohl er doch das Opfer gar nicht kennt, und fast glaubt er ihr. Es ist, als würde ihn ihre pure Gegenwart zu einem besseren Menschen machen. Und so wirken sich diese Unterhaltungen heilsam und beruhigend auf sein zur Turbulenz neigendes Innenleben aus.

Der Tumor schläft. Vielleicht stirbt er eines Tages ab. Manche bösartigen Geschwüre tun das, sie lösen sich einfach auf, als hätte es sie nie gegeben.

Bis zum Sonntag, den 15. November, funktioniert diese Selbsttherapie. Gegen zehn frühstückt Chris mit Eberhard im Speisesaal. An den Wochenenden ist das erlaubt, der Speisesaal hat bis zwölf geöffnet, das Mittagessen entfällt. Sonntags gibt es neben Semmeln und dem üblichen Aufschnitt von den Küchenbohnen gebackenen Hefezopf. Man darf sich sein Frühstück sogar mit auf die Zimmer nehmen, wenn man danach das Geschirr zurückbringt.

Der Speisesaal ist also nur halb gefüllt, Eberhard und Chris sitzen allein an einem der langen Zehnertische. Sie regen sich wie jeden Sonntag über den schlechten lauwarmen Kaffee auf und reden ansonsten wenig. Chris ist nicht in allerbester Stimmung. Es ist ein kalter grauer Hochnebeltag, der einem wenig Lust auf irgendetwas macht. Chris vermisst Patricia, die ihr Wochenende wie immer bei den Verwandten in München verbringt und erst spät zurückgebracht wird. Chris hat sich darüber schon mehrfach beschwert – sie könnte genauso gut hierbleiben, niemand zwingt sie zu diesen Aufenthalten –, aber da beißt er bei Patricia bei all ihrer Freundlichkeit auf Granit. Sie mag ihre Verwandten und hält sich gern in München auf. Da ihr Onkel ja Regisseur ist, werden sie manchmal zu glamourösen Filmpremieren eingeladen. Bisher hat sie ihn noch nie gefragt, ob er mitkommen will.

Auch das ärgert ihn.

Er beschließt, einen Waldlauf durch den Traubenhain zu unternehmen, und zwar allein, ohne Eberhard. Er will das Eberhard gerade mitteilen, als der ihn fragt – und zwar auf seine übliche verklemmt-muffige Art –, ob Chris ihm bei etwas helfen könne.

»Klar«, sagt Chris, kann aber einen leichten Widerwillen nicht unterdrücken. »Was denn?«

Eberhard kaut auf seiner fünften Hefezopfscheibe herum, die er dick mit Butter und Pflaumenmarmelade bestrichen hat. Ein Krümel fällt ihm aus dem Mund und auf seinen Kragen, ohne dass er es merkt. Schließlich trudelt der Krümel auf seinen Wollpulli und hängt dort an einer Fluse fest.

»Was?«, wiederholt Chris gereizt, den Blick auf den Krümel gerichtet.

»Der – also, der Draht.«

»Welcher Draht?«

»Im – äh – Wald. Du weißt schon, der Draht!« Eberhard sieht ihn jetzt eindringlich an, und Chris begreift. Eine Sekunde lang drohen ihn Hass und Furcht zu überwältigen, aber dann reißt er sich zusammen.

»Was ist damit?«

»Kannst du mir helfen? Also...«

Chris möchte keinen weiteren Satz darüber verlieren, nie, nie wieder. »Okay«, sagt er knapp. Und fügt in hartem Befehlston hinzu: »Wir treffen uns nach dem Abendessen. Halb acht auf der Haupthaustreppe.«

»Ja«, antwortet Eberhard mit niedergeschlagener Stimme, und Chris fügt überflüssigerweise noch hinzu, dass er sich ja nicht verspäten solle. Er weiß genau, dass er sich wie ein Arschloch verhält, aber anders kommt er aus dieser Sache nicht raus.

Er steht hastig auf und verlässt den Speisesaal, ohne sich zu verabschieden. Das eben hat ihm den Tag komplett vermiest, bevor er überhaupt richtig angefangen hat; Laufen durch den Traubenhain, womöglich auch noch in unmittelbarer Nähe des Drahts, ist jedenfalls keine Option mehr. Chris begibt sich stattdessen in Patricias leeres Zimmer, das sie immer noch für sich alleine hat, und legt sich auf ihr Bett. Er nimmt sich eins ihrer T-Shirts aus der Wäschetonne und legt es sich aufs Gesicht. Das Aroma aus Parfum und Schweiß beruhigt ihn nur kurz.

Der Tumor erwacht. Er wächst. Er schleust seine giftigen Zellen in Chris' System. Tentakel kriechen durch die Adern, schlingen sich um die Muskeln, schnüren Chris die Luft ab.

Als er aufwacht, ist es bereits dunkel.

Nach dem Abendessen gehen er und Eberhard gemeinsam in den Traubenhain. Sie haben beide starke Taschenlampen dabei, sind aber nicht bewaffnet. Falls sie jemand sehen sollte, machen sie einen harmlosen Spaziergang.

Sie schweigen. Chris will nicht reden, und Eberhard traut sich nicht. Chris geht voran, extra durchs dichteste Dickicht. Eberhard trottet, so schnell er kann, hinterher.

Natürlich weiß Chris noch genau, wo der Draht angebracht worden ist. Sorgfältig und geschickt löst er ihn von den beiden Bäumen, während Eberhard die Taschenlampen im richtigen Winkel hält und ansonsten Schmiere steht. Chris weist ihn an, den Draht zusammenzurollen, was Eberhard tut. Ansonsten erledigt Chris alles. Er spürt, dass es ihm seltsamerweise guttut, die letzte Spur, die auf ihn hinweist, zu beseitigen.

Es ist niemand unterwegs. Nebel senkt sich nach unten,

die Bäume sind feucht und klamm. Sie folgen dem Draht zum nächsten Baum hundert Meter weiter, wo sich das Spiel wiederholt. Sie hören den See ans Ufer plätschern. Sonst ist es still wie in einem Grab.

Schließlich laufen sie den Weg zurück. Der Nebel wird immer dichter, die Taschenlampen leuchten gegen eine wolkig-weiße Wand. Chris will Eberhard gerade anweisen, den Strahl nicht horizontal nach vorne, sondern schräg nach unten zu richten, da stolpert Eberhard über eine Wurzel und knallt mit dem rechten Knie auf einen Stein. Er stöhnt, wälzt sich auf dem Boden, hält sich sein Knie. Chris beugt sich über ihn, will ihm aufhelfen.

»Ich kann nicht. Es tut so weh. Ich glaub, ich hab mir was gebrochen.«

»Ach was. Knie tut immer weh. Das gibt sich.«

»Verdammt!«

Schließlich schafft es Chris, den jammernden und hinkenden Eberhard auf eine Bank zu bugsieren. Er setzt sich neben ihn und wartet. Eine Zeit lang passiert nichts, außer dass sich Eberhard das Knie reibt. Chris will schon wieder aufstehen. Bewegung ist gut gegen Schmerz. Er schaut rüber zu Eberhard und erkennt erschrocken, dass er weint, aber ganz still. Gespenstisch still. Die Tränen laufen ihm über das regungslose Gesicht, und Chris wird kalt.

»Was ist?«, fragt er beklommen.

Eberhard beginnt mit dem Oberkörper vor und zurück zu schaukeln. Vor und zurück, vor und zurück, wie einer der Irren im *Kuckucksnest*-Film mit Jack Nicholson.

»Hör auf«, sagt Chris. Aber Eberhard hört nicht auf. Schlimmer noch, er fängt an zu schluchzen, mit grellen Kieksern drin, wie ein angeschossenes Tier.

»Ebi! Was ist los?«
»Ich bring mich um! ICH BRING MICH UM!«
»Nein!«
»Doch! Ich kann nicht mehr! Ich halt das nicht mehr aus!«

Das klingt so verzweifelt und endgültig, dass Chris am liebsten aufspringen und weglaufen würde, aber er tut es nicht, denn er begreift, dass ...

(Das stundenlange Gefummel mit den Wortschnipseln und dem Tesafilm, die Druckerschwärze an den dünnen Gummihandschuhen, der seltsam muffige Geruch nach Papier, das Lachen über ihren Dummejungenstreich, Extended Version ...)

... dass er nicht rauskommt aus dieser Sache. Nie mehr.

(Der Schock, den ersten Brief in verwischtem Schwarz-Weiß in der Zeitung zu sehen, dessen Hässlichkeit und die ungeschickt-infamen Formulierungen, damit jeder denkt, es sei ein Ausländer: Wie konnte er so ein widerliches Machwerk mit verfassen ...)

... dass ihn diese ganze verfluchte Geschichte auf ewig verfolgen wird. Die er angeleiert hat und die nun auf ihn zurückfällt, ihn, das Mastermind, ihn, der sich in seiner abgrundtiefen Arroganz eingebildet hat, Eberhard zu einem stärkeren Menschen machen zu können, und dabei schlafende Hunde geweckt hat, von denen er nicht ahnte, dass sie existierten.

Aber er hätte es wissen müssen.

Eberhard ist sein Geschöpf. Er kann ihn nicht fallen lassen, niemals. Diese Erkenntnis beruhigt ihn seltsamerweise. Die Wahrheit, so grauenvoll sie ist, führt zu einer inneren Klarheit, die ihm den Weg weist.

Es ist, wie es ist.

Er atmet tief durch.

»Alles wird gut«, sagt er und glaubt plötzlich ganz fest daran.

»Es wird nie wieder gut«, flüstert Eberhard.

»Doch. Reiß dich zusammen.«

»Was soll ich denn jetzt machen?«

»Nichts. Es ist, wie es ist.«

Sie sind und bleiben Blutsbrüder, Chris trägt jetzt die volle Verantwortung für Eberhard. Er legt ihm den Arm um die Schulter, sehr fest. Sehr bestimmt zieht er ihn an sich, und ganz langsam lässt das Schluchzen und Heulen nach. Eberhard wischt sich schließlich wie ein Kind mit dem Ärmel über das verrotzte Gesicht und bettet den Kopf in Chris' Armbeuge. Lange Zeit sitzen sie nur so da. Die kalte feuchte Luft durchdringt ihre Anoraks, eisige Tröpfchen gefrieren auf ihren Wangen und Lippen.

»Es tut mir leid«, sagt Chris schließlich.

»Dir?«

»Ja. Mir.«

Und dann lässt er sich alles erzählen. Jedes einzelne Kapitel dieses wahr gewordenen Horrormärchens.

Das ist seine Buße.

»Warum?«, fragt er am Ende, so ruhig und gelassen wie nur möglich. »Wie konnte das passieren?« Warum musste Annika sterben? Ihm wird schlecht bei dem Gedanken. Wie überhaupt eine permanente Übelkeit seine treueste Begleiterin geworden ist. Sein Magen revoltiert seit Wochen, er hat mindestens drei Kilo abgenommen.

»Wir wollten doch nicht, dass sie stirbt, das war doch nicht der Plan! Bitte, glaub mir das! Ich wollte nur das Geld! Nur das verdammte Geld! Ich wollte endlich frei sein!

Es ist einfach schiefgegangen.« Eberhard beginnt wieder zu weinen, leise und trostlos.

»Ich weiß«, sagt Chris, und das stimmt ja auch: Er weiß, dass Eberhard kein Mörder ist. Er ist nicht skrupellos und nicht gemein. Er ist schwach. Eine Tragödie, denkt Chris. A perfect storm, sagen die Amerikaner, wenn sämtliche ungünstigen Faktoren zusammenkommen für eine maximale Katastrophe. So wird er sich das auch in Zukunft zurechtlegen. Dass viele ungünstige Faktoren zusammengekommen sind und dass er und Eberhard gestraft genug sind.

Er stellt ihm eine letzte Frage: »Hast du das schwarze Frauenhaar platziert, das sie auf der Kiste gefunden haben?« Chris denkt an Isi, an ihre schwarz gefärbten Haare.

»Hä?«

»Das Haar. Was ist damit?«

»Keine Ahnung. Wirklich!«

»Okay.« Kann er ihm glauben? War Eberhard nicht auch eifersüchtig auf Isi? Und wäre es nicht relativ einfach gewesen, an ein Haar von ihr heranzukommen? Chris weiß es nicht. Es ist im Moment auch egal.

Sie gehen langsam zurück. Auf dem Sportplatz neben dem Traubenhain breiten sie den hundertvierzig Meter langen Draht aus. Es ist wie ein Ritual, Anfang und Ende eines schauderhaften Abenteuers. Sie versprechen feierlich, einander niemals zu verraten.

Zum Schluss umarmen sie sich.

Anschließend geht Chris zu Patricia. Er braucht jetzt den Trost eines Mädchens, das ihn liebt und an ihn glaubt und von nichts eine Ahnung hat. Er weiß, dass er nun ein Komplize auf Lebenszeit ist. Er schwört noch einmal, diesmal vor sich selbst, dass er diese Bürde annehmen wird.

Bis zu seinem letzten Atemzug.

EPILOG

Ich spreche mit X.

»Er war betrunken und total stoned«, sagt X. X ist eine Person, die nicht will, dass ihr Name irgendwo auftaucht. Nicht einmal ein Pseudonym. Nur X.

»Betrunken und stoned heißt, du glaubst Chris nicht?«, frage ich.

»Im Gegenteil, ich hab jedes Wort geglaubt. Es war so, als würde er sich was von der Seele reden.«

»Und heute?«, frage ich.

»Was?«

»Was denkst du heute darüber?«

»Keine Ahnung. Echt – keine fucking Ahnung. Vielleicht hat er sich die ganze Scheiße auch nur ausgedacht.«

»Das könntest du dir vorstellen?«

»Komm schon! Chris war ein seltsamer Charakter. Irgendwie besessen. Bisschen verrückt.«

»Warum bist du nicht zur Polizei gegangen?«

»Die Bullen können mich mal! Glaubst du, ich mach der ihren Job? Fuck! Ich denk nicht dran!«

»Würdest du heute...?«

»Ganz sicher nicht! Und jetzt gehst du besser!«

»Bitte...«

»Hau ab!«

Ich rufe Jens an, damals Chris' bester Freund. Jens, der zwei Jahre früher als Chris die Schule beendete, arbeitet heute in München. Er macht immer noch Kung-Fu. Er sagt, dass er vor gut zehn Jahren den Kontakt zu Chris verloren habe. »Wir waren früher sehr eng«, berichtet er bedauernd.

Vor gut zehn Jahren fand der Prozess gegen Karl Leitmeir statt. Chris und Eberhard wurden in den Vorermittlungen noch einmal zu der Geschichte mit dem grünen Draht befragt. Eberhard blieb bei der Version, der zufolge sich die beiden auf Eulenjagd befunden und bei dieser Gelegenheit den grünen Draht gesichtet hätten. Dass tagsüber keine Eulen unterwegs sind, die man hätte jagen können, schien die Polizisten ja nicht zu stören.

Chris behauptete, sich an gar nichts erinnern zu können. Grüner Draht, hundertvierzig Meter lang, um zwei Bäume gewickelt? Nie gesehen, keine Ahnung. Auch das ausführliche Verhör bezüglich des Drahts 1983? Alles vergessen.

Echt jetzt, Chris?

Genau heute, am 24. November, hätte Annika ihren fünfzigsten Geburtstag gefeiert. Sie hätte vielleicht einen Mann, Kinder, einen Beruf. Sie hätte auf jeden Fall ein Leben.

Wäre es doch so.

Danksagung

Ohne Hilfe entsteht nichts, auch kein Roman. Und ganz besonders dieser nicht.

Ich danke Michael Herrmann für seine akribischen Recherchen. Ich danke Barbara Zipser, Historikerin und Altphilologin an der Royal Holloway University of London, deren Ermittlungen im Fall Ursula Herrmann so viel ins Rollen gebracht haben: Ohne euch hätte dieser Roman nicht in dieser Form geschrieben werden können. Danke auch an Michael Mühlmann aus unserer Skype-Gruppe.

Ich danke Barbara Heinzius, Senior Editor beim Goldmann Verlag, die nicht nur eine sensationelle Lektorin, sondern auch beste Freundin ist: Danke für deinen Input, deine berechtigte Kritik und dein Lob!

Danke fürs Feintuning, liebe Regina Carstensen!

Danke an die weltbeste Agentin Franka Zastrow.

Ich danke natürlich all meinen Informanten, deren Namen ich nicht nenne.

Und ich danke last not least Wolfgang, meiner großen Liebe – fürs Lesen, für seine Kritik, seinen Zuspruch, seine Ideen und überhaupt für alles: Ohne dich geht sowieso gar nichts.